U0028837

不求結果，不求相愛，

但求在我最美的時光，遇見你。

最美遇見你

See you when I turn around

目錄

第一章

第三根肋骨

1

週末，李安寧在書房裡與域名奮鬥，要把它從 Godaddy 遷移到 name.com，但由於 Godaddy 後臺十分變態，搞得安寧異常糾結。此時MSN上毛毛呼叫，問她什麼時候回學校，順便非常迅速地發了一份研二第四週的實驗大綱。安寧一看，受驚了，竟然連幫導師搬家的事情也在大綱裡。

安寧：能不能叫搬家公司啊？

毛毛：妳出錢，我贊成。

安寧：……

毛毛：妳說我跟妳怎麼就那麼背呢？被點名當搬運工，怎麼朝陽她們就能逃過一劫？難道選這個是看長相？靚女才會被選中！

安寧：妳想多了……隨機抽的吧。

這時，MSN的系統提示有人新加她為好友，「Mortimer」，安寧想了想，同意了。

她以為是認識的人，不過等了好一會兒對方都沒消息過來，安寧也沒多想，關了電腦，找媽媽吃飯去也。明天就要回學校了，她很戀家，多少有些捨不得。

總體來說，李安寧在校的日子是這樣的，每天早上七點起床，ＹＹ半小時，回歸現實，然後做雜役，實驗，ＳＰＳＳ；實驗，雜役，ＰＰＴ……

返校第二天，安寧出門就碰到隔壁寢室的薔薇，對方一見她就熱情地打招呼：「阿喵啊，週末回家逍遙 happy 啦？」

安寧笑道：「早，薇薇。」

一頭長捲髮、外表怎麼看怎麼淑女典雅的傅薔薇，一聽這話面部瞬間變得猙獰。「為什麼我要那麼早起啊？為什麼我要天天通宵趕報告啊？為什麼我就是沒有男人啊！妳說，為什麼！」

安寧汗顏。「那個，其實我也沒有男人。」

「不行，我今天一定要請假，我要去找男人！喵，妳想辦法幫我跟老太婆請假！」

安寧問：「要不……事假？」

薔薇忽然深沉地盯住李安寧。「奇怪了，妳這女人，外貌身材頭腦冷幽默一應俱全，怎麼也沒男人呢？」

安寧同樣悲憤。「就是說！莫非現在的男人要求都太低了？」

「……我終於知道為什麼了。」

安寧身負使命去上課。學校很大，而物理系的實驗室是在最偏遠的角落，她決定騎她的新座駕過去。之前她買過兩輛自行車，一輛被偷，一輛被毛毛搶去至今未歸還，這次她大手筆買了輛「小綿羊」，外加兩把鎖。迎風而騎時，安寧深覺自動的果然比腳動的愜意。

正當她愜意之際就撞上了一輛轎車，事情是這樣的：拐彎，撞上。

李安寧從地上站起來時，她的「小綿羊」「噗哧」一下，熄火了。

「小姐，妳沒事吧？」司機大叔趕忙下車詢問。

「我的『綿羊』……詐屍，只剩一口氣了。」

大叔估計沒聽明白，於是又問了一遍：「妳有沒有受傷？要不要送妳去醫院看看？」

安寧嘆了口氣，拍去身上的灰塵。「我沒事，你給我一張名片吧，如果我家『綿羊』真的挺屍，要死了……」她回頭看到那輛轎車閃亮的車門上有一道長長的刮痕。「唔，算了，各自收屍吧。」

大叔瞬間無語了。

此時旁邊有一人經過，他沒看她，但安寧卻很精準地看到他笑了。

李安寧後來才想起來，那人是他們文學院研究所的學長，很有名的，雖然不知道為什麼有名。

而車內後座上的人，搖下車窗，是一位威嚴的中年男人，他把司機叫過去說了兩句，那司機點了點頭，之後走到安寧身邊摸出一張名片遞給她。「小妹妹，需要什麼賠償，可以聯絡我。」

安寧接過名片來，其實她想說「不必了」，不過這樣似乎能快些解決這件事，因為她快要遲到了。

而這一天，她還算幸運沒有遲到，不過，她走錯了教室，進了一個音樂進修班，還很悲慘地被點了名。

安寧可以非常確定，她的本命年走的絕對是悲情路線！

那老師點她起來後就問：「〈伏爾塔瓦河〉的特色在於不斷重複主題及變奏，那麼這種重複的節奏表達了什麼？」

「重複，重複……呃，就是無限循環小數。」

雙方都沒明白。

老師正色狀。「那麼，妳覺得這個曲調適合運用在什麼地方？」

安寧小聲說：「適合當鬧鐘。」

「妳課後留一下。」

李安寧生平第一次被老師留下。

下課時，當所有學生都笑著看了她最後一眼離開後，安寧被老師叫到前面，面黑板思過，黑板上寫著：〈伏爾塔瓦河〉（La Moldau）（註1）選自史麥塔納交響曲〈我的祖國〉；作曲家以細膩委婉的筆觸，刻畫了沿岸秀麗的風光，描繪了捷克人民的生活習俗，以獨具一格的音符傾吐了對祖國的深沉的熱愛……愛……

安寧有些眼花了，眼珠轉了一圈瞟向寫在黑板右上方的一欄獎勵生名單上。

錢琳琳、李波、徐莫庭、徐莫庭……莫庭……安寧突然有點兒想笑，莫庭，是不是他的父母希望他永遠都不要停下來呢？

看到安寧一副專心致志的研究模樣，嚴苛的老師終於露出了滿意的微笑，於是說：「今天就這樣吧，妳可以走了，下次注意。」

「哦。」下次我應該不會再走錯教室了。

2

這一整天安寧過得都不怎麼順利，上午就不說了，下午做完實驗後打算去圖書館整理資料，順便還上次借的兩本書，結果遇到了一件讓她很多年後都在猜測是巧合，還是肇事者有意為之的事件。

註1 伏爾塔瓦河在捷克語中名為Vltava，在德語中卻為Moldau，中譯為莫爾道河，原曲名採德文。

這天圖書館裡人倒是不多，只有四、五個在排隊。安寧習慣性地在等待的時候茫然注視前方，這次是一道高䠷的背影，她的視線平行過去只到他的心上第三根肋骨處，何謂心上第三根肋骨，即左邊心口上方第三根肋骨。安寧心說，他應該超過一百八了吧？

然後她聽到經常說她拖欠還書日期的「黑面」老師對前面的人說：「同學，你的卡被消磁了。」

安寧精神一振，她看著前面那道身影，只聽他說：「這樣的話，就幫我寫張單子吧。」

佩服啊，她通常都是對著「黑面」點頭道歉的。

「黑面」又說：「你當這是商店嗎？趕緊去換了卡再來借書。」

對方微微沉吟，而安寧不知道怎麼就很勇敢地探出了腦門。「那個，用我的卡吧。」

於是，「黑面」黑著臉刷了卡。

那男生接過書，看了她一眼，說：「984932，我手機號碼。」

安寧擺手。「你還書就可以了。」

最後，對方說了聲謝謝點頭離開。

安寧繼續跟「黑面」打交道，後者臉色一直很不好，安寧心中嘆息，今天絕對出師不利。

安寧弄完資料回宿舍時已經將近七點，一進門就看到毛毛撅著屁股在牆上蹭，不由得一驚。

「莫非猴子附體？」

毛毛給了她一記白眼。「是我坐太久啦，估計屁股起疹子了。」

基本上毛曉旭這個人每天就是對著電腦看小說，境界強到十二小時屁股可以不動一下，直到某一刻霍然而起。「憋死我了，憋死我了！」然後衝進廁所，一分鐘後滿面笑容地出來，繼續回到位子上將頁面上的「嗯嗯……啊……」「不要……」「人家，人家已經……」慢慢地刷下來。

身為一個研二生，毛毛能把日子過得如同大二一般，也是一種能力，安寧深深佩服，哪裡像自己，過得跟無限循環小數似的。

隔壁寢室的傅薔薇勒著褲腰帶走到她們門口。「阿毛，妳要我們等到什麼時候？餐廳快沒飯了。」

薔薇室友麗麗跟在後頭。「我說薇薇，妳就不能塞好了褲子再從廁所裡出來？」

薔薇轉向她嫣然一笑。「人家喜歡在大庭廣眾之下勒褲腰帶嘛。」然後轉頭。「毛毛！」

「等等等等，馬上要高潮了！」

眾人一頭黑線。

等一干人吵吵嚷嚷地離開去吃晚飯後，安寧打開了電腦。她今天太累了，實在不想再出門，就麻煩毛毛回來時帶份外賣。電腦一開，MSN一上線，表姊的頭像就閃過來：**在的話吠一聲。**

安寧：**喵。**

表姊：**我發張美男圖給妳吧。**

安寧：**不要了吧。**

表姊：**只是讓妳YY一下，又不是讓妳上他，妳緊張什麼？**

安寧：**我沒緊張啊。**

一分鐘後——

表姊：**馬的妳版本過低。**

安寧終於被迫裝上最新版本的MSN。她看到了美男，有點兒面熟，貌似以前在表姊電腦裡看到過，然後她閒來無事……嗯……PS著玩了一下。要的就是這種：巧笑倩兮，美目盼兮，增一分則太長，減一分則太短，著粉則太白，施朱則太赤。

安寧只恨不能拍手：**好！**

表姊：**好像PS得過了點兒，我怎麼看著都成女的了，啊誰P的！**

安寧潛水了。

這天晚上，安寧的另一個室友沈朝陽從廣東趕回來，這人開學沒兩天就請假回了家，說是忘了東西要回去拿，結果回去第一天就說自己摔斷了腿，要多請一週假，也是安寧幫忙請了「事假」。不過，當沈朝陽用草上飛的速度朝她們奔跑過來時，安寧覺得自己怎麼就那麼傻。

沈朝陽熱情地拉著安寧，順便帶毛毛、薔薇，去了本城最高檔的麵店──「一碗麵」。

在麵店裡，長相中性偏帥氣的沈朝陽撩撥了下她的短髮，笑道：「我覺得我胖了。」這句話說出來通常是讓人家反駁的。

於是毛毛、薔薇立刻說：「哪有！」

安寧說：「嗯，是有點兒。」

麵條上來後，朝陽嘆息。「我是不是應該減肥了？不過我喜歡躺在床上，不喜歡運動。」

安寧思考了一秒。「那就……床上運動？」

眾驚。「喵，妳下流！」

安寧無語。「是妳們不純潔吧。」

薔薇「切」了一聲：「人家最純情了！」

安寧折服。「話說，英國大選結果出來了，打賭我贏了哦。」

薔薇說：「我就知道我選的那個沒出息！」

安寧道：「其實克萊格就是身家不夠，實力還是有點兒的。」

薔薇「嗯」了一聲：「如果我有身家，我自己去找人拍AV，妳說多好。」

安寧搖頭。「卡梅倫也沒見得有多好，只是現在金融危機，有錢總是好辦事。」

眾：「……」

安寧：「算了，以後再討論吧。」

然後安寧聽到旁邊桌有人笑了出來，側頭看過去，是一個長髮的女孩子，此時正津津有味地看著她，安寧有點兒不好意思了。下一刻，安寧看到女孩對面的人，怎麼那麼眼熟呢？嗯……第三根肋骨。對方抿著脣，側臉很好看。

安寧事後想想，幸虧她是安寧，不是薔薇、朝陽她們，否則丟臉死了。

3

吃完飯回寢室之後，安寧上線，那個叫 Mortimer 的人發消息過來。「早點休息。」

安寧回了一個「哦」字過去，然後她發現自己貌似不認識他。

而對方沒有再回。安寧想，大概是發錯對象了。

週五下午，安寧等人從實驗大樓回來，路上看到一輛捐血車，停在校體育館門口，人潮湧動。

薔薇柔聲道：「想當年啊，我去捐過，結果被趕了下來。唉，當天B型血太多，說B型的不要……B型怎麼了！你才B型呢！你們全家都B型！」

安寧說：「其實父母是B型血，出生的孩子百分之七十五是B型的，所以，全家都是B型的概率是相當高的。」

薔薇終於暴走了，毛毛和沈朝陽悶頭笑。

最後，毛毛跟安寧去捐血，朝陽安撫薔薇。

結果那天毛毛的B型血被選中了，安寧的O型血被淘汰，原因是她體重不足四十五公斤。

對方的原話是：「小姐，妳的體重沒達標，不到標準捐血容易出問題。妳看，妳捐了血，回頭我們還得輸血給妳──」

「……」

其實安寧有四十五公斤的，勉強到，她甚至指天發誓冬天那會兒能飆到五十，但人家很明確地拒絕了她。「小姐，妳臉太白了，一看就有點兒貧血。」

安寧鬱悶了，決定這週要增肥，然後幫毛毛在捐血名冊上簽下她的大名時，看到上面某行裡有一個似曾相識的名字──徐莫庭，很漂亮的筆跡。安寧想，他一定練過書法。

因為等毛毛的時候無聊，就在旁邊的廢紙上描摹起這個介於行書和草書之間的名字。本來是她想來捐血，毛毛只是陪同人員，此刻，安寧看到毛毛痛苦的表情……只能默默扭頭去看車門外。

這時有人上來，安寧「咦」了一聲，第三根肋骨啊……他跟抽血的兩名護士微頷首，看到她坐在那裡似乎愣了一下，隨即走過來輕掃了一眼桌面，然後找到了那支被紙張覆蓋住一半的灰色手機。走開時，他又似有若無、若有所思、狐疑地瞟了她臨摹的名字一眼。

安寧當時想的是：莫非她塗鴉的草稿紙是他的？

不過對方並沒有給她答案，又看了她一眼後就下了捐血車。

晚上安寧一如既往地跟表姊聊天。

安寧：**我今天去陪人捐血的時候看到了一個帥哥，事實上是第三次看到。**

表姊：**喔。說起來我今天竟然吃中飯了，本來是決定不吃的。**

安寧：**妳平時都不吃嗎？**

表姊：**什麼平時都不吃啊！今天第一天決定不吃，結果還是吃了！**

……

又是平靜的一天過去。

隔天週末，安寧去圖書館消磨時間，主要是因為那裡有空調。

這次她剛進去，「黑面」就朝她「喂」了一聲：「同學，過來一下！」

安寧左右一看，沒人，無可奈何地走過去。「老師，有事嗎？」

只見對方從後面架子上抽出一本書扔在櫃檯上。「以後別把私人物品留在圖書館裡，這會增加我們的工作量。」

「這不是我的。」雖然她看的書很雜，但是，《當代中國外交概論》她應該還沒看過吧？

「妳叫李安寧，我沒記錯吧？」

「是……」不是吧？已經記住她名字了？

「那麼就是妳的了。前天來還書，這本夾在裡面。行了，趕緊拿走。」「黑面」不再理她，俯身忙碌地玩著電腦，安寧從後面的玻璃裡看到「黑面」在……偷菜，唔，果然很忙。

最後安寧拿著那本《當代中國外交概論》，找了一處位置坐下，看了一會兒自己的書後，看到手邊的那本封面很威的「外交」書，歪了歪頭，拿過來開始啃。

中途有兩名女生坐到她對面，坐了大概十分鐘，開始低聲聊天。

比較瘦小的女生說：「我不是跟妳說今年暑假我去男朋友那兒了嗎？他那房子樓下那戶人家瓦斯爆炸失火，燒到我們樓上，我跑出來的時候我男朋友已經在外面了。我當時就問：你怎麼不等我？我男朋友說：當然要先跑出去啊，我不跑出去回頭怎麼救妳？我瞬間窒息了。」

另一名偏胖的女生說：「這就是妳跟他分手的原因？」

「其實呢——」瘦小女生說。「我老早就想跟他散了，妳知道，我一直欣賞江學長的。」

「江學長啊……我記得物理系的傅薔薇不是經常來我們文學院找他嗎？真不知道安的啥心。」

「司馬昭之心唄。」

安寧說：「其實，薔薇以前確實是姓司馬的。」據薔薇說，她親生老爸姓司馬，她爸在她很小的時候去世了，她媽再嫁後，她就改了後爸的「傅」姓。

「……」

對面兩人在一分鐘之後離開了現場，安寧繼續回歸書本。中午回宿舍，路上習慣性問兩名足不出戶的室友要不要帶午餐，兩人均回答減肥中。在快到「美食家」門口時倒是看見了薔薇，她正拉著個人說話，安寧隨後想起來，這人是上回「綿羊」撞轎車事件時走過的那位有名的學長。

「喵！」

她原本想悄無聲息地走另一扇門的奢望，被那聲響亮的貓叫聲撲滅了，只能走上去。

薔薇熱情洋溢。「來來，幫你們介紹一下，這位是我好姊們兒李安寧。」

「有名學長」這次對著安寧終於笑得明目張膽了。「是妳呀？」

「……不是。」

薔薇說：「安寧，這位是我以前高中母校的學長，也是現任學長啦，哈哈……妳說我們是不是特有緣？高中同一學校不說，分別四年，讀研究所又繞到了一起。學長以前在高中彈吉他唱歌，可真迷倒了一大片女生。當然現在也厲害，妳絕對聽說過他，我們學校中國民間文學系的江大才子，我們學校的期刊校報都是他在做。」

安寧見兩人都看著她，似乎應該說點兒什麼，於是：「學長，你——叫什麼名字？」

據江旭後來回憶：李安寧這廝絕對能溫溫婉婉地把人活活氣死！

這天安寧陪同薔薇和「有名學長」吃了飯，的確是吃飯，安寧一直在默默地吃，因為很餓了。期間收到表姊一條簡訊：「減肥的黃金時段應該是二十五歲之前，我也覺得二十五歲之前減肥很容易。」簡直是放屁！

安寧感嘆減肥果然是世界的主流啊。

4

週一安寧啃著早餐去上公開課，她一向是踩著鈴聲進門的。薔薇在位置上朝她招手，看著安寧慢條斯理地走上來，不由得對旁邊的沈朝陽說：「你說喵是來上課啊還是逛大街啊？張老頭都在瞪她了。」

沈朝陽嘆氣。「妳有見過她對什麼事情急躁嗎——妳說我的實驗報告怎麼辦啊？眼下就要交了！」

薔薇一笑。「兄弟，早死早投生吧！」

「妳陪葬？」

「我燒紙錢給妳。」

「有本事妳燒真錢給我！」沈朝陽把包拿開讓安寧坐下。「阿毛呢？」

安寧說：「她扭到腰了。」

薔薇驚訝。「毛毛那腰……都那麼粗了，怎麼還能扭到啊？」

這時旁邊的甲同學靠過來對安寧說：「喵啊，妳剛才太可惜了，如果早來五分鐘就能見到帥哥了。」

朝陽「嘖」了聲：「也不怎麼樣吧，就身材好點兒。」

後座乙笑道：「某陽，妳這絕對是酸葡萄心理。」

丙說：「他好像是來跟老張交涉什麼事的，莫非想來上我們的課？」

丁說：「我先前上去交報告時故意停留了一下，他說話的聲音真是低沉性感啊！」

安寧打開背包，隨便說了句：「應該是學生會的人吧！」

眾人均一愣，回想起那架勢，覺得甚像。

薔薇不懷好意地笑了。「莫非學生會終於要做本校的黑名單了，來我們班級要名單？」

甲、乙、丙、丁、沈朝陽同時指著她。「那妳絕對是第一個！」

那天老張的量子統計課結束之後，安寧原本想去生物工程那邊旁聽一堂醫用課，結果出來發現外面在下雨。三人之中只有沈朝陽帶了一把小洋傘，蕾絲邊，中間還有幾朵鏤空的繡花圖案。

薔薇說：「妳說妳這傘是用來幹麼的啊？它遮太陽也漏光吧！」

朝陽道：「我這不是看它漂亮嘛。」

薔薇指著外頭說：「行。去，去雨裡兜一圈，讓姊姊看看有多漂亮，喵的，妳——」

安寧皺眉。「嗯……薇薇啊，請不要把喵當髒話的代名詞，謝謝。」

薔薇再次暴走。

最後打電話讓扭了腰的那人送傘過來。

毛毛很委屈。「我腰扭了呀。」

薔薇發飆。「那妳就給我扭著腰過來！」末了加了句：「再多說廢話以後別想讓我幫妳點名。」

毛毛飛奔過來時，朝陽笑著拍拍她的肩。「辛苦了，兄弟！」

安寧安慰。「腰沒事就好……」

眾人沉默。

時間「嗖嗖」過去，很快到了幫老師搬家的日子。這其實是一件挺鬱悶的事，做好了是應當，做得不好那就是能力問題，說不定還影響「平時成績」。安寧跟毛毛相偕走進辦公室的時候，裡面已經有兩位同學了。

導師向她們介紹：「這兩位是外交學系的同學，這週活動他們跟妳們一組，雖然不同系，但我希望你們也能互相幫助和提升。」

「一定一定！我們一定會互幫互助的，老師您請放心。」這是昨天晚上掛了導師電話後，一度詛咒他祖宗十八代全撖祖墳外加指天發誓如果再回他一句話她就跟他姓的毛某人說出的第一句話……安寧很無語，只能望向窗外美好的夏末秋初的景色。

安寧想，這物理系跟外交學系搭不上一點兒邊，怎麼互相幫助啊？後來安寧覺得自己很傻，真的，當她跟外交學系的同學一起扛著一張桌子往二樓搬的時候，她深深體會到了那句互相幫助和提升的深刻涵義。

中途休息的時候，安寧坐在小花臺邊乘涼，一同學走過來坐在她旁邊。「妳叫……李安寧？」

「嗯。」安寧正在慢慢地喝水。

「還記得我嗎？」

安寧偏頭看她。「你是……」這種情況通常表示不記得了。

對方也不介意，笑道：「上次在麵店裡聽到妳跟妳朋友的一番對話，印象深刻，只是不知道妳叫……李安寧。對了，還沒自我介紹，徐程羽。」

她每次在說「李安寧」前的那一秒停頓總讓安寧覺得暗含深意，於是安寧回答：「哦，我叫李安寧。」

這時手機響了一聲，是表姊的簡訊。「『胴體』，我去！這個唸洞啊，我一直唸同呢！妳唸唸看，當場笑死我了！」

安寧唸了一下，咬脣，唔，的確是有點兒變態的發音。

徐程羽微微揚眉。「什麼這麼好笑？」

安寧咳了一聲，想了想說：「上帝欲使人滅亡，必先使其瘋狂。我覺得這句話挺有道理的。」冷場。

一旁外系的那名男生也聽到了，笑出來。「上帝說的話原來這麼有意思啊，他老人家還說過什麼話來著？」

安寧道：「呃，其實這話不是上帝說的，是古希臘歷史學家希羅多德說的。上帝說的話很多，你可以去翻《聖經》。」

外交系兩人頓時無語。

事後他們自我檢討，怎麼會被個物理系的人弄得搭不上話呢？他們將來可都是要靠嘴皮子吃飯的啊。得出的結論是：這個女生思路不對。

搬家事件之後安寧整整休息了一天，隔日正巧是週末，安寧便打算回家一趟，讓母親大人在她腰椎骨上貼狗皮膏藥去。安寧回家每次都是到學校後門坐公車，路程大概是五十分零十七秒，她做過平均差、中位數和眾數，這個答案很精準。

晚上安寧在家陪同母親大人看電視，看到一幢老洋房，李媽媽說：「寧寧，這房子真漂亮啊。」

安寧點頭。「嗯，是啊，地板好像是上桐油的。」

「是啊是啊。」

「桐油好像燒起來很快的。」

李媽媽頓時無語了。

嗯……安寧承認自己很會冷場。

5

這次安寧回家住了兩天，收到無數關懷，主要是讓她回去的時候帶吃的。只有毛毛堅決反對，說食物進宮會給她帶來莫大的精神折磨！安寧看著群裡的人集體圍攻毛毛，偶爾發一張笑臉上去，證明圍觀中。

薔薇私底下找她：在幹麼？

安寧：看一個翻譯帖，原帖是個俄國人寫的。

薔薇：什麼東西？

安寧：《屍體的最佳處理辦法》和《關於化屍水的可行性報告》。

薔薇：這種東西很噁心吧！

安寧：我看得很 happy 啊。

薔薇：妳不一樣。對了，昨天我跟江旭吃飯，他說起妳了。

安寧：喔。

薔薇：沒啥別的了？

安寧：嗯，謝謝記掛。

薔薇：……

薔薇：回來幫我帶烤雞！

安寧：好。

薔薇：阿喵，我要是男的我就娶妳。

安寧：就為了一隻烤雞？

薔薇：**哈哈，是啊！**

翌日安寧回學校，給同學們帶來了肉和希望，以及精神折磨，冬裝的大衣袋子裡滿滿一袋，如果是精神折磨，的確挺殘忍的。

在經過餐廳後面的籃球場時，看到一道熟悉的身影——第三根肋骨，好像不小心注意他之後就會經常看見他。

場外許多人在觀戰，安寧在周邊看了一會兒，他把球拋給同伴時像忽然注意到了什麼，停下來往這個方向望了一眼。安寧左右看了看，嗯……好多美女啊。

「李安寧？」身後有人叫了她一聲，安寧回頭，是「有名學長」。

江旭走過來。「怎麼拿那麼多東西？剛從家裡回來？」

「是啊。」

他笑道：「我幫妳拿點兒吧？」

「不用。」

「不必客氣。」

「不是，我跟你不同方向。」

有女孩子拒絕他已經算是少有的事了，再加上又是以這種理由，江旭頭一次覺得哭笑不得。當回過神來時，對方已經慢條斯理地朝她的方向走去。

週一第一堂課是老張的量子統計課，安寧這次難得在鈴聲響起前進教室門，然後，她沒有看到朝陽等人朝她招手，卻在第一排的地方見到了「他」，這也未免太頻繁了吧？而他看到她，竟然淡淡地說了一句：「妳過來。」

正當安寧不明所以之時，他又說了句：「坐這兒吧。」語氣從容自若又彬彬有禮，卻讓人無法拒絕。安寧坐下才發現——她坐在了他旁邊。

安寧側頭看了他一眼，對方已經在一本正經地翻看書本。

他叫她來幹麼的啊？

一整堂課，他都在聽講。偶爾放在桌上的手機亮一下，他會回條簡訊。安寧不敢明目張膽地看他，於是只能看著他的灰色手機以及跳躍在手機上的修長手指……

安寧發誓，她其實不是想看他的，只是想問他幹麼叫她過來……

「呃——」

「聽課。」不變的文質彬彬的語氣。

這樣很難會有人聽得進去吧？

他似乎感覺到她在「注視」他，微偏頭看過來，淡淡地問了一句：「帶了《外交概論》嗎？」

「嗯，帶了。」雖然她仍舊是雲裡霧裡的，但還是把最近隨身帶的《當代中國外交概論》遞過去。他單手接過，翻到序頁，寫了點兒東西，然後又遞還給她。

安寧下意識地去翻看，漂亮的書法字體，未乾透的字跡，徐莫庭。

6

原來第三根肋骨就是徐莫庭！

安寧躺在床上思量，世界上還真是無巧不有，繞了一大圈原來他就是徐莫庭啊！不過，又好像不覺得突兀，突兀的反而是下課後他要她電話號碼那個場面，那麼天經地義，怎麼有人能如此理所當然地去做一些事？

沈朝陽一進來就看見安寧抱著枕頭、戴著耳機蜷在床上，微訝道：「阿喵，妳沒去上課啊？」

安寧抬起頭。「去了，回來了。」

朝陽看手錶。「都十一點了呀，我做實驗都做昏頭了。唉，妳們上週的實驗都過關了，唯獨我……還要蹺課做實驗寫報告，太悲哀了！對了，今天薔薇跟毛毛去隔壁大學看籃球比賽了，讓妳幫忙點名——」

安寧已經摘下耳機，下床找拖鞋。「我下了課才看到簡訊，不過今天老師沒點名。」

「嘿，運氣不錯。」朝陽說著遞給安寧一張海報。「路上人家發的，挺有意思的。」

海報上寫著一行大字——「江濘大學形象大使火熱募集中」。安寧毫無興趣，隨意應了一聲：「哦。」

「嘿嘿，我們讓毛毛去參加吧？如果她被選中了，做了學校的形象大使，那我校明年招生人數估計會下滑一半不止，以後上圖書館看書也清淨點兒。」朝陽笑著隨手拿起安寧桌上放著的一本書。「《外交概論》？妳怎麼看這種書？」

「嗯。」安寧已經走到飲水機旁，倒水喝了兩口。

沈朝陽翻了兩頁，剛要放下時又看到了什麼重新翻回。「徐……莫庭？阿喵，這書不是妳的呀？」

「唔，不是。」

「徐莫庭，這名字怎麼有點兒耳熟？」

「姓徐的人滿多的。」

朝陽忽然淫淫一笑。「喵啊，這樣是不行的，坦白從寬，抗拒從嚴！」

安寧投降。「我從嚴吧。」

徐莫庭這邊，在上了一堂就內容而言毫無用處的課程之後，回到宿舍放了東西，張齊看到他不由得一驚。「你今天不是在外面嗎？」

「過來辦點兒事。」

徐莫庭做事一向低調，研一時已經在外就職，學校有事情他才會過來一下。「辦事？學校出了什麼大事我不知道嗎？」

徐莫庭拍了拍他的肩膀。「私事，與你無關。」

「哈，說起來你最近來學校挺頻繁的，老大，這不像你啊——該不會真如程羽妹妹所說，你看中了咱們學校某個女生了吧？」

徐莫庭一笑。「我不否認。」

接著徐莫庭聽到手機上MSN中好友上線的提示聲音。

他看著對方的名字，李安寧。

Mortimer名下，只有一個聯絡人。

他很早以前就知道她在這所學校裡，回國一年，跟她在同一所學校一年，他不動聲色，只是因為還沒有把握。

這次呢？他不知道，他只知道自己無論如何也放棄不了，這麼多年了，都無法做到將她真的忘記。

安寧再次見到徐莫庭，是在三天之後的「形象大使」報名現場，沈朝陽跟她是被薔薇脅迫來的，最後竟然是薔薇吵著要參加這項比賽。至於毛毛，她表示最近物色到一枚帥哥，對其他事一概不感興趣。

而此刻，徐莫庭身邊陪著的人是上次和她一起搬家的女生。遠遠望過去就覺得帥哥美女很養眼，徐莫庭正和那女生說著什麼，應該沒看到安寧。

安寧昨晚被表姊拉去玩了大半夜的遊戲，睏得要死，看報名的不少，輪到她們起碼還要半個小時，此時李同學只想找處安靜的地方瞇一眼。「朝陽，我去外面坐會兒，妳陪薇薇吧。」

沈朝陽昨夜親眼目睹某喵打著瞌睡玩魔獸，於是大手一揮。「去吧！」

安寧剛出體育館側門，表姊的電話就打過來了。「我被吵醒了！」

「法老說，打擾別人睡覺會下地獄的。」

「妳來執行吧，讓打我電話的混蛋下地獄。」

「我能執行今天早上就不起來了，以及，昨天晚上……」

「什麼？」

「嗯……今天天氣不錯，我想睡一覺了。」

「妳別是在暗示我我該下地獄吧？」

「事實上，我是明示。」

表姊大笑出來。「妳這女人，行了，下次不拖妳玩那玩意兒了。」

安寧笑道：「謝謝表姊大人開恩。」

「唉，誰讓我是如此地愛妳啊！」

「我也愛妳。」只要妳不半夜拖我玩遊戲。

說完「愛」之後安寧挑了一張樹蔭底下的木椅坐下，閉目養神。

迷迷糊糊的她感覺到身邊好像坐了個人，又迷迷糊糊地把頭靠在了對方肩上。

安寧是被薔薇叫醒的。「妳怎麼還真在這大庭廣眾之下睡著了啊？就不怕有人劫財劫色？」

安寧道：「大家都是文明人。」

薔薇頓時無語。

「朝陽呢？」

「去廁所了。」

朝陽跑回來的時候見一輛豪華跑車從她身邊經過，不由得感慨萬千。「我一直想要經歷一幕跑車一百八十度轉彎，停下，玉腿伸出來的場景——薔薇妳就實現我這願望吧！」

薔薇露出鄙視的神色。「我連駕駛座的位置都沒坐過一次，要是讓我開，兩人直接升天得了！」

朝陽呵呵一笑。「我剛看到一個帥哥，就是上次來老張課上要黑名單的那位。」

薔薇疑惑。「妳上回不是說不過爾爾嗎？」

「上次太遠沒看清楚，嘖嘖，近距離迎面過來，才知道什麼是堂堂七尺男兒，玉樹臨風——安寧，妳又錯失良機，太可惜了。」

「哦。」

薔薇摟住安寧的肩。「咱們家李安寧同學才不是那麼膚淺的人呢，見到帥哥就犯花痴，是不是啊？阿喵？」

安寧想了想。「是的——是挺可惜的。」

薔薇再次無語。

沈朝陽已經笑趴在安寧身上。

「形象大使」比賽報名過後，女生寢室各個角落一度傳出練聲的鬼哭狼號，用朝陽的話說是

「實力嗬」，用安寧的話說是「法老該下地獄」。

7

薔薇記得首次對安安靜靜的阿喵同學印象深刻，是在大一軍訓完了之後的那個週末，寢室裡六個女孩去外面唱歌，當所有人都高亢激昂、深情狂歌的時候，安寧小朋友依然正襟危坐，彷彿古典仕女一般含羞帶怯楚楚動人。

於是她爬過去打算說一句「大家都是同學，不需要害羞啊」之類的話，當時，安寧美人抬起眼瞼，用政府公務員一般正直莊嚴而又優美動人的嗓音，對她說了一句：「來，給爺笑一個。」

那時候她們還沒認識沈朝陽和毛曉旭。算起來，她跟安寧認識的時間算是最久的，大學四年，研究所又同班，雖然寢室分開了，但完全不影響她們的「交流」。所以近六年的同進同出，讓傅薔薇深刻瞭解到，跟李安寧在一起，總有「驚喜」發生。

薔薇一走進安寧寢室就看見毛毛跟朝陽圍著阿喵在問史實。

毛毛用特有的大嗓門嚷著：「我想寫一個古代神話愛情故事，要華麗麗的。」

薔薇笑道：「新版嫦娥奔月？」

安寧說：「后羿和嫦娥的故事發生在夏朝，那個朝代有點兒原始社會的感覺。」

「原始社會？不要不要不要！連衛生紙都沒有吧！」毛毛拖長聲音繼續：「下一個！」

朝陽提議：「商代。」

毛毛問：「這朝代大致有多少年？」

兩人對視一眼期待地看向安寧，安寧低嘆：「我不可能連這種事情都知道吧，我查下年表。」

結果安寧 google 了半天夏商周斷代史也查不出一個清楚的年表。「其實有一個人物可以用，商紂王，也就是帝辛，名字叫做殷受。」

毛毛大驚失色。「受！」

薔薇噴了。「好名字啊！」

安寧也笑了。「以前我一直在想，當年帝乙怎麼會給兒子取這種悲劇的名字，唔，可憐的娃，說起來，妲己是他的王妃。」

朝陽說：「我突然想到一幕，妲己很親暱地叫：『大王，受受……』」

毛毛「噴」了一聲：「這倆誰是受啊！」

安寧笑道：「殷受的爺爺叫子托，子托的父親也是一個很有意思的人，他拉滿弓，射過天，後來被雷劈死了。」

薔薇樂了。「估計大雨天的去舉箭射天，結果成引雷針了。」

毛毛道：「阿喵，妳講下后羿吧，我對他有點兒興趣，大不了讓他穿越到有衛生紙的年代。」

安寧沉吟：「妳要聽正史還是野史？」

三人同時看她。「哪個比較有趣？」

安寧想了想。「正史是后羿被寒浞殺了，其實他的生平一點兒都不有趣，有趣的是，唯一可以被證實的就是他的老婆的確是嫦娥的原型，她是『妻憑夫貴，雞犬升天』的典型。野史是他射日觸犯天條被煮了，差不多就這樣。」

毛毛「唉」了聲：「我覺得我還是繼續看我的NP文吧。」

眾：「……」

安寧手機響了一下，是簡訊：

在做什麼？

討論嫦娥奔月。

嗯，晚點兒我來學校，妳沒其他事情的話，跟我一起吃頓飯吧？

好啊。

然後，安寧發出去之後才後知後覺地注意到號碼是陌生的……嗯……984932？誰啊？

薔薇問：「阿喵，誰啊？」

「不知道。」

眾人滿頭黑線。「不知道妳也回得那麼積極？」

「人家挺友好的嘛。」

薔薇沉吟：「我有的時候覺得妳挺邪惡的，怎麼有的時候又看著那麼單純呢！」

安寧微笑。「這樣才吸引人嘛。」

朝陽「切」了聲。「我就沒見過比妳還與世無爭的人。」

那天晚上安寧按照對方發過來的「七點妳樓下見」的簡訊，到了寢室大樓下，安寧當時想到有兩個可能，一是惡作劇，二是真的有人挺友好地打算請她吃飯。

於是，當李安寧七點整看到某道高䠷身影朝她走來時，她驚訝於自己怎麼就沒想到呢，早知道就不下來了，不對不對，應該下來……也不對，不，要下來，誰讓她回了「好啊」，誠信問題……可是，她跟他不熟吧？真的不熟吧？

當對方輕笑著跟她說了句「久等了」的時候，她下意識回了句：「不，不久等。」唔，她一定是被色誘了。

8

那天，安寧跟在徐莫庭的身後、離他一尺遠的地方小心翼翼走著，然後走了大概十尺遠，他側身對她說了句：「如果妳想看我的背影，我不介意，但是，我更喜歡妳走在我旁邊。」安寧卻在想，原來真的有人可以笑起來熠熠生輝。

最終某人猶豫地走到帥哥身邊，徐莫庭放慢腳步，他微抬手的時候，安寧心口不禁一跳，然後，他把左手插進了褲袋裡，唔，她以為他會牽她的手，某人無比慚愧地低下頭。

走了一會兒，安寧又覺得不自在，她是習慣走人右邊的，可是，如果現在再繞過去會不會看起來很傻呢？

他偏頭看她。「什麼？」

他的敏銳度有必要這麼高嗎？「我叫李安寧。」似乎還沒有跟他說過自己的名字。

「我知道。」

知道？好吧，她的名字可能已經在黑名單裡了。

「那個，我隨便問問的，你跟其他女生出去吃飯的時候——」

「我以前從未跟女生出去吃過飯。」

「咦？那我上次還看見你……」她想問的不是這個吧？她想問你跟其他女生出去吃飯的時候習慣走哪一邊，然後她可以含沙射影地道出自己喜歡走右邊。

「徐程羽是我堂妹。」他一頓，然後隱約笑了一下。「所以，妳不用擔心。」

我沒擔心啊，安寧絕望地想著，完了，誤會大了。

「想吃什麼？」

「青菜麵。」說出口後她才發現好像寒酸了點兒，不過，她的確想吃麵條。

他又笑了，似乎得出一個結論：「妳很好養。」

這算是誇獎嗎？

「唔，我能問下，你為什麼要請我吃飯？」

徐莫庭面不改色道：「謝謝妳借我卡借書，以及，謝謝妳幫我找到了那本《外交概論》。」

「哦……但那本書，你還是沒拿回去。」

對方淡淡答：「嗯，送妳了，留作紀念吧。」

「……」作為什麼的紀念啊？

兩人到了學校後面的一家麵館，人不多，但安寧進去就遇到了認識的人，江旭看見她便上來打招呼。「真巧，妳也來這邊吃飯啊？」

「嗯，我來吃麵。」

「……」

江旭這時也看到了她身後站著的徐莫庭，不由得一愣，臉上有明顯的訝異，最後轉頭對安寧說：「那不打擾你們吃飯了，我裡面還有朋友在，回頭見。」走開時又補了句：「代我向薇薇問好。」

「好。」

徐莫庭說：「妳找位子坐，我去點單。」

安寧一坐下，表姊的簡訊便發了過來——

表姊：**啊……多麼銷魂的一天！今天弄了一天的圖紙都得重畫，讓死機來得更猛烈些吧！**

安寧：**荀子說心胸要寬廣。**

表姊：**姊都D罩杯了，還不夠廣哪！說一句安慰的話吧。**

安寧……廣。

表姊……

徐莫庭過來時手上拿著兩罐飲料，他將一罐柳橙汁遞給安寧，他喝的是雪碧。

「呃，雪碧還是少喝的好。」

徐莫庭看著她，笑了一下。「我很少喝。那邊沒什麼好買的，隨便拿了一罐。」

「哦……」妳幹麼要多管閒事啊李安寧，他看妳的眼神就像是在看……看管家婆？

等麵的空當，安寧聽到隔壁桌的兩名女生談話，不是偷聽，因為她們講得很大聲。

「最近新下了一款遊戲，發現裡面好多武器是專打臉的。」

「打人不打臉啊！」

「我男朋友的武器是一塊純金圓盤，投擲系的。」

「很強大吧？」

「這就要看他扔的是一塊還是一堆了。」

「一堆純金？妳男朋友真是有錢人啊，話說回來，圓盤應該可以回收吧？」

旁邊一直插不上話的第三名同伴笑出來。「回收？難道扔出去，不管中不中，跑去撿回來，再扔，再撿……」

男友武器是純金圓盤的女生聳肩。「反正他有錢啦，撿不回來也沒事兒。」

安寧默默扭頭，剛好對上徐莫庭的眼睛，他似乎也聽到了，於是淺笑。「怎麼了？」

鑑於他們離旁邊桌太近，安寧只好俯身過去對他說：「按金庸的邏輯，用奇怪兵器的人都不是主角。」

他似乎有一瞬的停頓，也不知是因為她的話還是她的接近。

而安寧此刻想的是楊過那把玄鐵重劍，劍重一百二十公斤，力壓千鈞，其實也挺詭異的吧？

麵條上來後，在安寧同學低頭吃麵條的時候，有人走過來叫了聲徐莫庭。「你今天在學校啊！」

莫庭已經起身。「過來交點兒東西。你呢？」

「學生會有點兒事情要處理，一群菜鳥，什麼事兒都幹不了，哥都退出學生會一年多了，還不讓我省心。」對方看到徐莫庭對座的李安寧，不由得多瞄了幾眼，倒也沒多說什麼。「對了，我一直想問你來著，近期學校有個『形象大使』的比賽，你能不能抽空做一下初試的裁判？」

安寧不由得拉長了耳朵聽，因為薔薇報名參加了這個活動。

「我可能沒時間。」

耶？安寧抬頭望著他，答應吧，這樣她就可以走一下後門了，呃，不對，走後門關係要很好才行啊，要不送個禮啥的？

徐莫庭好像又感受到了她的「意念」，側頭問了她一句：「怎麼？」

這人其實是神吧？

「不如，你做一下裁判？」

安寧堅定忽視那位中途過來的陌生人投注過來的視線，以及意味深長的笑容，反正……那位當事人大概早已經誤會了。

然後當事人笑著回了陌生人：「初試的裁判嗎？可以。」

安寧沉吟，她可不可以也誤會一下他喜歡她呀？

9

晚飯後被人謙謙有禮地送回，安寧顧盼自若地說了聲「再見」，對方也很君子，回了句「晚安」。

安寧走進宿舍，聽見毛毛在說：「不想相親，我要邂逅，純天然的，像路口、咖啡店、飛機上。」

朝陽說：「如果妳在咖啡店或者飛機上看見一個符合妳要求的人妳想怎麼做？萍水相逢而已吧。」

毛毛興奮道：「這種時候我YY得不知道多熟練了，當然是看準角度、風向，算準速率，唯美地撞過去啊！」

安寧點頭。「原來如此。」

毛毛笑道：「當然旁邊一定要有妳在啦。」說完勾住剛進門坐下的安寧。

朝陽疑惑了。「如果那人在吃東西，然後因為妳衝過去而毀了他一身的阿瑪尼被人家怨恨、討厭了怎麼辦？」

毛毛說：「所以我說旁邊一定要有喵在嘛。」

安寧問：「幫妳付乾洗費？」

毛毛道：「被怨恨、討厭了由妳來擋，當然，被喜歡了就由我來給他洗衣服啊，哈哈哈哈，生活真美好啊！」

朝陽直翻白眼。「是YY真美好吧？」

「總的來說就是『被仇視了阿喵上，被看上了我上』，當然如果安寧看中了想接手也可以，我去物色新獵物，男人啊男人，一整個飛機呢。」

其他兩人無語。

「對了，阿喵，妳剛跟誰去吃飯了？」朝陽問。

「嗯……薔薇呢？」

朝陽搖頭：「太明顯了吧，轉移話題？」

安寧微笑：「被看出來了呀？」

毛毛問：「明天誰陪我去爬江濘第一大山？上面有道觀哦，我們可以參佛，求男人。」

朝陽鄙視：「毛曉旭，妳真的很猥瑣。」

「我明天要回家。」安寧想著要不要告訴毛毛，進道觀參佛，結局一定不會樂觀。

「朝陽，妳呢？」毛毛問。

「不去，我進道觀會控制不住情緒。」然後沈某人遙想當年。「三年前的一個春天，我頂著感冒跟同學去白雲觀玩。一進大堂，看到案上供的是菊花……我當場就囧了，然後上二樓，供的是玉帝王母，結果案上是百合……然後旁邊兩間小廳，供西王母和東王公，分別也是供菊花和百合。問題是，西王母身邊是女童，配以百合，東王公身邊是道童，配以菊花。最後我笑得太厲害沒控制住喊道：『啊，真相啊！』因為太大聲，結果悲劇了！當天就感冒加重，失聲……有此珠玉在前，導致我後來一進道觀就怪笑不已。」

毛毛也跟著大笑起來：「世界大同啊。」

安寧低嘆：「子不語怪力亂神。」

被無視掉。

這天，安寧在洗澡的時候毛毛來敲門：「阿喵，妳電話響好久了，要不要幫妳拿進來啊？」

「妳幫我聽一下吧。」

於是，一分鐘之後，毛毛猛敲門。「是男的！我跟他說妳脫光了在洗澡，他說他等會再打過來，我說要不我跟你聊聊啊，他婉言拒絕了，順便說一下，他說他姓徐。」

下一秒安寧拉開了門，臉上紅撲撲的。「妳……跟他說什麼了？」

「要不我跟你聊聊？」

「上面一句。」

「妳脫光了在洗澡。」

安寧呻吟：「毛毛，我再也不要理妳了。」

結果是那天到睡覺前安寧的手機都沒再響起過，她不知為何倒小小地鬆了口氣。

隔天一早，安寧去學校後門坐公車回家，然後碰到了……徐莫庭。

對方靠在站牌邊，一身休閒裝束，因為身材好所以整個人看起來特別的英挺。安寧望著這道側影，心裡有些為難，她要不要走近然後說聲早安什麼的呢？可是，她跟他好像又沒什麼特別的「交情」……糾結，然而安寧的糾結沒持續太久，因為徐莫庭看到了她。

於是某人努力裝作偶遇的樣子，事實上就是偶遇吧？走上去靦腆地笑了笑。「你也來這邊等車啊？」

徐莫庭站直了身子。「不是，我等妳。」

「……」

「妳室友說妳今天回家。」

他不會是來送她的吧？

事實證明他的確是來送她……上車的。

然後，安寧第一次在公車上沒有去驗證五十分零七秒這個數字的偏差，一路上都在想……徐莫庭。

中午在家跟母親大人吃飯的時候，不知怎麼聊到了「對象」這一話題，李媽媽的意思是：「閨女啊，妳也不小了，是不是可以找個男朋友來交了？」

「我才二十四歲。」安寧很乖巧地一笑。

「我二十四歲的時候妳都會叫我媽媽了。」

「嗯……那您希望自己四十五歲的時候有人叫您奶奶嗎？」

「……妳還小，再等兩年也行。」

在幫媽媽洗碗的時候安寧心想，如果她一輩子都不結婚會不會很不孝呢？也許爸媽離婚的事情並沒有給她帶來太多的傷害，不過，沮喪和難過還是有的。

第二章

後援團

1

晚上安寧和母親大人聊了會兒天，薔薇線上找她，李媽媽也有點兒睏了，打著哈欠跟女兒說了句「早點休息」就回房去了。

薔薇：又在看旁門左道的東西？

安寧：在吃零食。

薔薇：胖，努力胖！

安寧：我吃的是花粉，貌似是減肥的。

薔薇：幹麼吃這種東西！乖，快去吃肉，去，去去！

安寧：下午的時候看到一位老太太，背著一大袋蜂蜜啊花粉啊什麼的在我們社區裡面賣，我看她大雨天背這麼重的東西不容易，就買了一罐蜂蜜一罐花粉，買了當然得吃，浪費不好。

薔薇：嘖，講正題，江旭今兒跟我說了件事，他說昨天晚上看到妳跟個男生出去吃飯了。

安寧：學長好眼力。

薔薇：他說那人是外交學系的，一個神龍見首不見尾的人物。我說妳什麼時候招惹了這麼一個人物啊？

安寧：嗯，我也在想，什麼時候呢？

薔薇：……算了。下週二比賽，妳覺得我應該唱什麼歌？〈兩隻蝴蝶〉？

薔薇：再配以扭一輪秧歌？我說妳能不能認真點給建議啊！

安寧莞爾地看著對話方塊裡跳出來的一排凶狠表情，晃眼瞄到書桌上的手機，猶豫著拿起……

「你喜歡聽什麼歌？」安寧發出去後才察覺，她這樣算不算套裁判的話呢？

她正決定無視前一刻的行為，結果對方直接來電，於是心驚肉跳地按下通話鍵。「……喂。」

「還沒有睡？」他的聲音在電話裡聽起來有些低沉，又帶著點兒輕輕柔柔的味道。

「嗯，正要睡。」

對面傳來一道低柔的女聲，他說了句「稍等」，安寧想其實「再見」也可以的。在「稍等」中看群裡薔薇跟毛毛聊天。

薔薇：「Spice girls hot, spice girls hot, spice girls spice girls hot hot hot!」

毛毛：＝＝！

薔薇：哦？妳看懂了啊，我還以為要給妳翻譯呢。

毛毛：＝＝！這個符號代表我不明白。

薔薇：不明白啊？

薔薇：辣妹子辣，辣妹子辣，辣妹子辣妹子辣辣辣！（註2）

註2〈辣妹子〉是中國知名女高音宋祖英的代表作，此歌曾多次被她於春晚表演。

毛毛：==！

薔薇：**我去，中文的也不明白啊！**

安寧笑出來，電話那頭的聲音這時傳過來：「妳是不是申請了學校的專項學術研究？」

安寧微訝，他怎麼知道的？她昨天才到導師那裡填寫申請表，目的是為了多拿兩個學分，多學一分知識，多掌握一些經驗，呃，簡言之，就是為了少上一堂課。

安寧心虛而又正直地回答：「嗯，為了多學點兒東西。」

「找到合作的人了嗎？」對方打斷了她的話。

「有兩個同學跟我一起。」

徐莫庭略沉吟：「我知道了。」

知道什麼？安寧無知了……

「妳有什麼要跟我說的嗎？」對方輕聲問。

「沒……」

徐莫庭「嗯」了聲：「那好吧，妳早點兒休息，如果妳有話想跟我說，隨時可以打電話給我，我不關機。晚安。」

「晚安……」

後來跟表姊聊天，安寧問：**有沒有可能……一個長得很好看又非常聰明的人……中意我呢？**

表姊：**不大可能**。

安寧：……

表姊：**除非聰明反被聰明誤**。

安寧……

安寧週日下午返回學校，一進寢室門就被薔薇拉出去買衣服。

她們一幫人中最不能逛街的就屬安寧了，逛半小時就喊累，不會還價，還時不時給乞丐零錢，導致她們自己沒零錢坐公車回去。不過，薔薇無奈地想，她還是最喜歡帶安寧同學出去的，因為討喜。

薔薇問：「妳覺得我穿這件好看還是那件好看？」

「都……」

「都好看啊？」多麼討喜的孩子，薔薇想。

都差不多……安寧想。

逛了半小時後，安寧揉著膝蓋說：「薇薇，我腳好痠，能不能讓我先坐一會兒？」

薔薇今天心情好，於是大方開恩。「坐吧。」

安寧剛找了店裡的小沙發坐下，就見有人推門進來，很巧的是同校同學，而安寧之所以會認出來，是因為上次在圖書館裡跟她們說過一句話。

進來的兩人第一眼就看到了在鏡子前左右搖擺的薔薇：「真是冤家路窄。」

薔薇回過頭來。「唷，原來是江旭的學妹們啊。」

彼此一番兩看兩相厭之後，各自看衣服，之後那兩個後進來的女生開始聊天。「其實衣服這東西還是要人來襯的。」

「人不好看穿什麼都像套麻袋。」

「妳說這麼老了還參加什麼『形象大使』活動啊，我們大二、大三的玩玩還差不多。」

「有些人就是不知道什麼叫『自知之明』。」

薔薇轉身。「說誰呢妳們？」

瘦點兒的女生說：「我指名道姓了嗎？不過，妳自己想要對號入座我們也不介意。」

安寧起身走到薔薇身邊，疑惑地問了句：「薇薇，她們跟我們不是同齡嗎？我以為是同年級的或者是學姊呢。」她是真這麼覺得的。

薔薇一愣，狂笑出聲！

而那兩個女生臉色一白一紅，隨即認出安寧。「妳不就是——」

瘦的女生的話說完整了是：妳不就是上次搞冷了我們的那人嗎？

胖點兒的女生的話說完整了是：妳不就是上次我去報名時看到的跟外交學系的男神徐莫庭靠在一起的女生嗎？

兩個女生最後灰溜溜地走了。

終於買完衣服，安寧跟著薔薇走進市區的一家中式餐廳，薔薇目不斜視地衝到一張視野極好的靠窗位子坐下，伸手：「Taxi！」一愣。「錯了，Waiter！」

安寧一瘸一拐地跟過去入座：「我請客吧！」

「為什麼？今天應該是我犒勞妳才對。」

安寧笑道：「等會兒吃飽了妳背我回去。」

薔薇瞪眼。「妳走出去隨便一喊，很多人願意背妳的，小姐。」

「可是我怕生嘛。」

「喏，熟人來了。」薔薇低頭看訊息。「毛毛說要請我們吃甜點，雖然我個人覺得她都胖成那樣了就不能吃點兒鹹的。」她剛放下手機又有電話進來，一看名字，頓時心花怒放。

薔薇一接起就眉開眼笑道：「江學長啊，對，對，在吃飯呢，你看到我們了啊？你在附近！這麼巧，那過來一起吃吧？」

於是十分鐘後，安寧再一次和江旭面對面吃了一頓飯。

吃飯期間江學長關懷地問了她兩個問題，一：「不介意我跟薇薇一樣叫妳安寧吧？」

「嗯……薇薇極少叫我安寧的。」

二：「妳認識徐莫庭啊？」

「認識。」

江學長沉默了，轉頭和薇薇交談起來。飯後江學長叫了計程車送她們回學校，說他還有事情不回去，但給她們先付了車錢，只多不少。到學校後去宿舍的路上，薔薇一直無休止地唸著：「我的羅密歐啊，哦，我的羅密歐……」直到安寧止住腳步，薔薇斜眼看她。「怎麼啦？」

「毛毛……」

二號餐廳門口，此時毛曉旭正手舉一張紙板，上寫「十七大精神總結」，被進出餐廳吃飯的人圍觀。

「同學們，今天我毛某想從十七大報告出發，來談談我校飲食工作需要改進的幾個地方。」

「在十七大上，主席指出，這次大會的主題是高舉中國特色社會主義偉大旗幟，以鄧小平理論和『三個代表』重要思想為指導，深入貫徹落實科學發展觀，繼續解放思想，堅持改革開放，推動科學發展，促進社會和諧。」

「我校的餐廳工作，長期以來以『為人民服務』為宗旨，積極開發新的菜品，以穩定的品質服務師生，為江大的教學、科學研究活動提供了堅實的後勤保障，可有些方面依然做得不足啊，所以為了更好地建設和諧社會，貫徹黨的十七大精神，我向學校飲食部門提出以下建議：一、餐廳的麵量好少！能不能增加一些？二、可否在餐廳提供雞肉和牛肉食品？以素雞代替雞不是長久之計。」

「我希望學校能夠以貫徹落實科學發展觀的決心，增加麵量，恢復雞肉和牛肉的供應，合理定價，走一條可持續發展之路！」

薔薇默唸：「我不認識她，我不認識她……跟我們沒關係，跟我們沒關係……」

毛毛又說：「在這裡我順便提一下，這週二我朋友傅薔薇要參加學校的『形象大使』比賽，傅薔薇，研究所物理系十班，我朋友！希望大家多多支持，多多投票！」

薔薇仰天長嘯。「嗷，讓我死了吧！」

安寧笑道：「薇薇，出來混，總是要還的。」

「咳咳。」身後有人似乎非常君子地忍住笑輕咳了一聲，安寧一回身便愣住了。

他看了眼五公尺外人形圈的中心。「妳同學？」

可不可以說不是……「嗯，室友。」

「剛從外面回來？」

「嗯。」

「我也剛過來，陪我走走？」

如此高風亮節風度翩翩，可是，她能不能說不啊？

此時薔薇正震驚地看著他們！

安寧一時無語。

徐莫庭微微揚眉。「怎麼？」

安寧說：「走吧。」

薔薇驚呆了。

2

安寧那天出去陪走，其實沒怎麼走，對方見她腿腳不便，就選了一家校內的餐廳入座。

這家位於學校休閒區的中式咖啡店，說它中式是因為裡面提供各類中式菜式，包括蛋炒飯、牛肉麵、砂鍋等，她以前跟毛毛來過一次，回去之後，毛某人在校園論壇上發過一則「關於休閒街祥和咖啡店牛肉麵之警示錄：一、請自帶牛肉！二、大碗是指碗的直徑，與麵量無關！」

安寧想，毛毛喊著要減肥其實是喊著玩的吧，一直以來……

「笑什麼？」徐莫庭看著她淺笑。

嗯……我有笑嗎？安寧正直而嚴謹地望回去。

對方咳了一聲，手搭放在唇畔，心中沉吟：怎麼會，竟然還會緊張？

徐莫庭說：「叫飲料吧？」

「呃，我可不可以喝開水？」

莫庭叫了咖啡和開水，然後安寧喝著水恍惚想到一個關鍵問題，我來幹麼的啊？

或者說，他們到底是在幹麼啊？

正想說點兒什麼，對方手機響了，他拿起來聽了兩句，掛斷後對她道：「有兩個朋友要過來——」

咦？「那我先——」

「妳見一下吧。」

「……」

來者是徐莫庭的室友張齊，及他的女朋友。

張齊一來就對安寧上上下下左左右右打量了一番，最後笑著對莫庭說：「漂亮！」惹得旁邊女友嘖嘖搖頭。

「坐吧。」徐莫庭指了指對面的位子。

自我介紹之後，張齊的女友對安寧說了句：「名如其人。」

張齊笑了笑，跟莫庭說正事：「林教授那邊你打算怎麼答覆？他讓我來當說客呢。」

徐莫庭說：「我會考慮，但基本不會答應。」

「呵，讓你說出肯定的話，可不比登上喜馬拉雅山再刻上一個『到此一遊』容易多少。」

這邊張齊女友跟安寧聊了一會兒後，問：「妳不是我們系的？」

「嗯。」

張齊女友挺喜歡這女孩的，秀秀氣氣，有點兒文弱的樣子——她大概有保護弱者的傾向。

「妳也是研究所的，什麼系？」

「應用物理。」安寧想了想還是說了一句：「其實，喜馬拉雅的山頂終年覆雪，刻不上字的。」

正跟徐莫庭說話的張齊停下來，一時無語。

張齊女友大笑出聲：「她真是可愛。」

呃，她要不要說聲謝謝呢？

張齊女友對她說：「咱倆換張桌子聊吧？讓他們談事去。」

安寧無所謂，剛要起身，徐莫庭伸手輕拉住她。「不用，坐這就好。」

在對面兩人面面相覷的眼神中，安寧莫名其妙紅了臉。

這天他送她回宿舍，安寧有些迷迷糊糊，因為他一直牽著她的手，到了她宿舍大樓下他跟她說：「上去吧。」安寧愣愣點頭，直到進了寢室門才徹底回神，確切地說是被嚇回了神。

朝陽：「阿喵！」

薔薇：「喵！」

毛毛：「喵！」

一片貓叫聲……

「呃，春天來了嗎？」

薔薇呻吟：「我本將心向明月，奈何明月照溝渠，坦白從寬，說！」

「說出事實真相！」

「男人！」

安寧一頭黑線。「容我想想。」走到床邊坐下，她今天腳痠死了。「應該是妲己暗戀伯邑考，但是伯邑考身為文王長子，無心情事——」

「什麼東西？」

「別轉移話題！」

「男人！」

安寧無辜。「我本將心向明月，奈何明月照溝渠，這句話是妲己對伯邑考說的。」

「……」

眾人就這麼看著阿喵轉移了話題後倒在床上。

後來安寧跟表姊MSN聊天。

安寧：**我今天跟一個男生手牽手了。**

表姊：**哦**。

安寧：**沒什麼要說的？**

表姊：**人如果沒欲望，那和鹹魚有什麼區別？**

意思是她以前是鹹魚嗎？還是現在依然是鹹魚？安寧糾結了。

3

安寧糾結了一天一夜，直到隔日一句成語衝進腦子，「鹹魚翻身」，豁然開朗！中午開朗的某喵有點兒心情圍觀班級的群聊了。

甲君：**我前天回家我家狗狗竟然不認識我了！這才分開多久啊！死沒良心的！**

朝陽：**唉，畢竟不是親生的啊。**

薔薇：有ＡＶ嗎？

乙君：**我昨天在餐廳吃飯，吃了白菜和冬瓜，真辣啊，他們是不是換了四川籍的大廚？怎麼也不事先通知我們一聲呢？**

丙君：**我說妳就不能先用眼睛看看上面有沒有辣椒？**

薔薇：有ＡＶ嗎？

甲君：**墨西哥那邊豬流感復發，咱們是不是又不能吃豬肉了？**

毛毛：**那就改吃素吧，反正最近我也剛好信佛中，哈哈哈哈！**

朝陽：**中國跟墨西哥隔了太平洋，傳過來還早著呢，吃吧！**

丙君：**某陽，妳不知道豬也可以坐輪船嗎？**

薔薇：有ＡＶ嗎？

……

甲君：**薔薇，妳明天不是要參加那個什麼「形象大使」比賽嗎？怎麼還有時間看AV啊？**

乙君：**就是，好歹妳也是咱們研究所的代表，別第一輪就給刷下來了啊。**

丙君：**免得大學部的人老說咱們年老色衰，喵的！**

乙君：**這麼一說……阿喵同學在不？**

朝陽：**剛還在，這會兒去玩 ikariam 了。**

甲君：**說到這個web遊戲，義憤填膺啊！我玩的時候不小心惹到一個睚眥必報又死纏爛打到極致的傢伙，沒事就堵我，一天攻擊我七、八次，我都被折磨得沒心情玩了——我就不明白了，現在玩網遊的都這麼渣嗎！**

毛毛：**都十一點了呀，怪不得我覺得我肚子小了一圈！走吧走吧，都吃午飯去吧！**

朝陽：**遇人不淑而已，也或許是相愛相殺。**

突然間，超多人湧上來——

還早呢！

還沒有人回答傅同學的問題啊！

薔薇的後援團是龐大的。

朝陽轉頭問安寧：「薇薇她是故意的吧？」

安寧已經關掉遊戲。「嗯……本意。」

她看到線上「Mortimer」的頭像亮著，然後看著看著，突然「啊」了一聲，M……t……莫庭？安寧顫顫巍巍地打字過去：徐莫庭？

對方回過來：嗯。

「……」

安寧百感交集，在「你怎麼不說明啊」和「你逗我啊」中左右為難，最後回了一句：好巧啊。

電話響起，正是徐莫庭，安寧接通後他便說：「一起吃午飯吧？我到樓下等妳。」

他們什麼時候成彼此的吃飯對象了？

正想推拒一下，對方問：「十分鐘後可以下來嗎？」

「……可以。」

於是，阿喵懷著複雜的心情下樓吃午飯了。

後面有人喊：「阿喵妳要出去啊？那我們就不出去了啊，妳回來的時候記得帶外賣！」

「……」

「形象大使」比賽當天，也就是隔天，安寧早上有兩堂選修課，所以當她趕到文體中心時，比賽已經開始了，現場人潮洶湧，果然食色性也，人之大欲存焉，想她當年參加力學競賽時來看的人不過二十，其中包括八名參賽者，同樣是校級比賽，卻是天差地別啊。

安寧打電話給朝陽，得知她們在裡面了，門口裡三層外三層站滿了人，好不容易擠進去，望見毛毛在中間的位置占了地，安寧之所以能這麼迅速地找到人，完全是因為毛某人今天的一身上紅下綠，鮮豔得扎眼。

朝陽見安寧過來就說：「剛有人唱了曲〈江山〉，又不是春節晚會，搞得這麼老年化幹麼？」

毛毛答：「個人愛好吧。」

朝陽「哈」了一聲：「那我一定唱一首〈東方不敗〉！」

安寧問：「薔薇第幾個出場？」

「倒數第三，也就是說我們要熬到最後了。」

毛毛眼睛一直盯著某個方向沒轉開過。「還好啦……看評審委員席吧，左邊第二個，雖然只是一道背影……呵呵，呵呵呵！」

朝陽尋思。「剛我就在想這人有點兒眼熟，現在想起來了，不就是上次來班裡要黑名單的那帥哥嘛，順便說一句，毛毛，妳的笑聲太淫蕩了。」

安寧抬眼望去，舞臺下面第一排上的某個人，英挺的背影，一副正派的感覺，他應該是一個意志堅定、嚴謹又條理分明的人。

安寧沉思：後門一定很難走吧？

下一秒安寧就收到一則簡訊。「要走後門嗎？」

徐莫庭的手機被盜了嗎？「你是？」

這次對方好一會兒才回過來。「徐莫庭。」

安寧似乎看到了對方犀利沉毅的眼神，唔，弄巧成拙了，第一次走後門就出師不利。

於是某人按照自己的賄賂模式乖巧地發過去一則——「我送你禮物吧？你想要什麼？」

「晚上陪我吧。」

不會想歪的人不是人，安寧石化了。

毛毛的聲音傳來：「他側著臉，手搭在嘴脣邊的樣子真性感啊！」

朝陽一驚。「妳哪裡弄來的望遠鏡？」

毛毛心無旁騖地看帥哥中。

兩小時後，薔薇上場。「有人問我為什麼這麼『老』了還來獻醜，沒辦法，我就是愛『獻』！人生就像一盤磁帶，出生，求學，畢業，工作，生子，老死，一路快轉，為什麼我們不在這最有活力的年月裡及時行樂，想做什麼就做什麼？所以，問我這個問題的人純粹是沒事找碴、欠打！

Well，接下來這首歌我要獻給我們研究所的同仁，物理系的同胞，十班的兄弟姊妹，兩個寢室的六位小姐，我最愛的阿喵同學！〈為了遇見你〉，謝謝。」

浩瀚星海中
堅持一種夢
你手中的溫暖
我好想觸摸
茫茫人海中
我與誰相逢
你眼中的溫柔
是否一切都為我
為了遇見你
我珍惜自己
我穿越風和雨
是為了交出我的心
直到遇見你
我相信了命運
這未來值得去努力
為你……

第三章 同學會

1

薔薇晉級初賽，在意料之中情理之外，她唱歌本來不差，但作風不夠正統，在熱愛黨熱愛江大的横幅下其實是應該被刷掉的，但是一位裁判說了：「我喜歡貓科動物，所以，妳唱得不錯。」在六成人不明所以、三成人不明所以的「帥啊」，和一成人「果然外交學系的老大就是高深莫測」的感慨中，觀眾熱烈鼓掌！

薔薇下來的第一件事是對後臺還未出場的兩人之一，就是上回買衣服起了衝突的其中那位胖點兒的女生微微一笑說：「實力，是檢驗真理的唯一標準。」

「傅薔薇，有意思嗎？」

「有意思啊，我正等著妳上去驗證另一半呢。」隨即她哈哈大笑晃出簾幕。

據傅某後來描述當時的感覺：宛如天堂。

總而言之，薔薇很得意，更讓她得意的是她曾以為安寧跟某個人物之間有貓膩，沒想到，果然有貓膩！

跑回臺下研究所地盤時，傅某人得到了熱情的歡迎。「薔薇啊，有出息啊。」

薔薇謙虛。「沒沒沒，實力而已。」

「可是阿薇啊，為什麼妳沒有說到我啊？為什麼妳只說到阿喵啊？為什麼啊！」受冷落的同學問。

薔薇笑著摟住一旁正幫朝陽調試相機的安寧。「自然是因為阿喵同學最討喜嘍！」

此時舞臺上，被薔薇刺激了的女生正在唱〈一個人的精彩〉，而一心一意瞄著舞臺下的毛毛發出一道驚疑之聲：「咦？他要走了嗎！」

只見徐莫庭朝旁邊的一位老師微點了下頭，起身一手插褲袋一手撥著手上的手機從最前門走出了會場。

朝陽嘿嘿一笑。「估計是去傳簡訊給女朋友吧？」

薔薇沉吟：「怎麼走了啊？不是——」下意識瞄某人。

這邊安寧調試完焦距抬起頭，手機響了，是簡訊。

「臨時有點兒事情，我明天過來。」

「阿喵，相機好了嗎？」朝陽朝安寧揮手。「發什麼呆呢？」

安寧不知怎麼臉有點兒紅紅的。「我明天要請假回家。」

初賽結束，進入決賽的傅薔薇請大夥兒去吃了頓火鍋。

而安寧第二天真的請了「事假」回家了，其實她確實有事情，母親大人前段時間跟她說身體偶感不適，她就一直想什麼時候陪著母親去趟醫院檢查一下，擇日不如撞日，就這天了。

在李媽媽跟主治醫生聊天時，安寧百無聊賴地拿手機上網瀏覽古埃及的資料，正在西元前二十七世紀遊蕩時，有人叫了她一聲。

在這種地方居然會遇到高中同學，有些詭異。

「妳是李安寧！」對方也很詫異。「好久不見啊。」

安寧微笑中。

「我們以前是同桌，雖然只做了一年的同桌，但妳不至於真不記得我了吧？」

呃，真沒什麼印象了。

「妳借給我五十塊錢我至今沒有還呢，哈哈！」

這個……真忘了。

一輪寒暄之後，對方要了她的手機號碼。「有空多聯絡啊。」

「好。」安寧想，其實估計以後不會怎麼多聯絡的吧？

沒想到就在她回學校的第二天，這位同學便撥了電話給她，說是週末在某餐廳開高中同學聚會，讓她去，是討論已久的。

這下不只意外了，這種同學聚會該有多生疏啊，安寧反應過來，想說她可能沒有空，也是實話，剛申請的學術研究批下來了，他們小組她負責找資料，她要一馬當先，結果她剛要開口，對方甩過來一句：「李安寧啊，妳都消失五、六年了，怎麼說也得來一次吧？」

「……」

「阿喵，過來看照片。」朝陽在位子上喚她。「沒想到薔薇還挺上相的，不錯不錯。」

毛毛嘆息：「可惜帥哥只拍到了背影。」

安寧掛斷電話走過去看了一眼。「嗯……」

朝陽問：「不錯吧？」

「可惜。」

「……」朝陽問。「妳剛跟誰通電話呢？一副糾結的模樣。」

「高中同學，說星期六要聚會。」

毛毛道：「聚會？去！不吃白不吃啊！」

「我是答應了，只不過……」一直不怎麼習慣觸及往昔，高中，是父母離異時，她最難過的一段時期。

週六當天安寧還是應約到了那家酒店門口，看到兩名男生站在外面迎客，有點兒面熟，不過已經叫不出名字，跟記憶中的模樣相去甚遠，染著頭髮，穿著夾克，其中一人的手上還夾著一根香菸，安寧不由得感嘆當年的少年如今都長大成人了。

兩人看到她有點兒驚訝，其中那位抽菸的男同學親自領她到了包廂裡，中途挺猶豫地說：「妳大概都不記得我了吧？」

安寧尷尬，的確不記得了。「對不起。」

對方笑起來。「妳還真是沒變多少啊。」

包廂裡已經有十來個人了，有人看到她進來就「咦」了一聲：「李安寧啊？」

上次在醫院裡碰到的那人站起來笑著說：「我了不起吧，竟然把我們班的乖乖女也請到了！」站門口沒走的男同學接話：「了不起了不起。」引得不少人笑了。

這次聚會還是跟隔壁班一起辦的，安寧記得高中時一個班級是三十多個人，今天一共來了二十五位，不錯了。不過開始時大家都滿拘謹的，偶爾搭一兩句話，更多的是跟旁邊的人低聲細語：「哎，剛那是誰誰誰吧？都認不出來了。」

正式上餐桌吃飯的時候，大家倒都放開了，笑著交換著各自的資訊，誰誰誰讀研究所了，誰誰誰工作了，誰誰誰出國了，誰誰誰結婚了。

「李安寧，妳怎麼不說話啊？」有人朝她敬酒，安寧拿起果汁回敬。

「我們李同學就是這麼文靜啊。」

安寧乖巧微笑，淑女形象無堅不摧……

坐在她旁邊的副班長幽幽地說：「想當年啊，追妳的男同學，包括我，妳都給了好人卡，唉。」

咦？有這麼回事嗎？她完全不記得了。

這時候隔壁班的一位男同學過來向副班長敬酒，副班長現在在日本留學，於是這位同學一臉色狼相地問：「能不能給我帶點兒光碟回來呀？」

副班長認真地回答：「嗯，不過都挺貴的，要一兩百塊一張。」

「哎呀，再不買就來不及了啊！你看，武藤蘭死了，飯島愛也死了，難得松島楓復出了。」

安寧說：「呃，武藤蘭沒有死。」

男生擺手。「死了，死了的！」

「那只是網路上的謠言，後來她正式出面闢謠了。」

世界瞬間暫停了，那男生滿臉驚疑地問：「妳怎麼會知道這些的？」

……薔薇說的。

這時有人推門進來，安寧聽到副班長喚了一聲：「徐莫庭。」

現在是什麼狀況？他跟她是高中同學？

安寧看著徐莫庭與人打招呼，文質彬彬、斯斯文文，剛跟副班長要光碟的男同學則雅痞地一手搭到了徐莫庭肩上。「老同學，好久不見啊。」

所以，他是隔壁班的？

她竟然一點兒都想不起來了。

「我記得上星期是你通知我的。」他的聲音低低的，好像有點兒感冒了？

那男生呵呵收回手。「忘了老大不喜歡跟人勾肩搭背了。」

徐莫庭但笑不語，走過來拉開安寧旁邊的一張空座椅坐下，他似乎沒有注意到她。

副班長遞給他一罐啤酒。「你能來真不容易啊。」

「有空就來了。」他晃了晃手上的啤酒，拿起右邊的一杯果汁喝了一口，坐在一旁的安寧赧然。「那個，是我的杯子。」

徐莫庭側頭，輕聲問：「是妳的又怎樣？」

「……」好吧，他是老大，安寧識時務地說：「請慢用。」

離他們最近的副班長看到這一幕，不可置信地瞪大了眼睛。「徐莫庭，你欺負女生！」

這音量以及內容立刻引來不少注視。

徐莫庭微揚眉，但還沒等他開口，旁邊的女生已經解釋：「沒沒，他沒有欺負我，我自願的。」

「……」

什麼叫越抹越黑，這就是了。

安寧意識到之後恨不得鑽桌子底下去，為什麼每次碰到他就這樣啊？鄙視自己！

「我們中年齡最小的應該是李安寧了吧？」之前帶她進來的男生幫忙岔開話題解圍。

安寧感激地瞟過去一眼，旁邊的徐莫庭恍若有些漫不經心，食指有一下沒一下地輕敲著玻璃杯。

「我記得安寧是比我們小上一、兩歲。」副班長惆悵回憶。「我當初對她的『八六年』一直耿耿於懷啊，比我小竟然還每次考試都超過我！」

安寧非常不好意思地低下頭。「我盡力了。」

副班長一愣，明白了她的意思，她盡力了，盡力地考得差了，他開玩笑地說：「我不活了！」

這一齣鬧下來，去了生疏，氣氛好了，聊的話題也開始百無禁忌起來，期間不乏葷笑話，搞得幾位女生頻頻笑罵。安寧想，這個時候薔薇、毛毛要是在肯定會很愉快，而且，技壓群雄。

有人拿了酒過來。「李安寧，我敬妳一杯吧？」

安寧見是剛才出手幫過她的人，正要接過，旁邊的人比她先一步。「她晚點兒還有事，不能喝太多酒，我替她喝吧。」

什麼叫抹黑之後裝裱，這就是了。

已經有人狐疑地瞄著李安寧，大夥承認，誰也不敢瞄徐莫庭。徐莫庭喝完酒後，男生悻悻然走了。

副班長笑道：「知道為什麼我跟我前女友分手嗎？因為她連灌三瓶XO面不改色，我當時看到這一幕，就覺得我們的緣分盡了。」

所有人大笑。「是不是女友太強悍有失面子啊？」

「嘿嘿，主要是我想找一個一杯倒的。」

「兄弟你學壞了，再不是咱們當初品學兼優的副班長了，不過，依然是學習的榜樣啊！」

副班長說：「有李安寧在，『品學兼優』這個詞我可不敢當，再說了，徐莫庭也在呢。」

安寧同學無奈地微笑著，而她感覺身邊的人雖然始終淺笑著，卻有些心不在焉，於是，伸手去拿被他放置在一邊的那罐啤酒，結果剛碰到邊緣就被對方阻止了，確切地說是他的手心覆住了她的手指。

他轉頭看她。「怎麼？」

「……渴。」

徐莫庭笑著打開罐口，然後推到她面前。「別喝太多。」

她又不是酒鬼，阿喵心說，而且……安寧看著對方拿起她的玻璃杯慢慢喝著果汁，她可不可以懷疑他一直在耍她啊？

一個女同學忽然問道：「李安寧，妳是在江濘大學讀研究所嗎？」

「嗯。」

「那就是說現在跟徐莫庭同一所大學嘍？」

「嗯。」

「呵。」

安寧無語了。

徐莫庭盛了兩杓玉米骨頭濃湯放到她的碗裡面，低語了句：「別只顧著跟人說話。」

哪有？安寧鬱悶了，垂頭吃東西。

坐在旁邊的副班長湊過來。「徐莫庭跟妳說啥呢？」

安寧想了下。「如果是現在的話，那就是不要跟你說話。」

副班長頓時無語。

另一側的雅痞男聽到了，不由得大笑出聲，也非常同情地拍了拍某人的肩。「唉，那啥，十年如一日啊，兄弟。」

副班長哭笑不得。

這時對面剛跟安寧聊了兩句的那位女同學過來敬酒，雅痞男剛要興致勃勃起身，她便說：「不好意思，我是來敬我們班徐莫庭的。」

「我也是『我們班』的啊！」雅痞男不樂意了。「姑娘，瞧不起不到一百八的啊？」

對方一訕。「沒瞧不起，只是沒興趣。」

雅痞男慘叫一聲，撲進旁邊副班長懷裡……

安寧看他們惡搞，不禁失笑。

這邊女同學已經向徐莫庭舉杯。「先乾為敬，你隨意。」

然後，徐某人真的很隨意地拿果汁敬了一下對方。

最後，安寧在女同學意味深長的注視下，只能轉頭望向牆角美好的壁燈，即使臉紅也是燈光照的。

2

一頓飯吃了將近兩個小時，出來時副班長竟然還建議續攤去唱歌，安寧不得不佩服他的精力，正等著眾人提反對意見，結果大夥兒都興致盎然。

安寧猶豫著說：「我……」

「李安寧，去吧，難得的，我記得妳唱歌很好聽啊！」同班的一位女生過來勸說她。

她唱歌好聽嗎？據薔薇說是五音不全的。

不過安寧向來不太會拒絕女孩子，正左右為難時，兩公尺外一手插褲袋與人閒閒交談的徐莫庭朝她招了下手。

安寧不由得嘀咕：「你要不要再丟一根骨頭呢？」

女同學不可思議地看著她，一時竟也說不上什麼了。

一旁有人叫住要走開的安寧問了句：「妳回學校嗎？」正是那位想對她敬酒卻敬成了徐莫庭的

男同學。

「嗯。」

「我送妳過去吧？我家就在江大附近。」

「呃，不用了，謝謝。」安寧也有點兒感覺出他對她的「特別關照」，所以，更加不能麻煩人家了。

對方望了眼不遠處的徐莫庭。「我當初以為妳會報考離本城遠一點兒的學校呢。」

安寧疑惑。「為什麼？」

「那時候妳家——」

「安寧，走了。」徐莫庭這時輕喚了她一聲。

安寧並沒注意到這是他第一次叫她的名字，只想著如何順水推舟地跟這位男同學道別。「那個，他叫我了……再見。」

安寧快步走過去的時候，又有兩位同學過來跟徐莫庭要電話號碼。安寧等了一會兒，心想，要不她先走，其實她本來就不需要等他的嘛。

「妳手機在響。」徐莫庭提醒了她一聲，他表情淡淡的，完全看不出先前是他半誘導半命令地招她過來的。

安寧慢一拍掏出口袋裡的手機，是表哥的電話，正要走開去接，只聽徐莫庭說：「在這接吧，馬上走了。」

安寧無奈，電話接起時對方直接就問她，這週末約好的到她家拿東西怎麼人不在！

「我忘了。」安寧說了聲對不起。「嗯，我今天不回去了，東西在我房間裡，門沒鎖，你自己進去拿吧……」

掛上電話時面前的兩位同學均一臉笑意地望著她，其中那男生率先開口：「李安寧，男朋友啊？」

安寧尷尬。「沒……」

那女生也忍不住開了幾句安寧的玩笑，後者很是無奈。而徐莫庭似乎是最不在意這個話題的人。

副班長過來再次確定他們不去唱歌後，不禁連連惋惜。「徐某人是大忙人也就算了，李安寧妳怎麼也不去啊？」

安寧低嘆：「難道我看上去真的是很閒的人嗎？」

這時徐莫庭倒是笑了一下，跟副班長說了句：「你們玩吧，我們先走一步。」

副班長還來不及說話，安寧就已經被徐莫庭輕搭著肩膀帶走了。計程車駛遠時，不知是誰感慨地出了一聲：「李安寧的男朋友不就是徐莫庭嗎？簡直就是徐某人所有，碰者殺無赦嘛。」

有人笑著附和，有人微感苦澀，有人若有所思，高中畢業這五、六年的背後，都有幾分感觸。

這邊，安寧同學坐在車裡，只覺得很安靜，非常安靜，身邊的人望著窗外的街景，有點兒走神的樣子，他的側面清冷而俊朗，安寧一直覺得他似曾相識，可又覺得，也許對方只是長得好看，所以在大學校園中擦身而過時無意間注意到過，結果，沒想到竟然真的是相識的！

這該怎麼說好呢？安寧並不習慣主動搭話，於是，只偶爾看他一眼，然後繼續保持安靜。

直到他轉過頭來，幽深的眼睛對著她。「怎麼？」

這是他的口頭禪吧……「你以前就知道我們是同一所高中的嗎？」

「以前是多久？」

呃，好冷淡，安寧有點兒受挫，低頭不說話了，也隱約感覺到自己哪裡得罪了他。

「妳記得林文鑫？」他問了一個風馬牛不相及的事。「我還以為隔壁班的妳都不記得了。」

林……那位雅痞男？吃飯的時候副班長叫過幾次這個名字，安寧不知道該怎麼回覆他，於是沉默著，而他也似乎並不想知道答案。車裡播放著電臺的音樂節目，主持人正用甜美的嗓音介紹一位男歌手的新專輯。

這一天的最後，徐莫庭跟她說了一句話，而這句話讓安寧久久不能平靜。

他說：「我也曾給妳寫過一封信，妳記得嗎？」

很久很久之後某人的腦子裡都是紛紛亂亂的，今天的意外真的是太多了。

她竟然拒絕過徐莫庭？

3

這天過後的好幾天，安寧都有點兒神思恍惚，雖然症狀不明顯，但確實是心不在焉。比如跟表姊聊天，表姊得意地說：「今天有人叫我神仙姊姊了！」

阿喵答曰：「許仙姊姊啊。」

然後，表姊不再理她了。

安寧感覺自己本來單純平靜的人生像是忽然被什麼東西擾亂了，於是，決定修身養性一段時間，等待否極泰來。

這天心平氣和地走在校園內，旁邊薔薇在哼第二輪比賽要唱的歌曲，她則看著秋天的枯葉慢慢落下，不由得想徐……呃，不對不對，想秋天為什麼會落葉呢？

安寧無力地垂頭。「太牽強了。」

朝陽道：「聽說這次形象大使的冠軍能拿到一萬塊獎金，薔薇妳可要加油啊，贏了請咱們去五星級大酒店吃一頓。」

薔薇說：「一定一定。」

毛毛問：「不知道上次那位帥哥還會不會出現？」

朝陽恨鐵不成鋼。「我說妳的腦袋除了想男人還能幹什麼啊？」

毛毛嗤之以鼻。「少裝了，說得好像妳沒想過一樣。」

薔薇笑道：「那人我還真不敢想。」

「同學，請等一下！」一個聲音叫住了她們，一個看上去挺……健康的男生跑近。

對方在安寧面前站定，神情有些靦腆。「妳好。」

薔薇和朝陽自動退開一步，男生看著李安寧，微風吹動她的長髮，這樣溫婉的女孩子才稱得上美吧……

沒退開的毛毛柔聲笑道：「同學，有事？」

「也沒什麼事……」男生猶豫著摸了摸臉頰，又看向安寧。「妳後來怎麼都不去上音樂賞析了？」

呃，她沒必要主動再走錯一次教室吧？

男生一咬牙，終於說出來：「我叫劉楚玉，大二的，同學，妳有什麼困難可以隨時來找我。」

安寧「哦」了聲：「我研二的，目前沒什麼困難。」

手機在這時候響起來，如果不是在這個時間點，安寧會看清號碼再接，或者不接，但現在想著如何早點結束眼前這段莫名其妙的對話，所以沒有片刻猶豫就按了通話鍵。「喂？」

「如果不去上課，可以過來看我打球。」聽到對方低低的語氣，安寧全身一凜，下意識地有些感應，扭頭看向左後側的籃球場，十多公尺外的地方，徐莫庭正坐在球架的下方，一手搭在膝蓋處，一手拿著手機，閒散的坐姿，鮮明的存在感。

「是他啊！」密切注意周遭的毛毛十分激動地吆喝出聲，扯了扯旁邊安寧的衣角。「Look，帥哥！」

「……」

那天後來是怎麼樣的……帥哥最後朝她們的方向走過來，毛毛低聲問：「他怎麼好像認識妳啊？」

一目了然，徐莫庭的眼光只鎖在一人身上，那就是我們可憐的阿喵同學。

安寧還沒緩過神來回答，他的手已經不著痕跡地搭上她的肩膀，向旁邊的三女一男說：「能否跟她單獨談一談？」謙恭有禮的語調。

安寧用眼神告訴朋友們要團結一致，結果朝陽、毛毛做忙碌狀，薔薇朝路邊剛巧經過的一個老師響亮地喚了一聲：「老劉，忙嗎？」（老流氓嗎……）

老劉淡定地轉頭看過來。

安寧條件反射地拉住徐莫庭，快步脫離丟臉區域。

他看她的手抓著他的衣袖，一抹笑意爬上嘴角，他不想承認，就在十分鐘之前，他徐莫庭，居然就在球場上，吃一個不明男生的醋！

他一向心高氣傲，那時給她寫的那封信，是他做過的最出乎自己意料的事情。

沒有回音，當時是什麼感受，憤怒嗎？有一點兒，更多的應該是挫敗。

這邊安寧咳嗽一聲，為自己的魯莽道歉：「對不起。」她已經放開手，臉上是真切的不好意思。

莫庭皺了下眉，倒是有禮貌地說了句：「沒關係。」

另一方面，某三人在五步外齊回頭。

薔薇說：「這樣不行，太明顯了，我們一個一個來，阿毛妳先。」

毛毛回頭，兩眼放光。「哦唷，那微皺的眉，那優美的嘴唇，我以前怎麼就沒發現我們學校有這麼一個男人啊？」

朝陽回頭。「一看就是挺厲害的人，而這種人不是高調到眾所周知就是低調到神龍見首不見尾，說起來，剛才那小男生怎麼跑了！」

薔薇回頭。「抱她抱她抱她！」

朝陽忍了下。「阿薇，妳的表情像老鴇。」

毛毛回頭。「阿喵過來了！」

於是，三人作留戀落葉狀……

安寧問：「等我？」

眾人頓時無語。

薔薇嘿嘿笑。「這回總得交代一下了吧？」

朝陽也有點兒不依不饒的感覺了。「說吧，他到底是誰？」突然又想到什麼。「妳以前拿回寢室的那本書，那上面的名字就是他吧？」

毛毛依然回首中。「背影都那麼迷人。」

安寧笑了一下。「劉宋也有一個人叫劉楚玉，第一美人，我記得沒錯的話她的稱號叫山陰公主。」

眾人都不明就裡地看著安寧。

安寧道：「這位年輕貌美的公主以豢養面首以及與自己的弟弟亂倫而聞名，要不要聽？」

薔薇說：「面首是不是指男寵啊？」

毛毛回魂。「亂倫！」

安寧笑道：「公主的駙馬爺，叫何戢，從史料來看是頗為隱忍的一個人。說起來當年山陰公主曾中意當朝的一名官員褚淵，向皇帝，也就是她的弟弟，討來在家裡鎖了十天。」

毛毛心潮澎湃。「監禁！」

朝陽、薔薇同時道：「然後呢！」

「然後褚淵同學寧死不屈寧彎不直，沒有屈服於山陰公主的淫威，而是與忍辱負重的駙馬爺產生了某種超越……的革命感情。」

眾人無限ＹＹ中。

安寧這時才得以回身望了一眼後方，輕咬下唇……唔，他一定是故意的吧，那麼一本正經地走過來，就為了說聲「沒關係」，然後就放她走了嗎？

4

這天去實驗室一夥人遲到是必然的，不過難得的是嚴苛的教授沒有追究。

毛毛後來笑道：「看來我最近參佛還是有用的。」

朝陽搖頭。「想到上次被妳拖上山，妳在寺廟門口大喊，我要吃肉！我覺得應該不是妳的功勞。」

「心誠則靈嘛，而且阿喵說很多仙人都是人修煉成的，他們也是過來人，能夠體諒我的苦楚的。」

薔薇莞爾一笑。「我要是修煉，選都不用選的，直接立地成魔！」

這時同班的一名男生過來跟薔薇說：「阿薇，聽說妳跟江旭挺熟的，能不能介紹我跟他認識啊，我對他有興趣。」

毛毛「呀」了聲，她最近在看同性戀題材的小說不能自拔，所以一有風吹草動就直往那方面想。

毛毛語重心長地說：「孩子，你還小。」男生道：「我不小了。」毛毛說，他不會對你有興趣的。男生說，我對他有興趣就行。你還是放棄吧。我不會放棄的。是沒有結果的。我只要經過。最後才弄清楚，這位仁兄其實只是受新聞系的學妹之托要結交江旭，爾後想說服他讓他接受採訪。

而臺上的教授好不容易克制住的脾氣，終於還是爆發了出來。「傅薔薇，妳們當這是菜市場嗎！要說話到外頭說去！」

教授皺了皺眉，剛要起身，安寧指向黑板。「是這樣的，教授，你的公式寫錯了。」

薔薇抑鬱了。「喵的，我就只說了一句吧！」

「……」

當晚安寧得到一份免費大餐。

隔天一早安寧去見專案研究的帶頭老師，對方問了個問題：「為什麼要申請做專案？」

安寧正直地答：「為了多學一些知識。」

老師笑了笑，似乎頗欣慰，然後說：「原本你們這個專案是批不下來的，上週外交學系的一名學生過來跟我們科研組說了，他做你們的顧問——」

李安寧的搭檔某男開口：「老師，外交學系跟我們不太搭吧？」

「他做過專案，成績優異，當然，他只是教你們一些套路，內容還要你們自己努力。」

某男點頭。「行！」

「李安寧妳是組長，妳過來把他的名字和電話記一下，回頭跟他聯絡，有什麼問題可以先請教他，不懂的再來問我。」

安寧：「……」

老師見她不動。「有什麼問題嗎？」

「沒。」當安寧走過去拿老師手邊的本子，慢慢謄寫那漂亮的書法字體時，一點都不意外是誰，意外的是自己學寫他的名字竟學得有七分像了，剛寫一半，手機鈴聲響起，很認真在寫字的安寧下意識接通：「你好？」

對方也非常禮貌地回了聲「妳好」，他的聲音有點兒啞，帶著點兒鼻音：「妳在哪裡？」

安寧是真的措手不及，吶吶道：「在寫東西，老師辦公室。」寫的還是你的名字。

對方想了想。「大概還要多久？」

「我可不可以說很久？」口隨心想地問了出來，安寧頓悟過來之後唯一的想法是：完蛋了！

那邊沉默。

安寧亡羊補牢。「請、請在『嗶』聲之後留言……」

雙方就這樣停頓了幾秒，直到徐莫庭那邊先掛斷電話。

安寧呻吟：「我怎麼不再蠢一點啊。」

周邊的旁觀者，包括在場的老師們，均無語地看著這位長相討喜的姑娘自我唾棄。

因為這件事，一連數日，原本凡事雲淡風輕的阿喵姑娘突然之間勞心費神起來，導致寢室裡的人誠惶誠恐。來串門的薔薇率先提出可能性——「妳們說阿喵會不會突然變邪惡啊？」

朝陽呻吟：「如果她真變壞了，我覺得我們誰也鎮不住她。」

毛毛疑惑。「我們什麼時候鎮住過她？」

朝陽無語了。

薔薇複賽當天，安寧忙完手頭的事，五點多跟毛毛她們在文體中心碰頭。當晚的比賽還吸引了不少老師到場，參賽者更是使盡渾身解數博弈。

比賽的中途聽到有人竊竊私語：「可惜啊，上次那個評審委員沒有來。」「聽說三號叫徐程羽的是他女朋友。」「怎麼我就找不到這麼養眼又有能耐的男朋友啊？」「我印象最深的是他走路的樣子，特別有味道。」……

安寧聽見在她身邊的朝陽感慨：「簡直是非線性的特點嘛，橫斷各個科系，滲透各個領域，無處不在、比比皆是。」

安寧嘆息，不由得往舞臺下方的評審委員席上看了一眼，沒來由地也有點惆悵。

等到比賽結束散場時，她們久久不見薔薇從後臺出來，朝陽跟毛毛過去找人，安寧有些悶，就說先去大門口，然後在邊等朋友們邊玩手機的時候按了某個號碼，鈴聲響了兩下那邊就接起了，但接的人卻不是他。

「抱歉，徐莫庭現在不方便接聽電話，有什麼事情我可以幫妳轉達。」

「嗯……沒事。」

對方頓了一下。「妳是李安寧？」

安寧也聽出是他室友的聲音。「嗯。」

「哈！」張齊笑出來。「妳的名字他用的是英文備註，我都看不懂！那啥，我把電話給他啊。」

安寧遲疑，其實是有點兒怯。「他不是不方便嗎？」

「呵呵，在睡，老大這幾天忙得要死，前兩天又感冒了，這會兒在醫務室打點滴，沒事兒，我把他叫醒——」

「不用了，也沒什麼事情，我晚點兒再打。」幾乎沒等對方的回話就收了線。

沒一會兒朝陽從後面攬住她。「想什麼呢姑娘？」

「她們呢？」

「跟兩個大二的學妹吵架呢，我真覺得這兩人是越活越回去了，走，咱們吃飯去！」

「也好。」

朝陽又偏頭看了她一眼。「妳怎麼看起來有點兒無精打采的啊？」

安寧微笑道：「好像感冒了。」

5

因為自己說了感冒，不出意外地最後被朝陽拖著去藥店裡買了藥……而現在看著手上的幾盒感冒退燒藥，安寧很是頭痛，這計畫是一回事，操作起來卻顯然有點兒難度，難道還真跑去找他遞上這幾盒藥以示歉意不成？

最後猶豫不決地……跟朝陽一起回了寢室，安寧實在有些垂頭喪氣，走到宿舍大樓下時倒是見到一個頗熟悉的身影，江旭是背對著她的，而此時面對他的人是毛毛，熟悉的音調傳來：「要不你從了我吧帥哥？不然，我從了你也行啊。」

安寧按了按眉心，最近有些精神疲勞，還是繞道走吧，只是，她忘了身後還有一個朝陽。「阿毛！」

毛毛「啊」了一聲笑著蹦過來。「小夥子來找薔薇，薔薇去買水果了，我說要不我先陪你聊聊啊，他說好啊。」

這會江旭已經走到安寧身邊。「好久不見了。」

安寧也回了句「好久不見」，她跟這位學長實在無話可說，於是岔開話題：「你找薔薇？」

「算是。」對方這話回得有點兒意味深長。

安寧哦了聲，一低頭，手機又響了，說了聲「不好意思」便走到旁邊接聽。「喂？」

「妳找我？」稀疏的語調，不容錯辨的嗓音。

可這號碼不是他的啊，大概是他室友的吧。

「妳找我？」他又淡淡地問了一遍。「我手機沒電了。」

安寧第一反應是為自己先前的魯莽行為默哀，於是，臨時抵賴。「沒啊。」

那邊停了一下。「是嗎？」簡短冷淡到極點的回覆令安寧呆了一呆。

毛毛問：「阿喵，誰啊，是不是薔薇？是就讓她趕緊回來，有人等著呢。」

本想裝腔作勢地再說點兒什麼，可畢竟不擅長，就在這時江旭湊過來跟她說了句：「完了嗎？我有點兒事情跟妳講。」

安寧皺起眉頭，下意識後退了一步，電話那頭的人似乎說了句「算了」就要掛電話。

「等等。」喚出來之後才發覺自己沒有理由。

「我買了感冒藥。」還是講了出來，有些緊張，如果對象不是徐莫庭，她的表現能穩當得多，但不管如何，安寧希望自己至少要做到坦誠。「你在哪裡？」

「剛回宿舍。」

「我過去，你等一下。」

他應了一聲，沒多廢話，掛了電話。

他淡漠的態度讓安寧覺得自己多此一舉了，人家都去過醫務室了，怎麼可能還沒配藥呢。一轉身，發現三雙眼睛都盯著她。「怎麼了？」

「是那個人？」毛毛笑道，似乎掌握著第一手內幕。「帥哥跟妳講什麼了？」

朝陽也頓悟過來。「好啊，阿喵，前面說感冒其實是另有其人對吧？」

安寧難得面露尷尬，然後毅然決然地往外走，不多作停留。「我出去一下。」

那天跑出去後才想到還不知道他宿舍號碼，回撥了剛才的號碼過去，本來想直接問他室友，倒是方便，結果對方一接起就轉給他。「莫庭，你女友電話。」

安寧頓時無語了。

「四號樓，二一七。」原本冷淡的語調此時似乎已經消融了，不過，他也太神通廣大了吧？她都還沒問呢。

這男生寢室大樓，安寧是頭一次進，不免有些膽顫心驚，在敲響那道門之前，有人比她先一步開了門，張齊笑咪咪道：「動作真快啊，老大還讓我下去接一下妳呢，進來吧！」

安寧溫婉一笑，盡量表現得鎮定一些。「打擾了。」

「呵，這是我們的榮幸。」

「老張！」裡面有人佯裝等得不耐煩地衝這邊輕嚷。「快讓美女進來啊。」

安寧剛踏進去，徐莫庭正巧洗了臉從洗手間出來，就這樣兩人打了照面，他的臉色有點兒蒼白，嘴唇也有些乾澀，眼神卻依然幽深銳利。

那個之前喊話、略顯老成的男生走過來，手搭在張齊肩上跟安寧打招呼，安寧禮貌應對。

莫庭看了她一眼，就走到茶几邊倒水喝，男生宿舍比女生宿舍寬敞，尤其外交學系的這幢樓，學校明顯偏心嘛，竟然還有小客廳。

「藥呢？」等安寧走到他旁邊，他輕聲問了句，順便拉了她一下，讓她坐在身邊，而這引起所有在場人士的關注，張齊笑道：「老大，該跟我們說明一下了吧？」

「想聽官方發言還是內部聲明？」徐莫庭已經看完某人遞過來的幾盒藥片上的服用方式，拿了兩粒和著水吞下肚。

「可否據實以告？」

「我還以為已經足夠眼見為實了呢。」徐莫庭答覆。

老成男生直感嘆：「不得了，不得了。」

安寧循規蹈矩坐一邊，對他們的說辭算是半知半解，不過以她的修為，基本能做到泰山崩於面前而不改色。只是安寧本來想送完藥表示下慰問就回宿舍的，結果卻被那兩位男生拉著嘮叨家常了，八卦果然是不分性別啊。

而徐莫庭，竟靠在她肩上閉目養神了，原想不動聲色地移開一些，卻在看到他眉宇間明顯的倦意時不敢多動一下了。此時旁觀的兩人聲音越來越小，最終非常識相地閃了人。

安寧望著一下變得空蕩蕩的寢室、偶爾有人經過的走廊，欲哭無淚：至少把大門關上吧！

6

安寧望了望窗外昏暗的藍天白雲，回頭見走廊無人，似有若無地伸出手，結果剛要碰到徐莫庭肩膀就被拉了下來，對方淡淡說了句：「別動手動腳的。」

阿喵欲哭無淚。「徐莫庭……」

「嗯？」

「你沒睡著啊？」

「嗯。」

「……我肩膀痠。」

某喵一瞬間冰封。

他居然很合作，放開手，直起身子。正當安寧鬆一口氣時，他說：「那去床上吧。」

這時有人敲了一下他們開著的門，安寧立即感恩戴德地望過去，這位仁兄看到她時愣了一下，隨即對徐莫庭道：「知道你在，老大，千萬得幫我一個忙啊！否則我就要捲鋪蓋走人了。」

「哪有那麼誇張。」他的語氣還有些倦，但聽得出情緒尚佳。安寧突然很想咳聲嘆氣，他對她總是很嚴厲。「我冷漠的高傲頹然跌倒在印著你足跡的地上……」不知哪兒看到過的一首現代詩，此時有感而發嘀咕了出來，然後阿喵發現門裡門外的兩人都望著她。

徐莫庭竟然輕笑了一下，最後轉頭應允同學：「我這兩天都在學校裡，你有什麼問題可以隨時來找我。」

「大神啊，謝啦！」對方歡呼一下，走開時又想起了什麼——「老大，你女朋友很漂亮啊！美女，也謝謝妳啦！」

跟她有什麼關係嗎？阿喵思緒有點兒混亂了，見莫庭看著她，不知怎麼心虛起來，於是決定聊點兒輕鬆的話題緩解氛圍：「呃，大神……神，其實在西方神話裡，神這種生物是很難權衡的，雖然能力強，但是性格力量都是不穩定的……」在對方若有所思的注視下，安寧聲音越來越小，最後消音，沉默，無言以對。

不過安寧想她運氣真的不錯，因為又有人來敲門了，徐程羽見到她時倒沒有露出太驚訝的表情，只是對著堂哥笑得有些意味深長。「聽說你感冒了過來看看，看來多此一舉了。」

「進來吧，要嘛出去把門關上。」輕聲卻不失威懾力，徐程羽連忙舉手表態。「這就走這就走。」完了又補了句：「李安寧要不要一起回去？」如果是以往她可沒這膽量，難得大哥體弱一回，身邊又恰巧有能影響他的人，當然不肯錯失良機，即使事後可能會被紅牌警告。

安寧在想的是……嗯，面熟，於是慣例微笑應對，少說少錯，但是關於回去的問題——「回！」

程羽沒想到這女孩這麼直白，不由得笑出聲，莫庭抬手按了按眉心，最後說：「程羽，麻煩妳送她回去。別亂說話。」後面一句是帶點兒警告味道的。

徐程羽挽著阿喵出來時，嘴角一直是四十五度上揚，能從堂哥手上搶到東西，而且還是這種級別的，這經歷算是首次，側頭看看身旁的人，不免自言自語道：「這感覺像不像是『虎口拔牙』？」

安寧想了想接上：「酒吧裡，服務生上來問：『先生還需要什麼嗎？』他答：『不用，請讓我靜一靜。』點明：他忘了帶錢包。」

「嗯？」

「不是在玩笑話接龍嗎？」

程羽張口結舌，她被鄙視了？這女生不是手段高超，就是真的思路異於常人。

跟徐程羽道別後安寧走進宿舍大樓，然後又見到了江旭，他正跟宿舍老師聊天，此人的口才似乎男女老少通吃，他看到她便起身走過來。

安寧驚訝。「薔薇還沒回來？」

「我在等妳。」

「等我？有什麼事嗎？」

江旭左右看了看，隨即壓低聲音開腔，語氣夾帶著不可置信的意思：「妳真的跟徐莫庭在一起了？」

當晚安寧跟表姊通電話。「我得罪了一個人……」

表姊感慨。「同病相憐啊，我今天在公司，剛上班就跟客戶吵架。簡單地說，因為遠端伺服器終端鬼魅的許可權設置，我不得不和遙遠的有著四分之一天時差的歐洲客戶通電話，然後，由於我極差的口語，以及對方極詭異的發音，在交流二十分鐘後，我們各用自己的語言，應該說是方言，互罵了起來！」

此時薔薇嚷嚷著進來：「上午就發現 Opera mini 不斷404錯誤提示，當時就有不好的預感，喵的，『中國用戶訪問 mini.opera.com 請立刻升級至 opera mini 中國版，更快更穩定。』穩定你個頭，你們全家都穩定！」

毛毛從電子秤上跳下來。「餓著真難受，可以瘦下去我倒還能忍忍，居然還給我胖起來了！」

現在是在比誰更慘嗎？這麼說來好像她還不算太慘，只是得罪了一位學校的有名人士，其實「嗯……關你什麼事」這不算太過分吧？只是實話實說啊，但對方的確拂袖而去了。

薔薇嚷道：「喵，妳幫我看看，能不能解決啊！」

「中文版不好嗎？」

「我跟中文版有代溝！而且英文版我都用順手到可以盲打了，不想遷就中文版。」

毛毛提議：「要不使用 Opera china 論壇下載的國際版改國內伺服器版本？」

「嗯……」安寧剛要開口，毛毛打斷。「雖然吾退出 Opera 江湖多年，汝也不要隨意刺激江湖外的人啊。」

「我只是想說──」

毛毛驚嚇。「汝想做什麼！阿喵仔住手啊！控制妳的獸性，停下妳的暴行……不可啊！罪過啊！咱們這樣下去是錯誤的啊。」

薔薇白眼。「我想按死妳啊！」

安寧嘆氣。「毛毛，我只是想說，妳的回答不錯。」

「……」

第四章

名正言順

1

難得的週末時光，薔薇慫恿大夥去附近的公園野餐，結果傳同學還沒享受微風多久，甚至還沒ＹＹ到偶遇帥哥什麼的，就接到了家裡大姊要來看她的消息，瞬間委靡了。

毛毛問：「妳姊什麼樣的？」

薔薇答：「據傳說，很小就出門打架，曾經抄著磚頭出去打，除了上房揭瓦什麼都幹過。傳說很多，標準級別的殺傷力五千，惡夢啊，我表哥一輩子活在她的陰影下，說起來我哥早年很帥的，近幾年……唉，不說了，都是淚，其實也沒什麼……不就是早殘了二、三十年嘛。」

「……」

朝陽驚恐。「她只是來看看妳的總決賽而已，應該不會做什麼事吧？」

薔薇深沉地搖頭。「妳是溫室裡長大的，不會明白的。」

毛毛轉頭看向某處。「我們怎麼忘了還有一個隱祕殺傷力一萬的人在這裡！」

此時正靠著樹幹打瞌睡的人被眾人一喊，睜開惺忪的眼，只見面前三雙發亮的眸子正閃著某種光芒注視著她。「開飯了嗎？」

「阿喵，想吃什麼跟姊姊們說，吃飽了，回頭保護我們就全靠妳了。」

結果傅家大姊來的當天，也就是隔天，薔薇寢室全部列隊恭迎，毛毛和朝陽也在，只有安寧因當時專案小組開會缺席，其實阿喵寧願去列隊喊歡迎歡迎熱烈歡迎的。

「還有什麼問題？」熟悉的徐式官方語調，此刻在首位坐著的人正是他們小組被臨時安排進來的顧問，也可以說是成員，直白一點兒就是幕後老大。

安寧坐尾端，另外兩位合作的同學各坐左右，其中某男小王同學似乎有些跟首座人較勁的意思，連番提出刁鑽問題，對方倒並不介意，從容作答，最終小王同學頹然敗下，問無可問。

他私底下跟阿喵關係不錯，於是朝阿喵擠眉弄眼，妄圖得到「組長」支持，安寧真的很想告訴他，一、你向他問問題你已經輸了；二、她像是會去自動找碴兒的人嗎？而且對象還是他。

另一位合作的女生開口：「能否問一個私人問題，學長？我是不是在哪裡見過您啊？」

小王同學嘖了一聲：「妳這招也太俗套了。」

「你管我啊。」女生說著倒有點兒生氣了，在有好感的異性面前，是最恨別人拆臺的。

安寧扣指輕敲了一下桌面，阻止兩位同伴內訌起火，首座的人翻了兩張資料紙，抬眼掃了一眼在座的人，最後對那位女同學道：「在這裡我們就談你們要做的課題，至於是不是見過，同一間學校，也不是沒可能。」

安寧覺得他講話可真是周全，然而跟她說話的時候總是詞不達意，好吧，她自己有時也詞不達意。

「李安寧，妳的資料沒填完整，怎麼回事？」

他正看著她，安寧回過神來。「我填得很完整了啊。」

「出生年月，家庭電話。」

這種對於專案來說無關緊要吧……「可不可以不填？」

他的目光閃了一下，嚴肅了些。「妳說呢？」

小王同學逮住時機立刻幫腔：「其實這些不填也沒事啊，而且，李安寧怎麼說也是我們組長。」意思已經很明確，你得聽她的。可顯然徐莫庭並不在意。「我沒說她不是。」

雖然回答了卻等於沒回答，但也無從挑刺，小王飲恨，忘了對方是外交學系的。

「我再補充一下吧。」安寧覺得她現在是典型的牆頭草。走到他旁邊填寫的時候，原以為在瀏覽資料的人不會注意她。「這裡。」

安寧一愣。「嗯？」

修長的手指點了一處。「出生地。」

「哦。」為什麼連這種都要填啊？唔，感覺像是人口調查。

那天討論完專案大綱後，小王同學是第一個走的，而那位女生要趕去活動，於是安寧負責善後，而剩下的那人，閉目養神中。

安寧將手頭今天討論的資料整理歸檔後，朝靠坐在椅子上休息的人望去一眼，柔和的光線打在他的面頰上，臉色看上去竟有點兒透明了，想到他感冒可能尚未痊癒，就來這邊忙了一下午，安寧的愧疚之心油然而生。

「徐莫庭……」

「嗯？」他睜開眼睛，望向她。

「你感冒好點兒了嗎？」

他微揚了下嘴脣。「託福。」

今天其實是挺「和睦」的一次會面，只是兩人在離開時發生了點兒意外，確切地說是碰到了一樁意外事件。安寧剛打開小教室的門，發現外面與之相連的實驗室有人在，一男一女，而且，畫面兒童不宜，雖然是傍晚時分，但還沒到夜黑風高啊。

阿喵當場愣在了原地，後面的人輕攬住她，將她往後拉了一步，她下意識要出聲時對方先行捂住了她的嘴。

「妳傻了啊。」他低低的聲音裡似乎還夾著些許嘆笑。

安寧是反應過來了，可是，此刻身後人的氣息吹拂著她的頸項，她的後背全貼著他，可以清晰地感覺他胸膛均勻地起伏著。安寧竟比先前看到那一幕糾纏熱吻還要緊張。

莫庭靠近她耳邊輕聲笑道：「別舔我手。」

哪有？她只是想說話，剛想要拉下他的手，結果外頭兩人似乎察覺到了這邊的動靜。「誰？」

安寧再不敢動一下，時間一分一秒過去，聽著外面讓人面紅耳赤的喘息聲，阿喵長太息以掩涕兮：還是讓她死了吧。

這是安寧生命中迄今為止最尷尬的一次紀錄。

當晚跟毛毛她們說起這事，當然前提是屏蔽了自己當時這一邊的處境，然後得到的結論是：「江大真是越來越開放了！」以及傅家大姊的一句：「恨生不逢時啊。」

2

傅大姊是來江濘市出公差的，為期一週，順帶看看妹妹，大半天下來已經跟毛毛她們混熟，此時她正靠在三一五寢室的窗戶邊，手上夾著一根燃著的菸，仰望天空，一半明媚，一半憂傷。

毛毛刷著網頁感嘆：「這幾天青鳥在大閱兵，N多海軍啊！好想立刻飛過去圍觀！」

薔薇呵呵笑。「毛，妳越來越風流了。」

毛毛說：「人不風流枉少年啊。」

傅大姊道：「誰的風流比過我？」

「嗯……有一個人。」一道慢慢悠悠的聲音。「他十四歲就結了婚，幾乎五年換一個對象，對象包羅萬象，有蘿莉、御姊、煙花女子。」

「……」

傅大姊眼角抽了一下。「小姑娘，妳寫小說的吧。」

安寧莞爾，指了下電腦。「別人寫的，挺有意思的。」

薔薇：「姊，妳放過她吧，她不是有意的！」

傅大姊：「妳腦子有病啊。」

當晚傅大姊便摟著阿喵同學去看電影了，大姊看人一向憑直覺，相中就能瞬間玩兒一起去！可憐阿喵這隻日行性動物，夜間活動堪比精神折磨，可又不擅長拒絕人，而旁邊朋友更是全躲牆角毫無義氣，於是只能半夜……其實也就七點鐘，出門看電影了。

看的是《魔蠍大帝》，對於一隻喜歡考據的喵來說，很痛苦，故事發生在金字塔時代之前……最早有史料佐證的階梯金字塔始建於西元前二十七世紀，應該是第三王朝時期，與此同時，黃河流域的熊氏族長姬軒轅正在和九黎部落打架。

「所以如果影片大環境設置在西元前二十七世紀之前，那應該是一個遙遠的近似於傳說或者神話的時代，這個時代會有馬鐙和火藥嗎？唔，雖然他們自稱是中國來的魔粉，可是，黃河流域還是氏族社會啊。」

後半段阿喵完全是歪著腦袋在睡覺了。直到身邊的人咳了一聲：「小姐，散場了。」

安寧睜眼發現右邊位子上的大姊不在了，而自己則靠在另一側的一位男士肩膀上，立刻端正坐姿，非常不好意思地道了聲「對不起」。

對方笑了一下：「電影很無聊？」

「……還好。」

他的笑容似乎更明顯了些，站起來說：「妳朋友去廁所了，她讓妳在電影院門口等她。」

安寧點頭道謝，跟著這位衣冠楚楚的男士走出去，對方見她哈欠連連，忍不住揶揄：「睡了一個小時，還沒醒？」

安寧有些赧然，不過也沒再多說什麼，她處事是有些認熟的。

走到外面的馬路邊等時竟看到一位很面熟的人士，嗯……他跟她前世一定有過五百次的擦身而過，不然怎麼會在這種地方都能碰到？從對面豪華餐廳出來的徐莫庭也看到了她，安寧幾乎立即就神清氣爽、一點都不犯睏了。

今天的他穿著正統、黑色的西裝，一看便知的菁英分子形象，安寧看得稍有些失神，然後腦海中閃現出那天在小教室裡，他低頭在她肩頸處親吻了一下。

「轟」的一下，一股親密的感觸湧上胸間，而他朝她這邊微頷首，跟先前一起出來的一行幾人坐入一輛黑色轎車離開。

傅家大姊過來時見阿喵在發呆。「怎麼了？」

安寧抬起頭，眼中的波光流轉讓問的人竟愣了一下，俗稱「驚豔」，而阿喵這時幽幽說了一句：「想穿越時空回到一個月之前。」那個專門學術研究什麼的，不應該申請的。

這學期的任務步入正軌之後，安寧再過兩天就又要去龍泰公司實習上班了，這是李媽媽幫她找的一份工作，因為地點比較遠，所以基本上每天都要六點半起床洗漱，七點前拉著背包出門，然後和小學生一起排隊買早點，和中學生一起趕路擠地鐵，這個作息時間表，每次都讓阿喵有種回到了遙遠的蘿莉學生年代的感覺。

於是，安寧晚上在寢室裡上網時看表姊上線，忍不住吐槽了一下。

安寧：**又要開始去實習了。**

安寧：**自由時間都沒了。**

安寧：**接下來只有加班的份兒了……**

安寧：**太悲慘了。**

表姊：**我隔三差五就有假期。**

表姊：**等我這次出差回來，再買個相機玩。**

安寧：**我希望今年能活著去九寨溝。**

表姊：**真可憐，我想去哪裡隨時都行。**

表姊：**哦，自由啊！**

表姊：**妳看上星期我陪客戶玩深圳，這週又跟公司一撥人逛香港。**

表姊：**累死了。**

表姊：**要是我也學物理就不會有這種悲劇了。**

當晚表姊被拉入黑名單……一週。

毛毛氣喘吁吁地跑進門。「運動了一小時，然後吃了很多，我琢磨著還不如不動不吃！」

朝陽問：「毛毛，妳是不是動了我的行動硬碟啊？都三天沒見到它了。」

毛毛擺手。「誰動它啊，大概下界為妖去了，三天了，小隨身碟都生了吧？」

通常這時候阿喵會淡淡地接一句終結話題，所以朝陽、毛毛均下意識地看向趴在桌子上的人，後者無辜問：「怎麼了？」

「沒沒！」

安寧這邊在想的是……徐莫庭，沉澱了一下情緒，終於拿出手機，第二次主動地撥了他的號碼。只不過對方接到電話時正在上夜班。莫庭看到來電顯示，示意兩位同僚暫停討論，轉身走到窗口接聽。

「妳好。」他說得不動聲色，但嘴角已經輕輕上揚。

「我只是想問，如果我明天請你吃飯，你比較喜歡吃中餐還是西餐？」

徐莫庭的確很意外，隨後說：「什麼都可以，妳決定吧，我不挑。」

安寧知道自己一定臉紅了，心跳也有些加快，於是決定速戰速決。「那，明天晚上見可以嗎？」

「好。」

這通電話對於徐莫庭來說可謂是撩撥心神的，一向不走柔情路線的徐莫庭，此時眼睛像沾了水似的清亮。

至於李安寧為什麼要請徐莫庭吃飯，是因為那天在電影院門口遠遠地看到他，覺得有那麼點兒心虛，因為那之前他發簡訊問過她一次喜歡看電影不，她說不太喜歡。的確是不喜歡，她更喜歡看歷史書之類的。但是沒兩天就被他撞見她「背著」他去看電影了……

「唔，希望明天順利，畢竟是個特殊的日子。」

而關於去實習這件事，安寧再次被眾人圍住曉之以大理。「正所謂內行人不說外行話，工作期間要隨時隨刻關注有無可攻之目標，隨時回報！」

安寧很有些哭笑不得。「盡量。」

出於某種原因，上月開始在畫廊打雜工的毛毛頗感慨。「最近我接觸的倒都是有錢人啊有錢人，要嘛就是一級的畫家啊畫家，感覺真TM言情啊言情，但是但是，我不敢上啊！」

朝陽說：「妳存在的意義不就是釣金龜婿嗎！不敢出手妳活著還有什麼意義啊？」

毛毛鄙視。「妳說得簡單，只有一個在就好了，通常是一堆啊！」

安寧點頭。「嗯，什麼東西只要一堆一堆出現都挺讓人毛骨悚然的。」

朝陽道：「跟前跟後努力突顯自己的存在嘛，然後等著他落單時出手。」

薔薇插話：「悲哀，真悲哀！妳說咱們幾個，多青春活潑開朗，竟然活到二十四、五歲了都沒有男朋友，悲哀！」

毛毛抗議。「誰說我沒有了，早年追我的多了去了！就是中途碰到一個極品，讓我晚年有了陰影，他居然把我逼到牆角，問：『喜不喜歡我！喜不喜歡我！』最後被拒絕之後，竟暴出一句：『把錢交出來！』」

「……」

薔薇問：「於是造就了妳如今只敢意淫、不敢出擊的德行？」

「我當時只是想要『欲迎還拒』一下而已，蒼天啊！」

安寧安慰：「毛毛，凡事都有第一次的。」

「……」

隔天晚上，安寧如約出門，她挑的餐廳在市中心，朝陽推薦的，說是口味獨到享譽江濘市。安全起見，安寧帶足了money。從學校前門坐計程車過去二十分鐘，原本是想跟他一起去的，省車錢，也合情合理一點兒，但徐莫庭這幾天都不在學校裡，很好，呃，很可惜。

安寧提前半小時就抵達目的地了，選了一處安靜的位子。結果她一坐下就開始發怔，之前的淡定也被緊張取代，突然想臨陣脫逃，但是，是她約的他，如果真溜了，估計明天會被格殺勿論吧？

二十分鐘後，徐莫庭推門進來，從容不迫地四處打量了一圈，望見坐在窗邊的人，雙手滑入褲子口袋慢慢走過去。

當他站在她身旁時不禁輕嘆了一聲，拉開對面的位子坐下，修挺的背脊不緊不慢地靠向椅背，乾淨的手指交叉著隨意擱在大腿上，望著面前趴在桌上睡著的人。

李……安寧。

對於徐莫庭來說，如果一個人他記著五、六年還忘不掉，那麼，就乾脆記一輩子了，因為他清楚不可能會有第二個再出現。

其實安寧並沒睡著，聽到動靜就睜開了眼，看到對座的人，前一刻悶頭做的心理調適瞬間瓦解了，抬起頭故作鎮定地打了招呼：「嗨。」

「沒有睡好嗎？」他的語氣透著股隱隱的關切。

「嗯，偶爾會失眠。」

莫庭彷彿想起什麼，看著她平靜地開口：「沒想到妳也會失眠。這幾天晚上活動挺多的？」

安寧很可憐地反射性地說：「我也不想晚上出去活動啊。」

而徐莫庭聽到這句話，恍然覺得自己真是……現在居然會動不動就走進那種不平衡的狀態裡去，抬手按了下眉心，叫來服務生點菜。

「那個，前幾天我翻東西找到了我的出生證明，原來我是午時出生的，而且，很有可能是午時三刻。」安寧為了融洽氣氛開了一個話題。

徐莫庭微揚眉。「嗯？」

「陽氣很重。」

這時旁邊站著的服務生也側頭看了她一眼，而徐某人依然答道：「那又怎麼了？」

安寧道：「午時三刻是殺頭的時間。」

「啪」——服務生筆掉地上的聲音，而徐莫庭——「嗯。」

安寧頓時無語了。

莫庭在這時笑了一下，微一低頭，輕聲問道：「怎麼知道今天是我生日？」

安寧輕「啊」了一聲，不確定自己是不是臉紅了。「專案資料上你也有填。」不想處在尷尬中，於是努力帶動氣氛。「十月十五號，那你應該是天秤座的。」

徐莫庭看著她，輕勾起嘴角。「天秤座怎麼了？」

安寧：「按星座來說，你的守護神是愛神，我的守護星是金星。」

「然後？」

「嗯……金星在基督教代表的是魔王，魔王和愛神……你讀過彌爾頓的《失樂園》嗎？」

他只是笑，於是，她繼續：「魔王和愛神的孩子是……死神。」

徐莫庭：「哦，那很好，我沒意見。」

「嗯？」什麼沒意見？

「妳說我們將來的孩子是死神，挺好的。」

「我沒說啊。」還有，什麼時候已經說到他們的孩子了？

就在這時走過來兩個人，對方兩人接近後才發現徐莫庭的對面坐著人，自覺唐突。「原來有佳人在場，抱歉抱歉。」其中的美女不好意思地朝莫庭頷首道歉。

徐莫庭側頭看到她笑道：「剛回來？」

「我都回來好幾天了，你還真是一如既往地對同事漠不關心啊。」美女終於忍不住好奇心看向他對座的人。「既然碰到了，不介紹一下嗎？」

「安寧。」莫庭指了指站著的兩人。「我同事。」

美女已經友好地上來跟安寧握手。「蘇嘉惠，妳好。」

「哦，我是李安寧。」安寧這時總算是想起來美女旁邊的人是誰了，昨天看電影時遇到的那位男士，果然是「通過六個人就可以認識世界上的每個人」了嗎？後者已經朝她點了一下頭。

嘉惠追問徐莫庭：「女朋友吧？公司裡估計有很多女孩要傷心了。」

徐莫庭一笑，沒否認。後來等他們走開時，安寧忍不住問：「呃，你不解釋嗎？」

她的問題有點兒不著邊際，但對方聽明白了，也作了答：「解釋什麼？這是實情，不是嗎？」

「……」

安寧這頓飯吃得再恍惚不過了，最後去洗手間時，碰到裡面的蘇嘉惠，對方跟她聊了幾句。

「莫庭很難親近吧？」「……還好。」「你們什麼時候開始的呀？徐同志的保密功夫做得也太好了。」

「……正確來說，是剛剛。」出來時，徐莫庭正站在櫃檯處等著，雙手插在褲袋裡，姿態閒適，安寧因為不留神腳下絆了一下，幸好徐莫庭及時伸手扶住，嘴上已經開罵：「走路時別東張西望的。」

「是地毯。」說得很無辜。

徐莫庭笑了一下，抽了檯上的面紙給她。「把手擦乾。」

「哦。」安寧忽然想起來。「你已經付錢了嗎？」

徐莫庭知道她在想什麼，只笑道：「下次吧，有的是機會。」

下次是什麼時候啊？還有他今天未免也笑得太多了吧？

3

徐莫庭把安寧送回去之後回自己寢室拿東西，一進去就看見自己的桌子上有不少禮品盒，張齊剛走進來一抬頭看見他就笑了。「都是你的仰慕者送的，我們外交學系的男神果然不一般。」

徐莫庭今天心情的確不錯。「帶了幾罐啤酒，陪我喝一杯吧？」

「恭敬不如從命。」張齊走到沙發邊坐下就問：「剛跟李安寧出去吃飯了？」

徐莫庭「嗯」了聲，遞了一罐啤酒給朋友。

「老實說，我還真沒想到你動作這麼快，一向不近女色，結果女朋友說有就有了，嘿！」

莫庭抿了口酒，說：「也不算快。」

張齊拍拍他的肩，示意大家知道規矩。「小姑娘怎麼追你的？竟然能把咱們外交學系的頭號人物都給攻下來了，不簡單啊。」

「她跟我們同級，不用叫她小姑娘。」徐莫庭輕揚起嘴角。「還有，是我在追她。」

張齊不可置信。「你？徐莫庭？」

在旁人看來，他徐莫庭受家庭庇蔭，出國留學四年，回國再度深造，如今也順理成章地劃入青年才俊的行列，學業、事業、交友，任何一項都似乎輕易可取得完美答案，沒有一點兒懸念。

而只有他自己知道，在唯一的這段感情上，被拒絕過一次，如今這次也算是「硬性強制」對方接受他的。徐莫庭按了按額頭，越接近越覺得自己面對她時是那麼沒用，而今啊，每次想起李安寧，胸腔裡便躍動不止，會時不時地想，那個人此刻在哪裡，在做些什麼……真是要命。

張齊是真有點兒感觸的，最後笑道：「老三上次說錯了，李小姐才是不得了。」

不得了的李安寧隔天一早出發趕地鐵上班，恍惚有一種再世為人的感覺，不是因為清晨的空氣或者初生的太陽之類八點檔的東西，而是……為什麼現在小學門口都停著寶馬賓士梅賽德斯？而中學生們為什麼比她這個上班族還要成熟？他們的制服是西裝款的，女生都化著淡妝，她卻是牛仔褲T恤球鞋外加素面朝天。

茫然，她在地鐵裡發簡訊給表姊。

安寧：**我是不是應該學點兒化妝啥的了？**

表姊：**是的，我跟妳說啊化妝這東西——**

安寧：**還是算了，我隨便問問的。**

表姊：**……**

表姊：**昨晚上我夢見我們老闆把我扔總部培訓去了。**

安寧：**免費出國旅遊嗎？**

表姊：**P！首先，我們總部在德國，然後，我只帶了五百歐元，接著頭腦發熱花了四百九十歐元買了新手機，而且開通了BIS，但是沒買套餐……醒過來第一反應是完了，沒開通套餐，我預付的手機費肯定一下子就不夠了，然後被扣在德國！**

表姊：**要不然把手機退了？**

……

當天安寧是踩著線進公司的，一路上上網過來，訊號一直不穩定，直到走到龍泰大門口訊號才穩定又強烈，馬路對面是證券公司，不愧是金融區啊，安寧不禁感慨：「終於找到靠山了。」後面跟上來的一位同事聽到她說話就笑道：「安寧啊，偷接人家的訊號嗎？」

安寧笑了笑，關了手機上的唐宋歷史向前輩問好。

龍泰這邊化驗室裡的人都是去年就混熟的，所以工作很快就上手了。

中午的時候接到一條訊息：今天我不回學校，有什麼事情打我電話。

安寧靠在窗戶前，心想，完了，果然成既成事實了嗎？要不，反抗一下？這時腦中閃現出對方「正派」的模樣，安寧承認，不敢反抗。

傍晚，安寧回宿舍的時候見毛毛舉著衣叉站在陽臺上，嘴裡嚷著什麼打雷吧穿越吧。

安寧：「她怎麼了？」

朝陽：「要去邂逅隋煬帝。」

毛毛一見安寧回來就立刻衝進來。「喵啊，趕緊跟我說說我未來的夫婿是什麼樣的人吧！」

安寧正巧這段時間在回顧唐朝的歷史。「隋煬帝啊，史書上雖然給了一個較為公允的大功大過，但暴君這個稱號總是逃不掉的，因為他，導致了當時『百姓苦役，天下思亂』的局面。毛毛，妳真的確定要跟他邂逅嗎？」

「啊哈哈哈！一個女人改變歷史的時刻到了！」說完，她又跑回陽臺上。

朝陽實在看不下去了。「毛曉旭，如果妳真的被雷劈中了，我們只會在醫院裡見到妳，或者殯儀館裡。」

「那樣的話我明顯靈魂穿越了嘛！妳們看到的只是一具沒了靈魂的軀殼，這是藝術，藝術懂不懂？現在流行！」

安寧這時不由得笑了一下。「這讓我想到了尼祿的遺言：Qualis artifex pereo! 大致意思是，看這個藝術家究竟是怎樣死的！」

「……」

這時有人敲了下敞開著的門。「請問誰是李安寧？」

安寧側頭。「我是。」

「外賣，請拿一下。」

「咦？我沒叫啊。」安寧疑惑地走過去，朝陽也馬上跟上。「哇哇，雅德的牛肉餃子和龍蝦派嗎？」

安寧皺緊眉頭。「你們是不是弄錯了？」

「江濘大學，十四號樓三一五李安寧，一位顧客在我們餐廳用餐，中途點的外賣，錢已經付過了。」送餐人員並不等當事人猶豫，將手上的袋子遞上便轉身離開了。

「誰這麼闊綽啊，還顧慮這麼周全，四人份耶。」朝陽多多少少有點兒心照不宣。「阿毛，別玩了，過來吃飯，順便去隔壁叫下薔薇。」

當晚安寧給某人發簡訊，琢磨半天只打出一個。「謝謝。」

對方回：「不客氣。」

4

當薔薇在吃下最後一個龍蝦派時才想起關鍵性問題。「這大餐誰買的啊？」

朝陽指了指某人。「標的物。」

毛毛獰笑。「誰想泡阿喵啊？」

朝陽同笑。「毛，注意遣詞用語，回頭有妳叫的。」

「切，畏首畏尾的，怎麼做大事。」說著毛毛突然「啊」的一聲。「我的心不知道為什麼突然急速跳動起來？」

薔薇問：「平常都不跳嗎？」

「加速，是加速！」毛毛看著安寧，顫著聲音開口：「莫非，我剛才吃的是某位帥哥買的晚餐？」

「……」

安寧本來決定隨便找一個托詞，但她停頓片刻還是說：「嗯……他叫徐莫庭，我跟他目前貌似在交往。」

此話一出，滿座皆靜，一分鐘後三一五寢室爆炸了。安寧一向能做到不驚不擾，看著朋友們鬧騰，形色平靜，只是沒想到這個事實這麼有威懾力。

而這一邊的徐莫庭也是首次在簽單時不免搖頭苦笑，竟然做起這種事情來，慶幸理智猶存，沒有頭腦發昏地打電話過去問一句「味道如何」，否則真像是在討便宜的小鬼了。走出餐廳，有人提議去酒吧再坐一會兒，徐莫庭看看時間。「我不去了，還有事，酒錢算我帳上。」

「老大，不會是人約黃昏後吧？」老成男語氣中帶著明顯的試探。

徐莫庭只拍了拍他的肩，說：「回去了，你們玩得開心點兒。」

當晚一夥人在酒吧裡猜測徐老大的心儀對象究竟是何許人也，老三和另一名男生是見過的，而最清楚內幕的自然是張齊，不過張兄明哲保身，未經當事人允許還是少說為妙。

徐莫庭抵達公寓，洗了澡便開始坐床上發呆，這算是千年難得，最後嘆了一口氣躺在床上抬手覆住眼睛，這麼首尾不顧地對一個人孤注一擲，連自己都覺得有些鬼迷心竅了。

而且，還鬼迷心竅了這麼多年。

安寧最近都是天剛濛濛亮就開始出門奔波勞碌。兵慌馬亂的兩天裡倒是都沒見到徐莫庭，雖然未覺異樣，但工作的時候偶爾會一個人陷入思考，只是回過頭去追溯又毫無所獲，所以她將此歸結為「單純性發呆」。

週五安寧與朝陽她們為薔薇的總決賽加油時，見到了徐莫庭，他似乎是受邀來頒獎的，這個男人只是從容地立在那裡，坦率持穩，便惹來多方關注。

剛從酒店過來的傅大姊不由得感嘆道：「要是早生兩年我就追他！」

毛毛跟朝陽去後臺幫忙了，同班的甲君聽到此話立刻挪位過來跟傅大姊聊天。「是吧是吧？很有型吧？我打聽出來了，他是外交學系的高材生，姓徐，獨生子，高幹子弟，孝順，有抱負有野心，無不良嗜好。」

旁邊某人聽得不免有些坐立不安，剛要藉故起身，甲君便朝她招手。「阿喵，毛毛說妳跟他認識的，來來來咱們聊聊天，資源分享啊。」

安寧不確定毛毛出去亂說什麼了，對著甲君滿臉期盼的表情，只能硬著頭皮開口：「其實，呃，我對他的瞭解還沒有妳多。」這算是實話實說。

甲同學一聽如此，深受鼓舞，再接再厲奉上自己的內幕消息：「現在我們寢室裡有兩人立誓了，誰能追到他就給創辦此比賽的人送一份紅包，以報知遇之恩。」

安寧忽然「咦」了一聲，心想，盤根究柢起來這紅包是不是應該送給她啊？當然，就算是她也沒膽拿便是了。

安寧這時才發現，他以前的「沒沒無聞」被她的「想走後門」打破了……唔，罪過。

而那天的最後，某人的「沒沒無聞」也被打破了，徐莫庭在為破天荒取得季軍的傅薔薇頒獎時，後者在麥克風下朗聲道：「感謝李安寧的男友頒給我這個獎項！謝謝！當然，也謝謝各位！」

「……」

那一刻站在臺上神情自然嘴角迷人被眾人聚焦的外交系老大，沒有一句反駁的言辭。

5

李安寧現在只要碰到熟人就會被問上一句：「阿喵啊，妳男朋友真是那誰啊？」或者「安寧妳太神了！」抑或者「李安寧，是不是姊妹啊，這種大事都藏著掖著，什麼態度嘛。」總之就是死罪可免活罪難逃。

安寧本身喜靜，如今算是被攪得不得安寧了。而罪魁禍首傅薔薇卻還頂著一臉「我乃開國功臣」的音容笑貌四處晃蕩，毫無愧疚之心，遇到有不知道「徐莫庭」為何許人也的同志，還會熱情地從中點撥一下，惹得對方好奇心大起。

總體來說，就是現在物理系這邊的人都已經知道此事了，甚至有人還問阿喵什麼時候成婚的，這可真的把她嚇著了，現在的人都這麼一意孤行嗎？

薔薇這天剛進門，朝陽就風水輪流轉地拍了拍她肩說：「兄弟，早死早超生啊。」

「記得給我燒真錢。」

朝陽一笑。「我燒我自己也不燒錢啊。」

薔薇「嘖」了聲，然後走過去對坐在窗邊看書的阿喵說道：「犧牲小我，成全大我！」

安寧抬起頭來，柔聲問了句：「然後？」

「我錯了！」

朝陽鄙視。「沒風都能轉舵。」

「這叫沒風？」

安寧這邊嘆了一聲，不過再惱朋友的胡作非為，也還不至於動怒。

她是覺得，這是兩個人的事，沒必要弄得人盡皆知。

薔薇識相地轉移話題：「我請大家去吃大餐吧？五千元獎金隨便花！」

毛毛說：「我現在什麼都不能吃，潰瘍，吃啥嘴都痛。」

最終權衡再三改去唱歌以慶祝薔薇的季軍。

毛毛對此依然有意見。「唱歌不是一樣要用嘴巴嗎！」

結果當天毛曉旭在現場是這樣的：左手一隻烤雞，右手麥克風，然後當音樂響起時，她一口烤雞，一口「所以傾國傾城不變的容顏」……

朝陽抖了下。「我看著怎麼有點兒毛骨悚然啊？」

安寧一直在旁邊喝飲料，反正她唱歌也不好聽，那天薔薇還叫了同班幾位關係不錯的同學，十來個人在包廂裡面鬧騰，中途專案小組的小王同學過來跟安寧說話，第一句就是：「他是妳男朋友？」

「十四。」

「什麼？」

安寧笑答：「你是第十四個問我這個問題的人。」

王同學這邊已經明顯受了刺激。「我是不是把臺前幕後的都得罪了？」

這時有人推門進來，來者正是幕後黑手徐莫庭，當時場面有五秒鐘靜默，只有「此刻傾國傾城相守著永遠」……

朝陽切了歌。「下一首是誰的？」場面才又恢復到歌舞昇平。

徐莫庭坐到安寧身邊，後者慢慢抿著飲料，想到什麼，問：「要喝嗎？」

對方似乎笑了一下，抬手摸了摸她的後腦，安寧也下意識伸手壓了壓自己微翹的頭髮。

「蒙頭睡了？」

「嗯。」中午的時候洗了頭吹半乾就睡了，忽然有點兒不好意思。「很亂嗎？」

「還好。」他說，眼裡帶著溫柔。

突然感覺到幾道投射過來的眼神，安寧立即想到自己跟他之間的舉動非常容易引人遐想，於是端正坐好。

毛毛深情款款地走過來給徐莫庭送上啤酒。「請用。」

莫庭道了聲謝，這次他沒再拿安寧的果汁，端起啤酒喝了一口，側頭問李安寧：「我來妳不介意吧？」

他表現得很合宜，但語氣卻輕柔得讓人赧然，安寧抬頭看毛毛，她正東奔西竄，裝作什麼都沒聽見。

「我能不能問一下，你怎麼知道我在這裡的？」

對方想了想說：「妳有一位室友姓沈？」

安寧心中呻吟，現在她這邊的人算不算一致倒戈？

後來有人按捺不住過來邀請徐莫庭唱歌，對方也好說話。「可以，不過……」他按了下喉嚨處，於是李安寧不得不對面前的朋友說：「不好意思，下次吧，他感冒剛好。」唔，讓她死了吧。

當日徐莫庭沒坐多久，接到兩通電話後便起身告辭了。

男主角前腳剛走，剩下的人就瘋了。「阿喵，咱們女生要求集體免費授課！」

其中一女頗感慨。「李安寧同學真是不鳴則已一鳴驚人！這種清高的角色……嘖嘖，我連想都不敢想。」

於是，當晚的K歌活動日成了探討如何追到大神級人物的可行性報告會，報告人自然是李某了，可問題是……她沒追他啊！

6

李安寧的思維拋物線一向很平滑，很少會有外物能讓她心神不寧，但頭一次談戀愛多少有些情緒波動，最後跟父親通電話的時候都差點兒講錯詞。

回想起父親今天的建議不禁又迷惘了幾分，爸爸讓她畢業後就去廣慶市工作。如果她去了那邊媽媽怎麼辦？根本是不可能答應的事情，但是，爸爸又不是那種無緣無故講廢話的人。

唉，真是麻煩。

「安寧，我的行動硬碟又打不開了！」沈朝陽突然的話語拉回了某人的思緒。

「運行裡輸入 cmd 命令提示符，後臺打 chkdsk 盤符，冒號，斜線，f。」

朝陽不得不佩服。「我的女神啊！」

「Google 才是女神。」安寧嘆笑。「可以了嗎？」

「『非法操作』，它這麼說！」

安寧走過去查看。「這裡冒號後面要空一格，別跟著就寫 f。」

朝陽看著她，忽然道：「把妳嫁出去還真不捨得。」

安寧輕笑了下。「那就留著吧。」

薔薇帶著外賣走進來。「學校祥和咖啡館收小費還真是名聲在外又在內，不過總的來說，服務態度還行，收錢也俐落。」

朝陽聞香而起。「每天讓妳這麼破費真是不好意思啊季軍！」

薔薇說：「今兒破費的不是我。我剛進咖啡館大門就碰到阿喵她男人，啊哈哈哈哈，我才上去叫了一聲而已，就受益匪淺。」

朝陽好奇：「妳叫什麼了？」

「妹夫。」

「……」安寧撫額走開。

當晚阿喵收到徐莫庭簡訊：「下週可能都不在學校裡，有事打我電話。」

上次的一條類似簡訊沒有回，這一次安寧在睡前終於回了一句，然後關機睡覺。

隔天下班安寧趕去坐地鐵，說到坐地鐵，其中一大樂趣就是看每個人手上的電子設備。一般來說，PSP遊戲機是最為普及的，幾乎橫掃所有年齡段，不論性別。而且也經常性地出現PSP的山寨機，正面看像諾基亞的N73，反面像身歷聲喇叭的機體，非常有趣，安寧一直佩服國人在某些方面的大膽創新理念。

而阿喵這天就碰上一位達人。她加班晚了，上車的時候人很少，隨便找了位子坐下，然後拿出手機翻看新聞。眼角掃到隔壁一位老爺爺轉頭看了下她的機子，也開始掏包。安寧堅信地鐵是神人出沒的地方，於是開始猜測，老爺爺會掏出一款什麼手機，或者PSP，或者MP4？

然而，事實總是超乎想像的，安寧瞠目結舌地看到這位大爺掏出一部電子詞典，開始玩起了俄羅斯方塊。

所以說，地鐵絕對是一處很有意思的地方啊。

走出地鐵的時候安寧要去找服裝店，先前薔薇打電話過來，讓她回去的時候帶兩條絲巾，也不知道要幹麼。

於是轉道去某大街，在經過中心廣場時，瞄到一幢大樓上金光燦燦的一行大字「××省外事局」。

安寧走進去的時候才反應過來自己行徑莽撞且莫名，只一會兒她就發覺這裡進出的都是衣冠楚楚的工作人員，而她的一身休閒衫尤為顯眼，如果理智，應該立即掉頭，但安寧發現自己已經在服務檯前詢問，不過櫃檯小姐的回覆是，需要詢問過當事人後才能確定能不能讓她進去。

「哦，還挺麻煩。」也算是慶幸。「那算了吧。」安寧跟對方說了聲謝謝，就準備撤退。

這時電梯裡出來的人叫住了她。「安寧？」此人正是蘇嘉惠，已經快步走過來。「真是妳啊，來找莫庭？」說著笑著回頭看去。

安寧下意識隨著望去，眼神交錯的一剎那，安寧覺得自己的心臟莫名地一緊，可能是因為自己先越界，突然就來找他，所以有些窘迫。

這邊徐莫庭也確實意外，完全沒有想到會在這種場合見到她，站立了兩秒鐘，習慣性雙手插褲袋慢慢走過來。

「看來我這餐飯要記到下一頓了。」嘉惠笑道。

「沒事，一起吧。」

「謝謝你的邀請，但我可以確定這是外交辭令。」

徐莫庭也不勉強，等蘇嘉惠走後才認真地看向身側的人，而他的手已經輕輕牽住她的左手。

「特地過來找我？」

那個「不是」怎麼也說不出口，只吶吶道：「來買東西，剛好在附近。」

他瞥了她一眼，最後說：「請我吃飯吧？」

安寧跟出來的時候心裡哀嘆不已，怎麼看都像是自己送上門來的。

徐莫庭帶著她穿越人群，手一直沒鬆開過，在過馬路時，他索性攬住了她的腰，後者剛要開口，他已淡淡一扯嘴角說了句：「再動我現在就吻妳。」

第一次聽這個斯文的男人講這種類似威脅的話，安寧一下蒙了，側頭看他，她一直覺得他周身聚集著一股氣場，凌厲深斂、無法揣摩。

回過神來時她已經坐在餐廳裡，暗自搖頭拋開紛亂的思緒，掃視了一下室內，環境幽靜，非常適合情侶約會，不由得脫口問道：「你跟同事經常來這邊吃飯嗎？」

對座的人沒接話，安寧似乎也意識到了什麼，忙擺手道：「你不回答也沒關係。」

「妳想知道什麼我都可以告訴妳。」他看著她說。「這裡我是第一次來。」

安寧一聽此言，不知怎麼就想到自己前天回的簡訊，擦過面頰的氣流都彷彿是熱的。

對方倒像是完全沒察覺到她的「狀態不良」，抬手叫來服務生點餐。

服務生走開時徐莫庭接了一通電話，那頭的人講了起碼有五分鐘，莫庭一掛斷，安寧就說：「你好像很忙啊？那我們回頭吃快點兒吧。」

他只是望著她，正當後者不明所以時，徐莫庭站起來俯身過來，氣息慢慢靠近，嘴唇覆上她的，安寧這時才反應過來發生了什麼，第一反應是後仰，可對方已經先行一步按住她的後腦杓，他輕咬了一下，安寧吃痛，「唔」了一聲閉上眼，心如鼓跳，他把舌頭探進來的時候，安寧全身都僵住了，睜開眼睛，下一秒便跌進一雙幽黑眼眸中。

「每當跟妳在一起時，我都希望時間過得慢點。」他低沉的話裡帶著一絲清幽的抱怨。

安寧從未如此如坐針氈過，如果不是在公共場合，她可能會立即灌下三杯冰水來冷靜一下，心臟仍在劇烈地跳動，氣息也依然紊亂。飯菜上來後，低頭吃東西也是紅著臉的，而對座的人已經恢復一貫的狀態，似是剛才發生的事情再理所當然不過。

終於吃好飯，徐莫庭招來服務生買單，對她說：「我送妳過去？」然後像想起了什麼，又道：「其實相對於簡訊，我更喜歡實際的回覆。」

安寧「咦」了聲，剎那間百感交集，最終用手捂住自己的額頭……她那天幹麼回一句「kiss good night」啊？

服務生過來時不免多看了一眼將頭低垂至桌面的女孩，徐莫庭拿出錢放在桌面上。

「先生，需要開發票嗎？」

「不用，也不用找了。」

服務生點頭。「謝謝。」

徐莫庭起身，一手滑入褲子袋裡，繞到某人旁邊不由得輕淺地一笑。「走了。」

安寧跟在後面，站在門邊的服務生拉開門。「歡迎下次光臨！」

徐莫庭微頷首，在走出門口時，這個看似氣定神閒的男人輕微咬了一下嘴唇，將褲袋中一張沾了手汗的面紙丟進一旁的垃圾桶中。

七點鐘徐莫庭送她到達宿舍大樓下後說了句「別太晚睡」，然後看著她走進樓裡。

安寧懵懵懂懂地回到宿舍，朝陽一見她就問：「臉怎麼這麼紅啊？」

「嗯……天氣熱。」

「我也熱。」毛毛淫淫地笑道。「阿喵，妳上次說的那個受，他和箕子是什麼關係？」

「箕子是殷受即商紂王的王叔，帝乙的兒子，裝瘋後被貶為奴隸。」安寧真佩服自己竟然還能對答如流。

毛毛：「為什麼要裝瘋？」

安寧：「因為殷受要把他處以絞刑。」

朝陽：「他哪裡惹到小受了？」

安寧：「史書上說，勸諫。」

毛毛：「勸諫他什麼？其實我更好奇殷受做過哪些天怒人怨的事？」

安寧已經洗了冷水臉。「妳指哪方面？其實他的史料不多。」

毛毛：「都可以。」

安寧想了想。「聽信女人的話，不祭祀祖先，對祭祀大事不聞不問，不任用同宗兄弟，重用逃犯，讓他們虐待百姓，胡作非為，等等。」

毛毛呻吟：「我喜歡ＳＭ！」

朝陽別開頭。「阿喵，炮烙真的是殷受發明的？」

「什麼烙？」薔薇走進來，身上帶著股燒焦味。

毛毛和朝陽看到她的樣子就笑翻過去了。

薔薇扭捏狀。「笑什麼啊？都是某男啦，拉著我去什麼煙火大會賞煙火，還硬要說什麼在高處看煙火更好看，拖著我去制高點，結果是很清楚沒錯，居然就在眼前，然後我就被四散的火星烙得滿身是洞了……」一夜成名的季軍看來這兩天活動相當豐富多彩。「對了阿喵，妳有沒有幫我買絲巾啊？」

「啊……忘了。」

當晚，辦事不利的李安寧被派出去買消夜，回來時因為心不在焉沒發現身後有人跟蹤，結果繞到餐廳後面的小道上就被人堵住了。

對方兩人來勢洶洶。「妳是傅薔薇的朋友？」

安寧：「是。」

一高大女生嗤笑了聲，剛想動手就被人從後方抓住了手。

沈朝陽繞到安寧身前，甩開手說：「這手臂夠粗的啊。」沈朝陽剛好下樓來裝水，水壺還擱在後面地上呢。

被間接說了胖的女生惱羞成怒。「妳找死啊。」說著就衝上來了。

安寧退後一步。「手下留情。」

對方兩人幾乎異口同聲地開口：「妳覺得有可能嗎？」

安寧委實有點兒無辜。「我是在跟朝陽說。」

「……」

後來弄清楚這兩人是附近一所大學院校的大二生，不知怎麼被薔薇惹了，過來尋釁，等不到當事人便拿旁人開刀，不巧遇上沈朝陽，後者學過七、八年的武術，對付兩個小太妹自然是綽綽有餘。

原本沈朝陽也只是想嚇唬一下就完事兒，只是中途一個沒品的去打安寧主意，當時安寧正在擔心朝陽，沒及時反應過來，左臉上被刀片劃開一道小口，當即沈朝陽也不顧情面了，直接把兩人都按地上了。

出「事故」後的第二天，徐莫庭約阿喵吃晚飯，一見她就皺眉問：「臉怎麼了？」

「打架。」

他伸手輕撫了下她的傷口處。「那妳有打回去嗎？」

「呃，有人幫我打回去了。」

「那就好。」

「……」

吃完飯後徐莫庭去公司拿點兒東西，要走的時候在停車場遇到了他的同事，上次在電影院不小心靠過他肩膀的那位男士，安寧看他眼熟，仔細回憶終於想起了他是誰，而對方朝他們點了下頭就開車走了。

之後上車，徐莫庭熟練地發動了車子，開出一段路後才漫不經心地問了一句：「妳認識我同事？」

安寧坐在旁邊望著車窗外的風景，自然而然地說道：「如果真要說的話，算是一位特殊的親戚吧，我幾年前見過他兩次。」

徐莫庭扭頭看了一眼身邊人柔和的側臉。「好幾天沒見到妳了。」

安寧回頭吶吶道：「才三天而已。」

莫庭笑了笑。「比起五、六年，是不長。」

之後車子慢慢停靠在了路邊，他靠過來時安寧第一反應是他要吻她，嗯，猜對了，難道吻著吻著會成習慣？

7

安寧在讀書工作兩頭忙的情況下，近來又多了兩項任務：約會與腐敗。前者自然是跟某人，至於後者，因傅薔薇突然對各類娛樂活動產生了濃厚興趣，於是開始經常性地夥同毛毛、朝陽等人出入酒吧、KTV。安寧雖然不愛湊熱鬧，但目前有一種心態：需要分散注意力。所以偶爾也會去湊下熱鬧，不過最多也就是去KTV裡坐坐。

某日，薔薇一進門便大力推薦：「姊妹們，明天這區的各大院校聯合搞了場大型聯誼活動，有沒有興趣？」

自然都有興趣，除了安寧，但最後還是沒能逃過一劫，因為毛毛說有她在可以緩和衝突，減少流血事件等，活動當天硬是把她拖去了。活動是在隔壁大學的大禮堂裡舉辦的，當天那禮堂被布置成舞會現場。毛毛和薔薇都是裙裝出場，朝陽也一反往常，沒穿運動衫而是換上了……一套網球裝，好歹下面是褲裙，唯獨安寧穿著最不專業，襯衫搭牛仔褲，毛毛連連飲恨，浪費資源！

當晚男多女少，女生幾乎一進場就被男同胞上來給圍住攀談了，自然也有不少男士過來跟安寧搭訕，面對陌生的人她並不習慣多交流，所以只禮貌應付，還算和平。只是中途一位別校的大四生對她窮追不捨，讓她很是為難，直到一通電話替她解了圍。

「在忙嗎？」對方似乎是剛出辦公大樓，能聽到一些人在跟他打招呼。

安寧想了想還是據實以告：「在聯誼會上。」

「哦。」對方沉默了片刻，然後才說。「有中意的嗎？」

他生氣了嗎？安全起見，安寧立即說：「我是被迫過來的。」

「是嗎？」聲音裡有笑意。「我今晚過去，妳要是有時間，見一面？」

「這是疑問句嗎？」所謂的「脫口問出」。

莫庭這邊輕按眉心。

一時間安寧不知該如何「補救」，卻莫名地覺得這樣的靜默很舒服，聽到毛毛朝她嚷著讓她過去，便說：「我要掛了，朋友在叫我。」

莫庭應了聲，最後提醒：「別喝酒。」

他的口氣怎麼老像她是酒鬼似的，剛收線轉身，已經站在她旁邊的毛毛就說：「妳家男人唷？」

「叫我什麼事？」

「剛才薔薇碰到上次欺負妳跟朝陽的人了，原來兩個居然是這學校的，哈哈，對方似乎已經被校方處理過，又是訓斥又是留校察看，這邊的管理者真是英明啊。」毛毛樂得合不攏嘴。

安寧心裡想的是：應該是朝陽把她們欺負了吧？

「話說，薔薇是怎麼跟她們結的仇？」

「猜都不用猜啦，起因肯定是男人嘛。我現在才想起來，導火線不出意外應該就是這學校的籃球隊隊長，薔薇不是經常來這邊看籃球比賽嗎，我跟來看過兩次，呵呵呵，那籃球隊隊長是真的挺帥的。不過，沒妳男人帥喔。」

「……」

剛過八點的時候安寧提前回去，剛到寢室大樓下，就見到站在門口的人，不由得感到驚訝，這個身穿深色風衣的男人側身看到她，掐滅了手中的香菸扔進一旁的垃圾桶裡，然後走到她身前說：「剛好在附近，就過來看看。」

安寧點了下頭，不知道該說什麼，實在不熟。對於父親那邊，確切地說，對於父親後一任妻子那邊的「親戚」，她從來都不在意也不關注。

對方似乎也沒有多停留的意思，只說：「妳爸爸讓我帶一句話，如果有時間，回廣慶市一趟。」

安寧再度點頭，原以為他接下來就要走了，卻發現沒有動靜，她抬起頭時他正看著她。「有空嗎？找家餐廳坐一下吧，我沒有吃晚飯。」

安寧沒想到局面會往這方向轉去，一時無法回答，而對方只是等著，並不急躁。

「你還有什麼話，不能在這裡都說完嗎？」安寧本來想這樣說，可終究做不來太絕情，最終還是答應了，勉為其難地帶著這位後母的弟弟，去了學校裡一家還在營業的餐館。在剛進餐廳時碰到了從裡面出來的張齊，後者看到面前的兩人有些意外，但表情未變，跟安寧隨意交談了兩句便告辭了，走開時忍不住問了句：「今天莫庭說要過來是吧？」

「嗯，我知道。」安寧莞爾，原來男生的聯想力也不容小覷啊。

張齊自覺多話了，最後笑著道了別轉身出門，門關上的一剎那又往後看去，眼睛閃爍了一下，他是真的很吃驚——周錦程，省外事局的二把手。

「有什麼可以推薦的？」周錦程坐下後問。

安寧反應過來他是在跟她說話。「這裡的鐵板燒不錯，不過你可能——」

「那就試試吧。」他笑了笑，伸手叫來服務生。

這種每天都是山珍海味的人吃鐵板燒？好吧，偶爾清淡小粥也是需要的。安寧自己叫了杯果汁，之前還有點兒餓，本來想著見到徐莫庭的時候可以一起吃點兒消夜什麼的，現在卻沒什麼胃口了。

十分鐘後一名清俊男子走進餐廳，徐莫庭看到窗口那一桌人時放緩了腳步，原本是想來幫她帶晚餐的，去參加「聯誼」活動，肯定沒能吃上多少，現在看來不用了。輕撫了下額頭，退到身後的那張空位上坐下，手機在這時候響起，是簡訊。「我現在在跟人吃飯，你打電話來好不好？就說有急事，我跟他真的不知道怎麼交流。」可以想像她此時表情有點兒可憐。

安寧這邊咬著吸管耐心等回覆，片刻之後對面回過來。「我剛到學校，妳吃完了再出來吧。我不急，出來了給我電話。」

可我急啊。

寢室裡的人都在聯誼，發簡訊俱不回，所以只好找了某人，還真是「見死不救」。

而周錦程這時抬眼看了她一眼。「這麼想要急著走嗎？」

安寧想如果自己真是貓，此刻一定全身毛都豎了一遍。「唔，你試過燈影牛肉嗎？」

他笑了下。「沒有。」

「還有北歐的一道特色菜，生雞蛋拌生牛肉？」味道就好比陌生人對陌生人，沒啥可多說的。

「沒有。」

「……」安寧有種出力了卻打在棉花上的感覺，於是沉默。

從餐廳出來時，服務生告之帳單已經有人付過，一個是驚訝，一個若有所思，最後周錦程轉頭對她笑道：「看來我是沾了妳的光。」

他走的時候，安寧沉吟，其實她應該是不喜歡這種親戚的吧？不說別的，這些權勢在握的人，一直是她的心結，好比爸爸，所有的事情都夾帶著利益的考量，不知道有多少付出出自真心。

這邊廂徐莫庭回宿舍沖了澡，張齊對著正擦拭頭髮的人嘖嘖稱道：「我現在知道女人為什麼這麼迷你了。可惜你不愛張揚，否則絕對能壓過文學院的江旭還有金融系的那誰。」

徐莫庭對此話題沒有興趣，拿起桌上的手錶戴上。「這學期碩士班導師對你讚賞有佳，你可以更上一個臺階。」

「升博士班嗎？是有這個想法。」說到這兒張齊不免問：「你呢？如果你想應該輕而易舉。」

莫庭笑了一下。「目前沒這個意向。」

「也是，你也不差這張文憑了。」張齊見他要出門，突然有些欲言又止，被後者看出來問道：「還有什麼事？」

「這個，我不知道該不該說，我剛看到你媳婦跟你們公司的周錦程吃飯了。」

徐莫庭隨意「嗯」了一聲。

張齊訝異。「就這樣？」

「不然怎麼樣？」口氣平淡，不像說謊的樣子。

「我以為至少應該有點兒介意。」看來是他小題大做了，張齊一放鬆忍不住開玩笑：「說真的，你家那位算是秀外慧中的大美女哪，不時時看著放心嗎？」

正查看手機的手指停了下來，到這裡徐莫庭不否認有點兒情緒不好了，但開口的話卻平靜異常：「又跑不掉。」

8

徐莫庭一下來就見到某人站在花臺旁，低著頭踢著腳邊的石子。身影在路燈的朦朧照射下看上去有些纖弱，頭髮已經長到腰際，想起好幾年前被同學拉去體操館觀看女生羽毛球比賽——那個時候，她的頭髮還只到肩膀處。青春期的一次窺視讓他首次察覺到自己體內萌發的悸動，像是不小心觸及了一片罌粟花，手心些微發麻，一直牽連到胸口。

安寧一抬頭便望見了正往這邊走的徐莫庭，她自然地送給他一抹溫煦的淺笑，站直身子等著他走到面前。

「你說要一會兒才下來，挺快的嘛。」她希望自己表現得足夠泰然自若。

莫庭伸手撫了一下她臉上的ＯＫ繃。「好點兒了嗎？」

一碰到現實場景又馬上不行了，臉因他的觸碰而微微泛紅。「呃，沒事了，小傷口而已。」ＯＫ繃是被毛毛強貼上去的，說什麼能添加野性和「禁慾」氣息，安寧確定她最近太無聊了。

這個時間點，又是隱蔽的樹下，人流稀少的角落，徐莫庭略作沉思，最後上前親了下她的嘴脣，因為太突然，安寧反應不及，而他的手已經繞到她的髮絲裡禁錮住她。

「別咬著牙。」

當雙脣相抵，安寧的神經再度癱軟，他的氣息含著茉莉花的味道，有些清涼，又是濡溼的。之後徐莫庭拉她走到旁邊的小徑上，繞到一塊石頭後方，阻擋外界的一切，他靠在她的頸項，這麼多年來，第一次對一個人懷有執念，餐廳裡初吻的緊張和驚心，牽引出的是藏在身體深處的震顫。他抬頭看著她，他真的不願再明明想要，卻得不到。

一陣腳步聲打破了這一方靜謐天地，兩個原本想繞近路走的女生被眼前的一幕驚住了，晚上情侶間的親密戲碼學校裡並不少見，但問題是眼前這個英挺的男人，正是她們外交學系無懈可擊、凜然不易親近的徐莫庭。

「對……對不起。」一個女生先回過神來，扯了下旁邊人的衣袖，兩人慌忙撤退。

「徐莫庭……」

「嗯？」他的聲音還有點兒啞啞的。

安寧知道自己的臉一定紅得很明顯。「你很喜歡我嗎？」

安寧回寢室的時候，朝陽正在問大家各自的第一臺電腦是什麼時候買的。

薔薇說：「九七年，印象頗深，香港回歸。」

「九七年啊？」毛毛深沉地搖頭。「那時我還是乖孩子，要考大學所以從不上網。」

薔薇皺眉。「那時我在上小學。」

「……」

毛毛一見安寧進來立刻跳起來問：「阿喵啊，推薦點兒書看看吧？」

「要不要……童話？」

毛毛猛搖頭。「我不看童話的，看也是看成人版的！」

薔薇微笑。「其實童話故事都是黑暗到無以復加的。《醜小鴨》告訴妳什麼？這個世界上大多數人都是只看外表不管內在的。《小美人魚》呢？哦，妳不應該去覬覦不屬於妳的東西，否則會變成海上的泡沫。《豌豆公主》不知所云，還有《打火匣》是在鼓勵什麼啊？簡直是欺世盜名！」

朝陽笑。「赤裸裸的憤青啊。」

「哼哼，最後還要謹慎名著，或許《簡愛》比《咆哮山莊》要正面；《傲慢與偏見》比《幽谷百合》要積極，但是，妳懂的，名利中的愛情，都不怎麼純粹。另外，《卡夫卡全集》絕對比《希區考克故事集》要恐怖！」

毛毛說：「於是大家一起來看有益身心健康又積極向上的NP文吧。」

「……」

薔薇「咦」了一聲：「阿喵怎麼倒到床上去了？」

「安寧，我暗戀妳六年多了。」徐莫庭的話似乎現在還在安寧的耳邊迴響。

隔天早上專案小組的會議安寧遲到了，她進去時兩個搭檔已在，而徐莫庭也在座了，聽到開門聲，側頭看向她。

女同學等她到身邊坐下便笑道：「蒙頭睡了吧？頭髮亂蓬蓬的。」

安寧「嗯」了聲抬手扒了扒頭髮，但因為過長，到下面就打結了，於是索性隨它去，低頭問：「你們講到哪兒了？」

「才剛開始。」對方也壓下聲音。「今天小王同學進來時摔了一跤，妳沒看到，真是笑死了。」

阿喵同情地看向小王同學。

坐首位的人輕敲了下桌面，兩個女生識相地結束八卦。

王同學將一張紙條推到安寧面前，後者猶豫著拿起。「阿喵『百曉生』，推薦點兒什麼『跌打酒』吧。」

安寧第一反應是笑出聲，然後坐首位的人馬上看了過來，她立即端正表情。

小王同學心中思量，這兩人不是情侶嗎？怎麼相處模式這麼陌生？

這天的討論成果不錯。

「現在的問題是要借一間實驗室，供我們長期使用，但目前看來學校實驗室很緊缺。」說到這裡王同學義憤填膺。「校方對咱們物理系也太冷落了吧！」

安寧說：「這方面我會去想辦法。」

小王同學很開心。「行，勞妳折騰了。我忙我的任務，免得到時措手不及。」

「嗯，你只管去做你的，其他的我會處理。」

「閣下英明神武！」

安寧旁邊的女生笑出來。「你們倆還真有默契。」

王同學脫口而出——「那是，我跟阿喵仔可是大一就同班的，都多少年的交情了。」

這時剛到窗邊接了一通電話回來的徐莫庭對著安寧淡淡說了句：「徐程羽約妳逛街，我幫妳拒絕了。」

第五章 反客為主

1

安寧一直想問徐莫庭一件事，有關於那封信，可又怕這種事情一旦表述不恰當，她就玩完了。理論上，她不記得收到過他的疑似信件，但基於她記人薄弱這一點無法辯白，所以，有可能是：他給了，她忘了。但是，她收到別人的信通常都會回，即使是回一句對不起……總覺得哪裡不對勁，可又找不到突破口。

「靈魂歸位啦！」女同事楚喬笑著拍了下正發呆的人。「安寧，實在對不起，今天業務部的人都跑外面辦事去了，所以不得不勞妳陪我去給大老闆接風洗塵，回頭替老闆擋酒我來，妳稍微幫我打打下手就行，麻煩妳了，沒問題吧？我跟妳們主任打過招呼了，明天放妳假。」

安寧是無所謂，算起來也是她賺到了。

六點半，來到市區一家久負盛名的餐廳。楚喬說的大老闆叫賀天蓮，香港人，四十剛出頭，成熟穩重，講話有理有據又不乏幽默，當時在座的還有他內地的幾位當官和做生意的朋友。

女同事敬了一圈酒後，安寧也陪著喝了不少飲料，在座的大人物都算開明，並不強求小女生喝酒，有人還對楚喬開玩笑說：「楚經理難得帶小女生來，頗感欣慰，以前你們業務部的小張喝酒厲害啊，我見了他都怕。」

眾人都笑了。中途又有一位客人由服務生帶領進來時，安寧目瞪口呆，當即挺了挺背，賀老闆起身過去跟他握了下手，周錦程坐下時不免看了她一眼，但沒說什麼。

他顯然跟這些人是熟悉的，有人替他倒上酒。「錦程，先前不是說跟高老先生在飯局上嗎？」

周錦程笑道：「也好久沒見你們了，過來坐坐，怎麼，不歡迎啊？」

「這話說的，周大外交官出場，咱們放禮炮還來不及呢。」

「我已經不做外交官一年多了，就別再舊事重提了。」

「哈哈，在外事局還習慣吧？」

「尚且能勝任。」

「哈哈哈！周錦程就是周錦程，話說得多周全。」

笑鬧之餘又有人問這邊頗安靜的阿喵。「小妹妹是在龍泰實習吧？我看著跟我女兒差不多大，二十歲到了嗎？」

安寧不知道這算是誇還是貶，只回了句：「嗯，在實習。」

楚喬不由得解釋：「陳老闆，我們小李是名牌大學在讀研究生，現在在我們化驗科工作，能力不錯，你可別把人看扁嘍。」

對方忙擺手。「不敢不敢！」轉頭對賀老闆稱道：「龍泰人才輩出啊！」

賀天蓮倒也不謙虛。「中華大地人傑地靈。」

這邊某位高官問周錦程：「聽說徐家的太子爺在你們公司？」

錦程笑道：「他是憑實力進來的。年輕人心高氣傲慣了，連我都不怎麼放在眼裡。」

呃，怎麼他們說的「徐家太子爺」有種似曾相識之感，這時安寧的手機響了，因為坐在裡邊的位置，出去不方便，桌上的人又都在聊天，接一下應該沒關係。「你好？」

對方的聲音溫和有禮：「妳在哪兒？」

「飯局。」

「怎麼在那種地方？」似乎對此略有不滿，不過徐莫庭一向點到即止，最後只說：「別光吃油膩膩的菜，吃點兒飯，還有，別喝酒。」

呃，這叫點到即止嗎？

好像每次都是她據實以告，安寧弱弱地想，不平衡啊。「你在幹麼？」

對面的人似乎笑了一下。「學校游泳館，跟張齊他們一道。沒有女生，放心。」

我沒不放心啊。

「妳那邊大概什麼時候結束？」

「我自己回去就可以了。」現今社會，自力更生是必須的。

對方略微沉吟：「也好。」

安寧掛上電話後就聽到有人在說：「我見識過這徐家獨子，才二十五歲吧，嘖，處事相當嚴苛，雷厲風行，將來不知道會是怎麼厲害的一號角色。」

嚴苛？安寧不耳熟都不行，當然，她不會承認自己有聯想到……徐莫庭去，他還是相當謙和有禮的，這時對座的陳姓老闆感慨出一句：「我在事務上倒是跟他接觸過一次，你們也知道我現在管的那家企業是中外合資的，不少事要通過外事局經辦——這徐莫庭做事是真不講情面，半點兒通融不得，我都說我跟他父親是舊交，你們知道這小子回了句什麼嗎？隨時歡迎找家父敘舊。」

咳！

安寧嗆了一聲，之前一直沒怎麼看她的周錦程卻第一時間問了她一句：「沒事吧？」

「沒事，沒事。」只是，一時落差太大，難以想像。

「錦程，還是頭一回見你體貼女孩子啊。」

周錦程但笑不語。

飯局到將近八點才散場，楚喬看著大老闆被司機接走後讓安寧等等她，她送她回去，後者婉言拒絕，說路口就有公車，楚喬想想這邊還有幾位老闆在，於是也不勉強，關照她路上小心。安寧剛走到公車站牌處，一輛車便停到了她旁邊，周錦程探出頭問：「送妳回去吧？」

安寧有些訝異，他之前好像答應了某老闆要去哪裡的活動。「不用。」

「上來，後面車子過來了。」

果然後方來了一輛小轎車，這單行道另一邊又在修路，窄得只能過一輛車子，還真是……沒得選擇，最終一咬牙坐了上去。「那麻煩你了……謝謝。」

周錦程開動車子說：「妳跟以前比，改變了不少。」

是嗎？他們好像沒見過幾次面吧？

「寧寧……」對方右手伸過來的時候，安寧忽然像受驚一樣彈跳了一下，周錦程伸到一半的手停住，然後收回，場面變得有些尷尬。

「呃……我爸爸身體好嗎最近？」安寧拘謹地撥了一下額前的瀏海。

「嗯。」周錦程注意著前方的路況，很久之後說了一句：「我很抱歉。」

安寧低頭想了一下，最後搖了搖頭。「不用，我好像都忘記了。」

她忘記了周錦程這是事實，畢竟都好幾年沒見了。

而她與他的淵源也不過是當年爸媽離婚的時候她不懂事，他負責帶她去爸爸那邊，她不想去，總之是出了意外，她從車上滾了下來，之後在醫院裡住了兩個多月，唉，真丟臉啊。

一路上兩人都沒再開口。

安寧回到寢室的時候表姊來電吐槽：「前幾天總部的人過來培訓，馬的這幫菸槍就不能老老實實地在茶水間裡抽菸嗎？非得叼著菸頭到處晃悠！害得我這兩天吸二手煙吸得頭昏腦脹。」

「姊，我頭痛，想睡了。」

「怎麼又頭痛了？好了好了，趕緊睡吧，如果痛得太厲害就吃止痛藥。」

「姊，有什麼辦法能讓我……不去爸爸那邊呢？」

「找個男人把自己給嫁了。」

「……」

安寧隔天睡到了中午才起來，也幸虧當天休假，課程也已進入寫論文階段。開手機時收到多條簡訊，其中一條是：「一號教學大樓底層的實驗室可以用，有什麼問題再找我。」

旁邊坐著的毛毛看著某喵搖頭。「不行不行，小女生不能總是對著手機笑得春心蕩漾，來來，跟阿毛我一起看NP文。」

「……」

2

徐莫庭很少住宿舍，一來他外面的房子離公司比較近，二來學校裡也沒什麼重要事情，當然第二點是指以前，如今因為私事頻繁返校已司空見慣。這天，他剛到就被閒來無事的兄弟邀到常去的一家餐廳吃晚飯，他倒的確有點兒餓了。

老三一點好菜，就推了推徐莫庭的手臂。「老大，外語系的系花正在十公尺處的地方鯨吞你的背影。」

張齊「噗」一聲噴出嘴裡的茶。「你能不能別在我喝東西的時候說這種話！」順著老三的視線望去，不免搖頭。「這眼神還真是──告訴她咱們老大已經名草有主，請她自重一點兒。」

老三感嘆：「可惜了這麼一個美女，怎麼就不看我一眼呢，否則我立刻從良！」

「呵，明顯大嫂比她漂亮多了。」

徐莫庭頗受用這句對其「內人」的誇讚，還回了句「謝謝」。

老三搖頭不已。

張齊則朝徐莫庭笑說：「話說自從你在那什麼比賽上露了下臉後，可謂名聲大噪，中意你的女性同胞更多了，該說幸呢還是不幸？」

徐莫庭只是微勾嘴角。「有人內疚就行了。」

此時正從宿舍大樓裡出來的某人連打了兩個噴嚏。

毛毛笑道：「阿喵，有人在想妳。」

安寧：「妳想我？」

薔薇「切」了聲：「她想也只會是想男人。」

毛毛拍了拍薔薇的肩。「知己。」

三人剛出寢室大樓就碰上兩名本校的外國留學生過來問路，毛毛揮手示意旁邊兩人退下，自己則熱情地上前指導。「Go this way, then go that way!」五分鐘後對方兩人五官扭曲，薔薇為避免越來越多人停下來圍觀，跨步上去說了兩句，拉住毛曉旭便走，後者一路不服狀。「他們就快明白了妳打什麼岔啊，溝通好了之後我就可以跟他們要電話號碼了，然後這樣這樣那樣那樣……」

走進餐廳後薔薇終於失去耐性。「不就是倆男的嘛！」

「答對了！男的，倆帥哥，而且還是外來品種！」

薔薇哼哼唧唧。「那也叫帥？阿喵，妳說帥不帥？」

正想事的人無所謂地答道：「嗯，帥。」

毛毛仰天長笑。

「嫂子！」旁邊有人喊了一句，毛毛和薔薇一同回頭，只有安寧目不斜視，直到薔薇拉了下她的衣角，安寧一側身便與卡座裡的一人目光碰觸，呃，好巧。

果然這邊的鐵板燒很受歡迎啊。

張齊已經起身過來，滿臉笑容，口氣熟稔：「妳們也來這邊吃飯啊，嫂子，要不要坐一起？」

安寧被這聲稱呼弄得著實尷尬，剛想說不用了，可身邊兩人動作上已經不支持，毛毛搶了一個靠窗的位子一屁股坐下，然後朝她猛招手。

不知是有意還是無意，唯一剩下的位子就是徐莫庭旁邊，安寧過去落座後對他笑了笑。

他看她的神情很自然。「這麼晚才吃飯？」

「嗯。」他今天穿了一件黑色的薄開襟衫，整個人顯得很是英氣逼人，還帶有幾分清冷味。

莫庭察覺到她的觀看，嘴角揚了一下，桌下的手拉住她的，慢慢牽放在自己的膝蓋上，拇指輕輕摩挲著她的手背。

另一邊的兩男兩女已經做完自我介紹，老三對著薔薇左看右看。「嗨，美女，似乎有些面熟啊。」

張齊笑道：「她就是這屆形象大使比賽的季軍，現在的名聲可比冠軍都要來得大！」

薔薇謙虛。「高處不勝寒啊。」

「……」

老三恍然大悟。「妳就是老大罩的那人？」隨即頗感慨地搖了搖頭。「果然是嫂子娘家那邊的人啊，太護短了！」

薔薇並不介意，反而相當引以為傲。「咱們家阿喵一向是人見人愛車見車載的。」

張齊狗腿道：「那是！剛有個普通級別的還想妄圖窺視老大，也不掂量掂量自己，我是絕對支持嫂子的！」

「行了。」莫庭不緊不慢地阻止，也有點兒警示意味。

「……」

張某人非常機靈地舉手叫來服務生加菜，順便轉移話題。「對了，剛才嫂子在說誰長得帥？」

這人是故意的嗎？不過，身邊的某人好像並不在意，安寧覺得自己想多了。「嗯……兩名外國的留學生。」

毛毛：「外國人啊，壯士啊，肌肉啊，結實啊！」然後對著張齊問道：「你也不差啊，有對象了嗎？」

安寧默默扭頭，薔薇則隱忍著某種衝動。

張齊答：「有了。」

毛毛一聽已是有婦之夫，嘆了口氣。「君生我未生，君有我未有。」

老三笑不可抑，最後說：「怎麼不問問我啊？」

毛毛說：「一看就知道沒有。」

老三說：「小姑娘——」

毛毛說：「我看上去很小嗎？」

老三說：「好吧，大姑娘——」

毛毛說：「我看上去很大嗎？」

老三說：「……流氓！」

「……」

毛毛剛要開口，安寧明智地阻止。「你們吃完晚飯打算做什麼？」她確定毛某人什麼話都講得出來。

「目前還沒有節目，不過莫庭可能要忙公事，嫂子有什麼建議嗎？」張齊笑問。

沒建議。安寧為難，開了頭就要接下去，苦思冥想出來一個——「要不要去看電影？」

四道聲音同意，只是徐莫庭旁若無人地低聲對她說了句：「讓他們去吧，妳陪我。」

安寧心一跳，但馬上鎮定下來，倒是周圍人賤賤的眼神讓她覺得有些無力，最後不知怎麼思維轉到：與其自己尷尬還不如讓別人尷尬。於是微一側身吻了一下某人的嘴角。「好啊。」

「……」

第二天張齊對徐莫庭感慨。「你家那位還真是……爆發力十足啊！」

當時徐莫庭正在敲筆記型電腦，聽到這話手略微一停頓，似乎想到了什麼，低垂的眼眸閃了閃，口上隨意問道：「昨天的電影怎麼樣？」

張齊苦笑。「我只能說大嫂的朋友都不是一般人，我跟老三一直不明白，為什麼只要電影裡有倆男的對視超過兩秒鐘她們就尖叫？」

3

時間回到那天的晚飯之後。

徐莫庭雖在外國待過一段時間，但他卻不是個開放的人，骨子裡對待感情還是很傳統，也可以說是「從一而終」，他不習慣東張西望，認定了一樣東西、一件事情就會堅持到底，在他看來這種秉性沒什麼不好，每個人都有自己的生命軌跡，他只是習慣確認之後便一路走到底。

那一天，他帶她回到自己的住處，將鑰匙放在桌面上後，抬眼看了一眼抓著門框的人。「妳打算一直站在門口？」

「沒啊。」安寧一笑，將手放背後慢慢走進來。嗚，死定了！她剛才耍了流氓，會不會被報復啊？安寧到現在都還想不通，自己怎麼就那麼大義凜然地撲過去主動吻了他，還是在眾目睽睽之下，一定是腦子抽筋了。

這是李安寧第一次進入徐莫庭的住處，地方不大，但相當乾淨整潔，設計得也很時尚很歐美風，臥室跟廚房都是開放式的，整體寬敞卻並不空曠。客廳正中間放著一張淺色系的沙發，配著深棕色的地毯，非常簡約大氣，靠近臥室的地方擺著書架、書桌，桌面上攤著不少檔案以及一臺蘋果筆電。

安寧觀察完回過頭來，看見站在床邊的人正在脫去那件黑色開襟衫，安寧從瞠目結舌到沉湎美色，呃，身材真好，皮膚也好，不對不對。「你……你脫衣服做什麼？」

對方只皺了下眉頭。「我不喜歡身上有油煙味。」說完已經拿起床沿的一件白襯衫套上。

垂淚，她不純潔……

誰知那邊的人卻輕聲一笑。「妳以為我要做什麼？」

「沒。」這絕對是發自肺腑的。

莫庭看著她，某人立即抖擻精神開腔：「你辦公吧，我在旁邊看書，保證不會打擾你的。」

「其實我不介意妳打擾我。」

「……」我介意。

最後徐莫庭到底還是去做「正事」了。

李安寧坐在書桌旁的一張米色單人小沙發上看書，時間一分一秒過去，兩人的空間裡，有種獨特的雋永的味道。

安寧先前在書架上隨手拿了一本《國際政治》翻看，剛開始看得挺認真，過了大概一刻鐘，覺得手上的這本書有些無趣，於是無所事事地在溫暖的橙色燈光裡觀看起他來……徐莫庭在燈下專注的樣子煞是好看，拿筆寫字的樣子也很瀟灑。

安寧有些出神，偷偷抽了桌沿的一張廢紙和一枝筆開始塗塗畫畫。

「妳在做什麼？」他側過頭來。

「我沒做什麼啊。」說著趕忙把那張廢紙一折塞進書裡。

徐莫庭笑了笑。「那剛才妳在看什麼？」

「……我看書啊。」安寧慌亂地低頭翻了一頁《國際政治》。

安寧感覺原本安靜的空間裡湧起一股躁動的氣流，等她抬起頭來的時候，徐莫庭已經站在她面前，安寧不由得微愣，而他伸手過來，散開她本來紮著的髮絲。

安寧強裝鎮定扯出一抹笑容。「公事做完了嗎？」

莫庭只是看著她，手慢慢下滑，經過眼角、臉頰……然後彎下腰，當唇印上她的嘴唇時，莫庭感覺到她輕顫了一下。

他微斂眉，反覆告誡自己，要慢慢來，在李安寧這件事上再出不得錯。清楚對方不習慣太急切的感情，所以態度上他一直有所保留，可他發現如今連不動聲色都有些難了，尤其是當她就在近在咫尺的地方時。

「中途休息會兒。」他拉她去客廳的沙發上坐下，然後問：「安寧，要不要吻我？」他坐在她旁邊，低著頭，聲音帶著勸誘。

你中途休息的定義究竟是什麼啊？

室內一片寂靜，安寧彷彿能聽到自己的心跳聲。

而徐莫庭這邊，手心中的那根髮帶被他握得有些緊。

安寧心一橫，當時想的是：每次被強吻很吃虧啊，而且，好吧，她的確又被色誘了，一想通就伸手攬住他的脖子，然後一閉眼，就將嘴唇貼了上去，因為俯身得太突然，身子趔趄，結果就將他撲倒在了沙發上，儼然一副色慾熏心的模樣。安寧面部燒紅，而躺在下面的人一副任君欺壓的模樣。

安寧剛要狼狽退開，可又想：反正都這樣了，乾脆來個一不做二不休。

回憶起他吻她時的步驟，她先伸舌頭舔了舔他微抿的嘴，身下人漆黑的眼睛望著她，手不著痕跡地扶住她的腰，輕啟唇，任由她深一步地侵犯。

潮潤溫熱的氣息裡，有種說不出來的心悸……

直至突然的開門聲驚擾了沙發上的兩人，正行不義之事的人暈乎乎地抬起頭，下一刻差點兒摔下沙發，幸好徐莫庭身手敏捷地將她摟抱住，莫庭看到來人也稍有訝異，隨即平靜自若地叫了一聲「媽」。

媽？伯母？安寧的驚愕難以平復，她剛剛是不是很飢渴地在侵犯她的兒子啊？

安寧將頭埋在徐莫庭的頸項裡，衷心地希望自己就此悶死算了，而徐莫庭也沒有放開她的意思，轉頭問母親：「您怎麼來了？」

徐母已經收拾好了表情，畢竟是見過世面的，只笑道：「給你送點兒蔬果過來，免得你老是煮那些餃子、麵條吃。有朋友在？」

安寧沉吟，就算再丟臉還是要禮貌地打招呼啊，正想推開身邊的人，結果對方不配合，徐莫庭依然抱著她，安寧疑惑地抬頭，發現他也在看她，眼睛裡面透露出一些色彩，直接、坦然、熾熱。想當然耳地某人臉紅了，而對方在她耳邊說了一句話後便若無其事地鬆開手，起身過去接了母親手上的一袋食物拿進廚房。「您一個人過來的？」

「嗯。」徐母笑著走進來，安寧已經站起來輕喚了聲「阿姨好」，腦子裡卻還想著剛才徐莫庭在她耳邊說的那句話：「等會兒妳可以繼續。」

「妳好。」徐媽媽此時才將她從頭到腳看了一遍，本不想嚇壞人家，可忍不住還是問：「小姐跟莫庭是同學？」

「嗯。」阿姨好厲害，一下就猜到了他們是同學，呃，雖然現在是關係比較特殊的同學。

「媽，茶還是開水？」

「我坐坐就走，你別忙了，不過，怎麼不給小姐也倒一杯？」徐母看了一圈沒看到給客人的杯子。

安寧瞄了一眼先前徐莫庭遞給她的茶杯，放在小沙發旁邊的矮櫃上……難道那只是御用的？唔，又被坑了？「阿姨，我不渴，沒關係。」

徐母見她說話輕柔帶怯，不免寬慰道：「不用緊張，跟阿姨聊天就當是在家裡跟妳媽媽聊天一樣。」

安寧點頭，其實她是真沒緊張，就是……尷尬啊。

徐母對獨生子的私生活並不會多加干涉，一向持樂觀、放任態度，只是兒子交了女朋友，多少感覺這不算小事，以前在國外兒子就是獨來獨往，她還勸說過，如果有喜歡的女同學可以嘗試著交往，結果他總說目前沒這項打算，書一年一年讀過去，當媽的是真有點兒擔心自己這清高的兒子最終來一個「不婚」，那可就性命攸關了——關係到她能不能抱上孫子孫女。

徐母忍不住又對面前的姑娘仔細打量一番。長相看著確實舒心。他們這一輩人最相信看面相，眼前這姑娘鵝蛋臉，人中清晰，山根略淺，標準的旺夫相，加上眼神清透，是最宜家宜室的，倒沒想到自己兒子喜歡這種溫婉型的。

「妳叫什麼名字？」

安寧有問必答，報上姓名。

徐母唸了一遍，疑惑道：「這名字怎麼有點兒耳熟？」

安寧承認自己的名字比較大眾化。

徐莫庭的聲音這時傳來：「她的名字比較大眾化。」

不用這麼直白吧？

徐媽媽也笑了。「什麼時候去阿姨家裡吃個便飯？」

這發展是不是太快了？

安寧求助地看向靠在洗手檯邊就不過來了的某人，但對方接收到她的目光信號，還是「幫忙」答道：「下個週末吧，她這段時間比較忙。」

「……」

徐媽媽頗感欣慰。「你爸爸從北京回來後這段時間，又是忙進忙出的，兒子帶女朋友回家，估計可以讓他清閒地在家待上一天。」

高幹家都是這樣「一意孤行」的嗎？

離開時徐媽媽輕輕攏了攏她的長髮笑著說：「六、七歲之後我就沒有見莫庭這麼黏人過了。」

黏人？

阿姨走後，安寧望著翻著手邊的資料跟同事打電話的某人，阿姨，您一定是搞錯了。

過九點的時候徐莫庭開車送她回學校，在經過一家餐廳時轉頭問她：「要吃消夜嗎？」

而車已經停穩在停車道上，先斬後奏什麼的這人做起來是這麼的爐火純青啊。

安寧今天一直有點兒無言以對，實在是之前被刺激到了，先是那什麼的時候，仔細想來雖然是她占優勢，但好像又是被誘惑地去占的，最後還在那種情況下見了家長，雖然表面風平浪靜，呃，事實好像也是風平浪靜？

越想越不對勁，總覺得被坑了。

兩人推門進去時，碰到一位顧客在櫃檯處跟收銀員爭執，安寧定睛一看，發現面熟，之所以會難得地一眼認出人來，只因前不久她臉上的傷疤便是拜這號人物所賜。

安寧從她背後經過時她剛巧退後轉身，徐莫庭反應及時，將粗心的某人先一步拉回身邊。轉過來的女生被面前的人嚇了一跳，不由得狠瞪了安寧一眼，隨即認出了她是誰，剛皺了眉便又見到站在她旁邊的人，又是一怔，眼中閃過緊張，最後只啐出一句：「要死了，真倒楣！」罵罵咧咧地走出了餐廳。

安寧不解。「見到我很倒楣嗎？」

徐莫庭一笑，走到位子上坐下的時候問了一句：「認識的？」

安寧想了想，她其實並不擅長複述社會類事件，於是只說有過一面之緣。

莫庭也像是沒興趣再多問，示意服務生過來，點了兩份綠豆湯。「晚上少吃一點兒。」

安寧看看他，最後扭頭看窗外的夜景，沒錯，是她想來吃消夜的。

「不過妳應該多吃一點兒。」

安寧扭回頭。

對面英俊的某人挺認真地說道：「下次妳吻我的時候可以再有力一些。」

這就是所謂的真正的耍流氓嗎？安寧突然頓悟過來，她才是一直在被他耍流氓吧？

這天安寧飽飽地回到宿舍，薔薇等人已經看完電影回來，嘴上一直在說著：「現在的男人好純情啊。」

「……」

4

「阿喵，妹夫什麼時候請我們吃飯啊？要大餐，人家辦喜宴那種等級的。」薔薇說。

「是啊，都快到年底了，地主家都沒有餘糧了。」毛毛說。

「就妳還地主？撐死就長工一名，要說地主，徐莫庭才是吧，而且還是強大的官僚地主，哈哈。」朝陽說。

「……」安寧無語了。

一天最終落幕。

隔日一早安寧換上套裝趕車上班，當時已經晚了，所以沒有前往地鐵站，而是到前門的公車站牌處叫計程車，高等教育園區這一帶一共有三所學校，這個站牌通常等的人最多，基本上坐公車跟擠沙丁魚罐頭一般，而這個時間點連叫計程車都困難。

正沉吟間聽到身後有人在說什麼「就是她嗎」之類的，安寧剛開始沒在意，如果沒有那句「她真的是江旭的╳╳」，某人肯定自始至終目不斜視，嘈雜聲中聽到某個略微熟悉的名字，讓她稍稍留意了一下，隨後就是「也不怎麼樣嗎」或者「╳╳又高又瘦明顯比她好看」等等。

安寧回過頭去，她眼神安靜，神情淡然，卻莫名地給人一種不可侵犯的感覺，讓說的人斷斷續續消了音。而安寧那刻心中想的是：自己被多少人關注了？

一道「哈囉」在這時不期然地響起。「大嫂早啊！」老三已經走到她身旁。「要去公司？」

「嗯。」

「今天天氣不錯。」老三跟她扯了兩句，最後笑問：「要不要幫您恐嚇一下？」暗示性地瞥了眼後方。

原來這人剛才也一直站在人群裡，安寧笑道：「謝謝，但是恐嚇會被處分的。」

老三不禁唏噓，又好像想到了什麼，忽然靠過來說：「大嫂，江旭跟老大比差遠了。」有什麼深意嗎？

「喂，李安寧。」

安寧不疾不徐地轉過頭去，剛才說三道四的一名女生站出來。安寧並不喜歡成為眾人的聚焦點，於是態度稍顯冷漠。

「我想跟妳談談。」女生說。「我欣賞江旭，我要他，我奉勸妳最好退出。」

點頭，絕對地配合。

但對方顯然當她是在敷衍。「妳根本不瞭解他。」

「我是不瞭解。」

女生的眼睛瞇成一條線。「李安寧，妳沒有權力綁著他。」

安寧撫額，最終認真開口：「我對他沒有興趣，我看妳是完全找錯人了。」

「妳說傅薔薇？呵。」

這聲「呵」讓安寧微皺了下眉頭，語重心長道：「同學，耶穌說，你們得不著，是因為你們不求。你們求也得不著，是因為你們妄求。」

「……」

「噗！」接二連三有人笑出來。一直想要出手卻顯然無須他幫忙的老三也已經笑開了。

當天老三在車上給徐莫庭發簡訊——「大嫂太酷了！」

而當天安寧上班遲到了。

工作期間收到徐莫庭的簡訊——「今天起晚了？」

「嗯。」隨即一凜，他早晨不會也在人群中吧？

「我下午在學校有場友誼籃球比賽，妳要有時間可以過來看一下。」

「喔。」

兩分鐘後徐莫庭發過來。「妳可以再敷衍一點兒。」

「……」

終於目睹到了老大的本性嗎？安寧剎那間悲喜交加！

說來也巧，那天下班回到學校，經過體育館時見到入口站滿了人，而那群人裡剛好有她的同學在，慷慨激昂的甲同學回頭剛好看到路過的李安寧，馬上把人給逮住了。「阿喵，妳男朋友在裡面打球喔，超帥！」安寧還沒能來得及說什麼呢，下一刻就被甲同學拉進了體育館。

館內熱火朝天，觀者雲集，而安寧第一眼便發現了徐莫庭，不能怪她，只怪某人已成為眾矢之的，球場上的徐莫庭像是換了一個人，紅白相間的運動衫下有種形於外的不羈，舉手投足間的威懾力也不由人反駁。

比賽已臨近尾聲，掌聲、吶喊、助威聲不絕於耳。徐莫庭傳出球後不由停了一下，朝安寧望來一眼。眼神交錯的一瞬間，安寧莫名地一陣緊張，一種奇異的感覺油然而生。似曾相識的場景。記得以前某次經過餐廳後面的籃球場，也看到過他打球，然後他停下來往她的方向望了一眼，當時她還傻乎乎地左右看了看，以為他看的是自己旁邊的美女。

場上接回球的徐莫庭已經突破重圍將球帶入禁區，正當對手以為他會投球時，他一個巧妙的轉手，將球傳給了後方已經退居三分線後的隊友，張齊躍起，完美的空心球，三分，精彩的結束！

吶喊聲震耳欲聾，不得不承認，被勝利光環籠罩的徐莫庭更加耀眼奪目，優美流暢的背脊，剪得很短的乾淨黑髮，而當他慢慢朝這邊走來時，安寧覺得，剛平靜下來的情緒又莫名地波動起來。

「妳在東張西望什麼？」萬眾矚目之下他低下頭在她耳邊問。

就知道會被說教。「沒啊……」

「來多久了？」

「剛剛。」安寧盡量平淡地開口，雖然內心十足地不淡定。

另一邊，裁判已在招呼大家集合，徐莫庭清楚現在自己的狀態有些鬆怠，擔心再站在她面前情緒稍一放任，會做出什麼事情來，於是跟她說了一句：「等我一會兒。」便轉身回歸隊伍。

剛才徐莫庭過來時自動退居二線的甲君此刻又湊上來，伸手攬住安寧的肩膀，口中唸唸有詞：「沾點兒光沾點兒光。」

「……」

莫庭走到隊伍裡，接過隊員遞過來的礦泉水喝了幾口，裁判已經正式宣判比賽結果，77比68，外交學系勝，場內又是一片激昂，彩帶齊飛，一名穿著裙裝的女生走到外交學系這邊，對徐莫庭笑道：「去哪慶祝？」

莫庭將手上的護腕脫下，口中只淡淡道：「你們去吧，我不餓。」

她也不介意，轉向張齊。「張齊，你是隊長，說句話吧。」
「團支書大姊，徐莫庭明顯有事嘛，您就別折騰了。」
「是啊是啊！」隊友們附和，贏了球的心情都有些high，而徐莫庭已經走到場外座椅邊拿起包包，返回經過張齊時拍了下他的肩，便逕直朝門口走去，當站在安寧面前時徐老大說道：「走吧，我餓了。」

安寧在等徐莫庭洗澡。

他的寢室她是第二次來了，坐在小客廳的沙發上，安寧思考著一個問題：如果薔薇來此一遊會不會去掀校長的桌子？物理系的宿舍連單獨的床位都沒有，上下鋪，薔薇是上鋪，一度摔下來打過石膏。嗯，會掀。

當徐莫庭身穿浴袍從洗手間出來時，就見安寧處在認真沉思的狀態裡，他停下腳步，然後退後一步，姿態輕鬆地靠在牆邊，看著她。

除了稍顯清瘦的臉，她似乎高了一些，曾經安靜的模樣變得溫潤親和了一些，執著憂慮的眼神已經坦然，但不管是以前的李安寧，還是現在的李安寧，都讓觀賞者不知不覺沉入其中。

一見鍾情？好像已經說明不了。

一些感應讓安寧回過頭來，她算是處驚不變型。「嗨。」

莫庭已經站直身子，邁步走到衣櫃前換衣服，開著的櫃子門半掩挺拔的身影，安寧看窗外。

「恭喜你贏球了。」

徐莫庭穿戴整齊走到飲水機邊倒了杯水喝。「謝謝。」

安靜，安靜。「呃，你身材很好。」

「咳。」真正一向處變不驚的人被嗆到了。

安寧意識到什麼，臉上泛紅。「我……我開玩笑的。」開始語無倫次。

莫庭微瞇起眼。「妳的意思是說，其實不怎麼樣？」

不是！安寧搖頭。「比……比GV裡的還要好，真的。」

萬籟無聲。

安寧頓悟過來之後懊悔無比：還是讓她死了吧！

徐莫庭看著低頭把臉埋入手臂裡的人，不禁失笑，但語氣輕描淡寫。「走吧。」

「去哪裡？」氣若游絲。

莫庭過去坐在沙發扶手上。「妳不是餓了嗎？」

安寧抬起頭，徐莫庭對上她清透卻略顯窘迫的眼眸，只覺心口一緊，最終問道：「安寧，要不要吻我？」

「嗯？」對方親暱的提問和貼近都使她有些神思恍惚。

時間彷彿又倒回到某一個時空裡，溫熱的體溫，清新的味道，她趴在他身上，那一刻他是那麼留戀，以至於那之後夜夜翻出來回想。她一直懵懵懂懂的，可他卻是那麼想……想將她徹徹底底吞入腹中，盡歸自己所有。

掩埋太久的情緒一旦被挑起，就有點兒想入非非不得自控了，但顯然還不是時候，低下頭的時候徐莫庭已經恢復平淡的表情。

「妳在什麼地方實習？」

「龍泰。」

沉默了片刻，徐莫庭說：「搬去我那兒住吧。」

這回她是真嚇得不輕，安寧站起來的時候險些撞到徐老大優美的下巴。「你開玩笑的吧？」

「龍泰離我的住處只有十分鐘路程。」

這算是循循善誘嗎？

「我喜歡住寢室。」安寧嚴謹地回答，聲音卻緊張得有點兒乾巴巴。

徐莫庭看著她，不禁笑出來，最後越笑越過分。安寧火大，不過，第一次看到他開懷地大笑，只覺得他這一刻是那麼神采飛揚。

心裡的某根弦被輕巧地撥動，而徐莫庭已經站起來，上前一步，乾脆地在她嘴角一吻。「也好。」

被耍了？

其實他剛剛只是嚇嚇她吧！

當天四號樓二樓的走廊上，一個秀氣的零錢包正中某道英挺的背影。

來往行人霎時停下腳步行注目禮。

隔天外交學系的大樓裡傳出眾多流言，其中被眾女生鄙視，最沒有可信度的一條是：「外交學系老大被其夫人虐待了……」

冷暖自知

1

作為「有名學長」江旭中意的「幸運兒」，以及形象大使比賽完之後跟外交學系老大也有牽扯的人物，李安寧現在所到之處均能引來不少非議，然而因為她無意識狀態下呈現出來的「高傲」姿態，令好事者們只敢嘀咕不敢明講。

說到江旭這件事，要追溯到三週之前，他與同伴友人喝酒。當時江旭心情不怎麼好，一瓶干紅下肚，酒後吐真言說自己中意物理系一個女生，隔天此事就被當日同去的某一人傳出，以致江迷撕心裂肺，少不了一輪追查，最終疑犯鎖定到物理系一名姓傅的女生身上，一些膽大的女生就直接上門來挑釁了，而傅某人也不否認。「是我，怎麼著？」

然而一些精明人士從蛛絲馬跡出發，順藤摸瓜發現其實另有其人，這其人便是傅薔薇的疑似室友李某，因為據說江學長曾經「主動」找過她數次。

當時徐莫庭在寢室裡聽到這個傳聞，只冷哼了一聲。

最無辜的就是李某了，什麼都沒做就成了江旭的緋聞女友之一。而最近還有一條消息說她虐待外交學系老大。安寧欲哭無淚，江旭的事情可以不在意，可是，可是她什麼時候虐待徐莫庭了？

因為精神壓力過大，導致她數天狀態不佳且上班遲到。這日剛踏進辦公室，主任就說了：「李安寧啊，冬天還沒到呢妳就開始遲到了啊。」隨後頒布消息：「今天有長官來視察，本市市長也在其中，我們這些基層員工務必做好本身的工作，隨時以最佳狀態恭候。」

佳佳舉手。「我們化驗科也要列席嗎？」

「不一定，但如果他們下來我們至少要做到不出紕漏，提前準備總不會錯。」主任說完又對李安寧道：「等會兒妳去上面幫一下忙，今天老闆那邊人手可能不夠，楚喬說妳辦事能力不錯。」

「哦。」我們這公司人員是有多缺啊？話說老闆真是勤儉節約，據說他的祕書一人要做三個人的工作。呃，可是看賀老闆挺大方的啊，可能另一位老闆比較摳門，龍泰是中外合資企業，另一位BOSS是一名嚴苛的德國人。

主任交代完事項就出去了，佳佳等安寧摸下巴思考完轉過身來時略顯激動地說：「安寧，妳上次去陪老闆吃過飯是吧？有沒有遇到一位氣宇軒昂玉樹臨風皺眉間還帶著一股冷傲的男人啊？」

「沒有。」

「……」

另一同事大姊問：「那有沒有一個人大概三十來歲，四十歲不到，成熟穩重，資金雄厚，戴無框眼鏡，手錶是勞力士的一款限量版，聽人說話時總是微微偏頭？」

安寧忽然有一種詭異的預感，不會是……

「他姓周。據說是外事局的高官，然後據說今天外事局也有人過來。」

主任，我能不能收回那個「哦」啊？

沒過多久賀老闆祕書的內線電話就下來了，正整理資料的安寧接完電話靜默片刻，最終背一挺，以一副死豬不怕開水燙的模樣出門了。

在她臨走前主任又過來提醒道：「安寧啊，都是政府官員，小心伺候著。」

喳。

剛到十五樓，正準備去祕書大姊那兒報到，結果是業務經理楚喬先看見了她。「安寧！」

安寧回過頭來叫了聲楚經理。

「又麻煩妳上來幫忙。」

安寧笑道：「既來之則安之。」她心理已經調適完，既然躲不過那就只能迎難而上了，要是遇到的「問題」難度太高那就無視吧，反正她擅長。

楚喬也不拐彎抹角。「其實是上頭點名讓妳過來的，安寧，原來妳認識周錦程？」

「我要做什麼呢？」

楚喬一笑，也不介意她轉移話題，說明接下來的事項：「等會兒要麻煩妳跟阿蘭泡茶進去，如果他們問到公司的事情妳知道的都可以說明。還有，一會兒妳陪我跟他們去各部門轉一圈，介紹由我來，妳只要跟著就成了。」

安寧點頭，阿蘭過來朝她笑笑，順便把手上的免洗杯分給她一半。「裡面有一位，是我的夢中情人。」

安寧表示理解。周錦程確實長得挺有型。

推門進去的時候，原本泰然的李安寧在看到站在窗邊的人時差點兒腳下一滑，她沒想到一上來就遇到這麼有難度的「問題」。

阿蘭抬頭看了她一眼。「怎麼了？」

「沒事。」安寧盡量平穩地端著托盤上的西湖龍井，舉步行進，賀天蓮接過她的茶杯時笑道：「辛苦妳了。」

安寧也一笑，剛要往左繞，結果賀老闆說：「去跟妳舅舅打聲招呼吧。」

「錦程來的時候還在說呢，這邊有一位親戚在。」一個大腹便便的官員聲音宏亮。「原來是外甥女啊！」

周錦程坐在一邊的席位上，呈現出來的是應有的身分和立場。「算是。她是李啟山的女兒。」

這一句話讓不少人露出點兒意外表情，安寧皺眉看著周錦程，最後過去將茶杯輕放在他前方的桌面上。「請用茶。」

「在這邊做得習慣嗎？」

「嗯。」

周錦程似乎也只是那麼一問，朝她微微點頭，就喝著茶跟旁邊的人交流了。

然後安寧每送出一杯茶，都會得來幾句：「小妹妹，妳父親在本市任職時對我可是恩惠有加啊。」「以後來伯伯家吃飯。」等等。

再往右走就到窗邊了，原路返回嗎？嗯，用長遠的眼光看，不可行。

佳佳妳應該說清楚嘛，氣宇軒昂玉樹臨風皺眉間還帶著一股冷傲的男人，這形容也太籠統了。

安寧踟躕地走過去，將盤上最後一杯綠茶遞出。

「謝謝。」他道。

安寧擺手。「呃，不敢當。」

站立在旁邊不遠的兩人側來一眼，其中一名年長的笑出來。「莫庭，不要對人太冷淡了，人家小女生見你都緊張了。」

徐莫庭雙手轉捏著手上的紙杯，他的姿態一向偏傲慢，不想搭理的人和物，他一貫連看都不會多看一眼。公事，就得公辦；私事，他自己決定怎麼辦。這會兒他就職業性地笑了笑，對她平易近人地說：「抱歉，讓妳緊張了。」

有過多次類似經驗的人可以肯定他是在作弄她，下意識就瞪了他一眼，明智地轉身走開。莫庭的目光輕微一閃，低頭間的一抹淺笑再真實不過。他發現自己竟然這麼輕易就被弄服貼了，抬手輕撫眉心，雖然不願承認，但好像確實是被吃死了。

抿了一口手上的茶，他從來不喜歡用紙杯喝茶，也不喜歡綠茶。

發現前方的注視，抬頭對上周錦程若有所思的眼神，徐莫庭微頷首。

安寧走出來時，一直在聽他們說話的阿蘭表現得有些興奮過頭。「安寧，那個人是妳舅舅啊？好年輕！還有，那個帥哥，妳站在他面前不緊張嗎！」

某人不由得咳了一聲：「妳看中徐莫庭了？」

「他姓徐？」

「嗯……我猜的。」

阿蘭已經狐疑地盯住她。「等等，等等，剛那領導是妳舅舅，又有人說妳爸是李啟山是吧？雖然我不知道他是誰啦，但是感覺很厲害的樣子，說，是不是跟那帥哥家世交來著？」

「我——」我媽媽只是一名語文老師。

阿蘭不容拒絕地打斷安寧可能有的藉口：「李安寧，妳還記不記得妳第一次來公司，是誰領妳去外面吃飯的？是誰——」

「是我們部門的佳佳。」

「……對啊，我跟佳佳帶妳去的啊。」

安寧投降。「如果只是介紹認識，我試試。」這算是賣「友」求榮嗎？

阿蘭感激涕零，而後又著魔似的低語：「他真是令人驚嘆是不是？算上這次，他一共來過我們公司兩次，我每次見到他都覺得，跟我們年紀一樣，怎麼就這麼——這麼難以形容呢！」

安寧猶豫著開口：「阿蘭，我比妳小一歲。」

「……」阿蘭說：「我永遠十八！」

「……好吧。」

兩個女生的無聊八卦沒聊多久，楚喬就過來叫安寧「遊街」去了。

賀天蓮跟幾位領導在前面談笑風生，一幫小的跟著走馬觀花地過場，安寧走得最慢，到化驗室時周錦程停下步子等著她上來跟他一道並排走。

安寧原本想裝得若無其事一些，結果對方第一句話就是：「我下週去廣慶市，妳跟我回去一趟吧。」他說的是陳述句。

安寧心裡有一點點排斥，口上只道：「下星期我可能會很忙。」

「我跟你們老闆打過招呼了。」

安寧腳步不由得停下，心裡有些微不平和，沉靜地低下頭。「我不想過去。」

一陣短暫的沉默。「那妳想什麼時候過去？」周錦程退一步。

我哪裡都不想去。安寧正要開口，身邊有人輕輕攬住了她的腰，清淡的語調是熟稔的：「她哪裡都不會去。」

空氣被奇異的氣氛籠罩住。周錦程看著她，安寧垂下眼瞼，即使到了現在，她還是有點兒害怕他。

「抱歉，我們失陪一下。」徐莫庭帶她走開的時候，安寧臉上有些躁熱，她為自己的軟弱感到慚愧，可有的時候，真的很想身邊有可以信賴的人能讓她依靠一下，在她不知所措時。

「莫庭，你真好。」她低低開口，感覺身邊的人腳下一滯，進到一間會議室裡，安寧剛想再說一聲「謝謝」，就被人托住後腦杓壓在門上以迅雷不及掩耳之勢吻住了，舌尖在第一時間攻城掠地，急切地糾纏，引導她回吻。

過了片刻，當激吻變成細碎的輕吻，安寧覺得整個胸腔都被抽空了，潤溼渙散的雙眼對著面前的人，徐莫庭垂眸不看她，阻隔某種青春的誘惑。

安寧試著平復心慌意亂，尷尬極了，這裡是她的公司，隨時會有人進來的會議室，忍不住又瞪了某人一眼。莫庭難掩胸口的輕微悸動，不過開口倒是一如既往的平靜：「一起吃晚飯？」

安寧現在腦子還被他弄得混混沌沌的，不知怎麼就說道：「我室友問你什麼時候請她們吃喜宴？」

一絲驚詫從徐莫庭的眼中閃過，隨即斂下，微微一笑。「那就今天吧，夫人。」

「……」

就在這時，外面有人敲了下門。「安寧，什麼時候請我們喝喜酒啊？」是佳佳。意識到自己之前的說辭，安寧呻吟著埋進徐莫庭的胸口，丟臉丟大了！

這天周錦程離開時，對她說了句：「我會找妳再談。」

安寧對人一向絕情不起來，但最終還是說道：「如果想回去我會自己回的。」周錦程在發動車子時皺起了眉心，看著後照鏡中慢慢走向她的清俊男子，如果是徐莫庭，那就難辦了。

這一邊，安寧糾結著怎麼才能將喜宴這詞抹殺掉，當沒說過，要不還是等他忘記了這詞再叫薔薇她們出來吃飯吧，免得他「不小心」說漏嘴，然後她就會被好友們活活吵死，最後他坐收漁翁之利……為什麼她這麼瞭解他呢？這種瞭解讓她心情有些複雜。

於是不擅長撒謊的人吞吞吐吐地開口：「我手機沒電了，要不吃飯……」

「用我的吧。」灰色的機子已經遞過來。

安寧踟躕著接過，扭頭看了一眼車窗外閃過的街景，低頭撥號碼。

對面很快接通。「請問你是？」熟悉又陌生的柔軟音調。

不由得輕嘆一聲：「是我。」

對面的人停了停，隨即恢復正常嗓門：「還以為是帥哥呢！阿喵妳幹麼啦，好端端的換號碼打？」

我也不想啊。「毛毛，要不要出來吃飯？」

「妳請客！」

「呃，徐莫庭請客。」

對面一片嘶叫聲，良久之後是薔薇接手。「阿喵，我們強烈要求去妹夫家裡吃飯！」

安寧回過頭詢問當事人，當時保持著徐莫庭畢竟「難說話」的最後一絲僥倖心理，說不定去他家吃飯，他會拒絕，然而事實總是出乎她的預想。

「可以。」這麼容易。

安寧報上地址，掛斷電話後想到一個現實問題。「你那裡吃的東西，夠嗎？」實在不是她多慮，毛毛她們吃東西堪比蝗蟲過境。

徐莫庭打著方向盤。「不夠，所以要先去趟超市。」

跟徐莫庭逛超市會是怎樣一種場景？安寧望著旁邊推著推車的清俊側影，說實話，他的相貌身材都算出眾，即便普通的休閒裝都能穿出一些特別的味道，徐莫庭也許低調，但並不表示他的出色不會受人注意，已經有不少人擦身而過時向他們投來視線。

「能吃海鮮嗎？」走到冰櫃區時，他靠近她問。

「嗯。」

徐莫庭俯身挑了幾份冷凍食材，安寧忽然想到薔薇無酒不歡，於是拉了拉身邊人的衣袖。「莫庭，我可不可以買酒啊？」

這句話出口兩人倒是都停了一下，這麼自然而然的對話，猶如多年的情侶，安寧馬上咳嗽一聲轉身走開。「我去拿酒，你等一下。」

徐莫庭直起身看著跑開的人，嘴脣勾起淺笑。

安寧來到放酒的貨架前，剛要抬頭選，就被一人輕拍了下肩膀。

「李安寧，又見面了。」

安寧側過身來，面前高大的男生正對著她嘿嘿笑著，她有些驚訝。「副班長？」

「難得這麼快就認出我啊。」對方莞然。「逛超市呢？」

「嗯。」

副班長似乎有跟她好好聊會兒天的意思，安寧不知道怎麼跟他說明她趕時間。

「副班長，你不是在日本留學嗎？怎麼會在這裡的？」

「回來了！我只是交換生，去外面一年而已。」說著聯想到什麼。「徐莫庭不是也一樣？」

聽到這一句，安寧疑惑。「什麼一樣？」

「妳不知道嗎？他學校在美國，來這邊交流一年，今年年底差不多也應該要回去了吧——」

短短的幾秒鐘，安寧的心情慢慢沉靜了下去。

副班長一向看慣了李安寧的淡然模樣，突然見到她臉上出現憂鬱有點兒不太能適應，意識到她可能跟徐莫庭之間的關係，他有些尷尬。「我是不是說了不該說的？」

「沒。」安寧搖頭，倒是提出一個疑惑：「副班長，你買那麼多食材，是要做給女朋友吃嗎？」

「我沒女朋友。」副班長嘆息。

安寧很不好意思。「對不起……」

「妳那會要是答應跟我交往，說不定咱們現在都結婚啦哈哈。」

安寧低頭。「真的對不起。」

副班長悵然離開後，安寧在酒架前徘徊了兩分鐘才走回冰櫃區，徐莫庭正靠在推車邊等她。在安寧平和地對上他的目光時，對方露出一抹淡笑，並沒有催促的意思。「選好了？」

安寧「嗯」了聲，過去將手上的東西放入推車內。

「怎麼了？」徐莫庭一向是直覺精準的人。

安寧咬了下嘴唇，微微搖頭。「沒……沒什麼，遇到一個認識的人。」

「喔？」徐莫庭表面風平浪靜，走了兩步，不動聲色地問道。「我認識嗎？」

畢竟她不擅長撒謊。「是高中時的副班長。」

莫庭這次沒再追問下去，也可以說是克制，可能是隔著那許多關係的緣故，讓他每一個舉動都做得精打細算，就怕出什麼差池，在李安寧身上，他是前所未有的小心而保守。

駕車到達公寓時，毛毛她們已經在樓下候著了，一見安寧就上來一通亂抱，做多年不見狀，回頭喊妹夫都喊得熟門熟路。

在電梯裡的時候毛毛嘴裡一直嘀嘀咕咕著：「竟然能進到徐莫庭的家裡，竟然能進到徐莫庭的家裡……」

安寧偷偷挪開一步，手臂不小心碰到徐莫庭的，又下意識退開一步。她沒有發現對方的眼睛微瞇了一下。

薔薇諂笑。「不好意思啊妹夫，來這邊打擾你——們。」

「沒事。」對方很好說話。

朝陽鄭重其事道：「我們家阿喵以後就拜託您了。」

「應該的。」

安寧無語了。

進到公寓時毛毛東摸摸西碰碰，又是一陣咕噥：「高檔，真高檔，咱們家阿喵發達了啊。」

某人再次無語。

徐莫庭脫了外套。「稍等二十分鐘，你們自便。」

圍觀黨三人。「等多久都沒關係！」

很難想像徐莫庭這樣的人進廚房，而且並不覺得突兀，捲著袖子，黑色的圍裙綁在腰際，動作嫻熟。

坐在沙發上的薔薇靠到安寧耳邊低語：「妳家男人真的是無所不能啊！」

朝陽笑。「風華絕代。」

毛毛捂嘴一笑。「不知道床上功夫如何？」

「……」

當天三人小組吃完飯沒留多久就走人了，十分識趣，安寧剛要跟著走，徐莫庭卻拉住了她。

「我有事跟妳說。」

她也不指望已經奔進電梯裡的那三個能給她解圍了。面對對方略顯沉靜的表情，安寧想說點兒什麼，以掩飾自己的一些心慌。

「今天的晚餐……謝謝你。」

徐莫庭的眼中有著明顯的探究，像是要在她的臉上發掘一些東西，接著他伸手撫觸了一下她的側臉，只停留了一會兒便放開。

他暗暗吐出一口氣，說：「安寧，妳想知道什麼，我都可以告訴妳。」這句話不是他第一次說，這次卻有些暗含深意。

她的心臟漏跳一拍，但沒有吭聲。

可能，再過幾個月，他們就會分手了。她本來以為自己已經不會再去強求任何事，無論是什麼，如果不屬於自己，即便經歷過後有所失望，她還是能夠過回自己的簡單生活，可驀然回頭，發現這個人已然走進了自己的生命，她是那麼地不捨他離開，所以……現在要怎麼辦呢？

安寧覺得難過，之前從超市回來的一路上就一直魂不守舍的，平時大而化之慣了，但今天的這種情緒卻有些不知如何排解。看著面前的人，突然就有點兒委屈，最終將手探出去扯住了他的衣服，將嘴脣貼上了他的。也不管對方是否願意，安寧一鼓作氣地吻了上去。

室內的光打在他的面頰上，讓原本英俊的輪廓看起來細膩柔情，平日裡精明的黑眸也更加深不見底。徐莫庭垂眼，伸手將門關上。他用手掌攬住優美的腰身，那力度似有鼓勵之意。

男人的貪念有時不是意志能夠控制的，更何況當撩撥的人是自己心心念念的對象時，淪陷是輕而易舉的事情，他的手指慢慢纏繞進她的長髮，像是牽制她，又好像讓她牽制自己。

電話鈴聲突然響起，驚醒了兩個意識朦朧的人。安寧驚覺到自己的行為，自己都嚇了一跳，她推開他一點兒，難為情是一定的。她臉上潮紅，心虛到不行。「對……對不起。」

鈴聲在響了五、六下後歸於安靜，而對面的人也一直毫無聲響，安寧抬起頭，她的身影清晰地映在他的眼中，這雙熾熱的眼睛此時蒙著一層霧靄，像是能將人的靈魂都吸進去。徐莫庭將呆愣的人慢慢圈進懷中，兩人的身體貼合，填充了彼此之間的空隙。

他靠在她耳畔發出一聲低不可聞的呻吟：「妳這樣主動，實在讓我不知道該怎麼辦才好。」就這樣停頓了幾秒，直到徐莫庭嘆了一聲：「我送妳回去吧。」有時候他都佩服自己的忍耐力。可能是為了避免再有親密接觸而誘發不可挽回的局面，接下來徐莫庭的動作堪稱「相敬如賓」，安寧也是，兩人對視間還有一些溫潤的餘韻，但誰都不敢大力去觸動某根弦。

車子的窗戶一直開著，風灌進來，沿途的路燈光線和婆娑的樹影一一掠過，都讓人感覺有些過分平靜。

一回到寢室安寧就被眾人圍住了。

薔薇：「怎麼那麼早就回來了！」

毛毛：「有沒有怎麼樣？他有沒有抱妳，吻妳，摸妳？」

朝陽臉上一抽。「阿毛，為什麼我聽妳講——anything，都會覺得噁心呢？」

安寧坐到位子上，額頭抵著桌面，無聲地喟嘆，沒有反應。

這姿態倒是讓其餘三人有點兒摸不著頭緒了，好歹爆句冷笑話也可以啊。

毛毛小心問道：「阿喵，妳終於也慾求不滿了嗎？」

隔了好一會兒，安寧才重新抬頭，眉心微皺。

出現了！薔薇在心中吶喊，所有被阿喵同學用這種千年難得不帶人氣的冷酷眼神射到的人，依照個人承受能力的不同都會受到不同程度的心理創傷——據說最嚴重的會讓人產生被人無情地從樓梯口一腳踹下去的錯覺。

薔薇壯著膽子問：「阿喵，妳跟妹夫之間——不會發生了什麼吧？」這麼快！不愧是大神啊！

朝陽拍案而起。「莫非他霸王硬上弓了！」

毛毛問：「是不是我們今天吃太多了？地主家也沒餘糧了？」

安寧無力與她們抬槓，起身拿了換洗的衣物進浴室。

「我洗澡了。」

片刻之後朝陽開口：「妳們有沒有覺得阿喵在妖魔化啊？」

「……」兩隻顫抖的土撥鼠。

2

隔天安寧去上實驗課，現在忙的也就是實驗和實習了，其餘課程都進入寫論文、改論文、再寫再改的黑色迴圈裡。而實驗課是安寧比較喜歡的，但今天卻不怎麼上心。

手機一上線，表姊就抓著她聊天。

我有一個同事，比我大兩歲，博士生，剛結婚。我想說的是，我跟她聊天讓我頗有感觸。具體對話如下：

【表姊愛表妹：哇，這麼早就結婚了，好幸福啊。

博士博士我最美：快點結婚吧，我結一次婚賺了二十萬！妳結婚應該也能賺到幾萬的。】

表姊：**呵，我就想不明白了，呵，二十萬！接著她說就等著生孩子了，生完孩子等著養大他or她，她越說我越崩潰，原來人的思想真的可以差那麼遠。**

安寧：**如人飲水，冷暖自知。**

表姊：**怎麼，今天心情不好啊？**

安寧：**沒有。**

表姊：**跟妳講一個笑話：「寫下你最深愛的一個人傷你最深的話，女問男曰：你進去啦？」**

安寧：**姊，爸爸讓我去他那邊工作。昨天給我打的電話。**

表姊：**沒幽默感！不想去就別去唄。**

安寧：**站著說話不腰疼。**

表姊：**安寧，妳好邪惡喔，站著做愛不腰疼！**

安寧想，她的確有點跟不上表姊的幽默了。將手機放進口袋裡，瞄了眼此時站在實驗室外的人。

傅薔薇正背對著窗口站著。「教室裡的人啊，不要為我的靜站而悲傷，如果我在裡面，你們一個也靜不了。」

上面的教授已經滿臉黑線，隱忍再三。

朝陽慶幸。「幸虧跟她不是同一個寢室的。」

毛毛疑惑。「有差別嗎？」

安寧又嘆了一口氣，舉手道：「老師，我需要傅同學的配合。」

教授回頭見是她，權衡利弊之後，朝外頭喊了聲：「傅薔薇，進來吧，以後上課注意點兒！」

薔薇進門一路握手過來。「謝謝，謝謝謝謝！」教授臉上紅白交加。

「妳幹麼老是針對他啊？」朝陽等她過來不免問。

薔薇說：「生活太無聊嘛。」

朝陽道：「我看妳是真太無聊了。別研二還被當啊，否則我都要替妳丟臉了。」

「有阿喵在嘛。」

安寧第三次嘆息。早上接了父親的電話就一直有些情緒低落。這天剛出實驗大樓，又碰到這段時間頻繁來找她麻煩的一名女生，是上回在公車站牌處碰到過一次的，當時徐莫庭的室友也在場，此女對她不服氣，於是莫名其妙地從追求江旭變成糾纏她，安寧不勝其煩。

此時路過的一名男同學看到這個對立場景，立刻停下自行車跑過來。「學姊，妳沒事吧？」

正等著安寧VS不良少女的毛毛三人見到來者，眼睛猛地冒出意味深長的光澤，劉楚玉啊。

藝術學院陽光男生的自信並不能在喜歡的人面前發揮，劉楚玉一面掩藏著自己的緊張情緒，一面英雄救美。「我送妳回去！」

「李安寧，妳真厲害啊，這麼快又多了一個牆頭？」

劉楚玉皺起眉頭。「妳是女孩子，講話就不能好聽一點兒？」

她哼笑。「我沒讓你聽啊，你可以滾的！」

安寧第四次嘆息：「你們慢慢聊，我先走一步。」

女生上前一步抓住安寧的手臂。「喂，妳別走啊！李安寧，妳別以為找了外交學系的徐莫庭就了不起了，他——」

安寧這時終於很認真地看向對方。「他什麼？」

清亮銳利的眼睛令某女不由得一怔，竟不敢再造次。

安寧並不想製造對峙場面，輕巧地拉下她的手。「別說他的是非。」

那語氣裡隱約有一種「逆我者亡」的味道。眾人無語。

毛毛有些同情地上前對那女生奉上金玉良言。「同學，留得青山在，不怕沒柴燒啊。」

薔薇攬住被無視的劉楚玉的胳膊。「山陰啊，來來來，跟學姊說說，你最終跟誰在一起了？」

先前從另一幢樓出來的老三，又很巧地算是聽了全過程，差點兒沒笑噴出來，但因對嫂子的室友尚且心存餘悸，不敢過來湊一腳，只用手機拍攝了這一幕，走出危險區域後立即轉發給了老大。

安寧打算回寢室，剛到樓下就遠遠看見一輛車開過來，截住了她的路，車上的人開門下來。

「寧寧。」

「霍叔叔。」安寧有些意外，他是父親的司機，從她小學時就幫忙開車了，算得上熟悉，沒想到是他來接她。

「好幾年沒見妳了，都長這麼標致了。」對方滿臉笑容。「走吧，妳爸爸說跟妳通過電話了。」

安寧很想臨陣逃脫。「霍叔叔，我能不能明天再去啊？」

「妳說呢。」霍大叔拉住她。「寧寧，逃得了一時逃不了一世，更何況我都過來了，妳忍心讓我空手而歸嗎？」

「忍心。」

霍大叔一愣，隨即哈哈大笑。「寧寧，怪不得周先生說妳變了不少。」

最後安寧還是上了車。

安寧一路看著風景過去，多少有些不情願，霍大叔從後照鏡裡望她。「寧寧，妳爸爸常提起妳，妳一直是他的驕傲。」

「嗯。」

到飯店後，霍忠沒再跟進去，安寧剛推門進入，服務生就將她領到一張桌位前。

李啟山年過五十，風采依舊，只是這幾年多了些許白髮，見女兒入座，示意服務生上菜。

「半年沒跟爸爸見面了吧？」

「嗯。」

李啟山笑著給女兒斟茶。「最近很忙？」

「還好。」安寧乖巧地拿起茶杯慢慢喝著。

冷盤上來，李啟山讓服務生先上飯，嘴上已經說道：「今年又在龍泰實習？學生還是要以學業為重。這半年我對妳太缺少關心，有什麼事，妳也都不再主動同我講，錦程說妳好像交了男朋友。」

「爸爸，我覺得龍泰挺好的。」

「我沒有說這公司不好，但是妳沒畢業，不用那麼急著工作。」語氣透著點兒不太滿意。「妳媽媽是怎麼想的？」

安寧低頭，不想多說。

李啟山也不勉強，他這個父親也是做得心有餘而力不足，只是對自己這個女兒畢竟有些堅持。「畢了業還是到爸爸那邊發展吧？」

安寧的神情終於有些苦悶了。「爸，我不想離開這裡。」

「寧寧，妳沒必要為這一時的陪伴而犧牲自己的未來，妳媽——」

「可是爸爸——」安寧輕聲打斷。「你的那種未來對我來說也是完全沒必要的。」

李啟山看著她，最終嘆了口氣。「有主見不是壞事。但是工作的事情別太早下定論，多一份考量，對妳將來總不會有壞處。」

父親已經難得地持不強硬態度，她也盡量配合，而父親沒有再問起「男朋友」的話題，只因他覺得無關緊要吧。其實，也好。畢竟他是要離開的。

安寧揉了揉略顯疲倦的眼睛。

李啟山又問了一些功課上的事情，安寧有一句沒一句地應著。跟父親的晚餐一完，原本想自己叫車回學校，但父親堅持送她。在宿舍大樓下一下車安寧就霍然駐足。走廊的柱子邊站著的人正是徐莫庭，而他在對上安寧的眼睛時已經將手滑入褲袋慢慢走過來。

「這麼晚。」語氣裡沒有一絲因等待而產生的不耐。

安寧站在原地，面對徐莫庭似乎始終冷漠不起來。「嗯……你可以打我電話的。」

「妳手機沒電了。」他笑了一下。

「咦？」安寧拿出手機查看，果然。

李啟山也已下車，聽到交談的兩句，有些明瞭，只朝他們微點頭，跟安寧說了句「早點兒休息，別玩電腦玩太晚了」就走了，沒有多停留。

黑色的車子開動時，霍忠開口：「書記，他應該就是徐家的長孫了。」

「確實一表人才。」李啟山笑道。「小孩子談戀愛，作不得準。出了社會，現實問題一面對，能有幾對功德圓滿的。」

「那倒也是。」霍忠想了想又說：「如果寧寧真喜歡那人，跟徐家結親，算是件喜上加喜的好事吧？」

李啟山笑了一聲：「你說，她那散漫性子，能進那樣的家庭嗎？徐家，有點兒高處不勝寒。」

這邊兩人剛走到有光亮的路燈下，就有人揚聲喊了一句，安寧回過頭，不禁嘆氣，這人是在她身上裝了追蹤器嗎？

過來的女生臉上掛著不可捉摸的笑意。「百聞不如一見啊，徐學長。」

徐莫庭對不在意的人向來不花心思，但因之前看過一支影片，而且是看了三遍，所以對面前的女生有一點兒印象，不過語氣冷淡：「有事？」

「我跟安寧是朋友，我以為之前她是跟某某出去玩兒來著，呵呵，沒想到現在換成徐學長了，有點兒驚訝而已。」

安寧礙於徐莫庭在場，不便發作，只是確實有幾分惱意了。

徐莫庭卻只是淡淡地說了一句：「是嗎？無所謂，我愛她。」故而可以包容一切？

這句赤裸裸的表白，不僅令那名女生震驚，連安寧都目瞪口呆了。一向諱莫如深的徐莫庭突然直白起來，效果十分震撼。

安寧的心怦怦狂跳，堪稱……慘烈。來不及表達情緒，就已被徐莫庭帶走，占有權可以對外明示，但是親密行為他還不會大方到在閒雜人等面前表演。

等某人回神時，發現已在幽靜的小道上。

「我……」安寧緊張得不行，他的注視專注得讓她覺得有些魅惑味道，絲絲入扣，撩動心湖。

所以她那天說了什麼最終自己也忘了，只記得月光朦朦朧朧地灑在他身上，也灑在她自己身上。

他在吻她的時候輕輕地叫她的名字，帶著深情的表情。

3

「你可不可以不走？」

你可不可以不走，你可不可以不走……安寧睜著眼睛望著黑漆漆的天花板，神情有點怔怔的，整張臉也慢慢地升溫。這究竟是夢還是……她不確定，所以，萬分頹喪。

等到陽光穿透寢室的窗簾，聽到下鋪毛毛摸索著上廁所。

「幾點了？」

毛毛嚇了一跳。「醒了啊，我看看——六點十五分。」

電話響起時，朝陽也被吵醒了。「誰那麼缺德啊，一大早擾人清夢！」

安寧一頭黑線。「貌似是我的手機。」

毛毛已經從洗手間出來，將桌上的手機拋給安寧。安寧看號碼是陌生的，猶豫了一下才接起，對方一上來就是一句誠心的「對不起」。

安寧沒聽出是誰。「你是？」

這次換來對方幾秒沉默。「江旭。」

「哦，你有事嗎？」

「安寧，我很抱歉，事情我到現在才知道。她有沒有對妳做什麼？這女生是我的一個學妹，行為比較叛逆——」

安寧輕咳一聲，不得不中途開腔：「不好意思江學長，我室友還都在睡覺，有什麼事情能不能晚點兒再說？」

「……」

在對方「默許」之下安寧收了線，跟她對頭睡的朝陽這時說了一句：「有些人可能在各類交際圈裡都遊刃有餘，但並不表示他人品卓越，只能說現實需要一些圓滑和恭維。」

「我知道。」

這一整天，事情應接不暇，安寧的腦子偶爾會放空，但做實驗的時候又必須保持清醒，簡言之她一直在眼睛聚焦，模糊，聚焦，模糊中。

同事佳佳端進來一杯吉林紅茶，香溢滿室，安寧抬頭時就見她屁股斜坐在她的桌面上，茶已經放在她手邊。

「謝謝。」

「什麼時候請吃喜宴啊，哈哈。話說昨天妳沒來，我們化驗科博采眾議了一番，這麼乖巧婉約的女孩私生活竟然如此神祕。」說完嘖嘖有聲。

安寧輕嘆：「你想知道什麼？」

佳佳靠過來。「有沒有私家照？半裸全裸都行。」

原來是人都會被耀眼的東西吸引，所以她每次被迷得失了準也是正常的吧？安寧欣慰了。「沒有。」

佳佳站起身雙手捧心狀踱步。「太可惜了，想想他穿正裝的盛氣凌人模樣，回頭再看看半裸的胸膛，哇，那落差絕對能令人心馳神往。」

「……」

「嘿嘿，安寧啊，有這麼一位男友壓力一定很大吧？」對方一副深表理解的表情，不過有件事要提醒。「阿蘭一定不會輕易放過妳的，阿門。」

安寧也很想在胸口畫十字。

中午休息的時候，果然阿蘭氣勢磅礴地下來，逮到某人就是劈頭蓋腦地一頓，總體來說就是如今都「這樣」了，介紹要，飯也要！

安寧稍有些無奈，這樣吃下去，不知道地主會不會頭痛？於是只能答「待他有空」。

阿蘭得到滿意答案，含笑而歸。

下班時間一到，公司裡的一幫戀家族就都有些蠢蠢欲動了，安寧收拾完東西跟佳佳他們一起出大樓，然後就看見——對街一道完美的身影，一身清爽、出類拔萃，吸引路人頻頻注目，安寧當即「啊」了一聲，不能說是慘叫，但驚訝是有的。

四目相對時，他沒有立刻過來，站了一會兒，才手插口袋慢慢接近，神態自然坦誠，彷彿他出現在這裡是最平常的事。

從他跨步到立定在她面前，安寧能感覺到四周劈里啪啦的視線。

不過徐莫庭一向不關注別人。「走吧。」

「莫庭……」安寧輕扯他的衣角。

「怎麼了？」

安寧早死早超生地指了指身邊一公尺處的地方。「她們想認識你。」

安寧隱約覺得他皺了下眉，好吧，地主也頭痛了。

徐莫庭皺眉之餘倒是非常配合，任由某人將他介紹給兩名女生。阿蘭跟佳佳也算理智，「相談甚歡」之後跟安寧使了下眼色就撤退了，雖然後者完全沒明白那挑眉和眨眼是什麼意思。她正準備穿過馬路，卻被徐莫庭拉住了手腕，不解地止步，那人的手下滑至掌心，十指相扣。

直到兩人坐到車裡，安寧才有些不甚自在，心懷鬼胎地開口：「你怎麼來了？」

「想來就來了。」連藉口都不願意找的人。他發動車子時才問：「要去哪兒吃飯？」

「呃，我還不餓。」這倒是實話。

莫庭側頭看了她一眼。「那陪我去個地方吧。」

車子一直開到海邊，難得江濘市的這片海域碧藍清澈，海水衝上沙灘，空氣裡有些鹹溼的味道。

安寧先下車，走了幾步回頭見徐莫庭依然靠在車子邊，雙手插褲袋，有幾分慵懶的風情。這人今天似乎心情不錯，安寧想。

徐莫庭從口袋裡摸出一樣東西，朝她招手。「過來。」

安寧狐疑地走過去，他將她輕攬住，額頭相抵，另一隻手拉起她的手腕，安寧只覺有一絲冰涼穿過，低頭發現是一串通透的珠子，紫紅色。

她不由得抬手晃了晃。「有點兒像血色。」

「上面附了符咒。」

「啊？」

徐莫庭低低笑出來。「怕了？」

安寧瞪他一眼。「我雖然相信世界上有鬼神，但也相信鬼神不會害人。」

「而我對於妳而言，就沒有足夠的可信度，或者說安全感？」黃昏的光照射進徐莫庭那比任何人都要幽深的眼眸。

安寧若有所思地望著他，對方輕嘆一聲，下一秒就是一個柔情似水的吻，是溫存的、細膩的、誘惑的，只輕輕碰觸兩秒便分開。

「妳不知道我有多想妳，怎麼可能還捨得走。」這樣煽情的話可謂他平生頭一次說，徐莫庭再次用蜻蜓點水的吻來掩蓋自己的緊張。

被輕薄、表白的人心裡微妙地鼓動著，湧現出一股酸楚的甜蜜。

安寧閉著眼攀上對面人的肩膀，也不知是誰先缺失了克制力，舌尖慢慢探入對方的口腔。

沙灘上稀稀落落走過的人，都不由自主地朝這對出色的情侶望來一眼。

「年輕真好啊。」

「……」

事後，某個垂著頭紅著臉被拉著散步於沙灘上的女孩咕噥：「二十四歲也不算小了吧？」

「可以結婚了。」

「……」

偷瞄了眼身邊的人，平常如斯，安寧覺得比起他的修為，她真的是太嫩了。

「莫庭，我愛你。」

他好……好鎮定。安寧承認果然不是他的對手。

「我在美國的學業已經結束。不會再走。」徐莫庭突然開口說。

「……嗯。」

「以後別誰說什麼都信。」

「哦。」她低頭慚愧狀。

「還有——」

「嗯？」

「我放棄國外升碩士的機會，回國來讀研究所，是因為妳。」

「……」

「我觀察了妳一年。」

「……嗯。」

「覺得還是放不下妳。」

「……謝謝。」

「不客氣。我想過了，這次妳要再不答應，我就掐死妳。」

「……」

徐莫庭看了眼頭越低越下去的安寧，嘴角揚起點兒笑，這時手機響起，他接聽了幾句，然後轉頭問她：「我媽問我們什麼時候回去吃飯？」

「伯母？」這一驚非同小可。「什麼回去吃飯？」

對方顯然懶得解釋這個問題，直接將電話遞給她。「妳跟媽講吧。」

安寧是真接得措手不及，瞪著面前的人，那聲「伯母」叫得低不可聞。「……我們在外面，不，不，回去吃的，嗯……他……呃，不對，是我想來沙灘散步……莫庭帶我過來……嗯，馬上就回去了……」電話掛斷時安寧都覺得有點兒心力交瘁了。

而身邊的人說：「妳要再逛逛也可以。」

安寧瞪眼。「你先前幹麼問我要去哪裡吃飯啊？」都定好目的地了，還問她？

「我本來想說，但是，妳說還不餓。」多麼和風朗月，撇得一乾二淨啊。而細細想來，這前後是因果關係嗎？

「我餓了。」這回她是真餓了，果然跟學外交的人鬥太耗神了。

結果那頓大餐最終還是沒吃成。當時車開到一半，安寧突然肚子痛了起來，而此痛非彼痛，安寧很有種「天要亡我」的感覺。

「莫庭，今天能不能不去了？我想回寢室。」

「怎麼了？」徐莫庭側頭看她，見她臉色有些白，不由分說將車停靠到路邊。

這要她怎麼說啊。「就是有點兒……肚子痛。」

徐莫庭就是徐莫庭。「那個來了？」

「……」

安寧滿面通紅地被送回寢室，中途徐莫庭在便利超市門口停下。「等我一下。」回來時手上多了一袋東西，連紅糖生薑茶都有。

「要不要去醫院檢查一下？」

被他的「開放」態度影響，安寧也口無遮攔了：「每次來的第一天都會有點兒痛，醫院也治不好，反倒睡一覺就好了。我媽媽說等結婚了這個症狀自然會好的。」

最後一句話讓安寧連續三天都處在想要自我了結的情緒中。

毛毛見某人在廁所裡待半天了都不出來。「阿喵，妳不會掛了吧？」

「我想死。」

朝陽「噗」一聲笑出來。「剛才妹夫送妳上來的時候，隔壁怡紅院的阿三姑娘和對面麗春院的婷婷姑娘也羨慕妳羨慕得想死了。」

安寧無力地拉開門，到書桌前抽了張面紙擦乾了手後就趴床上了。

毛毛問：「很痛吧，我幫妳泡了生薑茶，妳要不先喝點兒再睡？」

「不喝。」

毛毛灑淚奔向朝陽：「陽陽唷，阿喵她欺負人唷。」

「……」

當晚徐老大打電話過來，安寧正睡著，於是毛毛接起。

「妹夫啊，對對，是我毛曉旭，您記得啊，呵呵，呵呵，嗯，喝了茶，嗯嗯，先前還疼得小臉兒發白，現在好了，可憐唷，流了很多血啊……」

「毛毛……」安寧的聲音氣若游絲。

某毛：「等等，沒見我正跟——哎呀，阿喵妳醒了啊？」

是妳說得太大聲了。

毛毛已經嘿嘿笑著將手機塞給安寧。「我去找薔薇玩兒了！」

妳就不能先掛了電話再去？

「醒了？」對面人的聲音低沉輕柔。

「嗯，還是睏，想睡。」這不是藉口不是藉口，默唸一百遍。

對方相當寬容大度：「那妳睡吧。」

結果是兩方都沒有掛斷電話，安寧愣愣的，好久之後才意識過來，匆匆說了聲「再見」就收了線。

睜著眼睛望著室內朦朧光線下的天花板，整張臉再度升溫，這絕對是現實啊，安寧確定，所以，萬分無語。

4

再度逛街日，雖然離上次出來 shopping 已經有段時間了，然而，她還是經期第三天啊，為什麼還會被拖出來？

十二月初的天氣，已經很冷了，幸好這天天氣好，陽光晒下來還有點兒暖洋洋的。安寧坐在廣場的石階上，等著毛毛跟薔薇從對面的一家服裝店裡廝殺出來，因為對比裡面的暖氣，還是大自然的暖氣舒服點兒。

等得百無聊賴，安寧開始無意識地哼歌，曲目不詳。直到兩名小朋友跑過來問路，小男孩問：「阿姨，請問肯德基怎麼走啊？」

「叫姊姊，不然她不會理妳的。」旁邊的小女生馬上輕聲提醒。

小男孩：「姊姊，請問肯德基怎麼走啊？」

「……」

薔薇跟毛毛回來時，見安寧在給兩個小孩指路，毛毛即刻批評——「太令人髮指了，才幾歲啊妳都出手？小心妹夫看到直接把妳滅了。」說完「意味深長」地大笑三聲。

兩個小孩嚇了一跳，跟安寧匆匆道別後跑開了。

安寧想，比起毛毛的巫婆形象，她這個「阿姨」還是相當和藹可親的吧？

差不多是吃飯時間了，三人決定先去解決午飯，到了麥當勞，毛毛去點餐，她這陣子在追一個男的，身心俱舒暢，於是客也請得很積極。

薔薇感嘆：「女人啊。」

安寧默默扭頭，正巧望到毛毛匍匐在櫃檯上。「來一盒蛋撻！」

安寧再度扭頭，後方隱約傳來——「怎麼沒有啊？你們這是不是肯德基啊！」

入冬的街景真不錯呀，安寧欣賞著，隨後望到了——張齊跟一名男生拉拉扯扯的一幕，最終對方強行牽住張齊的手，無視路人疑惑的注視，走進了廣場的水幕電影區。

太、太勁爆了。

安寧第一反應是跟某人傳簡訊。

「莫庭，我看到了你們寢室的張齊，呃，他跟一名男生在一起。」也不是安寧八卦，只是實在太過驚訝了。

對方回：「嗯。」

太冷淡了吧，安寧義憤：「跟你說真的呢。」

「存在即合理。」果然是徐老大啊。還沒等安寧感慨完，對方電話過來了。「妳現在在哪個位置？」

「嗯？」

「我過來。」稍一停頓，解釋道：「陪我去買臺電腦。」

十五分鐘後一道出類拔萃的身影拉開了麥當勞的大門。毛毛揚手一句「妹夫，這裡」，引來多方關注，徐莫庭從容不迫地走過來，對薔薇、毛毛兩人點了下頭，而看到安寧面前的飲料時不由得輕皺了下眉。「怎麼在喝冷飲？」

安寧非常有先見之明地轉移話題：「我們走吧。」

在毛毛和薔薇的目送下，安寧主動被帶出了場。

數碼城就在附近，所以兩人直接徒步過去，經過廣場時再度碰到了那兩個之前問路的小朋友，男孩子的手上抱著全家桶，側頭看到安寧時兩人齊刷刷地叫了聲「姊姊」，發自內心的。

「嗯。」安寧圓滿了，旁邊徐莫庭若有所思地望了她一眼。

到達目的地時，徐莫庭直接走到一個品牌的專櫃前，裡面的人見是他，將一臺筆記型電腦拿出來。

安寧在櫃檯前溜達，看到一臺就說：「莫庭，這臺，這臺也不錯。」她以前買電腦的時候搜過這款的資料，不過當時太貴了，沒買。

徐莫庭望過去一眼，說道：「阿丁，麻煩那臺也裝一下系統，我改天來拿，謝了。」

「沒問題。」

安寧有些錯愕，而徐莫庭已經買完牽起她手要走人了，事實上只是取一下吧？

兩人出來時，安寧弱弱地說：「你錢多嗎？買兩臺做什麼？」

當事人只說了句：「以後妳用得著。」

「……」

「你住處那臺筆電呢？壞了嗎？」

「嗯，妳來大姨媽那天，我吃完晚飯回去，查資料的時候碰到打翻了水，算是報廢了，好在硬碟裡的資料沒丟。」

你就直接說報廢了嘛，前面那些沒必要多講吧。

安寧望了眼放在車後座的電腦袋。「你新買的這臺跟你之前家裡那臺是一樣的吧？」

「嗯，我是專一的人。」

「……」這人，說話一定要這麼暗含深意嗎？

當注意到徐莫庭沒有往學校開，安寧疑惑。「我們還要去哪裡嗎？」

「去我公司坐坐吧。」開車的人不疾不徐。「怎麼，妳有其他更『重要』的事情要處理嗎？」

這威脅也太明顯了吧？安寧扭頭繼續看街景。

徐莫庭輕揚了下嘴脣，眼中笑意明顯。

算起來是第二次到他工作的地方，從進大門到他辦公室，安寧不免懷疑自己臉上是不是畫了一隻烏龜，怎麼每個人都要瞄她一眼？

蘇嘉惠敲門進來，手上拿著一杯咖啡，笑著遞給坐在沙發上的人。「我的手藝不錯，嘗嘗。」

「謝謝。」

嘉惠靠坐到旁邊，跟正掛外套的徐莫庭半開玩笑道：「眾說紛紜啊，徐莫庭帶女生上來，威力堪比原子彈爆炸。」

徐某人只是笑了一下，不予置評，倒是喝咖啡的人猛嗆了兩聲。

嘉惠連忙伸手撫她背。「沒事兒吧？」

「沒事沒事。」原來她是原子彈嗎？

莫庭抬腕看了下手錶。「妳不是兩點要去外面開會嗎？」

嘉惠大嘆「見色忘義」，不過倒也識趣地退場。

安寧見又只剩他們兩人，於是東瞧瞧西看看，徐莫庭的辦公間不大，但是乾淨整齊，書架上的檔案夾、書籍都整理得一絲不苟。他倒了一杯水過來給她。「別喝太多咖啡。」

「哦。」安寧沉著地走到書櫃前。「你忙吧，我自己找書看就好了。」

徐莫庭望著窈窕的背影又淡淡地笑了。

寧靜的冬日午後，雖然兩人一個翻檔案，一個翻《三國志》，但，這算是約會了吧？也許跟別人家的戀愛不同，但安寧卻感覺舒心自在。

沙發的這個位置剛好能照到一點兒陽光，不會太熱也不會太冷，很舒服。

聽著鋼筆畫過紙張發出的沙沙聲，偶爾夾雜著指尖輕敲鍵盤的聲音……安寧慢慢地慢慢地睡著了。

隱約聽到他的同事進來，又出去。

感覺有人過來坐在一旁，沙發略微塌陷下去，安寧翻了個身，有一股熟悉溫存的味道慢慢靠近。

安寧迷迷糊糊的也不知道睡了多久，醒來時身上蓋著一件黑色的外套。她坐起身，見徐莫庭依然在瀏覽檔案。

他似乎真的很忙。

而安寧發現肚子不痛了，原本走了一上午的腳痠也減緩了。她躡手躡腳地站起來，對面目光一直在電腦螢幕上的人說了句：「醒了？」

「嗯。」安寧輕聲道：「莫庭，洗手間在哪裡？」

徐莫庭抬起頭。「我帶妳過去。」說著已經起身。

「不，不用！」她又不是三歲小孩，這種事情都要領。

徐莫庭笑了一下。「出門左轉，走到底就是。」

臉不紅氣不喘地拽著包包走出門，安寧感嘆，被他耍多了，她的臉皮也越來越厚了，唔，不知道是好現象還是壞現象。

洗手間客滿，安寧在等的時候望見鏡子裡的自己脖子上有塊紅痕，一目了然，不由得皺眉仔細研究，然後聽到左邊那格裡的人感慨了一聲：「徐莫庭竟然有女朋友了，唉。」

中間那格的人說：「說不定只是女性朋友。」

左邊：「就算不是也輪不到咱們啊，人家蘇嘉惠倒還有點兒希望。」

右邊：「說起來，嘉惠長得漂亮，身家也好，對徐莫庭也算用心了，他怎麼對她絲毫不動心啊？」

中間：「呵，也沒見得有多漂亮，再說了，你們又不是不知道徐家多威，她這種身家算什麼。」

左邊：「總比今天來的那位好吧？」

右邊：「我倒覺得今天來的女生比蘇嘉惠漂亮多了。」

中間：「早知道他不介意平民百姓，我也追他了。」

左邊：「妳們猜那女的是怎麼追的徐莫庭？死纏爛打？」

右邊：「大概吧。不過看上去挺文氣的呀。」

中間：「知人知面不知心。」

記得有人說過洗手間是一個八卦雲集的地方，果然沒錯。

安寧一邊研究頸項上的可疑紅斑，一邊想著……想著想著突然「啊」了一聲，這次是真的慘叫，這、這是吻痕嗎？

此時一人已經拉開門出來，與某人在鏡子裡視線相交，前者顯然沒想到會這麼……倒楣，一時做不出反應，倒是安寧笑了笑，雖然臉上有點兒紅。「嗨。」

安寧越過呆立的人進了廁所，一進去就拿出包包裡的小鏡子，再次研究，再次肯定，真的是吻痕啊。

當安寧回到徐莫庭的辦公間，第一句話是：「你幹麼吻這裡啊？」太顯眼了。門口的人捂著頸側，臉上緋紅，莫庭大概知道是什麼事了，放下筆，很民主很大方地問：「那妳想吻哪裡？」

絕對的知人知面不知心啊！

安寧見他已經在關電腦，說了句「我在外面等你」就出去了。卻沒有想到會碰到周錦程。對方看見她，迎上來，眼神倒並不意外。

「前兩天見過妳父親了？」

「嗯。」

「在等徐莫庭？」周錦程並不是多話的人，難得會多此一問。

而安寧並不喜歡這種虛假的試探，可也不知道怎麼應對才合理，直到身後有人輕輕攬住她的肩膀，才暗暗鬆了一口氣，她發現自己真的有點兒依賴他了。

「我跟她還有事，先走了。」

周錦程頓了下，才說：「好。」

那天晚飯兩人吃好後，徐莫庭照例送安寧回宿舍，後者說了聲「謝謝」，這聲謝包含很多層涵義。

結果人家回：「一家人不用說兩家話。」

「……」他說的話為什麼涵義總那麼深啊。

第七章

不想傷害我就別傷害

1

天氣預報說近幾天會降溫，結果剛說完隔天就降了七、八度，足足凍壞了一批人。

江濘大學的校內論壇也開始吵得厲害，且一怒激千怒，諸多以前的不滿紛紛浮上水面，好比，學校的澡堂熱水時不時中斷；好比，寢室裡的網路極其不穩定。

其中某同學發的一帖最為精闢：**同學們別吵了。有地方住不用吹西北風，宿舍不給大家裝空調，冷了就多穿點兒！再不行讓你娘給你寄床厚被子來。澡堂嘛，冷熱水交替可以促進血液循環，湊和一下吧，反正病了醫務室的藥也不用花太多錢，雖說那兒開的感冒藥從來沒治好過人，不過大家年輕不怕，大不了就是肺炎。斷網了就去實驗室或是學院的機房裡上，而且又不是一直不能上去。忍過冬天就好了。**

毛毛立刻回帖：**俺剛買的秋裝怎麼辦啊！**

毛某人在寢室裡裹著被子義憤填膺。「這日子沒法過了，不行，得遷徙了。」

「記得往南飛，別北上啊。」朝陽邊瀏覽著帖子邊提醒。其實近期江大論壇上最熱門的不是社會版的這些現實問題，而是情感劇場的兩帖，《江旭情人之我見》以及《新生代偶像徐莫庭身家背景之大討論》……

朝陽此時正在圍觀徐莫庭的身家背景，真是不得了，連「皇親國戚」都出來了。

「阿喵，有好多女同胞打算勾引妳家男人哦。」

安寧正在弄專案，她這週跟公司請了假，除了手上的專案還要交兩篇階段性論文，此刻忙得暈頭轉向，只得隨口敷衍道：「嗯嗯。」

毛毛淫笑。「妹夫那帖我早看過了，阿喵妳在裡面可是關鍵的話題人物之一哦……也被攻擊得很慘，呵呵。」

朝陽受不了毛毛不合時宜的笑聲：「該不會這帖裡阿喵跟妹夫相視而笑的那張照片是妳放的吧？我之前還懷疑是薔薇呢。」

安寧霎時一口水噴在螢幕上。「什麼照片？」

朝陽已經高效率地將網址轉發給她，安寧猶豫了一下點了進去。

【掛牌】新生代偶像徐莫庭身家背景之大討論

【回覆本文】發信人：little star，信區：情感劇場

標題：【掛牌】新生代偶像徐莫庭身家背景之大討論

帖子開頭就是一張照片，徐莫庭本尊。但因為是遠距離拍攝，所以稍顯模糊。

緊接著就是外交學系老大的簡單檔案：

乙丑年十月十五日

一八一公分

六十七～六十八公斤

徐莫庭身分之大討論

1F：LZ，等我成了徐夫人，我會回來告訴妳真相的。

2F：樓上的妳搶了我臺詞。

3F：1L，我相信妳已經實現妳的目標了，除了那個「徐」字。

4F：3L，你真相了！

……

按照慣例，在一堆天花亂墜的胡扯之後，帖子才進入正題，而慢慢地開始有人抱怨，既然是探討當事人身分背景，為何連張清晰的照片都沒有！

接著，帖子莫名其妙地迅速轉向如何獲取徐莫庭清晰無碼大頭照，到第四頁的時候甚至出現了懸賞。

安寧嘆了一口氣。「毛毛，妳不會是為了那個懸賞才把照片放上去的吧？」

毛毛嘿嘿笑。「有錢大家一起賺嘛。」

安寧粗略地翻看過去，到第五頁時，一上來就看見了自己的照片，也一眼瞄到了發圖人的ID：等待春天的小百合！

照片背景是在徐莫庭家門口，是在他拉住她說「我有事跟妳講」的時候——相視而笑？她是笑了，可那是苦笑吧，還有，他哪有笑啊？表情還有些嚴肅。

旁邊座位的朝陽靠過來，手臂撐在安寧的椅背上看向螢幕。「嘖嘖，不是我說，妳家男人還真是有型啊，只是隨意一個pose，就把隔壁帖PS過的那張圖給比下去了。」說完她意味深長地拍拍某人肩膀。「喵，現實社會競爭很激烈啊。」

果然照片下面的回覆馬上就上「真相」了：**這女的我認識，物理系的，一腳踏兩船啊！什麼！有了這麼完美的男朋友還要紅杏出牆？**

一入豪門深似海啊，偶爾出牆是需要啊。

有人弱弱反駁：**你們說她腳踏兩條船……有證據嗎？我看這女生長得挺正氣挺不錯的。**

只是這質疑聲立刻淹沒在口水和磚頭裡了：**我還妖氣橫生呢！**

接下來就是大片花痴徐莫庭、攻擊安寧的回帖，再一次印證情感劇場是女人的天下。

小百合：**筒子們，歪樓了！你們說這徐莫庭究竟是什麼人啊？**

下一樓繼續上「真相」：**據可靠消息得知，乃皇親國戚也。**

瞬間百度、google 截圖一大片，帖子沸騰了……

「我強吧，一切都在掌控中！」毛毛慫恿安寧拉到下面，還有更為精彩的。然而當事人顯然沒多大興趣，關了網頁。

毛毛顫抖地奔向朝陽。「阿喵再度耍流氓了！」

只是關了網頁而已，已經產生「蝴蝶效應」了嗎？

這時薔薇過來滿櫃子找吃的，未遂。「不行了，要餓死了，誰陪我去吃東西啊，順帶上課。」

安寧看時間也差不多了，起身穿外套。毛毛原本不想去，但苦於再蹺課可能會被當，勉為其難只能迎風而上。

氣溫驟降，校園裡出來活動的人也變少了。

去餐廳吃午飯，人也是稀稀落落，不過主要原因應該是已經過一點了。

她們旁邊桌坐著一名外籍學生，他起身時過來輕拍了一下安寧的肩膀，指指她盤裡的煎餃，安寧不明所以，但還是將盤子往外挪了挪，他拿了一只餃子丟進嘴裡，說了句「Thank you」就走了。

「……」

朝陽說：「這才是強人啊。」

毛毛咳聲嘆氣。「說起來咱家妹夫也太老實了，都沒見過他跟阿喵親密一點兒的接觸，這種速度什麼時候能見血啊？」

薔薇對此也頗感慨。「文質彬彬的男人就是太規矩了。」

安寧獨自呻吟。

當天實驗做完了出來時，一直在沉吟的毛毛忽然驚叫一聲：「啊！阿喵，妳被調戲了！」

「……」

「我想了好久，妳看那外國小夥為什麼就只吃妳的餃子，不吃我的麵條啊？明顯的嘛！」

朝陽拍拍她肩。「妳想多了。」

安寧嘆氣，她還以為終於能夠沉冤得雪了。

安寧這天要回趟家，已有大半個月沒回去，對於戀家的人來說堪稱酷刑。跟朝陽她們分開，剛到學校後門，一輛棕綠色車子停到了她旁邊，車窗搖下，是江旭，對方臉上流露出淡淡的笑意，倒也像是偶遇。「嗨。」

他之後下車來，語氣溫和，這類人一般修養功夫十足。「安寧，對於那件事情，我還是想親自跟妳說聲抱歉。我已經告誡過那名女生，她不會再來找妳麻煩。」

安寧「嗯」了一聲。見旁邊有不少人望過來，當機立斷。「學長，你忙吧，我有事先走了。」

「我不忙。」他笑了一下，拉住她。「要去哪裡？我送妳一程。」

安寧婉言拒絕，江旭想了想，倒也不勉強。「那行。什麼時候一起吃頓飯吧？叫上薔薇。」對方是平常不過的徵詢，安寧也不大好意思再不給面子，只說：「我幫你問問薇薇。」

他放下手。「真的不需要我送妳？」

「不用，謝謝。」安寧猶豫再三，最終還是說：「學長，其實棕綠色是不祥之色。」

「……」

當安寧坐上公車的時候，老三發過來簡訊，先是寒暄幾句，隨即說道：「大嫂，我覺得我跟妳真的挺有緣的，老是能與妳在人群中相遇，咳，是這樣的，我一刻鐘前坐在老大的車裡從後門出來。」

安寧：「……」

老三：「放心，我會替妳保密的，而且老大『應該』沒有看到妳出牆。」

「……」

老三：「順便說一句，大嫂，我食物中毒，有空來醫院看我啊！」

安寧已經不知道該說什麼了。

一小時後安寧回到家，李媽媽從菜市場回來，一進門就見女兒一瘸一拐地在倒水喝。「寧寧妳腳怎麼了！」

「在車上被人踩到了。」

「怎麼這麼不小心？」

總不能說是靈魂出竅吧。「媽媽，我幫妳洗菜。」

「乖乖坐著去。下次記得，人家踩妳妳要狠狠地踩回去！」

她家媽媽很可愛啊。

晚飯時李媽媽倒是問到一件事：「妳爸又跟妳說工作的事了吧？」

「嗯。」

「妳自己有什麼打算嗎？」

「媽說呢？」

「媽媽沒什麼特別要說的，妳覺得對就去做，身為母親，我只希望妳過得幸福。」

「謝謝媽。」

李媽媽這時笑道：「那感情上有沒有動靜？照理說，我女兒長得這麼標致，不可能無人問津啊。」

「……謝謝媽。」

「妳大姨也常常唸叨妳，說是要給妳做媒，要不這週去見一位？看了覺得不適合沒關係，就當多交一個朋友。」

安寧低頭扒飯，咕噥道：「媽媽，我有交往的對象了。」

「嗯？」

安寧無奈嘆氣。「我說我有交往的人了。」

李媽媽這回是驚訝了。「男的女的？」

安寧深深地確認，她的媽媽真的很可愛啊。

2

晚上又被無所事事的表姊抓住網路聊天，聊到表姊的一位朋友，這位朋友的戀人失憶了又康復了的事，失憶歷時兩年，這段期間他一直陪在她身邊，不離不棄……安寧聽後很感動，於是反射性地就想分享給徐莫庭聽，安寧並不確定他在不線上，但還是將這個故事簡明扼要地打下來，發了過去，接著說：「莫庭，如果，我是說如果，如果你失憶了，你還會記得我嗎？」跟他相處久了，膽子也不免大了些許，有些玩笑也能自然而然地信手拈來。

對方居然在，且回覆相當理智而客觀：「既然是失憶，當然不會記得。」

安寧對這一離標準答案相去甚遠的回答不甚滿意，諄諄善誘道：「其實失憶中，比較常見的是解離性失憶症，這種病症通常是對個人身分的失憶，但對其他資訊的記憶卻是完整的。」

對面的人很有耐性地回過來：「所以呢？」

「所以，你可能會記得我，卻忘了自己。」

他並不反對。「很不錯的觀點。」

「謝謝。」說完隱約覺得哪裡不對，他似乎有點兒過於縱容她啊？一切的不尋常都要留心，安寧小心問：「你今天有來學校嗎？」

「嗯。」

「那你怎麼不來找我啊？」唔，惡人先告狀了。

對面許久未回，第一次當惡人的人慢慢羞愧內疚緊張了，正想坦白從寬，電話不期而至，安寧一看可不正是徐莫庭，小心接通。「你好。」

「安寧，我到妳家樓下了。」

安寧這次是真的跳了起來。「你不是在上網嗎？」

「手機。」

呃……

安寧套上外套跑出房間，正在客廳織毛衣的李媽媽皺眉道：「匆匆忙忙地幹麼呢？」

「媽，我出去一下。」

「這麼晚？」李媽媽抬頭看鐘。「都過八點了。」

「餓了，我去街角的便利商店買點兒關東煮吃。」

李媽媽笑道：「這麼一說我也有點兒餓了，那幫媽也帶點兒回來。」

「……好的。」

買關東煮去的李安寧一跑到樓下，就看見徐莫庭坐在花臺邊，兩條修長的腿交錯著，路燈的光灑在他身上，清俊高雅，果然是皇親國戚啊。

安寧整理了一下表情走過去。「嗨。」

徐莫庭輕輕拍了下左側的位置示意她坐在他身邊。安寧若無其事地坐下，她已經不會去問他怎麼知道她家地址的，不過──「你怎麼過來了？」

「妳不是想見我嗎？」對方緩緩道出。

徐老大，你絕對常勝。

「冷嗎？」他問。

「還好。」確實不覺得冷，剛才跑太快了。

「那陪我坐一會兒吧。」他的聲音有些沙啞，神態中流露出幾分倦意。

這一天，徐莫庭只是坐在花臺邊，頭輕靠著她的肩膀，閉目養神了十分鐘。

最終安寧覺得肩膀有點兒痠了，輕咳一聲，率先打破沉默：「莫庭？」

「嗯？」

「我們去吃消夜吧？」

「妳請客？」

安寧在心裡不厚道地想著：人家都是女朋友靠在男朋友肩上，人家都是男朋友請客……

徐莫庭：「沒帶錢？」

「……」

莫庭直起身子，安寧剛要起身就被他拉住，掌心相觸，他將五指滑入她的指間緊緊相纏。「再陪我坐會兒。」

安寧小心地詢問：「莫庭，你是不是生氣了？」

他突然笑了，交纏的手指使了使力。「怎麼會呢？」

真的生氣了！安寧心中波濤洶湧，據說，這種不動聲色的低調高傲型男人，報復心極重啊！

「那，要不我親你一下？」這一定不是她說的！

徐莫庭輕笑，一時沒有說話，過了一會兒，他抬起她的手腕，撥弄著她右手上那串紫紅色珠子，徐莫庭不說話、沒表情的時候是很有些高深莫測的，常常令安寧招架不住，而且自己前面又「口出狂言」，不免有些心慌意亂的，所以沒敢有所行動，任由他……指尖撫過她的手心，留下絲絲酥麻，最後他拉起她的手，咬了一下。

於是難得的休息日，安寧卻因為惡夢而七點多就驚醒了，其實也不能算是惡夢，就是小白兔夢到了大灰狼……

坐起身望見窗外陽光燦爛，低頭瞄到手背上依然存在的牙齒印……唔，天氣和心情差別好大。他來就是為了咬她一口？

安寧心事重重地換了衣服，洗漱完打開門出去，一瞬間就愣住了，沙發上坐著的不是別人正是周錦程，呃，還有大姨。

客廳裡的兩人聽到聲響回頭看到她，大姨已經笑著起身。「寧寧，起來了！」

安寧咳了一聲：「阿姨，我媽呢？」

「我來的時候就沒見著，大概去超市了，喏，在樓下碰到周先生，他說有事情找妳媽媽，我就帶他上來了。」

安寧不動聲色地朝他看了一眼，對方的目光停留在她身上，臉上難得流露出幾分笑意。

大姨越過她時，輕拍了下她肩膀。「我去廚房給妳盛粥，妳跟周先生聊聊。」

安寧無奈，其實也不能怪大姨，她只知道周錦程是父親那邊的人，詳情並不清楚，主要是當年父母離婚，兩邊家人都算是明理之人，沒有生太多仇怨，當然斷了後也幾乎不再聯繫，所以對於父親後來娶的女人的弟弟，媽媽家那邊的人也都沒有興趣多去探究。

她，大概是兩家人現在唯一的聯繫。

安寧走到離周錦程最遠的沙發邊坐下。「您找我媽媽有什麼事嗎？」她希望自己表現得算合宜。

「也沒什麼事情，只是代妳父親過來探視一下妳們。」他說得合情合理，但語氣中卻沒帶多少感情。

安寧多少已經學會了透過現象看本質，這個長輩也許在很多方面都勝人一籌，行為模式有據有理，卻也是無情冷酷的。安寧不否認對於周錦程，自己的立場一開始就站在不太友善的那邊。而這一次碰頭，隱約有點兒知道他的來意，想了想說：「我跟媽媽都挺好的。」

房子裡很安靜，只有廚房傳來的些微聲音。周錦程再次開口，卻換了另一個話題：「妳跟徐莫庭相處得如何？」

安寧不明白為什麼他會對她的感情如此在意，只輕聲「嗯」了一聲，並不願意多談。

這邊周錦程不疾不徐道：「安寧，妳有沒有想過，徐家的身分地位……能夠接受單親家庭嗎？」

待了一會兒，安寧開口，語氣自然、坦誠：「其實，周錦程，不管是什麼事情，你都沒有立場管我的。」

周錦程走後，安寧長吁一口氣。雖然講的時候挺強硬的，然而，心裡卻不可否認地因周錦程的某一說辭而湧起一絲不平靜，下午跟媽媽逛街就有一些心神不寧。

路過一家服裝店時，心不在焉的安寧瞄到兩隻貴賓犬隔著玻璃門對望著，眼露深情，嗚嗚低鳴，憐憫心一起，立即上前為牠們拉開門，期待牠們相遇時歡快地追逐，結果是……一輪廝殺。

安寧目瞪口呆，當時李媽媽已經到隔壁店去看鞋子了，來往的路人都笑出來，安寧丟臉死了，剛想裝作若無其事走開，人群中有人叫了她一聲。江濘市不算小，但能逛的就這一帶，所以經常能遇上認識的人。

「妳也出來逛街啊？」徐程羽笑著走過來，手上拿著幾袋衣服，旁邊的兩名女生應該是她的同學。

正跟狗狗們一起被圍觀的安寧沉吟，她能不能裝作不認識啊？但還是禮貌地應了聲：「嗯。」

徐程羽不由得「嘖」了聲。「大哥這人太缺德了，我每次約妳，他都說妳沒空！」說完又有點兒忌憚地左右看了一下。「我大哥他不在附近吧？」

安寧一頭黑線。「不在。」

程羽擊掌。「行，那一起去喝茶吧？」

安寧正要拒絕，李媽媽從旁邊店裡出來，一見女兒身邊站著幾個女孩子在聊天，揚聲說了句：「寧寧，同學啊？那妳跟她們去玩兒吧，妳二姨在前面的銀泰裡，我過去找她——」

就這樣，安寧莫名其妙地坐在了茶餐廳裡，跟一個不熟悉的、兩個不認識的女生……喝茶。

安寧極少進茶館，不過其餘三人貌似是常客。其中那位名叫高雪、態度略傲慢的女生叫來服務生上茶，在徵詢了安寧得到「無所謂」的答案後，對方略帶嘲諷地笑了。「那就鐵觀音吧，這裡的都挺高檔的。」

「……」

徐程羽掛上電話說：「亮子他們也完了，這就過來。」於是又添了椅子，成了四女兩男六人下午茶會。其中一名男生是高雪的男友，一到場就對她伺候得極其周全，端茶送水，服務生的工作幾乎全被他包攬下來了。

安寧在旁邊喝著，呃，高檔的鐵觀音，心想，她到底是來幹麼的？

那名叫亮子的同學對安寧頗有些興趣，一個勁兒地插科打諢、口沫橫飛，直至高雪一句：「你別想了，她是徐莫庭的女朋友。」他才戛然而止。安寧感嘆，還真的是始皇既沒，餘威震於殊俗啊。

為了舒緩氣氛，安寧開口：「其實，鐵觀音分四等，這裡的應該算是最差的，條索微捲，色澤稍帶黃，形狀也不甚勻整。」

全場靜默。

呃，好吧，她又冷場了。

3

安寧改喝檸檬水，為安全起見她一直保持但笑不語的狀態。其實本來她也來得莫名其妙，心中不免盤算著等差不多的時候便告退。而一直面色冷沉的高雪這時卻笑道：「李安寧，徐莫庭都不陪妳出來逛街嗎？」

徐程羽莞爾。「眾所周知我堂哥是忙人嘛，哪來的時間逛街啊姊姊？」

高雪瞪了多嘴之人一眼。程羽心裡好笑，這女人對她堂哥有非分之想，卻又不敢表示，到頭來找了一個二十四孝的男人當男朋友，嘿，原來心裡還一直沒放棄哪。

程羽不經意地瞥了眼一旁的安寧，她臉上依舊是若無其事的表情，淡然輕柔得令人折服，就是不知道是真的平心靜氣，還是表面敷衍功夫了得。

「不過，某些方面我堂哥的確不如阿雪的男朋友，給女朋友端茶送水的事情肯定不會做。」程羽算是客觀評定。

高雪一聽，心中微感喜悅。目光定在對面的人身上，毫不掩飾她想看李安寧的反應，而後者只輕「嗯」了一聲，贊同的語氣。

徐程羽心中嘆息，這水準高的。

亮子翻著菜單笑道：「這裡的點心竟然要一百塊一盤，這價訂的，我還當我在歐洲咧。」

徐程羽：「大少爺還差這點兒錢？」

亮子。「節儉是高尚的品德，ＯＫ？不過說真的，太廉價的也不成，當年我買過一條廉價內褲，小爺我第一次進超市買內褲啊，隔天要去攀岩，特意選了一款大紅色想圖一下吉利，結果當天下大雨，全身溼了，沒想到內褲褪色，嘖嘖，淺色的長褲上就滲出一絲一縷的血水來，當時跟我一道去的那幾個哥們表情是相當的複雜啊。」

高雪「噗」一聲笑出來。「你就搞笑吧。」

「咱不是想讓美女們開心嘛，自曝家醜也甘願。」說完望了一眼安寧，見她神情依然漫不經心的，不由得有點兒氣餒，還真邪門了。剛要無奈嘆氣，只聽她抬頭說了句：「這段子是網上的吧？」

「……」美女還真不給面子啊。

亮子確實心裡有些矛盾，雖然知道她是徐莫庭的女朋友，但愛美之心人皆有之。再說他們又沒結婚，還有機會嘛，而且據說徐莫庭跟她感情不甚熱絡。

等徐程羽走開，亮子就靠近安寧說：「晚點兒有時間嗎？」

而安寧這邊，在望到隔壁卡座裡的人時，「驚悚」的感覺一直在加劇，不會這麼不幸吧？

亮子見聽者無心，也察覺到異樣，敲了敲桌面。「怎麼了？」

之前一直在跟男朋友說事的高雪也將目光移了過來，先是看了安寧一眼，隨即視線轉向隔壁，幾位西裝筆挺的中年男士，一目了然的高層人員，其中一人招來服務生說了句：「給旁邊桌添一份天福的普洱。」

高雪扯了一下嘴角，看回安寧的眼神略帶了絲鄙夷。

徐程羽從洗手間回來時，服務生正在上普洱。「唷，誰點的啊？頭牌都上了。」

高雪笑了笑。「應該是李安寧認識的人吧？」

安寧但笑不語，雖然心裡已暗嘆連連。

徐程羽順著高雪的視線往某一處望去。「呵。」

亮子感嘆：「果然有美女在就是好處多啊。」

高雪的男友也頗贊同，而安寧淡定地對著為她斟好茶的服務生道了聲謝，端起來抿了兩口，唔，剛才喝太多涼水了，暖暖胃。

高雪道：「李安寧，妳不去跟那名慷慨者道聲謝嗎？」

安寧疑惑，為什麼要去？他們看樣子在談正事，打擾不太好吧？

一直不怎麼說話的那名女生這時嬌笑道：「我果然還是比較欣賞比我大許多的男士啊。」

「咳！」安寧差點兒一口茶噴出來。

亮子忙問：「妳沒事吧？」

安寧擺擺手，拿面紙擦了下嘴角，掩飾某種想要扭頭的衝動。

高雪對嬌俏女本來就有一些嫌惡，這會兒更討厭了，口中嘀咕：「這年頭還真是什麼樣的人都有——真看不順眼。」

安寧轉回頭。「嗯……《聖經》上也說，『愚昧人喜愛愚昧，褻慢人喜歡褻慢』。」

「……」

冷了兩次場，安寧想，她還是沉默吧。

當天出來的時候，高雪叫男朋友去開車過來，問了程羽和嬌俏女要不要送她們回去，唯獨過濾掉中間的安寧，態度有些……自暴自棄？

安寧倒完全無所謂，正要招計程車，程羽拉住她。「叫我哥來接吧？」

「啊？」安寧原本雲淡風輕的神情終於有點兒波動了。「不用了，他很忙的。」最主要是昨天被他咬的那一口，心理影響甚大。

「忙，永遠是男人的藉口。」高雪目不斜視。

亮子奮勇自薦——「我送妳回去吧，不過我的是機車。」

正要婉拒，一輛黑色車子停下來。「寧寧。」有人用沉穩渾厚的聲音喊了她一聲。安寧沉吟，父親大人不是走了嗎？此刻端正坐在後座的人正是先前給女兒叫普洱的李啟山。

「上來吧，我送妳回去。」

「哦，爸爸……」

安寧在眾目睽睽下上了黑色轎車，唉，早知道就不挨到最終散場了。

車子均速前進，安寧垂頭喪氣的樣子讓前面的霍大叔忍俊不禁。「寧寧，今天是跟朋友出來逛街嗎？怎麼都沒買東西啊？」

「嗯。」

旁邊的李啟山道：「胃不好，就少喝點兒涼茶。」

安寧點頭。

李啟山又道：「今早錦程有去妳那兒嗎？」

「嗯。」她掙扎了一下還是將自己的想法表明：「爸爸，以後您能不能別讓周先生來找我了？」

李啟山有點兒意外，以前他這女兒偶爾會任性一下，但這些年已經乖巧得有些……過頭。

「寧寧，妳可能覺得爸爸在多管閒事，但是，我只希望妳能過得好一點兒。」李啟山嘆了口氣。「妳也知道妳媽媽得了胃癌，能活多久妳應該是最清楚的——」

「爸爸——」安寧打斷他，低下頭看著毛衣上沾了一滴茶漬的一角。「以前，我多麼希望您能給我哪怕是一點點的力量，可是現在，我很少這麼想了，您知道為什麼嗎？」

李啟山沉默不語。安寧淡淡答道：「爸爸，我沒有怨恨過您跟媽媽離婚。可是，當媽媽暈倒了，我……沒有力氣，我拖不動她，我打您的電話，您的祕書說您沒有空……我說媽媽暈倒了，她暈倒了，怎麼叫也醒不過來……你說，打一一九……呵，我好笨，我當時怎麼忘了還可以打一一九……」

李啟山屢次想要開口，喉嚨卻像被堵住了，接不上一句話。

「爸爸，有的時候我挺恨您的，您對媽媽那麼殘忍，我知道你們沒有了感情，但怎麼能做到如此徹底？我曾經想，是不是因為我不夠乖巧，所以你不要我了，也不要媽媽了。後來我想明白了，其實誰都沒有錯是不是？只是不愛了。」

「寧寧……」李啟山發覺自己的聲音異常乾澀。

「我只是想坦白，您的女兒現在並不需要那麼多愛了。」安寧的眼睛終於有些溼潤。「我沒有懷疑過您對我的關心，但偶爾，我也會想對您說不。爸，我不要您給我安排的生活，那些東西只會讓我更加排斥您。」

李啟山用手抹了把臉，沒能成功掩去臉上的疲憊與傷感。「寧寧，我很抱歉。」馳騁官場手握權勢的男人，在此時竟然有些無法負荷親生女兒的指責，只因她說的都是事實。

安寧搖了搖頭。「您不用跟我說對不起，我現在過得很好，爸爸，如果媽媽走了，我依然只會留在這裡。」

那天霍忠送她到樓下時，欲言又止，最後只摸了摸她的頭髮。安寧上樓，在家門口茫然地立了數分鐘，才開門走進去。廚房裡，媽媽正在熟練地把做好的菜裝盤，轉身看到女兒。「寧寧，回來得剛剛好，來，幫媽媽把最後一道菜端出去，咱們就開飯。」

安寧上去端好菜，又跑到廚房洗了手。「媽媽今天買到衣服了嗎？」

「買了兩件，不過都是給我家女兒買的，放在妳床頭，回頭穿給媽媽看看。」

「哦……」

晚上試裝，李媽媽感嘆了N遍自己眼光好之後就回房間歇息了。

毛毛發線上消息給她。

毛毛：**妳什麼時候回來啊？**

安寧：**明天早上。有什麼要帶的嗎？**

毛毛：**肉，肉！我已經一個多月沒吃上肉了！**

安寧：……

毛毛：**我最近都吞維他命C片了，說起來那藥片做得可真大啊，每次吃都卡在喉嚨裡下不**

去。今天特意把藥片掰成兩半吃。結果，被卡了兩次。

安寧：**要不掰成四瓣？**

毛毛：**好主意！我怎麼沒想到啊！阿喵，要是沒有妳我可怎麼辦啊！**

……

安寧隔天回學校，剛進宿舍就被薔薇的一聲狼嚎嚇了一跳。

「如果你不愛我了，原因一定要你是個ｇａｙ我才會平衡，其他答案我都不接受！」薔薇在打電話。

毛毛奔過來接肉，安寧輕聲問：「她怎麼了？」

毛毛說：「在玩。」

於是，聽到薔薇柔和了聲音又問：「那你到底愛不愛我？」

安寧跟薔薇擦身而過時，電話那邊傳來更加柔和的男音：「我一天二十塊錢的伙食費，其中十八塊五毛都讓妳拿去買零食了，妳說我愛不愛妳？」

安寧覺得自己回家兩天，回來後怎麼有一種「天上一天地上十年」的感覺。

4

專案小組開會已經是 long long time ago 的事了，可憐小王和另一名女成員做實驗做得都快日久生情了，安寧這個組長因為「事務」繁忙，沒有出多少力，實在是當之有愧。

這天到固定的小教室已經遲到五分鐘，果然又是她最後一個到場，好可悲，徐莫庭應該比她更忙才對，怎麼都沒遲到過呢？

安寧過去跟兩名成員打了招呼，最後才弱弱地跟首位的人道了句「早安」。

他淡淡應了一聲。等到都落了座，女同學俯身過來與安寧交頭接耳了幾句，後者卻有幾分神色顧盼，虎口上方的齒痕已經消退，但被他舔過的溫熱卻彷彿還留著……安寧微吐一口氣，稍稍正襟端坐，嗯，不能感情用事。

徐莫庭支頷的樣子很有感染力，發表意見的時候平靜而理性，但並不嚴苛。這類人很容易讓人產生服從感。

到最後的時候，徐莫庭問了句：「還有什麼問題？」

小王說：「沒了，資料已經全部傳給組長。後續整理就要麻煩阿喵仔了。」

安寧慚愧。「應該的。」

某男嘿嘿笑，身體不自覺地傾過來一些。「阿喵啊，我之後傳給妳的東西妳有沒有看啊？」

「什麼？」

某男擠眉弄眼，示意大家心知肚明。

安寧想到那個標註「好東西」的資料夾。「呃，還沒看。」

某男捶胸。「這種東西應該先看的嘛！」

「哦……」

兩人正「相談甚歡」，一道冷淡的聲音插進來：「沒事的人散場吧，李安寧妳留一下。」

清場？

女生起身笑著跟安寧道別。小王同學雖有不甘，但想想實在不是對方對手，最後決定還是明哲保身為妙。

於是女成員前腳剛走，小王同學就吶喊著「等等我」飛奔而去，安寧感嘆，這年代講義氣的人真的不多了。

兩人中間再無阻礙，空氣中彷彿有一些浮躁的顆粒籠罩著，安寧轉身對上徐莫庭英俊的臉龐，他也在看著她，淡淡一笑。「坐過來一點兒，我看看妳的手。」

安寧含糊其詞：「已經不疼了。」不過還是有些抱怨的。「你幹麼咬那麼重啊？」

「很重嗎？」

這麼一說，安寧很自然地走過去將手伸給他看。「如果仔細看還是能看到印子的。」

「是我沒有把握好尺度。」他誠心道歉，然而眼中輕柔的笑意未減，也牽住了她的手。

有一些東西，在不知不覺中已經滲透進彼此的靈魂，再也抹殺不去。

跟徐莫庭手牽手走在校園裡是什麼感覺？比逛超市還彆扭。

無視路人的注目，安寧想起了一事，問道：「莫庭，老三學長是不是住院了？」

「嗯。」

「我要不要去看看他啊？」道義上似乎是需要的。

結果旁邊人淡然道：「不用了，我去過了。」

有什麼涵義嗎？

路過球場時，看到薔薇跟毛毛在給自己班的幾名男生加油。安寧遠遠望到同班的一位男生跳起身投籃。出手偏了，不過剛好有一陣風吹過，將球帶進了籃筐裡……場上靜默五秒鐘，直到薔薇一句：「有什麼好大驚小怪的，咱學物理的！」

毛毛看到他們，猛地朝這邊招手，一臉的笑容。「妹夫！」

安寧無語了。

毛毛已經迅速衝上來。「妹夫，您今天也在學校啊！」說完才像是發現了旁邊還有人在。「阿喵，妳也在啊！」

安寧：「妳可以繼續當我不存在的。」

毛毛笑咪咪地看著面前站著的兩人，那樣的身高氣韻，搭配在一起，恰當得猶如一幅畫。

「妹夫，要不要來看下我們班級的比賽？」毛毛輕快地問道。「說起來，裡面六號一直在追我們家阿喵啊，當然，也一直未遂。」

徐莫庭略微沉吟，最後笑道：「好啊。」

安寧再次無語了。

5

安寧感嘆她這輩子還從來沒這麼風光過，雖然沒有到全場聚焦的地步，但三三兩兩的注視卻是不間斷的。相較於身邊人的從容，她腦中的某根神經卻很是受罪，而照目前的情形來看，徐莫庭沒有抽身的打算。

安寧不想遭遇什麼不良事件再擴大波及面，正想找一理由即時撤退，結果下一秒，剛去了趟廁所現在跑回來的薔薇，已經用她高分貝的音量和內容鎮壓了全場：「妹夫，你無法想像我有多麼想念你！」

安寧特佩服自己，只是稍稍一怔，就穩住了。而徐莫庭的厲害之處在於隨時隨地都能保持穩妥誠然的風範，他朝薔薇微點頭，後者眉開眼笑。「真是有緣千里來相會啊——」

「無緣對面不相識。」某道清幽的嘆息聲，李安寧也。

薔薇嘻嘻一笑，靠過去低語：「吃醋了呀？」

「沒有。」只是有點兒無力。

毛毛則已經很有效率地跑去附近小店買了一瓶飲料過來，熱切地上供給徐莫庭。

「謝謝。」

「為您服務是我的光榮！」

妳們可以再猥瑣一點兒嗎？安寧嘆氣，幸好她一向有淡化肉麻語言的能力。

於是薔薇、毛毛熱情健談，徐莫庭神情謙和大度，雖然大多時候後者都只是在聽。當毛毛講到場上的一名選手時，徐老大倒也開始有了點兒提問的興趣：「他是本校升研究所的？」

毛毛搖頭。「不是。他是北方人，大學是在那邊讀的，考研究所考到了這裡，為人相當豪邁開朗，呵呵。」

對方的微微揚眉應該是有興趣的意思？於是毛某人再接再厲爆內幕：「小六第一次寫情書給阿喵，阿喵回了『好好學習，天天向上』，哈哈，樂死我了！還有還有，第二次——」

「毛毛。」安寧不得不強硬地打斷她，沒有這麼陷人於不義的，終於體會到什麼叫豬一樣的隊友了。

被點名的人不由得禁聲，阿喵發話，不敢公然不從。徐莫庭的表情倒是淡淡的，沒什麼特別變化，眼光也一直停留在場上。

安寧有些擔憂地將焦距移到他的臉上，徐莫庭緩緩偏頭對上她，一笑說：「夫人很受歡迎啊。」某喵當場就鎮定了。

這種一驚一乍一緩一緊的情緒還真是折磨人。徐莫庭這類人大概就是所謂的不動聲色，或者說殺人眼都不眨一下的……狠角色？

安寧考慮到對手過於強勁，不值得冒險。怎麼辦呢？他不會又「記恨」上了吧？徐莫庭的手機這時響起，他接聽了一會兒，按斷之後對她道：「我要回公司一趟。妳呢？」

「我等薔薇她們！」說得太快，差點兒咬到舌頭。

某人淡笑。「也好。晚點兒我過來接妳。」

什麼接我？

「晚上要去我家裡吃飯，妳不會忘了吧？」

「你根本沒說過好不好？」

「那我現在告訴妳了，我晚點兒來接妳。不過，考慮到我情敵太多這一點，我還是早點兒來吧，免得被人搶先一步。」說著輕撫了下她的臉兒，瀟灑退場。

這人絕對是對手死了也會興之所至上來鞭一下屍的狠角色啊。

安寧鬱悶死了，不厚道地想，如果要說招蜂引蝶，徐老大你絕對是有過之而無不及的實力派吧。

這邊徐莫庭拉開車門，嘴角帶笑，神情是萬分的溫柔。

毛毛、薔薇見安寧面露古怪的深沉，之前還退開兩公尺遠，這時卻小心地湊上來，在安寧一針見血前先行賣乖。「阿喵啊——」

「生命很美好，但也是短暫的，死亡是少數幾件只要躺下就能完成的事情之一。」

一攤血。

當天比賽物理系小勝，散場時有人跑過來跟安寧打招呼，正是小六。

「這麼快就要走了？要不要跟我們一道去吃頓午飯？」說完勾住旁邊薔薇的肩。「薇薇也一起來啊？」

薔薇問：「敢情你請客？」

「嘿嘿，也可以，不過這次是班費出。」

毛毛向來是不吃白不吃的。「六兒啊，出手闊綽啊，走！」

安寧說：「快考試了，我還是回宿舍看書吧，拜。」

毛毛深深感嘆人世間還真是一物降一物，想到自己那段艱辛的追愛之旅，對六兒猛然生出一股同是天涯淪落人的惺惺相惜之感。

「六兒啊！」

「毛毛姊！」

「沒了愛情，肉還是要的。」

「嗯。」

薔薇看著走遠的兩人。「這什麼組合and情形啊？」

安寧回到寢室，泡了杯麥片正要看書，薔薇從後面衝上來。「妳怎麼走那麼快的？」

安寧想了想。「腿長。」

薔薇再度一口血噴出。

待安寧進洗手間時，黑化的薔薇拿起桌上的手機。「莫庭，我又想你了。」發出去之後隱隱覺得有種冒犯了神明的感覺。

過了一會兒簡訊進來了。「傅小姐是嗎？麻煩妳帶安寧出去吃一下午飯。」

神人啊！

這天安寧被拉出去吃了大餐，那杯充當午飯的麥片被倒進了廁所。飯後薔薇要了發票，回頭找妹夫報帳嘛。她現在是御用的免費陪吃人了。

從學校最高檔的餐館出來，安寧見旁邊的人始終帶著和諧的笑容，不免問：「妳今天中了樂透嗎？」

「差不多吧，『福利』樂透。」

安寧搖頭笑。「恭喜。」

「同喜同喜。」

「……」

沒走兩步巧遇老三，人家剛從一輛跑車上下來，看到安寧遙喊了聲「嫂子」。

薔薇已經快步上前，摸著那輛白色車的車尾。「真性感啊！原來還是個大少爺哪。」

老三看清來人，心下一驚。「是嫂子的朋友啊。」

「叫我薇薇吧。」薔薇露出招牌式的唯美猥瑣笑容。

這時車上的另一名男生拎著倆沃爾瑪超市的袋子下來。「嗨，美女。」

老三趕緊阻止同學的愚昧搭訕。「我們還有事先走了。」說著車鑰匙一按，車燈閃了兩閃，跟安寧揚了下手。「嫂子我走了。」

「嗯。」唉，這稱呼聽著聽著竟然也習慣了。

薔薇看著走遠的兩人。「就算是直的，我也能把你們想彎了。」

「……」

到傍晚，「去徐家吃飯」的行程又臨時取消了，雖然貌似是不應該的，但安寧確實微弱地鬆了一口氣，可惜道：「沒關係，下一次吧。」

徐莫庭在電話裡淡淡問：「妳很開心？」

「嗯……跟你打電話很開心。」真佩服自己，睜眼說瞎話的能力越來越熟練……其實也不全算是睜眼說瞎話。

徐莫庭微微笑著。「真是遺憾，原本今天——」

什麼？安寧屏息等了半天，差點兒斷氣都沒聽到他說出後半句，這人絕對是蓄意的，於是她只能不恥下問：「什麼？」

「安寧，我好像還沒有正式跟妳表白過？」

什麼跟什麼啊？安寧淡定地臉紅了。

他的口氣略帶惋惜：「等下一次吧。」

安寧下意識沉吟出聲：「無事獻殷勤，非姦即盜。」

沉默，沉寂……

「安寧。」對面的人低柔地叫了她一聲。「妳是想我盜呢還是——」

安寧已經被自己腦補的某字震得魂飛魄散了，脫口而出——「徐莫庭，你太下流了！」

清高的徐老大第一次被人華麗麗地罵了下流，嗯，感覺不是太差。

進門的毛毛手指顫巍巍地直指某人。「汝，汝竟然說妹夫下流，多麼清風朗月的一個人啊！阿喵是壞人——妳聽我解釋——我不聽我不聽！汝想做什麼？以解釋之名行不道德之事！不要啊！」

這算不算是被迫害妄想症？安寧掛斷電話，眼見毛毛越來越凌亂，想著要不要阻止一下，這時門被人不合時宜地推開，打斷了毛某人自編自導自演的一場單人肉慾戲。世界安靜了，站在門口的十班班導崩潰了。

「老師，她腳抽筋了。」

「……」

薔薇的聲音從樓梯口傳來：「NND，跟一個男人表白，居然回一句我有老婆了，但是也有女朋友，這是打擊我呢還是鼓勵我啊？」

安寧垂死掙扎。「她不是我們寢室的。」嚴重的救助疲勞。

十班班導有氣無力地說：「辛苦妳了，李同學。毛曉旭妳跟我出來一下。」

當晚，迎接安寧的還有另一樁吃力活，周錦程的再次來訪。

一身西裝革履的男人站在樓下，引得不少女生頻頻回頭。老實說，安寧沒有多少的精力以及能力跟這位頗出眾的長輩「打太極」，只希望「溝通」能速戰速決。

周錦程看著她走出來，表情如常，不熱情也不疏離。「不介意陪我走走吧？」

安寧心裡為難，口上也不再通融：「你想說什麼，就說吧。」

他看著她，嘆了一口氣。「寧寧，我知道妳一直不喜歡我，但我有我的立場。」

安寧輕輕一笑，有些乏。「你的立場是什麼？利益嗎？可是，我曾幾何時侵犯過你的利益了？其實，是你們一直在侵犯我的利益吧。」

周錦程不由得深深地蹙眉。安寧知道自己的言語過於苛刻了，她只是不想再任由人左右，她只是……不喜歡他。

「沒有其他事情我上去了。」

「安寧。」過了一會兒錦程才開口，聲音透著生硬：「我從來不曾想過要傷害妳。」

「那麼，就別傷害。」

第一場雪

1

周錦程忽然有些不明白自己的行為傾向了。他不否認對安寧有一份愧疚，在不影響自身利益的前提下，他希望她能過得愉快些。只是，每當面對她時，他都有些沒把握。電影院那次，是他回江濘半年多後第一次去她的學校找她，看到她跟人出去，於是便跟了過去……他的手段還沒這麼拙劣過，但事實證明他確實在她面前出了一些紕漏，那是感性超過理性所造成的後果——他對她產生了愧疚之外的感情。

周錦程坐在書房的座椅上，目光望著窗外的蕭瑟景象，心裡有些不知如何走下一步。

而安寧這邊，當然沒有多餘的心思去思考周錦程這位諱莫如深的「長輩」，快要到期末了，實習告一段落，接下去要應對的是期末考、實驗總結、論文、專案報告。這日子過得可真是如人飲水啊。

她們一群人裡，毛毛考試向來是一星期搞定，當幾門算幾門，總結、論文什麼的能抄就抄；薔薇跟朝陽也都是聽天由命型，不過好在聰明，基本都能應付過關；安寧很多時候會想她們這群人應該算得上是江濘大學彪悍團體中的一分子了。

至於徐莫庭，這幾天也事務纏身，於是除了每晚的一通睡前電話，兩人倒也獨立得可以。週五下午安寧剛從門庭若市的圖書館出來，考試前一個月這裡總是很熱鬧，往常基本上是門可羅雀的。

薔薇跟上來問：「陪我去趟學校超市再回寢室吧，我餓死了。」

安寧疑惑。「妳剛剛不是一直在吃嗎？」薔薇那不間斷的啃食聲還引得周圍一圈正在瀝血嘔心臨時抱佛腳的同學，射來一道道的幽怨眼光。

薔薇扭捏狀。「人家性慾不滿足用食慾代替嘛。」

「……好吧。」

兩人來到學校南門的超市，薔薇一進去竟然就看到了自己仰慕許久的……許多男生中的一位，虎軀一震。「莫非上天垂憐？」

安寧見前者突然定住不動了。「怎麼了？」

「帥哥。」

安寧順著她的目光望過去一眼。「哦。」

薔薇幽幽開口：「妳不一樣，已經嘗過一九九二年的皇家鷹鳴赤霞珠，這種木桶裝的干紅覺得寡味也在所難免了。」說完立刻讓安寧發簡訊給朝陽、毛毛、麗麗等人，讓她們火速過來圍觀帥哥。

安寧無奈，群發簡訊給了幾位專業人士。「來看帥哥，在學校南門的超市裡。」發完之後見薔薇正貓步尾隨帥哥，樣子十分猥褻，安寧為免她做出什麼事情來，也不得不亦步亦趨地跟著。幾分鐘之後有人輕拍了一下她的肩膀，安寧回頭，這一嚇差點兒魂不附體。「莫、莫庭，你怎麼會在這裡！」

對方淺笑。「妳不是叫我來看帥哥嗎？」

安寧醍醐灌頂，群發簡訊，錯發給他了？不要這麼悲慘吧？

某人負隅頑抗。「莫庭，在我眼裡你是最帥的！」

原本還想借題發揮一下的徐老大微微一愣，最後伸手牽住她的手。

「我過來上課，陪我去上堂課吧。」

陪徐莫庭上課？「我——」

「怎麼？不願意陪妳眼裡最帥的人上課？」

「我的榮幸。」

安寧被帶出來時才想起還有同伴在超市裡面。「我打個電話給薔薇。」

「不用，她看到我了。」

果然，義氣這種東西就是那天邊的浮雲啊！

政法大樓，安寧雖然上下課時常會路過，卻從來沒有進去過，總覺得這大樓太威嚴了。跟著徐莫庭走進一樓的階梯教室，中間一排裡已有人朝她招手。「嫂子，這邊兒！」此人正是許久不見的張齊。

此時教室裡的三十來個人都齊刷刷地朝門口望來，場面堪稱壯觀。

安寧羞怯了。「莫庭，我能不能在外面等你啊？」

徐莫庭靠過去低語：「妳不是說願意為我做任何事嗎？」

我什麼時候說過了？莫非那句負隅頑抗的話已經晉升成「在我眼裡你是最帥的，所以我願意為你做任何事」了嗎？安寧突然淡定了，也可以說，都已經死了不介意再鞭下屍。

安寧行屍走肉般入座，後面一排的張齊俯身過來。「嫂子，您怎麼來了？」

我是被脅迫來的。「我來旁聽。」她無奈地一笑。

另一側的老三也靠過來，笑咪咪的。「嫂子，今天妳有時間嗎？晚點兒跟我們一起吃頓飯吧？」

「嗯？」

老三指指張齊。「今天阿齊生日。」

「真的？生日快樂！」

張齊拱手。「謝嫂子。」

之後聽課的時候，安寧輕聲問身旁的人：「莫庭，我要不要送份禮物啊？」

徐老大目不斜視。「不用了，我買了。」

「嗯？」

「一家不用送兩份。」

安寧想她還是看書吧，看書看書，幸虧她還帶著複習資料。

結果是整一間教室中最乖最奮筆疾書的人被教授點了名。安寧覺得她絕對應該去燒香拜佛一下了。

「我不知道。」她是真的不知道，光題目就沒弄懂，只聽到一個什麼國家體系。她政治這環節算是最薄弱的。這麼說來徐莫庭是「政治」專業的，這算是互補嗎？安寧熱淚盈眶，她竟然還有閒情逸致想這些。

教授雖已皺眉，但還是耐心地問道：「那麼，妳哪裡不懂？」

「……全部。」

教室內非常有喜感地一片靜默。

張齊忍著笑俯上前用筆碰了碰安寧的背。「嫂子，科學外交，來自『中立國』的第三方合作者，可以緩和與來自一個很少交往國家之間合作的緊張關係。俺們的體系決定俺們是中立國。」

徐莫庭按了按眉心，比較直截了當──「教授，她是我女朋友，不是本系的。」

老教授竟然放下了手中的書本，笑道：「原來是咱們系榜首的女朋友。什麼系的？」

怎麼成話家常了？安寧忐忑作答：「物理系的。」

老教授有點兒意外。「理科生啊，難得難得。」

安寧反射性地問：「不相配嗎？」

全場又是安靜兩秒，然後陸續有人笑出了聲，善意的。

這女孩真是有意思。

徐莫庭搖頭，眼中亦是清淡柔和的笑意。

後知後覺的人坐下來，然後恍然大悟，僵硬在了位子上。她這是腦抽呢還是腦抽呢還是腦抽啊？

於是一整堂課，安寧的複習資料一直停留在第五頁上。

下課出來時安寧深深感慨，徐莫庭如果不那麼「出色」的話，估計老師就不會多此一問了，嗯，「你太出色了」可以當作以後分手的理由，雖然，似乎有點兒欠抽。

走出政法大樓，徐莫庭問：「在想什麼？」

「分手。」

「……」

「……」安寧下意識地諂媚道。「我的意思是，你那麼出色，我永遠都不會跟你分手的。」

徐莫庭「嗯」了一聲：「很好。」

李安寧妳可以再阿諛一點兒嗎？安寧鄙視完自己就打了一個噴嚏，西北風太冷了，其實她已經穿很多了，但因體質問題，天生不耐寒，正要豎起高領，脖子上就被人圍上一條深色圍巾，有淡淡的香味，很淡，但聞得出來，因為是與他肌膚相貼的。

安寧有些臉紅，走在前面的兩人這時回頭。「嫂子，咱們今天的安排是回寢室吃火鍋，料十足啊。」大冬天吃火鍋最帶勁兒，張齊、老三兩人已經蠢蠢欲動。

你們寢室竟然連火鍋都有？安寧承認她嫉妒了。

張齊踟躕著問：「嫂子寢室的朋友要不要也叫過來一起吃？」

安寧不知道是不是看錯了。「呃，你的表情好像有點兒糾結啊？」精準地說是悲情且猙獰。

張齊仰望蒼白寒冷的天空。「沒事兒，塵世間的種種，忍一忍都會過去的。」

終於超脫世俗了嗎？安寧看了眼身邊的人。

徐莫庭問：「怎麼了？」

「我要先回趟寢室放點兒東西。」

「我陪妳過去。」

安寧擺擺手。「不用了，天那麼冷。」

徐莫庭微笑。「妳心疼？」

這人現在逮著機會就逗她，安寧一咬牙，反過來挑逗。「我愛你嘛。」說完指了指旁邊的小道。「那我走近路了，待會兒見，拜拜。」

跑得可真快。徐莫庭低嘆，然而心情非常好，看著窈窕的身影伴隨著長髮的搖曳消失在轉角處。他站了一會兒漫步上前，等在那裡的老三被俊男美女的恩愛戲碼刺激了，即興發表演說：「我也好想談戀愛啊！再不談就要被歸為異類了，昨天竟然有人打電話給我，讓我去聽孕期專家講座，我的天，我一個男的，尚且還在單身中！」

徐莫庭淡淡地說：「今晚禁酒。」

「為什麼？」老三怪叫。「這太不人道了！」他雙手痛苦地伸向安寧離開的方向。「嫂子，妳一定要來給我們主持公道啊！」

張齊拍拍他肩。「老大這是為你著想，回頭喝醉了，怎麼死在嫂子親友團裡的都不知道。」

老三剎那省悟。「原來如此原來如此，幸得老大挽救！」

徐莫庭斜睨他們一眼，他只是為了女友免受酒鬼騷擾，不過他們要這樣想也可以。

這時有人上來跟徐莫庭打招呼，老三一眼就認出了來人，外語系的系花，委靡的精神馬上一震，只可惜美女眼中只有一人。「徐學長，我想約你吃頓飯，不知道你明天晚上有沒有空？」

徐莫庭皺眉，說：「抱歉，沒空。」

「……」

張齊、老三事後弱弱地想，其實，老大對女生真的滿狠的，確切地說是除嫂子之外的女生，簡直是斬立決，不留半點兒情面。老三惋惜不已，人家雖然不及嫂子，但也是美女啊美女。

2

那天同去吃火鍋的只有毛毛，朝陽這段時間不曉得被什麼刺激了，打算考博士，每天忙進忙出不見蹤影，薔薇一小時前去醫院了，起因是在超市裡，原本想跟那男的來一場「偶遇」，結果弱弱地伸腿絆了他一下，使得他重重地磕在貨物架上，血流不止，直接叫一一九來接走了。

當天在毛毛滿面紅光敲響二一七的男生宿舍門之前，安寧不放心地再次提醒：「毛毛，妳等會兒不能亂說話知道嗎？也不能耍流氓。」

毛某人委屈。「有男的在不要，那多難受啊。」

雖然有點兒殘酷，但為了毛毛的名聲安寧還是義正詞嚴道：「難受也要忍著。妳看我，呃，面對徐莫庭不是照樣堅定不移地把持住了嗎？」

毛毛猛地眼睛發光。「原來阿喵妳其實也一直想著要撲倒妹夫的，但就是辛苦地忍了下來！」

內部會議怎麼著都行。「可以這麼說吧。」剛說完門就被人拉開了，那人的手悠然地搭在門邊上，嘴角帶著淡淡的淺笑。「怎麼到了不進來？」

安寧當即目瞪口呆，他剛才在門口？最主要的是：他聽到了！

安寧被帶進去的時候，裡面除了張齊、老三，還有幾名不認識的男生以及徐程羽。

毛毛一下就打入了內部。「你有女朋友了嗎？沒有啊，真可惜，我有心上人了。」「有什麼好的AV可以推薦啊？」「……」

跟某毛同寢室的人假裝失聰地轉頭看窗外。徐莫庭過來遞給女友一杯溫水，然後坐在她旁邊。「妳們宿舍的娛樂滿豐富的。」

安寧羞澀了，看都不敢看他。

徐莫庭低頭笑了笑。「餓了嗎？」

安寧搖頭。「冬天好像消化系統都變緩慢了。」看著在張羅鍋子、食材的老三和另一名男生。剛才她要幫忙，被強烈拒絕了，說是體力活就該是男人做的。安寧不由得瞄向旁邊跟她一樣空閒的男人。

「怎麼？」徐莫庭莞然。

「沒……沒什麼。」這人明明對她挺知根知柢的，好像她在想什麼他都知道，卻總是拐著彎讓她有話說不出。安寧想，徐老大莫非是「S」？

那完了！

徐程羽過來跟堂哥借人。「老三忘了調料醬，我跟安寧出去買一下，就回來。」

徐莫庭關照。「到近一點兒的那家，別跑去南門。」

「知道了。」徐程羽出來的時候不可思議地嘀咕：「堂哥竟然會囉嗦這種事。」

安寧說：「外面挺冷的，我一個人去就可以了，只要調料醬是吧？」

徐程羽笑道：「我其實是想去買霜淇淋。霜淇淋配火鍋，絕配！」

安寧輕皺眉心。「冷熱刺激太大，會得口腔癌的吧？」

「……」

兩人剛到寢室大樓下，就碰上了進來的高雪，對方看到她們，上來跟徐程羽打了招呼。

「我來找我男朋友。打電話又不接，不知道死哪兒去了。」高雪似有若無地望了眼安寧，低聲問徐程羽：「妳現在怎麼老跟她混在一起？」

「飛鳥擇良木而棲嘛。」她是哪邊兒有意思待哪邊兒。手機響了，徐程羽跟安寧點了下頭走到一旁接通。

高雪難得屈就過來跟安寧搭腔：「說真的，妳知道徐莫庭是什麼身分背景嗎？」

安寧對這種場景是有些頭痛的，不過還是友善道：「不怎麼清楚。」

「我們高家跟徐家也算是世交。」高雪說著又望了她一眼。「徐莫庭的爸爸是外交部裡有頭有臉的人物，而他爺爺——」

安寧等了會兒見她不打算再說下去，也沒追問，主要是沒多大興趣。不過怎麼總有人喜歡話講一半的？

「妳覺得你們會有結果嗎？」

安寧想了想，說：「我曾經看到過一句話，宿命論是那些缺乏意志力的弱者的藉口。」說完又補充道：「好像是羅曼·羅蘭說的。」

「……」

身後有人叫了安寧一聲，正是徐莫庭，他拿著她的圍巾走下來。

徐程羽正巧掛斷電話走回來，疑惑道：「堂哥，還有什麼吩咐嗎？」

徐莫庭只是將紫色圍巾遞給女友，對徐程羽道：「妳上去吧，我們過去買。」

「這點兒事情咱們女生做就行啦。」

「等妳買來都可以散場了。」莫庭冷淡地說。

「嘿，太過分了吧。」徐程羽不滿，不過也不敢跟堂哥多抗議。「那安寧麻煩妳幫我帶一支霜淇淋回來，謝了！我會記住冷熱分開吃的。」

安寧應了聲，不得不改跟徐老大出門了，在經過高雪時，不由得輕問身邊的人：「那個，你不跟她打聲招呼嗎？」她一直在看著你喔。

莫庭皺眉，淡淡道：「不認識打什麼招呼？」

不認識打什麼招呼……

徐程羽也聽到了這句不輕不響的回話，不禁為自己同學掬一把同情淚，也不知阿雪怎麼得罪他了。跟她堂哥作對，非死即傷啊，這人向來不會手下留情。

走出來時安寧忍不住好奇問：「你真的不認識她啊？」都說世交來著。

徐老大輕描淡寫地開口：「無關緊要的人，認不認識有差別嗎？」

安寧承認，她有點兒開心，唔，罪過罪過，自己一定是心靈扭曲了。

「晚風吹來，你耳邊有一種無聲的語言。它沒有語調，可你一定聽得見。它隨著風兒，隨著清新的空氣，掀動著你精美的襯衫。它慢慢地梳理著你的黑髮，那麼耐心，悠緩。」

時間在大學的冬日小道上輕悄而溫柔地流逝。在當日當時經過那條校園小路的人，看到的一幕是：一個漂亮的女生挽著男朋友的手臂，口中輕輕地唸著一首現代詩，表情還挺生動的，而旁邊的英俊男友，嘴邊帶笑。

買完東西回去時，安寧一推開門就聽到毛毛說了一句：「Do you know? I'm Japanese!」做了壞事就換國籍栽贓嫁禍。

「她平時在寢室裡不這樣的。」安寧試圖給毛毛挽回一些形象，雖然事實是她在寢室裡還要更來勁兒，但顯然現在做什麼都已徒勞，因為裡面已經炸開了鍋。

總之，火鍋之夜熱鬧非凡。

「原來嫂子寢室裡經常看的是蒼井空啊，唉，女生跟男生眼光就是有一些差別，我還是比較待見武藤蘭。」「大嫂妳們寢室的人真厲害啊，A片都是白天觀摩嗎？學習學習！」等等，等等。

安寧當天無聲無息吃了不少，因為她實在不想開口多說什麼……

酒足飯飽之後安寧就想回去睡覺了，她的生理時鐘比較悲催。可是毛某人卻還在興頭上，安寧無奈只能進洗手間洗把臉清醒一下，剛洗完，抬頭就見徐莫庭站在門口，接著他合上門一步步朝她走過來，她靠在洗手檯邊沒有動。直到他的身體貼上她的背，安寧感覺自己微微一顫。他笑了一下，氣息停留在她耳際。「我上次說要表白是吧？」

安寧深覺徐莫庭壞心眼起來真的很壞啊。

「不用，不用了，我瞭解你的心意。」安寧希望自己的心跳能快些平復。

「可是，我覺得需要再名正言順一點兒。」他的手緩緩移上來，溫柔地攬住她的腰。

這樣還不夠名正言順嗎？

安寧轉身看他，卻是一怔，他的眼神裡有太多的內容，一些沉甸甸的久遠的東西，交織著坦白的情感。

他低下頭，吻也順勢落下，修長的指尖滑入她的髮中一下一下地梳理，安寧覺得頭皮都酥麻了。輕嘆一聲，與他擁吻在一起，過了良久兩人才氣喘吁吁地停下。

「安寧，我愛妳。」他說得很慢，也很鄭重。如果是書面的形式，她想，這五個字每一筆他都會勾勒得十分深刻，留在紙上，難以磨滅。

徐莫庭拿洗手檯上的毛巾擦了下檯面，隨即將她提抱起坐到檯上，安寧下意識抱緊他的手臂，他勾起她的下巴，重新吻住她，這次比前一次要纏綿許多，時而輕含，時而侵入，安寧當時想的是幸虧坐著，否則肯定腿軟得站不穩。

正當某人渾身綿軟的時候，對方理性地收斂起情緒和動作，在她脣邊徘徊了一會兒，將額頭與她相抵，嘆息道：「感覺真不錯。」

門外走道上有人猶豫地敲門。「老大，如果你跟嫂子恩愛好了，我能不能進來上一下廁所啊？」

安寧聞言臉上燒了起來，這下夠名正言順了。她沒敢抬頭看他的表情，但跳下洗手檯時腳下還是軟了一軟，徐莫庭出手扶住她。「小心。」

「謝謝。」

徐莫庭笑道：「跟我不必這麼客氣。」

「……」

徐莫庭好像想到什麼似的，又靠過來說了一句：「安寧，如果妳把持不住了，我不介意犧牲一下的。」

聽到了，他真的聽到了！安寧——不在沉默中爆發就在沉默中滅亡！她霍然轉身，但因為太激動，腳下一踉蹌，局面就是往他身上直接撲了過去，下一秒便是老三的開門聲。「不好意思，我真的憋不住了——啊！」

於是，當夜，李安寧在外的名聲成了。「嫂子果然有膽識！」「原來阿喵是『S』啊！」「果然人不可貌相，我們老大在感情方面原來還是很保守的啊。」「堂嫂我好崇拜妳啊！」

3

研究所的考試安排在月末，安寧上交論文和實驗報告後，剩下的三門筆試還是相對比較輕鬆的。

第一場是老張的量子統計，她依然在鈴聲響起前五分鐘進考場。提早到場做桌上工作的毛毛朝她吹了聲口哨。她倆學號相差一號，基本上座位安排都在附近，毛毛為此多次得道升天。安寧坐下便聽到跟她們隔了點距離的薔薇，回頭淫笑著對後座的人說：「嘿，兄弟，等會兒咱盡量互相幫助相互提升啊。」不巧監考老師剛好走到附近，他皺眉望了薔薇一眼，然後側頭看著那一臉糾結的男同學，等著他的回覆，男生表情堪稱經典，總體來說就是痛苦到扭曲。「我——」他剛想澄清，薔薇搶先衝監考老師燦爛地笑了笑。「老師，我這是在幫您試探他，不是當真的。」

安寧看到那位男生已經風中凌亂了。

「唉。」幸好不是她們寢室的。

坐在最角落的朝陽深沉搖頭。「幸好不是我們寢室的。」

「……」

當天考完出來，得了好處的毛毛要請安寧吃大餐。

安寧說：「妳最近不是缺錢嗎？還是我請妳吃飯吧。還有毛毛，下一門我是不用考的，妳要不要看下書什麼的？」那門課安寧符合免考要求，所以不用參加考試，直接過關。

毛某人大手一揮。「看什麼書啊，船到橋頭自然直！」心裡想的是：完了，得學微雕了。

薔薇跑過來跟上隊伍。「姑娘們接下來有什麼活動沒？」

安寧問：「朝陽呢？」

「去圖書館了，這丫頭瘋了。」

毛毛說：「要說活動嘛，吃飯，睡覺，作春夢，無外乎這三樣啦。」

薔薇鄙夷。「妳能不能提點兒有建設性的？」

安寧肚子餓了，問兩個鬥嘴的人晚餐想吃什麼，她們倒口徑一致。「隨便。」

安寧說：「吃麵吧。」

三人吃完晚飯回寢室時，得知整幢樓的熱水都中斷了。安寧本來打算洗澡的，先前吃麵，毛毛見到老師進來，驚得雞腿掉進了碗裡，濺了她一身的湯汁，頭髮上都是，油膩膩的，難受死了。

毛毛是短髮，沒波及到，回到寢室脫了外套就好，薔薇看阿毛就穿著一套肉色的棉質內衣褲在寢室裡走來走去——「看著怎麼那麼像是一隻扒了皮的青蛙。」之前毛毛穿的是綠色外套。

安寧這邊無可奈何，收拾了換洗的衣物。「那我去外面的浴室洗澡了。」

薔薇喊住她：「阿喵，妳去妹夫那兒洗好了。」

「啊？」

剛進來的朝陽一下抓住了關鍵字。「妹夫？我在圖書館門口遇到他了，他跟一個女生從我面前經過來著。」

全體肅穆，一會兒後薔薇叫出來：「慘了，阿喵仔有情敵了，傳說中的小三出場了。」

毛毛語氣中含著期待：「不知道對方會不會上來叫板？真是羨慕啊，我這輩子就想被人叫一次狐狸精。」

朝陽：「阿喵才是正牌徐夫人好吧。」

安寧無力地向身後揮揮手。「我出門了。」

走到樓下時，就看見徐莫庭拉開車門走下來，雖然知道他在學校，但一出門就見到他不免有些詫異。

對方走近。「剛想給妳打電話。要出去？」

安寧不知道怎麼說，於是只「嗯」了一聲。

徐莫庭上下打量了她一會兒，很平淡自然地開口：「去我那兒洗個澡吧。」

「……」

安寧被邀去洗澡。

於是，車裡。

「那個，我借用一下浴室就好了。」

「難道妳還想要做其他事情？」

「……」

安寧的意思是：借用一下浴室，然後我自己叫車回學校就可以了。不想太麻煩他，因為他很忙嘛。

徐莫庭的意思是：洗完澡如果還要做其他事情，他悉聽尊便。

安寧扭頭望街景，徐莫庭側目看了她一眼，心中一笑，說道：「今天學校的熱水都中斷了，男生宿舍也是。」

「真的嗎？」安寧覺得他們學校每次開什麼什麼大會，高層在上面總把江大標榜得很威，怎麼連區區熱水都不能做到即時供應？

「要不要搬去我那裡住？」徐莫庭總能在很恰當的時候提出「恰當」的建議。

安寧一愣，只當他是在逗她。「同居這種事情我是不會做的。」她很傳統的好不好！

「這樣——」徐莫庭還真認真地想了想。「那要不合法同居吧？」

徐老大你就不能偶爾讓我鎮定久一點兒嗎？安寧想，人家談戀愛男朋友都是甜言蜜語溫柔體貼，怎麼到她這裡就成了「比誰更能冷到誰」呢？她抱著手中的衣服袋子輕聲問：「徐莫庭，你其實也是火星來的吧？」

莫庭低嘆。

安寧一進徐莫庭的公寓門就往浴室走去，身後的英俊房主不忘提醒：「新的毛巾在洗手檯下面的櫃子裡。」

「知道了。」說不害羞是假的，第一次用男生的私人浴室，而且這個男生還是自己的男朋友，總覺得有些曖昧。

安寧關上門，看鏡子中的自己，臉有點兒紅，不過不明顯，於是掬冷水洗了把臉。放熱水泡澡的時候，安寧不忘研究旁邊白瓷檯面上擺著的日用品，他的洗髮精沐浴露味道都很淡，卻很熟悉……水有點兒熱啊。

等安寧終於一身清爽、穿戴整齊地出來，一眼就望見徐莫庭坐在客廳的沙發上看電視，這還是安寧第一次看他戴眼鏡，從來不知道他也是有點兒近視的。

徐莫庭聽到聲音，轉過頭來，摘下眼鏡站起身道：「過來，我幫妳把頭髮吹乾。」

剛想氣勢如虹一鼓作氣地說「我洗完了要回去了，你不用送我的，我自己叫計程車就可以了」，結果對方一句話就把她打回了原形。「哦。」

電視裡在播新聞，耳邊的轟隆聲蓋過了主持人的聲音。安寧坐在沙發上，而徐莫庭靠在扶手邊上，幫她吹著長髮。

每過一分鐘，不好意思的感覺就增加一分，他的手指穿梭在她的髮間，讓她覺得得主動找點兒話題：「莫庭，你這麼能幹，如果去評選市十大青年，一定手到擒來。」

徐莫庭敷衍地應了一聲，說：「妳今晚住這邊吧。」

「啊？」安寧回頭，正好對上對方英氣的臉龐，燈光下，美色更是入木三分。

「妳朋友打電話給我，說妳們寢室連冷水都中斷了，她們要去旅館住一晚。」算是解釋。

所以沒帶鑰匙出來的人自行想辦法？「我能不能問一下她們為什麼要打給你？」安寧翻看自己的手機，沒有一條紀錄，鬱悶了，這親疏對比也太明顯了。

徐莫庭答曰：「她們讓我收留妳。」

「……」

安寧當時如果沒有被某種強烈的情緒沖昏頭腦，以致思考能力下降到一般水平線以下，至少還能想到自己也可以去住旅館啥的，也就是說，不只有「同床共枕」這麼一個結局。

很不幸的是，她當時腦子抽筋了。

於是當晚，十點鐘的時候，徐莫庭洗完澡出來，身著一套深灰色睡衣，這年代身材好披塊布都有型，何況是很居家的深灰色睡衣。

安寧承認自己被他誘惑了。接下來要怎麼辦啊？面對這種要身材有身材，要臉蛋有臉蛋，要手段有手段的……男朋友，難不成真的同床共枕一宿？苦思冥想後，安寧最終選擇折中方案。「你睡床，我睡沙發。」

對方睨了她一眼。「我這兒只有一床被子。」

「呃，那被子給你，你睡沙發，我睡床。」好歹還有一條床單，可以勉為其難裹一下。

徐莫庭皺眉頭。「妳覺得我會睡沙發嗎？」妳覺得我這種高貴人種會去將就睡沙發嗎？

徐莫庭這時低頭笑了一下，說：「安寧，我相信妳可以把持得住。」

「……」

徐莫庭不再多說，上了床，還很有風度地讓出了一半床位。安寧見對方如此坦然，自己磨磨唧唧的實在顯得小氣，而且只是睡一張床，又不會怎麼樣。思想工作一做通，她便手腳俐落地繞到另一側上了床。徐莫庭伸手關了燈，只留床頭一盞橙黃壁燈開著。安寧背對著他，抓著被子，鼻息間有一股熟悉的清新味道，她下意識地將被子拉下一些，不曉得他有沒有開暖氣，有點兒熱。安寧往床沿挪了挪，認真注視前方黑暗中的一點。

時間一分一秒地過去，安寧依舊毫無睡意，可又真的不早了，明天還要考試，這樣的精神亢奮實在是不利啊。翻來覆去，清醒異常，異常到都可以聽到遠處他書桌上鬧鐘走的聲音，滴答、滴答。

「睡不著我不介意陪妳打發一下時間。」低沉的聲音從後方傳來，安寧被嚇了一跳，差點兒掉下床。「我就要睡了。」

徐莫庭慢慢道：「妳再挪過去，就可以直接睡地上了。」

安寧翻身，面朝天花板，往他這邊挪了一點兒。

他嘆了一聲：「妳動來動去，搞得我也睡不著了。」對方的口氣裡似乎有點兒不滿，第一次聽徐莫庭這麼孩子氣地抱怨，安寧抿嘴想笑，可人在屋簷下為人要謙和。等了一會兒，旁邊安靜得奇怪，她忍不住扭頭去看，朦朧的燈光下，那雙黑不見底的眼眸正靜靜地望著她。閃神之際，對方已經傾靠過來，將呼吸埋於她的頸窩處，輕輕道：「安寧，我睡不著。」

他嘴唇極輕極輕地貼上她的耳畔，萬般珍惜地落下一吻。

4

安寧一時之間有些不知所措，他靠得很近，他的氣息是燙人的，他小心翼翼地抱著她。安寧覺得暈眩，周遭充斥著徐莫庭的味道，寧謐而強韌。

他的左手順著她的背脊慢慢下行，他側過臉將嘴脣貼上她的。他吻了很久，舌尖緩慢地滑過她的上顎，退出來時輕咬了一下她的下脣，安寧感覺有點兒痛，睜著眼睛，那裡面迷茫地浮著一層水霧。

他說：「安寧，要不要碰碰我？」他的掌心是濡溼的，他執起她的右手，將她的手心貼到他的胸口。

安寧一臉緋紅，感覺自己的心如擂鼓般狂跳著。「莫庭……」這名字此時就像是烏羽玉（註3），讓她幾乎麻痺。

不知道他什麼時候關了壁燈，黑色像是一道可以破除禁忌的魔咒，屋內某種莫名的壓抑的情熱越積越厚重。

被他汗溼了的手一路引領著，安寧的緊張無以復加，她是有些預感的，但又很茫然。她想要阻止，卻每每被他的低喃催眠：「安寧，不要拒絕我。」

「我沒辦法……」

註3　烏羽玉是一種含有生物鹼的仙人掌，有致幻成分，又被稱為「迷幻仙人掌」。

「妳可以。」

究竟是縱容還是自願，安寧自己也劃不清界線了。

安寧像是被額外的溫度燙了一下，身體微一彈跳。「別……」

「一下……就一下。」他的聲音啞得不行，安寧不敢想像，自己會不會就此心跳停止。

慢慢地，喘息伴著渴望，細密的汗珠從他額頭沁出，最後滑落在床單上，熱浪滾滾而來，蒸發了兩人的理智。

在交融的氣息吐納間，在這一方有限的空間裡，兩具年輕的身體構成一幅再親密不過的場景。

徐莫庭在之後緊繃了全身，他埋入她髮間，低低呻吟了一聲，一股激熱勃發而出，而安寧的手心也隨之一片潮溼。

徐莫庭擁住她躺著，灼熱紊亂的氣息一點點緩和，他伸手抽了床頭櫃上的面紙，細細擦去她手上的體液。

對安寧來說，這一切發生得太過驚心動魄了，以致久久緩不過神來，感覺像是天堂地獄都走了一遭，又重新回到人間。

也不知道是被嚇壞了還是真的「心力交瘁」了，安寧閉上眼，當然她不否認自己也有點兒不敢睜開眼睛。

他叫了她一聲，安寧只當自己死了，徐莫庭低低笑了一下，溫潤的指尖滑過她額頭的溼髮。

「妳的臉有點兒燙。」

他是故意的嗎？

他的唇又在她唇上吻了吻。「睡吧。」

「……」

安寧原本以為這一晚肯定睡不著了，結果沒多久恍恍惚惚就起了睏意，身邊人獨特的味道包裹著她，細膩溫醇，好像能安定人的心神。

隔天醒來，窗簾的縫隙間有陽光照射進來，一時間安寧不知自己身在何處，記憶逐漸回潮時才驚慌失措地坐起身，下意識地四下望了望，房子裡只有她一人，不禁鬆了口氣。

下床穿好衣服，她的神情還是有點兒怔怔的。她走到餐桌邊，見上面擺著齊全的早點，牛奶杯下壓著一張字條：

我出門了。門口櫃子上的備用鑰匙妳拿著。有事打我電話。

安寧轉身去洗手間，新的牙刷漱口杯妥貼地放在洗手檯上。她開了水龍頭，冷水淋過手心時，整張臉不受控制地升溫。

洗漱完她吃了一塊三明治，剩下的也不知道怎麼處理，左思右想之下她在他那行字的下方寫了句：**吃不下了**。

安寧回到學校時差不多十點鐘，幸虧她上午那門工程數學不用考，要不然就是傳說中的因什麼而廢什麼了。一進寢室就聽見毛毛在叫：「那老師憑什麼沒收我的橡皮擦！」

朝陽：「妳帶了七八塊，且塊塊小字如麻，妳真以為老師會當那是微雕工藝品嗎？」

毛毛：「不是妳說不要在一隻羊身上拔毛的嗎？」她回頭見到安寧。「哎呀阿喵，妳回來了！」

安寧避重就輕，問：「妳們提早交卷了？試題很簡單嗎？」

朝陽、毛毛同時面部扭曲。「太難了。」

毛毛：「對了阿喵，妳昨天——」

「我昨天住旅館了。」安寧表情坦蕩。

毛毛「喔」了聲：「今早妹夫打電話來跟我確認了一下妳的考試安排，然後說妳會晚點兒過來學校。」

不帶這樣玩的！

「阿喵，嘿嘿……」

「我要看書了，下午考試！」

後來直至到進考場前，安寧都一心一意地唯讀聖賢書，兩耳不聞窗外事，不管毛毛怎麼連滾帶爬，朝陽怎麼旁敲側擊，她都是一副春山如笑圖模樣。

這天考完試，跟薔薇她們道別，安寧到科研大樓交專案的總結報告。結果腳剛跨進辦公室大門，就與裡面的一人視線相交，猛地定住了身子，眼睛也瞪大了。

她的指導老師看到她，叫了她一聲：「李安寧。」

安寧拉回心神走上前，與那道熟悉的身影錯身而過。「教授，我來交報告。」

「嗯，放這兒吧。」指導老師並沒有察覺到李同學想要放下東西就走人的心情，兀自說開：「你們這一個課題能夠做出來，可要多謝謝人家徐莫庭。」

安寧想，這老師平時挺矜持的，怎麼今天突然熱情起來了？她不得不轉身，語氣盡可能平淡無波，而當時不知道怎麼了，還伸出了手。「謝謝你。」

對方淡淡一笑，與她相握了一下。「應該的。」

安寧收回手時掌心留有的溫度讓她不由得紅了下臉，馬上趁熱打鐵告辭：「那老師沒事我先回去了。」

安寧如蒙大赦出來時，就收到了簡訊。「在外面等我一會兒。」

安寧回：「不要，我要回去了。」

辦公室裡的人挑了挑眉，眼波流轉間，眉梢都似帶了情。

安寧回宿舍時正巧遇到走到她們門口的薔薇，對方不由得問：「怎麼了？後面有人追妳啊，跑這麼急？」

「嗯……我想起來衣服還沒洗。」

薔薇感嘆：「又不是阿瑪尼，妳泡皺了也就幾百塊錢。說起來，我上次看到妹夫戴的那款手錶就是阿瑪尼的，那低調的GA標誌啊，我瞇得眼睛都疼了才看清楚。還有妳有沒有發現他很多衣服都是GA的，啊，多麼感情專一的一個人啊。」

安寧無語。

薔薇講在興頭上卻見聽者明顯神遊太虛，不免心生恨意——恨鐵不成鋼，一手按住對方肩膀。「我說妳好歹給點兒反應吧？」怎麼說都是在講跟她息息相關的男人不是。

「嗯。」她反應了。「那麼薔薇，我可不可以洗我百來塊錢的衣服了？」

「……」

當晚，安寧收到簡訊。「妳忙就不打擾妳了。早點兒休息。」

安寧小小舒了一口氣，隨後又輕輕「切」了一聲。

徐莫庭此時正坐在床上，慢條斯理地翻看《養貓一百招》。

第一招：切莫太急躁。

考試週很快接近尾聲，安寧是最早結束此議程的，因為平時「用功」所以有兩門是免考的，這方面安寧算很威的了，所以，在毛毛等人依舊掙扎在生死邊緣的時候，阿喵同學已經開著電腦看賀歲片了。

毛毛、薔薇、朝陽指著她。「妳不是人！」

「……」

本來安寧可以回家了，但毛毛提議考完試大家一起去吃頓大餐。因為明年都要準備實習工作，聚在一起的時間不會像以前那麼多，估計一回來就要各奔東西，各自拚搏。

於是，眼下空閒得不得了就等著吃大餐的人，看看電影殺時間不是太過分吧？

毛毛奇怪了。「要我有時間，有如此英俊一個男朋友，鐵定每天纏綿上數十回合，讓他下不了床，讓他無時無刻不含情脈脈地看著我，我如魔似幻地看著他。還要——不行我沒力氣了——可是人家還想要嘛——那就坐上來吧。」

安寧一口水噴在螢幕上。

毛毛等人離開不久，電話響了，是張齊，叫她出去吃飯。

安寧看時間，三點鐘，不上不下這算吃哪一餐啊？

對方笑問：「嫂子，妳考完了是吧？我們也考完了，太無聊了，打算去酒吧喝酒，程羽也在，來吧，當然老大也會來。」

安寧想到無聊，的確是有點兒，不過徐莫庭也去啊，下意識挺了挺背，她幹麼不好意思，怎麼說都是他，咳，耍流氓在先，要不好意思也是他才對。

張齊得到肯定答案便立即給徐莫庭打去電話。「老大，跟我們去喝——別掛呀，嫂子也去。」

徐莫庭不在學校裡，所以安寧是坐張齊的車去的，當時車上還有另外三個女孩子，老三的車在後面，男生滿座。

徐莫庭到場比較晚，推開包廂門時裡面已經鬧上了，眾人見他進來一陣起鬨，老規矩，遲到了罰酒。他看看左邊沙發上的安寧，她眼裡光芒閃爍，明顯是站在看戲的那一邊，徐莫庭笑笑喝了下去。

三杯下肚，徐莫庭走到安寧旁邊坐下，拿她的果汁抿了兩口，壓下嘴裡的酒味，他一向不喜歡苦澀的東西。

這時一個女生斜手遞過來一杯新倒的飲料。「徐莫庭，那杯是李同學的，這杯沒有喝過。」坐在另一端的老三已經笑出來。「團支書姊姊，她是我們老大的女朋友。我們一直在喊嫂子妳不會沒聽到吧？」

那女生明顯怔了下，有些尷尬。「我當你們喊著玩兒的，誰知道——」說著看了眼徐莫庭。

徐老大對別的女生從來不用一分心思，認識的頂多也就點下頭，相當「不拖泥帶水」，團支書姊姊最終咬了咬唇走開了。

原來讓對方知難而退的最高境界是無視，安寧欽佩。桌下徐莫庭拉住她的手，放到自己腿上，這是他慣性的親暱動作。

安寧想，他動手動腳起來還不是一樣很精通！

5

何時起，他們之間已經形成了固定的模式，她的手放在他的膝蓋上，他坐在她旁邊安適從容，好似一切都在潛移默化中變成了天經地義。

安寧想到第一次跟他遇見，在她的記憶中是在學校的圖書館裡，也就是半年前，她把自己的圖書卡借給了他，他當時回頭平淡地說了聲謝謝，真的很平淡啊，讓她不由得暗想，是不是帥哥都是這麼冷酷不理人的？很難想像如今自己就是這號人物的女朋友。不能說驚訝，但覺得世事難料還是有的。不知道他怎麼會相中她？呃，據他說還是相中了她好幾年的。

徐莫庭這時淡淡開了口：「妳再盯著我看，我可能會不好意思。」

深呼吸一口，安寧轉回頭，冷酷什麼的是浮雲啊。

「老大，你都不陪我們喝酒，就只跟嫂子聊天，太過分了啊。」有人抗議了。

徐老大今天心情好，拉扯嘴角配合地接道：「怎麼，有意見？」

當然有意見，就您有女朋友，咱們還都是光棍呢，太殘酷了也太殘忍了。「要不讓大嫂陪咱們喝兩杯？」

老三心想，終於要有幸目睹到什麼叫「戰略性失策最終可能導致的毀滅性後果」了。

「好啊。」大嫂友好回覆。

於是，老三在一年前奉英明神武的徐莫庭為老大之後，今時今日又多了一個崇拜的對象，大嫂——頭一回見女生喝酒可以如此率性且酒力深不見底的。

張齊也不免感慨。「嫂子真人不露相啊。」

安寧亦感嘆，她每次都想露來著，只是旁邊的人總是讓她少喝點兒，不過難得今天徐莫庭法外施恩。「那就勞煩夫人擋酒了。」然後他就真的在旁邊只喝果汁了。

老三當天醉酒當歌。「娶妻當娶大嫂這種文武雙全之流！」

在場的男同胞們可以說是一致嫉妒起徐莫庭來了——女朋友擋酒，自己喝果汁，關鍵還是美女啊！而女同志們在衡量對手實力之後決定棄暗投明，再說了，徐莫庭就是那天邊的雲，觀賞可以，真要採還是有相當大的難度的，而且如今已經擺明了是名草有主！

只有徐程羽心中深深喟嘆，她堂哥是一如既往的高啊。

至於暢飲的安寧也心情很愉悅，她的酒量可以說勝過薔薇一籌。小時候爸媽忙，她都是跟著爺爺在城鄉交接處的小酒館裡混，爺爺也覺得小姑娘打小練練酒量，喝點兒米酒啥的並無不妥，多年下來這酒量自然就練出來了。後來爸爸升職轉到了大城市裡，就很少喝酒了。上國中那會還會在節假日的時候去爺爺那邊待兩天，陪著喝上兩杯。初三那一年爺爺過世，郊區的老房子也隨之變賣，之後就真的極少碰酒了。

不過安寧喝酒是越喝越沉默的人，所以想要趁機套出點兒話來的人基本上都無功而返。

徐莫庭中途離場去接電話，老三因嫉妒開始挑撥離間：「大嫂，妳不能這麼盲目地維護老大！我跟妳說，妳別看老大這麼道貌岸然，其實他什麼事情都做得出來，想當年他剛來江大的時候，正常模式嘛人生地不熟的都應該要謙和一點兒——結果，唉，往事不堪回首，我們男生這方面就不說了！對待女生，他也是狠心啊真狠心，比如外語系的系花吧——哎哎，真不知道該怎麼說才好了。」

安寧無語，這根本什麼都沒說嘛！虧她還有了那麼一點兒興致，事實上是很有興致。聽完，她往包廂門的玻璃裡望出去，他似乎還要聊一會兒，要不趕緊趁機似有若無地問一問？「老三、大哥——」還沒說完，只見老三乾嘔兩聲手捂嘴巴狂奔出門。

安寧目瞪口呆了，牽強地接上一句：「多保重。」

程羽過來跟安寧聊天：「咱們聊重點吧，我堂哥過來了我就得撤！」

安寧汗顏，怎麼聽著徐莫庭像洪水猛獸？不過她還是從善如流道：「好的，妳想聊什麼？」安寧突生一種自己儼然是在被採訪的感覺。

「我堂哥那人很難搞吧？」

安寧開始思考，所謂的「重點」……「呃，其實還行。」

「嘿嘿，你們有沒有親密接觸過？」程羽見對方顯然被震驚到了，不得不換種說辭。「我堂哥從小就是生人勿近，熟人也免談的，所以我對此非常好奇啊！」

安寧咳了一聲：「沒有。」

忽然就想起了某晚上，真是要命！那是幻覺幻覺夢境夢境，阿門！

這時候，很難搞的人已經朝這邊走過來，她身邊的人立刻作鳥獸散。等他走到身邊，安寧率先鎮定地開啟一話題：「你是不是從小欺負你堂妹啊？」看人家都怕你怕成這樣了。

莫庭對此沒興趣多討論，只說：「妳喝了多少了？臉有些紅。」她似乎有點兒醉了。徐莫庭略微沉吟，隨即一笑。「要不要回去了？」

「不要。」安寧搖頭。

莫庭靠過去低語：「可是我想回去了。」

安寧還是有點兒為難，徐莫庭乘虛而入，一本正經道：「妳要想喝，回去也可以喝，是不是？」眼睜睜看著美女被帶走，已經回來的老三直搖頭。「老大那明顯——不是君子所為啊。」

有人醉醺醺地嚷道：「老大什麼時候君子過？」

「……」剛出門口的徐莫庭嘆了一口氣，算了，秋後算帳吧。

安寧這邊坐上車，迷迷糊糊地要去口袋裡拿手機。

「又怎麼了？」他笑出來。

安寧腦子並不是很模糊，只是有點兒酒氣湧上來，讓她難受。「打電話。」

「打給誰？」有人微揚眉。

「室友。」她將頭靠在他肩膀上。「我想睡覺。」

……

隱約間，一條柔軟的溼熱毛巾擦過臉頸，讓她獲得短暫的舒坦，感覺有手指輕撫過她的眉心、嘴脣，安寧緩緩睜開雙眼，才發現已經睡在床上，她習慣性地側身將自己裹進被子裡，旁邊的位置一沉，耳邊傳來一些言語，讓她有那麼一陣傾心的放鬆，隨之又睏倦地跌入夢鄉。

天矇矇亮時，徐莫庭去附近公園跑了一圈，也順便帶了早餐回去。到住處洗完澡換了身衣服，隨後開電腦工作，八點多的時候手機響了，是她的，徐莫庭晛了眼上面顯示的名字，拿起來接通。

「安寧，不好意思，應該起來了吧？我跟薇薇約好了今天一起吃頓飯，妳──」

莫庭點著滑鼠，不緊不慢道：「她還在睡。」

江旭頓時無語了。

時間指向一小時後。徐莫庭關了電腦，發現窗外竟然下雪了，見床上的人似乎有睡到天荒地老的意思，走過去半跪在床邊的地毯上，伸手輕摸她的臉。「李安寧，下雪了。」

「李安寧，這學期妳已經遲到十三次了啊──」有些年長的班主任也不想多批評這位優等生，可頻頻遲到讓班級扣分也實在不算小事。

「嗯……老師，今天下雪了。」十七、八歲的小女生，白白淨淨的，聲音溫婉清甜，看起來也特別乖巧懂事。

老師對這種學生是狠不下心來的，最終道：「今天是冷，可別人也都沒遲到啊，好了，這次就算了，下回一定要注意。」

「嗯……」接著的那句「我盡力」說得很輕，所以走開的老師自然沒有聽見。不過安寧想，這天氣估計明天還是爬不起來。

這時有人從她身旁經過，兩個身高都算高的男生，一個還回頭朝她笑了笑，安寧當然不認識，從東邊的走廊過來應該是隔壁文科班的。而沒有回頭的那一個穿著一件白色外套，修挺的背影看起來相當悅目清爽。

「安寧。」自己班的同學從窗口喊了她一聲，安寧施施然進去，高考啊，不成功便成仁，還有半年呢她就覺得有些喘不過氣了，不是說自身的壓力，而是裡面的氛圍。

回頭望了眼走廊外的大雪紛飛，好想冬眠啊……

安寧逐漸醒來，表情有些朦朧，其實還是想睡覺，頭有點兒疼，而且被子裡是那麼暖和。

「嗨。」他慵懶地打招呼，安寧轉頭對上床邊人的視線，不由得眨了眨眼。「早安。」

莫庭一笑，緩緩地說：「不算早，等妳起來後，我們就可以去吃中飯了。」

安寧完全清醒了，坐起身，剛想說要不我請你吃中飯啊啥的，就被封口了。

安寧後來被輕薄完之後看時間，才九點多而已？誰家吃中飯那麼早的！

安寧洗漱完穿戴整齊，試探性地開口，語氣偏向想要得到否定的答案：「那你還要不要跟我一起去吃中飯？」不吃的話她就回學校了。

「當然，我反正沒事。」

這是什麼理由啊？出門的時候她笑著上去抱住他的手臂，作親密狀，然後問：「那個，我昨天有沒有怎麼樣啊？」

對方斜視了她一眼。「嗯？」

「就是有沒有亂說話或者——」夠清楚了吧？不過安寧想肯定沒有，據說她喝醉了特別安靜。

「沒有。」

安寧放心了。下一秒對方補充：「除了一整晚抱住我不放。」

「……」

徐老大一副很好商量的樣子。「既然都這樣了，安寧，我們什麼時候把婚結了吧？」

「……」

第九章

蒼白的記憶

1

終於要步入寒假了，回家前跟好友們出去吃自助大餐。每次吃自助餐毛毛都要求她們扶著牆進扶著牆出。所以下午安寧回家，莫庭過來接她時，一見到人便問了：「不舒服？」

安寧捂著肚子，不能說是吃撐了。「胃有點兒痛。」手上的小行李箱已經被對方接過。「我車上有藥，上去後吃一粒。」

安寧驚訝於徐老大的周全，不由得脫口而出：「唔，你可以當我的哆啦A夢了。」

徐莫庭看著她。「妳這話的意思是以後都離不開我了是嗎？」

「……」他中學時代上語文課分析文章的中心思想肯定很厲害。

這邊毛毛和薔薇拖著大包小包出來，對著徐莫庭就是諂笑，無第二種表情。「不好意思啊妹夫，還讓你繞路送我們去車站。」

安寧事先跟他打過招呼，毛毛跟薔薇要去火車站，每逢節假日叫計程車都很難，所以，呃，就麻煩徐老大順道幫忙載過去了。而朝陽還不走，留校發憤圖強，說是要讀到年三十才回家，真是服了她。

徐莫庭幫她們把行李放進後備箱。毛毛壓低聲音神祕兮兮地問安寧：「阿喵，你們同居了嗎？」

安寧一驚。「胡說！」

毛毛被她反嚇了一跳，委屈道：「沒有就沒有嘛，那麼凶。」

莫庭走回來。「安寧，別欺負人。」

「……」

那天在車上安寧吞了兩粒抗胃潰瘍的斯達舒之後，連頭都疼了。

「妹夫啊，我第一次看到阿喵的時候她也欺負我來著——」此時不告狀更待何時？毛毛開始爆自己的辛酸史。「我考上江大的研究生我容易嗎！我懷著美好的憧憬和健康的心態過來，結果還沒進寢室門呢，阿喵就上來問我，進得來嗎？」

進得來嗎……

「我有那麼胖嗎我！」

安寧好無辜，她當時只是看新來的室友手上拎著那麼多東西，純粹想要幫忙而已，壓根兒沒有人身攻擊的意思。

正開車的徐莫庭輕咳一聲，挺公正地說：「是有些過分了。」

毛毛：「就是啊！就算我橫著進不去，那我側過身肯定能進去嘛！」

安寧無語望……車頂，口中默唸：「古之立大事者，不惟有超世之才，亦必有堅忍不拔之志。」

莫庭笑著看了她一眼，開口道：「安寧，幫我換張CD吧？」

安寧糾結歸糾結，倒還是挺聽話地打開儲物格，裡面有四、五張CD，剛想問你想聽什麼？但想想自己幹麼老聽從他的指揮，於是非常有主張地放了一張英文光碟進去。

一放英文歌薔薇就不免感傷了。「突然想起來我的六級還沒過呢。」

毛毛也心有戚戚。「真不明白，我們是理科生幹麼還非要求過六級？阿喵一早就過了六級，害我都沒得抄。嘿嘿，好在其他課都可以抄阿喵的，不過回憶起我第一次抄阿喵答案的那門課，太坑爹了，出來發現竟然是分AB卷的。」

安寧：「……我記得我好像有暗示妳不能全盤照抄的。」

毛毛瞥她。「妳當時睡著了好不好！做完就趴桌上睡了，只朝我擺了擺手，我以為是『可以抄了』的意思。」

安寧覺得再這麼扯下去，她們寢室什麼丟臉的事都和盤托出了。

毛毛這時笑問：「妹夫，我們講的你聽著是不是有些無聊啊？」

徐莫庭微笑。「不會，挺有意思的。」

挺有意思的……安寧這一刻可以無比肯定，徐老大喜歡她……為難。

到了車站，徐莫庭幫兩個女生拿下行李，薔薇、毛毛接過時感激了一遍又一遍。

安寧問：「要不要送妳們進去？」

「不用送了不用送了，回去吧妹夫。」毛毛說。

「明年見啊，妹夫。」薔薇說。

安寧無語了。

果然是戲如人生啊。

當車子再次啟動時，莫庭看了她一眼。「去哪裡？」

安寧哀怨地抬頭。「回家。」

徐莫庭眼裡是明顯的笑意，從口袋裡取出一張深藍色的會員卡遞給她。「拿著它。」

安寧接過來，卡的設計很簡單，藍色的，甚至沒有任何花紋，只在上面標註了╳╳俱樂部白金卡。「幹麼的？」

「約會。」

安寧不解。

徐莫庭慢慢道：「我們總不能一個寒假不見面吧？」

唔，如果大家都忙的話……也沒辦法啊。

在她猶豫的時候，徐莫庭已經將車停穩在旁邊車道上。他轉頭看著她，那目光比往常肆意了一些，讓安寧不由得心跳加快。「怎麼停下來了？」

他笑了笑。「不想走了。」

要賴！安寧瞪著他，對方卻趁機靠過來吻了下她的唇，很輕易地，李某人被秒殺了。

「很抱歉我的安全感比較不足，所以，妳得說點兒什麼來讓我安心。」

被送回家的一路上，安寧一直在想她剛才混混沌沌地回了點兒什麼？不過不管說了什麼，過年都是得回廣慶市的，兩人要分開一段時間是一定的。

好像，有點兒依依不捨啊……

抵達自家樓下的時候，安寧在車上坐了一會兒。「那——我上去了。」

徐莫庭嘆了一口氣，安寧不清楚是不是有一絲無奈劃過他英俊的臉龐。

「去的那一天見一面。」

乖乖點頭。

徐莫庭很清楚，在她這件事上，自己一定要按部就班地來，再三告誡自己不能出錯，要等，要包容，要讓她漸漸離不開自己。只是有些事情，真的是……只要想到就讓他有些難以忍受——她要跟他相隔兩地一段時間。之前的那幾年，他就是伴隨著這種心情過來的，並不好受。

安寧這邊猶豫地問：「你要不要上去，見一下我媽媽？」

莫庭目光輕微閃爍，笑了。「不了，下一次吧，正式一點兒。」

安寧並未發覺就在前一刻，自己無意中安撫了對方的不良情緒。

車子開走的時候，安寧將那張卡從衣袋裡重新拿出來看了看，然後認真地收進皮夾裡。

終於到家了，安寧趴在自己房間的床上，覺得整個人都放鬆了。

李媽媽敲了下女兒房間的門走進來。

「怎麼一到家就趴床上了？」她坐到床邊，邊說邊將女兒的長頭髮撩到耳後。「晚上跟妳大姨、二姨她們吃飯，嗯？」

安寧自然地翻身抱住媽媽的腰。「媽媽媽媽。」

「怎麼了丫頭？」李媽媽笑著捏她的臉蛋。「還撒嬌了。妳先休息會兒，回頭吃晚飯碰到妳表姊，兩人又有得說了。」

當晚，江濘市一家有名的飯店裡。

一個風情萬種的……女人以慢動作鏡頭奔過來。「表妹！」

「表姊……」

「態度太冷淡了！」

「半年不見畢竟生疏。」

「咱倆不是經常在暗度陳倉嗎？」等了一會兒。「怎麼不說了？」

「……表姊，妳的胸部壓得我喘不過氣。」

「……」

大姨搖頭笑道：「別鬧了，都多少歲的人了。趕緊去點菜，完了有什麼話飯桌上說。」

兩姊妹相視一笑，上桌點菜去也。吃飯的時候，長輩們慣例詢問起兩人的讀書、工作及交男朋友情況。

表姊說了：「這年代戀愛這東西，戀也少了愛也虛了，就剩做實在了。」

剛開始幾位長輩都沒明白，直到二姨「噗哧」一聲笑出來，隨即立刻嚴肅地批評道：「妳一個小女生怎麼不學好呢！」

安寧想，表姊的人生真是處處有亮點啊。

「寧寧呢？交男朋友了嗎？如果沒有，大姨給妳介紹一個相處看看，啊，不好咱可以換。」

李媽媽笑著開口：「寧寧有了！」

「……」媽，妳這口氣怎麼那麼像……懷上了！

於是安寧被盤問了男方的各項條件，哪裡人，學什麼的，工作情況，家庭背景……

安寧回答：「本市人，跟我同一所學校的，學外交的，在工作了，不怎麼清楚……」

大姨說：「下次帶來給我們看一看。大姨看人可準了，一眼就能定乾坤，所以讓阿姨看一眼就知道這人是不是適合我們家寧寧，如果那人不好啊，咱就甩了他，大姨給妳介紹更好的。」

「嗯。」有點兒心虛啊。

表姊：「我說娘唷，妳怎麼越來越像老鴇了？」

大姨哭笑不得。「妳這孩子，我這不全是為了妳們，希望妳們——」

表姊：「打住！您這套無私奉獻全為下一代的理論我都能背下來了。」

於是，母女倆照例吵上一回合。

安寧想她家表姊還是很仗義的，趕緊幫忙繞開了話題。

當晚出飯店後，長輩們去喝茶，兩姊妹相偕去散步，剛和長輩分道揚鑣，表姊一掌拍在表妹肩上。「好啊，背著我偷人！從實招來。」

就知道有後招。

安寧淡定道：「就是聰明反被聰明誤了。」

「……」表姊深深覺得她家表妹的段數似乎被磨練得更高了。

2

散步途中，表姊的盤問不外乎——「有沒有照片？拿出來讓我瞧瞧！」

安寧搖頭外加小小蔑視了一下：「妳就只會在意外表嗎？」

表姊笑了。「難不成還去關注內在美啊！」

呃，徐老大的內在啊……

「究竟長啥樣的，妳好歹口述下也成啊。」表姊沒啥耐心。「不會長得很差吧？」

安寧瞪她。「妳才差呢！」

「我92，63，94，那可是國際標準哪！」表姊怒了。

安寧覺得再這麼聊下去也不是辦法。「總之是我喜歡的類型。」

表姊盯住她，須臾。「完了，媚眼含羞合，丹脣逐笑開——妳發春了。」

「……」

扳回一城的表姊心情愉悅，嘴裡不由得哼道：「天上的星星……」本來是想唱「天上的星星不說話，地上的娃娃想媽媽」這首歌的，結果忘詞了，抬頭——「參北斗啊！」

安寧好想回家。

最終是安寧一路低頭，表姊也沒問到外貌，算是平局。

剛進家門安寧的手機就響起，一看上面顯示的名字，她跟客廳裡已經回來在看電視的媽媽笑笑便跑進房間了。

「晚飯吃了嗎？」低低的聲音，很好聽。安寧抱著抱枕趴在床上。「嗯，跟媽媽和阿姨她們出去吃的。」

「明天見一面，可以嗎？」

「啊？這麼快？」這完全是下意識的，畢竟今天下午才分開的嘛，不過問出來之後安寧就覺得疑似觸礁了，果然對方淡淡道：「看來我所托非人。」

所托非人？安寧一頭黑線，徐老大你的說辭還真是……

「明天早上我要陪媽媽去超市買下東西，下午才有空。」

「那就下午吧。」對方這時笑了。「安寧，我在看妳發給我的E-mail。妳給我畫的，我挺喜歡。」

啊？啊？

記得她考完試之後的那天上午無所事事，於是就在寢室裡拿了許久沒用的手繪板塗鴉，速成了七八張人物圖，徐莫庭肖像畫，非常有成就感地存進了自己的郵箱裡，打算回家的時候再修改，問題是她有發出去嗎？

「你駭我郵箱！」

徐莫庭此時此境也不免無言了一下：「我想應該是妳發給我的。」

怎麼可能！她又不是頭腦短路了，存草稿跟發送還是分得清楚的。毛毛……動過她的電腦。

安寧死的心都有了。

如果安寧知道她發出去的，呃，不對，是毛某人「代發」出去的郵件標題是：彼其之子，美無度（那個男子啊，美得沒有限度）。她可能會真的直接抹脖子了。

「我……隨便畫的。」

「嗯。」

「你別當真。」

徐老大嘆氣。「明天妳自己出來，還是我去接妳？」

「自己出來。」

停了一會兒，徐莫庭悠悠道：「安寧，妳是在消極抵抗嗎？」

為表示自己沒有被「一語中的」，她立即做出積極的反應。「你那麼忙，作為你的女朋友當然要獨立嘛。」

女朋友，雖然好像很久以前就是了，可這一刻從她口中如此自然地說出，感覺又有些不同，徐莫庭很受用，相當受用。

「安寧。」低柔的聲音從話筒中傳來，被點名的人心律不由得跳快了一拍。

一時間沒有人開口，他也好似只是想叫她的名字，微妙的氣流在彼此間流轉，安寧覺得這樣對心臟實在不好，於是速戰速決道：「我要睡覺了，你也早點兒休息吧！明天見，拜拜！」

安寧非常乾脆地收了線。李媽媽笑咪咪地靠在門邊。「電話打好了？」

安寧坐起來。「媽媽偷聽。」

「我敲門了，妳沒聽見。」李媽媽撇清罪行，人已經走到床邊，手捧住女兒的臉。「吾家有女初長成。」

安寧剛想接下一句詩，李媽媽已經自行道出：「何時讓我抱外孫？」

媽媽唷，妳這也跳得太快了。

無從接起，倒頭便睡。

隔天陪母親大人逛超市採購，臨近過年，裡面掛滿了降價的牌子，安寧突然想到一個經典的段子，某某商品原價二十現價十九點九九。說給媽媽聽，李媽媽「嗯」了一聲。安寧想，果然媽媽吃過的鹽比她吃過的飯還多，如此淡定。走出數公尺，李媽媽突然停住腳步「噗」的一聲笑出來。「這降了不是跟沒降一樣嘛！」

咳！她家媽媽一如既往地有愛啊。

剛走出日用品區，安寧突然停住了腳步，前面走過來的人正是周錦程，身邊是一個落落大方的女人，挽著他的手臂。周錦程自然也看到了她，也有點兒意外，走近的時候他跟李母先打了招呼，李媽媽對周錦程說不上好感壞感，但畢竟是相識的。「周先生陪女朋友逛超市？」

周錦程點頭，淺笑道：「寧寧，學校放假了吧？」

「……嗯。」

安寧看到對面的女人對她友好地笑了笑，她也回以一笑。

「這是我外甥女。」周錦程對女友溫和介紹，又轉頭向她們說了一下女友的名字。

安寧覺得這種介紹其實沒什麼必要吧？

周錦程這時又將視線放到安寧臉上，像是不經意地問道：「寧寧今年也是要回廣慶市拜年的吧？我明天就要過去一趟，可以跟我一道過去，妳爸爸也放心一點。」

「呃，不用了。」雖然不大客氣，但有些事安寧並不想拐彎抹角。「謝謝，但是不用了。」

李媽媽笑著摸了摸女兒的頭髮。「這孩子。周先生，晚點兒我會送她過去，多謝你的好意。」

既然如此，周錦程也不再多說什麼，又客套了兩句，便道了再見。

比起之前，現在的周錦程似乎已經恢復該有的立場身分，像一位真正的「長輩」。

等他們走遠，安寧想到一點——「媽媽要送我過去？」她怎麼也不會捨得讓母親大人開三小時的車送她過去的。

李媽媽答：「送妳去車站嘛。」

安寧一愣，笑著抱住母親大人的手臂。「媽媽真好！我幫妳推車吧？」

下午安寧去赴約，路程不算長，徐莫庭指定的地點從家裡坐車過去二十分鐘就到了。剛要進大門，安寧就遇到兩名女生正被服務生攔著說：「不好意思小姐，我們這裡是會員制的——」

「什麼啊。」女學生有些惱，被人攔截這種事畢竟不光彩。「又不是皇家具樂部。」

服務生苦笑，謙和地解釋：「真的很抱歉，我們的規定就是如此。」

當另一名服務生過來「服務」安寧時，安寧立即拿出包包裡的卡遞上去。

對方一笑。「李小姐是嗎？請跟我來。」

從那兩名女生旁邊經過，感覺到有目光掃過來，安寧不好意思地笑了笑，心裡想的是，怎麼這年代連腐敗都要設門檻了？

被領著上了樓，二樓是茶座，環境相當清雅幽靜。

安寧是早到的，她選了一處隱蔽卡座，摘下淺色圍巾，跟服務生說：「先給我一杯溫水，謝謝。」

等的時候她瞄到旁邊的木架上陳列著許多書籍，連《史記》都有，拿來翻看，一翻翻到〈牧野之戰〉這篇，歷史上有名的以少勝多的戰役，歷史性的興周滅商。安寧一直覺得這場戰役商朝敗陣很大原因不是戰略上的失策，而是人員的組成，殷軍，即商朝的軍隊，號稱七十萬大軍，可大半是奴隸和戰俘，而戰俘和奴隸這種朝不保夕的存在，策反是極其容易的——呃，這麼說來，所謂的「以少勝多」又值得推敲了。

安寧喜歡歷史，很大原因是從中可以發掘出很多有趣的東西。

電梯的開門聲讓她抬起頭，裡面走出來幾個人，其中一人便是徐莫庭。安寧表情稍稍一頓，顯然沒有想到他身邊有其他的人。徐莫庭也在同一時間看到了她，眼眸一閃又恢復平靜。等西裝革履的人們拐進另一條走道裡，安寧繼續低頭看血戰。

幾分鐘後，徐莫庭走了回來。當感覺身邊坐了人，安寧轉過頭對上他的視線。他笑了一下。「早來了？」

安寧臉上是「幽怨」的表情。「你有公事忙，幹麼還叫我出來啊？」

「不算公事。」徐莫庭說道。「我爸也在裡面，等會兒見一下吧？」

「啊？」這下她是真的蒙了。

「我還沒有準備好。」安寧在心裡吐槽：這麼大的事要不要用這麼平常的語氣說出來啊？

莫庭上下打量了某人一下。「已經很好了。」

安寧的心情真是百轉千迴，怎麼喝個茶成見家長了？

當天安寧被帶進某包廂，唯一的感觸是這哪是見家長啊？簡直是見家族嘛。

叔叔、姑父、姨父，然後，徐莫庭爸爸，安寧不得不承認自己小小驚訝了一下，她在電視上看到過，呃，要不要上去表示一下對對方政策的支持呢？

然而還沒等她發表什麼言論，這位和煦大度的徐家目前最有實權的長輩，已經笑著對她說了第一句話：「小姑娘，久仰了。」

「……」這原本是她想說的。

安寧偏頭看站在她身邊的人，徐莫庭根本不救場的！

「安寧，是吧？坐啊。」徐父指了指位子。

連名字都知道了？好吧，自我介紹也不用了。

安寧謹慎地落座。

然後，在幾位長輩和藹的詢問下，她鎮定地一一作答，與其說是鎮定，還不如說是——她已經太過緊張。

而安寧秀雅的外貌和不驕不躁的性情、合理有度的談吐貌似都挺討長輩們喜歡的，所以總體來說，見家長算是圓滿的，甚至最後一位長輩還說了：「等明年畢了業就結婚吧，後一年是壬辰，生孩子也好。」

安寧無語了，原來她結婚就是為了後年是龍年，生孩子好？

假期頭一天，精彩地被陷害的一天。

3

從包廂裡出來，安寧快怨死了。「你怎麼都不幫我！」

就剛剛在說完龍年生孩子好的事之後，幾位叔伯隨口說到一個家族裡的親戚，常年駐留國外，這次回來是媳婦要生二胎什麼的。

安寧在心裡感慨，原來大人物平時喝茶聊天也是很平民的同時，因受身邊朋友毒害實在太深，完全沒經大腦地蹦出來一句：「常年在外國，怎麼會有第二胎呢？」

「……」

全場寂靜，三秒鐘後，包廂裡響起雷鳴般的笑聲。

安寧當時真的是切身體會到了什麼叫「追悔莫及」，而旁邊的人還不動如山地見死不救，恨啊，而且，她敢發誓他也笑了！

最終徐莫庭咳了一聲，對長輩說還要帶她出去走走，她才得以獲得解放。

莫庭輕笑。「妳已經做得很好了。」

虛偽，真虛偽！安寧懶得理他了。

徐莫庭這一邊，表面一直沉著冷靜，幾乎毫無破綻，只有他自己知道，這段感情他一步步走過來是多麼緊張，擔心著她會拒絕他，很多地方很多時候他都擔心。好在現在她終於接受了他。

「接下來去哪裡？」出了大門，安寧問。

「隨便逛逛吧。」徐莫庭已經拉住她的手。

雖然她也經常陪朋友或者陪媽媽出來逛街，但是，徐莫庭耶！逛街？感覺有點兒奇怪啊。

「怎麼了？不願意？」某人淡定地給她扣上罪名。

「我哪敢啊。」哀怨。

「沒關係，等一下累了我可以背妳。」徐莫庭適當地安慰了一下她。

安寧非常堅決。「才不要。」大街上人來人往，趴徐老大背上一定會引來不少人關注。

在路過一條街道時，安寧突然想起網上看到過的一段有趣的對話，於是問身邊的人：「你知道我們市最安全的是哪條街嗎？」

「妳左手邊的這條。」

呃，要不要這麼輕易就破解啊？好吧，的確是她左手邊的這一條，僅僅幾百來公尺就駐紮了警察局、檢察院、法院。這條街如果要打廣告就是：在此處犯法，可享受一條龍服務。

莫庭看著她笑了笑。「好了，下次妳問什麼，我會先裝不知道。」

安寧擺擺手。「我不玩虛的。」

「……」

繁華的街景，熱鬧的人群，今年冬天比往年來得冷，卻也多了一些暖心的東西。

兩人走到廣場上時，徐莫庭接了通電話，聽了兩句後遞給安寧，後者疑惑。

「張齊。」

安寧不解地接過來，對方一上來就是──「嫂子，硫酸要用什麼洗啊！」

「你被人潑硫酸了？」

張齊一頭黑線之後含糊道：「不小心潑到一個朋友，只是手上而已。」

安寧想了想說：「有沒有碳酸氫鈉？就是小蘇打。不要用水沖，用乾淨的毛巾擦掉，然後塗小蘇打。如果嚴重，最好去一趟醫院。」

「謝了，嫂子！」對方掛斷之後，安寧把手機還給徐莫庭。在對上他投過來的視線時，她不由得心又是一跳。「你幹麼這麼看著我？」

莫庭一低頭，笑道：「沒什麼，只是，感覺很不錯。」

安寧想，不能這樣撩撥人心的。

幸好表姊的簡訊及時救場，其實也算不上救場。

「耳聞妳在約會，本人剛好也在市中心的肯德基裡小飲果汁，要不要過來聯絡聯絡感情？」

估計是聽她家媽媽說的。安寧很直接地回：「不要。」

表姊也乾脆，馬上打電話過來了。「妳當做愛哪，不要？趕緊過來，飲料都點好了！」

安寧不由得嘀咕，那妳之前還問？她看向身邊的人，而徐莫庭的直覺向來是敏銳到令人淚奔的。

「需要我見客嗎？」

這話，說得她都成皮條客了。

「我表姊說話有點兒口無遮攔。」如果要過去，可要事先打好招呼，免得等會兒出什麼岔子。

「不用擔心，我一向愛屋及烏。」

「……」

好吧，當事人都如此「大度」了，她再扭扭捏捏的實在沒必要，最終回了表姊：「就過來。」只希望表姊別太過火，她得意起來比毛毛和薔薇還要讓人無力招架，不過，徐老大這種人……她是不是擔心錯對象了？

那天見到表姊，完全出乎安寧的預想。

徐莫庭本來就是淡然自若的人，但表姊竟然也一本正經的，奇也怪也。

「讓你們這麼大老遠過來真是不好意思啊。」

莫庭微微一笑，泰然道：「沒事，安寧的親人自然是要見一下的。」

表姊很認真地問：「你們算是正式在談戀愛了吧？我們家寧寧各方面都是相當出色的，只是有時候有點兒迷糊，思想有些出格，還要請你多多包涵。」

「妳說的那些，我並不覺得是缺點。」

安寧：「……」真愛啊。

表姊溫婉點頭。「那就好。」

徐莫庭：「應該的。」

安寧真有點兒恍如隔世的感覺。正琢磨著表姊什麼時候改性了，一條簡訊進來。「啊啊啊啊！帥啊！妳哪裡搞來的極品！那脣，那眼睛，那氣質！我的至愛太陽神福玻斯的真人版啊！」

安寧差點兒把果汁噴出來，原來，一切都是假象啊假象，被騙了！

表姊這時朝表妹眨眨眼。「寧寧怎麼都不說話？」

沒什麼好說的了……

接下來就是表姊誠摯託付，徐莫庭從容許諾，皮條客究竟是誰啊？

當天，徐莫庭開車送她們回去，先繞了路送表姊到家，後者下車時禮貌地說：「有機會再一起出來吃飯？」

「可以。」徐莫庭對女友的朋友、親人一向極好說話。

「那行，路上小心。」然後對自家表妹道：「寧寧，到家給我個電話。」

「嗯。」可以預見等會兒少不了一番鬧騰。

終於，又恢復到「兩人世界」，安寧想到一件事情，不知道該不該這時候說一下，躊躇再三還是決定早死早超生。「後天我可能就要去我爸那裡了。」

對方「嗯」了聲，聽不出什麼情緒，安寧覺得自己先前的擔心顯然是多餘的，放鬆下來笑道：「那我們明年見了。」

沒有回話，過了一會兒，安靜開車的徐莫庭才問道：「明年妳打算考博士生是嗎？」

安寧也不意外他會知道，這件事情一早就排在她的計畫裡了，繼續在這邊讀書，留在江濘的理由就多一條。

「嗯。」說起來他英文應該很厲害。「你要幫我補課嗎？」

「那倒沒有。」

安寧瞪眼，徐莫庭慢慢說道：「不過我可以犧牲一下。」

「嗯？」

「江大升博士班，一張國家級證書可以加十分。」

安寧更加糊塗了。

徐老大雲淡風輕地繼續補充：「結婚證書應該算是國家級證書。」

「……」

這……這算是求婚嗎？

喂！

安寧臉上一燙，義正詞嚴道：「我要靠自己的實力！」才不走後門！其實，這也不能算後門吧？

「是嗎？」徐莫庭一點兒也不勉強。「那算了。」

安寧不由得懷疑自己是不是又被擺了一道。

莫非真如孟子說的，天將降大任於斯人也，必先苦其心志，勞其筋骨？可是，她壓根兒沒什麼大事要做啊。

安寧不厚道地猜測：「你是不是也要考博士班？所以想找一個——」

對方悠悠打斷她。「這種話說出來，妳不怕天打雷劈？」

「……」說歸說，幹麼還詛咒她啊？

車子在她家社區大門口的路邊停下，徐莫庭轉頭注視她，安寧也下意識偏過頭來。他笑了笑，伸出右臂攬住她的脖子，靠過來在她頸側吻下去，然後張嘴咬了她。

他的心像起航後便未靠過岸的船，再次遇到她之後，他才意識到他以前有多麼孤獨，他要的岸一直在這裡，他的自私已滲透進血液，他一定要她，別人都不行。

此時她的氣息籠罩著他，讓他有片刻的沉迷，相識至今，他一直朝思暮想著她，而幾年前的一幕讓他知道他暗戀的女生可以轉身便將他遺忘……

「徐莫庭，今天放了學要不要去唱卡拉ＯＫ？」

「不了，你們去吧，玩得開心點兒。」

等兩名女生走開，前座的林文鑫轉身過來。「人家女孩子鼓足勇氣來約你，幹麼那麼冷漠啊？」

徐莫庭翻了頁手上的書本，意興索然。「快期末考了，還是多看點兒書吧。」

「我說老大，以你的能力，就算不看書照樣能進年級前三，幹麼非得搞得那麼辛苦，搞得我都不好意思出去玩了。」

莫庭只淡淡地道：「這世界上沒有什麼是不付出努力就可以得到回報的。」

徐莫庭的同學這時從試卷中抬起頭來附和：「老大這話在理，中肯！」

林文鑫撇嘴。「你可知道咱們年級理科班的榜首？據說一半時間是在看閒書的。」

徐莫庭聽到這一句，眼眸中微微一閃爍，有幾分沉潛的眷戀，聽著他們又聊了幾句，他放下書，剛要起身就跟從後門進來的一名女生差點兒相撞。

「不好意思。」她退後一步，靦腆地笑了笑。「我找你們班班長，呃，你們的班主任讓他去一下辦公室。」

莫庭往後望了一眼，回頭平淡道：「他不在。」

附近有男生舉手。「同學，我們班長去廁所了，他回來我幫妳轉達吧。」

「謝謝。」轉身走的時候，女生想到什麼又回過頭來對徐莫庭道了聲「謝謝」。

這些記憶存在他的腦海裡，清晰得就像是發生在不久之前，可她卻沒有絲毫印象了。徐莫庭偏頭吻她的嘴脣。

安寧感覺到脖子上輕微的痛感，相信全世界的情侶中，她算是最悲壯的了。

「安寧，不要轉身就忘了我。」

4

她的忘記，只是因為不記，不在意。

所以他覺得惱，覺得難受。

可偏偏自己就是喜歡了，這世界上總是有一個人能絲絲入扣地嵌入你的心口處，將你體內稚嫩純真的情愫一點一點地勾引出來。

有女生走過來說：「剛才那女的就是理科班的榜首？」

林文鑫說：「說起來她媽媽是在我們學校教語文的，她怎麼不唸文科？那樣的話說不準就跟咱們同班了，太可惜了！」

徐莫庭的同學道：「那我們不就多了一個強勁對手？還是別了。」

徐莫庭已經抬起步走出去，原本走過來想說說話的女生一下子就沒了熱情。「唉，看書吧，聊別人幹麼？」女生擺擺手走回自己座位，回頭再望一眼那道背影，那種不張揚的卓然獨立總是讓人本能地想要去追逐。

徐莫庭品學兼優絕頂聰明，不僅是女生傾心的對象，也是男生崇拜的人物。她還記得第一次在高一新生演講臺上看見他時，他穿著一套米白色的運動裝，柔軟飄逸的黑髮在一堆染髮燙髮的男生中顯得格外清爽出塵，他拿著稿子的手指白皙修長，他口齒清晰發音標準，舉手投足穩妥、沉毅。

他是女生宿舍臥談會的焦點人物，不少女生在聊到他時總是原形畢露地紅了臉。

但很多女生也都明白，徐莫庭是不切實際的憧憬。他的出類拔萃讓愛慕他的人不敢多靠近，而他本身也是冷淡的，對人總是有那麼些距離。

而且聽說，他是外交官的兒子，他爸爸經常出現在報紙電視上，他媽媽是教育局的長官，他從小便經常拿全國級的獎項，校長視他為得意門生，他是學校籃球社的主力，他參加的比賽都能獲獎……這樣的人是高攀不起的，她們這年紀已經知道什麼是相配，所以只偷偷注意著，偶爾說上幾句話，就足夠開心上好幾天了。

徐莫庭去廁所洗了把臉回到教室。

下午還剩最後一堂體育課，他跟班裡的同學打了場球，發洩過後心境平和許多。

莫庭走到場外一棵香樟樹下拿起飲料喝了幾口，林文鑫過來倚在旁邊抗議：「老大，今天手下不留情啊！」

徐莫庭一笑，也沒說什麼。有活躍的女孩子這時在周邊喊了一聲：「徐莫庭我愛你！」害得林同學剛喝的一口水就這樣嗆了出來。「要死了！」回望過去也不知道是誰喊的，三三兩兩你推我擠。

徐莫庭對此已經習慣，他並不是自戀的人，只是對有些東西缺乏熱情，他的熱情……只會在面對那個人時呈現出來，他甚至不知道怎麼去壓抑。心高氣傲的少年在半年前第一次經歷了日有所思夜有所夢，當他在隔天清晨醒來發現腿間的濡溼時，惱紅了耳臉。

莫庭咬了下唇，將手上的飲料瓶扔進一旁的垃圾桶裡。「我先走了。」

「喂，老大，你回家了啊？」有男生投進一個球後喊過來。

徐莫庭走出球場，朝身後揮了下手，沒有停留地往教室走去，打算拿了車鑰匙和包包就回家，他不喜歡身上有汗味，卻沒想到在樓梯上碰到了她，不由停下步子，她正低頭在包裡找著什麼，在經過他身旁時似乎被人影嚇了一跳，腳下踏空一步，莫庭第一時間扶住了她，隨即鬆開手。

安寧驚魂未定，茫然地抬頭。「謝謝。」

「不客氣。」

安寧並沒有多停留一秒，終於摸到包裡在震動的手機，邊跑邊接通。「我就來了，我就來了。」

徐莫庭握了握手心，嘴角露出一絲苦笑。

青春期，總是有很多的變動，很多的煩惱，即便是他徐莫庭也不例外。他是老師眼中的資優生，是同學的榜樣，是一些女生迷戀的對象，可只有他自己知道，在這段時期裡他有多麼沒把握。他需要結果，需要勝利，不可否認，人一旦動念，真是可怕的經歷，他甚至還像懵懂的少年一樣寫了情書。

高中時期追求女生，以他的性格來講本就已經很衝突了，而對方回報的是無視和難堪。

他從小受的教育使他對自己的要求本來就高，即使有些地方不能做到完全灑脫，卻也是比一般人驕傲的。既然被拒絕了，那麼又何必再死纏爛打。苦情劇裡的情節他不想上演，而父母有意讓他高考之後出國留學，他考慮過後答應了，不是逃避，只是理智回歸，清楚自己當下最應該做的是什麼。

後來的幾年，他過得很忙碌。

他本來以為只要忙了就不會想起她，卻發現錯了，身體和心是分開的。

徐莫庭伸手撫過被他咬出一道齒印的頸側，輕輕柔柔道：「安寧，妳以前走路經常一心二用，我一直擔心妳會摔跤。」

「嗯？」

「說起來我還救過妳一次。」

安寧不確定這人是不是在咬了她之後還要來討便宜？幽怨地瞪他。「你到底想怎樣？」

「報一下恩吧。」他說得好溫柔。

安寧想，好吧，砍一刀也是砍，砍兩刀也是砍。「怎麼報？」

「以身相許。」

那是一刀斃命吧？安寧氣死了，臉也有點兒紅。「我要上去了，我媽一定在等我了！」

某人拉下他的手終於落荒而逃，不過她也知道是對方願意放手她才能這麼順利「逃脫」。她下了車快走了兩步，又回頭，神情有點兒英勇。「徐莫庭，我會想念你的。」

此時，社區裡走出來幾位認識的鄰里阿姨，她們認出了正勇敢表達愛慕之情的女孩。「寧寧？」

所以說，不能感情用事啊。

安寧這一晚嚴重睡眠不足，除了主觀因素，最主要的是，半夜兩點多，表姊打電話過來。「我一直在等妳給我打電話，妳怎麼到現在都沒給我打過來啊！」

「……」

被表姊鬧到將近三點，隔天安寧十點多才爬起來，一出房間就看到周錦程在客廳裡，也不覺得意外了，走到媽媽旁邊接過溫水。「謝謝媽。」

李媽媽輕聲道：「提早一天過去吧，媽媽沒關係的，他送妳，也算是有心。」

安寧微微皺起眉頭。「不是說明天嗎？」

「傻丫頭，不差這一天的，而且妳又不是一去就不回來了。」

周錦程已經站起身。「如果寧寧決意明天再走，我可以推遲一天再過來。」

本來這件事就與你無關，又何須你多事？安寧想這樣講，卻還是忍了下來，傷人的事情她畢竟是不願意做的。

媽媽幫著收拾了行李，安寧吃了粥後就要動身了，走前再三強調：「我二十天之後就回來！」

「知道了。」李媽媽也很不捨，抱了抱女兒。「媽媽等妳回來。」

在門口跟母親道了別，安寧默默地走在前頭，周錦程並不與她並行，而是跟在她後面一公尺遠的地方走著。

前面的女孩子不緊不慢，也不情不願。

他一向擅長發掘人性，不得不說，她是他遇到過的最簡單純粹的人，也大概是因為關注過了頭，難免受其影響，生出了一些連自己也辨不清的東西，暗自搖了下頭，走上去接過她手上的行李。「我來吧。」

安寧抓著行李袋的指關節本能地緊了緊。「不用了。」

這樣的場景，讓她想起多年前他強行帶她離開。

安寧甩了甩頭，想阻止那些不愉快的回憶。

什麼最珍貴

1

廣慶市。到的時候是下午兩點，安寧一直望著車窗外，一路沉默，而周錦程也一門心思地開車，並不尋找話題。

安寧拖著行李下車，環顧宅子四周，花園裡多了一隻大狗，此刻正虎視眈眈地盯著她這位陌生來客。

她對小狗小貓是不怕，但這種大型犬無疑很有幾分危險，幸好用鐵鍊拴著，安寧走進去的時候很是小心翼翼，身後的人這時倒笑了笑。「妳跟牠相處上一段時間就好了，牠不難討好。」

安寧是喜歡寵物，不過──再望了眼，還是太大隻了。

房子裡首先迎出來的是奶奶的保母詹阿姨，一見是她，興奮得差點兒變了聲：「寧寧！」接著就激動地轉頭往裡喊人：「老太太，寧寧回來了！」

李家奶奶雖然年過古稀，卻依然健朗，披了棉大衣就跑出來了，見著孫女差點兒喜極而泣。「我家寧寧總算來了，可想死奶奶了！」

安寧笑了，上前抱了抱老太太。「我也想您，奶奶。」

一老一小互訴了一通相思之情後，老太太這才看到先前靠在門邊、此時笑著走過來的周錦程，立即招呼他：「錦程，過來見見我的寶貝孫女，一年不見是不是又變漂亮了許多！」

周錦程竟真的裝作剛見面的樣子。「許久不見，是漂亮了不少。」

安寧心說：這演的是哪齣啊？慣例只是點了一下頭。

晚上見了父親以及周錦程的姊姊周兮，安寧對這位溫婉的後媽沒什麼特別大的觀感，不熟也不打算多交往。而對父親提的問題雖有問必答，但也是不熱絡的。李啟山也知道女兒對生母太過偏愛，與他有些嫌隙，所以很多地方都遷就著，並不勉強。

當天吃完晚飯，安寧到廚房幫忙，詹阿姨私底下問她：「寧寧，先前是不是周先生接妳回來的？」

「嗯？」安寧正洗水果，沒聽清楚。

詹阿姨自顧自地說：「前天周先生還在這裡，昨天說要回江濘一趟，也沒具體講，只說去那兒處理些公務，我說呢，這大過年的有什麼公務非得趕回去啊？原來是接我家寧寧去了。」

安寧聽得微愣。

出來時剛巧碰到要出門的周錦程，兩人一對視，對方朝她微一點頭。

安寧望著他的背影，心裡不由得想著，大人的心思還真是難懂。

安寧拿著水果去奶奶的房間聊天，八點多上樓時看到周兮在她房間給她加棉被。安寧輕聲道了謝，對方也有些拘謹，忙好只笑笑就出去了。

安寧嘆了一聲倒在床上，覺得自己像是壞人。

鬱悶了一會兒跳起來開電腦上網，一上線薔薇的頭像就閃了過來。「阿喵啊啊啊！妳來廣慶了吧吧吧！」

安寧：「嗯。」

「太好了！後天出來陪我！」

薔薇是廣慶人，當年大一時安寧說到自己過年也會住廣慶市一段時間，薔薇直感嘆緣分啊緣分。

「我能先問一下是幹麼嗎？」

「相親。」

「啊？那我不去！」

「又不是讓妳相！我知道妳有了妹夫這種國色天香，其他人都是過眼雲煙了！可我還是單身啊單身……」

正看著薔薇源源不斷打「單身」過來，手機響了，安寧一看正是國色……咳，徐莫庭。

「到那邊了？」低沉的男音，雖然已經很熟悉了，可每次聽著都有點兒入迷，安寧不禁懷疑自己是不是聲控。

「嗯。」之前安寧給他和媽媽發了簡訊，媽媽是必須的，而徐莫庭，當時也非常自然地報告了自己的行蹤。她手指扯著桌沿的流蘇慢慢說：「我昨晚上在網上給媽媽買助眠的香薰袋時，呃，也給你買了兩只繡袋，你的是用來醒酒的，裡面是葛藤花，還有一些素馨花，香味很淡。今天應該就會寄到你那兒了吧。」

「嗯。」

「我特意挑了純黑色的袋子，男生帶在身上也不會太難看，而且如果是出去應酬，放在口袋裡就可以了。」

「知道了。」他的聲音像是在她耳邊，低聲細語。

安寧耳朵一紅，說：「你怎麼不道聲謝謝啊？」

對方微微笑了。「安寧，我們大恩不言謝。」

很久之後安寧都沒明白，他是指這恩惠很大呢——可是兩只小袋子實在不算大恩惠吧——還是暗示她下一句「施恩莫圖報」？

與此同時，江濘市——

徐莫庭正與幾位剛回國的朋友在酒吧裡喝酒。

一位稍顯胖的哥兒們走過來，將一杯酒推到徐莫庭面前。

徐莫庭坐在吧檯前，一身深色系的風衣，黑色的頭髮永遠乾淨清爽，表情單一，完全是一副冷漠自持的形象，很難想像他剛才去外面打電話回來時的柔情是真實的，因為這落差太大了。他此時正微低著頭，手機放在檯面上，手指有一下沒一下地敲著。

那微胖的男人坐到徐莫庭另一側。「你這小子，交女朋友了吧？」

徐莫庭只笑了笑。

對方見他不說也不追問，只說：「早知道就不叫你來了，你一來這裡的美女都只盯著你看了。」

徐莫庭拿起旁邊的酒杯懶洋洋地抿了一口。「差不多是該走了。」

「不是吧？這麼早？」

徐莫庭抬手讓他看了看錶，意思是十點不算早了。

對方大嘆：「我說你堂堂徐大少爺，有才有貌有錢，怎麼生活過得這麼清心寡欲的？」說著指了指他身後，莫庭回頭望過去，卡座裡坐著的女人，穿著紅色吊帶長裙，嬌豔欲滴，正望著他的方向。

「莫庭，我這輩子最羨慕你的是什麼你知道嗎？女人緣！難得一見的美女，要不要過去打聲招呼？」

徐莫庭一笑。「我對女人很挑剔的。」

「這水準還不夠高啊？」

徐莫庭起身，將酒錢放在吧檯上。「差遠了。」

說完拍了下對方的肩就走人了。

有兩人蹣跚著腳步過來。「徐莫庭走了？」

「嗯。」

「你怎麼放他走了啊？」

「他是徐莫庭，我攔得住嗎？」

三人面面相覷。

這邊徐莫庭開車回到公寓，手上拎著一份鰻魚飯。剛打開房門，一團黑色的東西就跑過來，親暱地繞在他的腳邊，莫庭俯身將牠抱起，小傢伙舔了舔爪子，「喵喵」叫了兩聲，柔順異常。

徐莫庭帶牠到廚房的大理石臺上，打開飯盒，黑色的小胖貓埋頭就吃起來，他伸手捏了捏牠的耳朵。

「要不要帶你去見媽咪？嗯？」

小傢伙竟然非常配合地抬起腦袋，看了眼主人，然後「喵」了一聲。

徐莫庭一愣，笑了出來。

時間過了兩天，要說李安寧這邊，心境平和一點的話，日子過起來也不算太糟，每天跟媽媽通電話，呃，還有徐莫庭。然後就是吃、睡，偶爾跟奶奶出去活動下。

這天早上安寧跟奶奶去附近的公園練了半小時太極，回來時難得碰到還沒出門、在吃早餐的周兮。

「寧寧，運動好了，吃早飯吧。如果妳等會兒沒有事情，陪阿姨去逛逛街吧？」

安寧想了想，搖頭道：「我有事。」的確有事情，約了薔薇十點在一家咖啡館門口碰頭。

當天見到薔薇後，安寧覺得自己真不應該來蹚這趟渾水。

薔薇的嘴角浮著意味深長的笑容，雙瞳犀利，顯示出某種執著。

「為什麼要扮成同性戀啊？」安寧欲哭無淚。

「測試他的性取向。」

「……」

安寧真的是硬生生被拖進去的，當薔薇走到那男的面前，說道「我是傅薔薇，她是我愛人」的時候，安寧差點兒想仰天長嘯。

對方一笑。「傅小姐是嗎？請坐。」他看了眼安寧。「請問妳叫——」

「我姓李。」沒打算說名字，趕緊吃完了就撤，太丟臉了。

薔薇卻興致勃勃，因為是帥哥。

不過，十點，他在談醫院工作，十一點，還在談醫院工作，十二點，醫院工作……薔薇興致平平了。

「我說大哥，除了你的醫院，咱們能不能再說點兒別的啊？」

對方停下來。「行，妳想說什麼？」

「你先前說你是什麼科的？」

「Department of Gynecology，中文就是婦科。」

薔薇興致全無了，想走人但也不能表現得太明顯，於是笑問：「你們醫院處女膜修復要多少錢？」

對方嘴角抽了一下，緩緩站起身。「抱歉，我想起來今天還有事要去一趟醫院。」

等那可憐的人快步走出咖啡座，安寧才忍不住笑道：「妳就不能找個委婉一點兒的理由？」

薔薇聳聳肩。「大凡委婉，攻擊力度都不大。妳說一個男人，婦科，我老娘也真是厚道！」說完挺傷感地擺擺手，忽然想到什麼，又問：「對了，妳這次來廣慶，妹夫有什麼表現？」

「什麼？」安寧不動聲色。

「就是不讓妳來或者很黏妳啊之類的，有沒有？」

安寧鄙視。「他很大方的好不？」不過，她來之前，他又是騙她去見家長又咬她什麼的……算是黏她嗎？

薔薇深沉地搖頭：「妳要知道，越高風亮節的男人其實有些時候越陰險狡詐！他們寢室不是有一個人叫老三嗎？昨天在網上碰到就問我妳去哪兒了，他們老大都惡劣（空閒）到找他們打球了，具體原話是：『媽的，老大那水準我們打得過嗎？一場輸了就一個月的薪水啊啊啊！還讓不讓人活了！大嫂在哪裡啊！』。」

安寧一頭黑線。

薔薇繼續學老三的口氣說話：「我們老大從來沒讓人牽過手，從來沒隔著幾十公尺就能分辨出走過來的女生是誰，還隔三差五準點來學校報到，老大跟大嫂在一起那是純良啊真純良——我說這麼多妳明白嗎？大嫂不在我們很難過啊。還有，嘿嘿，能不能讓大嫂幫我把錢要回來啊？」

安寧非常無力地問：「多少？」

薔薇同情地答：「六千。」

「……」徐老大，你也太狠了吧？

2

安寧跟薔薇在咖啡館簡單吃了點兒午飯後出來，在經過一家商場門口時竟碰到了周兮，安寧一時不知道要不要打招呼，倒是周兮先走了過來，笑語嫣然地問：「寧寧，跟朋友逛完街了？要回去了嗎？」她臂彎上掛著兩袋衣物，是學生層的人穿的牌子，還有一些床具用品，東西挺多，她拎得也有些累的樣子。

安寧看在眼裡，猶豫著要不要幫忙，可又實在覺得有點兒彆扭，最終只「嗯」了一聲，也幸虧旁邊的薔薇機靈救場，跟面前的女士說：「阿姨，我們還要逛逛呢，就先走了啊。」

「她就是妳那後媽？」沒走幾步薔薇就問了。

「嗯。」

「看起來不壞嘛。」薔薇算就事論事。

「是啊，不壞。」

其實，這位後母的性格跟母親有些相像，很多地方可能還要來得更溫柔一些，可安寧就是不知道怎麼跟她相處和交流。

她還依稀記得上中學時第一次見到周兮，她是爸爸的祕書，她的腦海裡一直記得周祕書漂亮的紫色長裙，步履輕盈，裙襬飄飄。

可這位漂亮的阿姨後來對著她媽媽說：「他愛的是我，為什麼妳就不能成全我們？」

為什麼？為什麼有人覺得用「愛」的名義，就可以光明正大地拆散一個家庭呢？而陪著那個男人一步步從頭走來的糟糠之妻，卻成了阻礙這份偉大「愛情」的絆腳石？安寧不明白，她只知道母親因為這件事情身體愈加不濟，甚至胃出血進了醫院，她當時並不明白那有多嚴重，她只是難過地陪在媽媽身邊，沒有別人，只有她。

母親醒來時對她說：「媽媽當了十幾年老師，累倒竟然不是『春蠶到死絲方盡』，而是為了這種爭先恐後的『兒女情長』，也真是慚愧了。」

媽媽答應了離婚，而她判給了父親。這場婚姻結束時媽媽唯一哭的是女兒沒能屬於她。

那天父親找人將她帶到廣慶，那人長得很像周兮，好看的五官，帶笑的眼睛，一種渾然天成的菁英模樣。她當時不知道怎麼了，突然厭惡極了那種道貌岸然……她哭了，也鬧了，而她只是不想離開這裡，不想離開母親。

以前的很多事情現在回想起來都有些支離破碎，甚至很多細節都想不起來了，但那種不舒服的感觸卻始終在，抹不去。

薔薇見安寧一直默不作聲，伸手碰了碰她的胳膊。「阿喵，妹夫！」

安寧趕忙朝四周望了望，哪有徐莫庭，不禁皺眉道：「妳幹麼嚇我？」

「噗」一聲，薔薇笑出來。「怎麼看到徐莫庭妳是『嚇』啊？」

安寧有些悻悻的，不過不良情緒倒在不知不覺中消失了大半。

薔薇摟住阿喵。「走，再陪我去一個地方！」

「還要見人嗎？」安寧頭痛。「妳到底約了幾個？」

薔薇安慰她。「放心，接下來的是女人。」

更加不放心了。

薔薇去停車場取車，她的自行車停在一片汽車裡，在來去行人的注視下，傅某人一邊淡定地開鎖一邊問：「阿喵，妳們寢室被偷了妳知道嗎？」

「啊？什麼時候？」

「就昨天，朝陽說，半夜三更有人摸黑進來偷東西，結果被打得進了醫院，嘖，妳說這賊也真會挑寢室，老沈那可是持有國家二級運動員證的哪！」

「呃……做賊確實也是項技術活。」說到這裡，安寧不由得想起一件事情。「我們學校升博士班，一張國家級證書可以加十分嗎？」

「你聽說誰的？沒這回事兒，上次朝陽還特地去問了導師來著，加分那是今年考研究所那一批的政策。」

安寧愣了愣。

薔薇皺眉頭。「該不會是有人向妳兜售假證書吧？」

「不是假不假證書的問題……」而是，那是欺詐吧！太缺德了太缺德了，安寧咬牙，徐莫庭這人……就說沒這麼善良。

薔薇直起身，將鎖放在車籃裡，看安寧一臉糾結。「不會真被騙了吧？」

安寧幽幽道：「我想回江濘。」報復……

這時旁邊停著的車突然搖下車窗。「美女，妳們要去哪兒，我載妳們一程？」

薔薇打量了一下車主以及車牌，淡然一笑，說：「謝謝，不用了，我有車。」

走出來的時候，安寧笑道：「賓士不錯了啊。」

「不行，我在等奧斯頓·馬丁！」

薔薇要帶安寧去見的人是傅大姊，按薔薇的說法是她姊離家出走了，讓她幫忙勸勸。「我老娘天天問她加沒加薪。她最近壓力也挺大的，嚷了一句：『當我援交妹啊，薪水按日加！』就走了。」

安寧一頭黑線。「那我要怎麼勸呢？我跟妳姊姊也不算熟悉啊。」只見過一次面而已，會不會太逾矩？

「沒事兒，她挺喜歡妳的！」

「……好吧。」

然而當天沒有在傅家大姊「離家出走」時待的小公寓裡找到人，薔薇猜測：「估計是拔罐去了，前些日子她身上印得跟七星瓢蟲似的。對了，什麼時候咱倆也去拔一拔？據說可以行氣活血，平衡陰陽，陰陽喔！」

「……」安寧想回江濘。

此時的江濘市，雖然溫度依然有點兒冷，但難得的是陽光明媚，所以徐莫庭正帶著貓咪散步，路上偶爾來去的人都不由得望一眼這位清俊男人，以及跟在他腳邊的可愛小黑貓。

徐莫庭走到旁邊的木椅上坐下。小黑貓也乖，馬上跟過去跳到位子上盤坐成球，然後舔了舔背上的毛，朝主人「喵」了一聲。莫庭一笑。「你倒挺配合，不像——」說著撫了撫小傢伙的腦袋。口袋裡的手機響起，徐莫庭拿出來接聽，對方說：「老大，出來打球！」不是別人，正是最近輸了不少錢的老三。

正晒太陽的人懶洋洋地回道：「沒空。」

「什麼沒空啊？大嫂又不在。」不贏回來誓不甘休！

徐莫庭瞇了瞇眼，有那麼點兒命中紅心的感覺。「你還有錢嗎？」

赤裸裸的羞辱啊！老三火了，使出殺手鐧。「我有一張大嫂的照片！」

徐莫庭笑了笑。「她的照片，我要，大可以自己拍。」

老三笑了。「嘿嘿，我手上的可是大嫂大一新進校那會兒照的，十九歲啊十九歲，你拍得到嗎？拍得到嗎？啊哈哈哈哈！」

莫庭輕哼了一聲：「你找死。」

當天下午安寧在回家的途中接到一通陌生來電。「嫂子，妳什麼時候回來啊啊啊！」

聲音有點兒耳熟啊。

安寧回到家裡時，周兮已經回來了，在廚房裡煮晚餐，聽到聲音，周兮探出身。「寧寧，回來了？」

「嗯……奶奶呢？」

周兮笑道：「在房間裡。差不多開飯了，妳叫奶奶出來吧？」

老太太正窩床上戴著老花眼鏡看京劇呢，安寧走過去坐到床沿，老太太拉著她有些涼的手放進毛毯裡。「還是不喜歡周家的人？」

安寧緩緩低下頭。

老太太拍拍她的手臂。「不喜歡就不用勉強自己了，有些人畢竟在妳的生命裡只是過客。呵呵，過幾年奶奶就真成了妳的過客了。」

「奶奶會長命百歲。」

老太太慈祥地笑道：「那就借我孫女的吉言了。」

吃完晚飯，安寧在客廳裡陪著奶奶和周兮看了半小時電視就回房間了。一開電腦，千年難得地看到徐莫庭在線上，安寧想了想，發了一張笑臉過去。

徐莫庭回：「視訊。」

安寧：「汗！一上來就開視訊，也太輕浮了吧。」打字的速度比腦子轉得快的悲劇。

結果就是全螢幕視訊聊天，兩人有幾天沒見面了，安寧發現自己看到他時竟然有種很想念的感覺。徐莫庭在家一向穿得很居家，很舒適，這時節不是毛衣就是羊絨衫。他的相貌性格屬清冷派，穿著卻偏愛溫和的料子，溫和的色系。

安寧咳了一聲，說：「好久不見。」

徐莫庭微一挑眉。「確實好久了。」

「咳咳……你最近挺忙？」

「託福。」

很空，託你的福？「……」這種說話境界估計她一輩子都修煉不到。

兩人有一句沒一句地聊了一會兒，安寧想到之前的電話以及薔薇複述的那些，含沙射影地問道：「莫庭，老三大哥是江濘人嗎？」

「張齊和老三都是本市人。」

「哦，你去賭錢了？」原本安寧想委婉地一步一步來，先問：你跟老三他們去打球了？然後問：你們打球輸了是不是要被罰的？最後問：罰什麼呢？結果……

徐莫庭看著已經趴在桌上的人，眼裡笑意明顯，但語氣還是挺淡的：「其實，要還錢也不是不可以。」

安寧抬起頭。「嗯？」

「我喜歡的人……以身抵債。」

徐老大你上輩子是土匪嗎？安寧嘴裡不由得嘀咕出聲：「幸虧現在你人不在這裡。」天高皇帝遠什麼的。

「既然夫人邀請，那麼，我過去吧。」

安寧好久好久之後都沒反應過來，當她回過神來時對方已經說：「不早了，早點兒睡吧。」

怎麼可能睡得著！

當晚，安寧失眠了，翻來覆去一宿，最終總算睡著了還作了惡夢，大灰狼來了，大灰狼笑著對小白兔說：「要我給你胡蘿蔔也可以，你得讓我咬一口。」

可憐的安寧忘了，其實那賭債說到底，跟她一點兒關係都沒有的。

3

之後安寧擔驚受怕了兩天，結果風平浪靜。

她不禁懷疑徐莫庭是不是又在逗她？

第三天薔薇一通電話把她招了出去，說是發現了她姊的蹤跡。

出門的時候坐在門口晒太陽的老太太笑呵呵地說：「寧寧今天穿得這麼漂亮是要去約會嗎？」

安寧莞爾。「奶奶您想太多了，去見朋友而已。」說著轉了一圈。「新毛衣，穿出來現一把。」

跟薔薇在市區的一個公車站牌處會合，安寧遠遠看到那道熟悉的身影打著電話晃過來。「對不起，妳打錯了。我不認識他。妳這女的怎麼這樣啊，我都說了我不認識什麼醫生了！」越說越沒耐心，也不曉得對面回了什麼，最後只見傅某人邪魅一笑，一氣呵成道：「媽的，我們還沒起床呢，正忙著，他沒空來接妳電話！」

周圍一圈等車的人都齊刷刷地望過來，已被薔薇摟住肩膀的安寧淡定地一笑，境界這種東西……只要不是面對徐莫庭，她還是很有的。

薔薇上下打量了一下安寧。「姑娘，幹得漂亮啊。」

「那是。」

兩人再次來到傅大姊在外的住處時，剛到社區大門口，就聽到花壇旁邊傳來爭吵聲，安寧和薔薇循聲望去，就見一男一女在對罵，女的正是傅家大姊。「你以為我願意跟你啊！你賺的錢還沒我多呢！」

那男的被說得面紅耳赤，惱羞成怒，竟然在大庭廣眾之下就想衝上去打巴掌，不過薔薇比他動作快，衝過去從背後就是一腳，直接將人踹翻在了地上。「我姊你也敢打！我不踹死你！」說完又加了兩腳，她看周圍看的人越來越多，就抽空說了句：「看什麼看，沒見過以多欺少啊？」

「……」

那男的從地上掙扎起來，啐了一句髒話：「媽的！」就想撲上來打薔薇，這時傅大姊從他身後猛踹了一腳！

這局勢安寧也不知道該擔心還是該笑，而那男的估計有點兒惡向膽邊生了，撞開薔薇，與傅家大姊搏鬥起來，大姊畢竟是女人，一下落了下風，場面有點兒不好收拾了，安寧看到社區鐵門邊上放著一根木棍，略作思考——最後過去拿起來，從那男的頭後方一棍子打下去。

所有人都看向她……而那男的也看了她最後一眼後暈倒了。

也不知道是誰報了警，總之，安寧生平第一次進了警察局。

二十多平方公尺的房間裡，擺著幾張長凳，裡面除了她們三人，還有其他兩男一女。

「對不起啊小姐，把妳連累進來了。」傅大姊坐在安寧身邊很是慚愧地說。

安寧笑笑。「沒事，我就當來見見世面了吧。」

「呵，我就說妳這女生有意思！」

站在門口一直往外邊張望的薔薇回過頭來問：「不會真要把咱們拘留了吧？不就是打個架嗎！」

低著頭的一個男人此時抬起頭來看了眼薔薇。「第一次進來啊？讓人準備八百塊錢吧。祈禱妳打的那人不起訴妳，否則坐牢都有可能！」

「不是吧？」薔薇跟安寧對視一眼。

傅大姊這時倒是挺淡定的。「沒事兒，我有後臺！」說著就打電話了。

安寧坐在那兒，等得也有些無聊，拿出手機想看新聞，結果竟然上不了網，淚奔，警察局的訊號怎麼比山區還差啊？退而求其次發簡訊打發時間，然後發出去不到兩秒對方電話就過來了。

「怎麼回事？」徐莫庭的聲音不急不緩，跟平時沒多大差別。

「呃，沒事。」她先前發的是。「我打架了，在警察局，上不了網。」她想表達的重點是「警察局竟然上不了網！」畢竟這種公家部門……

「自己有受傷嗎？」

「沒有沒有！」安寧完全沒想讓他擔心，而且這也確實是小事情，所以才會跟他可有可無地說一下，算是報告「行程」。

莫庭略沉吟：「傷了別人？」

呃，相當不好意思。「傷了。」

對面停了兩秒，「嗯」了一聲。「那沒事。」

安寧望向拘留室的天花板，怎麼感覺那麼像……「助紂為虐」？

跟徐莫庭又聊了幾句，對方也像是不擔心了，掛斷的時候傅家大姊正作勢摔電話。「平時把自己吹得厲害哄哄的，什麼局長什麼官員都認識，媽的，到頭來誰都不認識，就認識一個司機！窩囊廢！」

薔薇說：「要不咱出點兒錢算了。」

傅大姊不同意。「幹麼出錢？錯的又不是我們，是那小賤人不識好歹，沒打得他滿地找牙算便宜他了！再說了，出錢，那是助長社會不良風氣。」

薔薇苦笑。「那怎麼辦？總不能真被拘留吧？有了汙點出去不好找對象啊。」

安寧問：「要不我找人幫忙試試？」

傅大姊回頭。「妳警察局有認識的人？」

「不是警察局的……不過也是官員吧。」

安寧找的是周錦程，雖然心裡是不大願意的，但，總不能找她爸吧。

對方問了詳細的事情經過，安寧在說到自己把對方打暈時，手機那頭的周錦程似乎笑了笑。

打電話的中途一個男警員過來，說是要做筆錄，問她們三人誰先來，傅大姊自告奮勇先過去了。

「妳們是犯了什麼事？」房間裡那名不認識的女人，從她們進來開始就在打量她們。

薔薇聳肩。「鬥毆。」

「呵，不像。」

安寧已掛斷電話，好奇問：「那像什麼？」

對方說：「知識分子。」

薔薇笑出來。「姊姊有眼光！咱們正是未來的科學家。」

安寧默默扭頭看牆角。

輪到最後安寧去做筆錄時，周錦程過來了，一眼望到要找的人，他沒有馬上走上去，而是跟一位從辦公室出來的警局長官握手寒暄。

「原來是李書記的女兒。」

周錦程笑了笑。「年紀小，不懂事。」

「其實周先生不來，我們也要放了，上頭剛來電話，是徐家的人。你說我——唉，其實也就是一件小事兒，被打的那人也已確認過沒大礙了。我們這邊走完程序，把該問的問完，她們就可以走了。」

周錦程點點頭，再次跟他握了手。「謝謝。」

走出警察局，傅大姊謝了周錦程，薔薇跟安寧比了個晚點兒聯絡的手勢，便與傅家大姊叫車離開了。

安寧跟在周錦程後面走了一會兒。「今天的事謝謝你。」

錦程回頭看了她一眼，說：「送妳回家吧。」

安寧也不再多說什麼，回到家洗了澡，出來時就聽到電話在響，正是薔薇，這傢伙一上來就直奔主題：「妳那舅舅挺厲害的嘛。」

「嗯。」安寧一邊擦頭髮一邊含糊地應著。

「阿喵啊，我姊讓我問妳，妳舅有對象了沒？」

「咳咳咳！」

這晚經常在外應酬吃飯的李啟山難得回家吃晚飯，安寧下樓時就見到正進門的父親，還有先前跟她一道回來的周錦程。坐在沙發上的老太太見孫女下來，起身過來牽了她的手，滿面笑容地問孫女：「寧寧餓了嗎？奶奶今天特意陪著詹阿姨去市場買了許多菜，都是妳愛吃的。」

「謝謝奶奶。」

李啟山見老太太對女兒的寶貝狀，不免搖頭道：「她都多大了，您還當她孩子似的。」

老太太哪裡在意這些，笑呵呵地說：「我就這麼一個孫女，我不疼她我疼誰？」

安寧隨奶奶坐到沙發上，周錦程坐在離她不遠的位子上。她和這位親戚一直相處不融洽，主要是因為以前的一些不愉快，但今天畢竟是他幫了忙，所以在他給奶奶削了個蘋果，又削了個遞給她時，安寧接過朝他說了聲「謝謝」，對方微微點了點頭。李啟山跟周錦程說了一會兒工作上的事情，才將注意力轉到女兒身上。「過了年，妳有什麼打算嗎？」

「想考博士班。」

這一說，讓在座的所有人都朝她望過來，李奶奶也有些訝異。「怎麼？寧寧還要繼續讀書嗎？」

李啟山說：「書讀得多未必有用。」

安寧也明白父親肯定不會輕易答應的，正待開口，旁邊的周錦程淺笑道：「寧寧這專業能讀博倒是不錯的，畢竟是理化科系，學歷是必須要求。」

安寧愣了愣，眼裡有些意外。

李啟山卻明顯不認同。「女孩子不需要太高的學歷。」

老太太道：「寧寧想讀就讓她讀吧。」

「先生，老太太，可以吃飯了。」詹阿姨從廚房裡端出最後的一道湯，安寧起身去幫忙拿碗筷，也算鬆了一口氣。只是不大明白，在這種事上周錦程怎麼會幫她說話？

吃飯的時候老太太在講佛理，李啟山也不便再對女兒多說什麼。

「能守信者，則家內安和，福氣自然而至，非神之所授也。」老太太笑道。「佛家的道理，你們年紀輕的，都要領悟幾年才能懂得。」

安寧笑道：「奶奶，這是阿難說的吧？」

「對，對！」老太太驚訝之餘，眉開眼笑地對孫女道。「人生活百歲，不解生滅法，不如生一日，而能解了之。」

「嗯，奶奶，據說阿難長得是令人神共憤的英俊瀟灑喔。」

「……」

好吧，她把奶奶也冷了，看到對面的周錦程正望著她，帶著幾分笑意，安寧咳了咳，低頭吃飯。

詹阿姨走過來對她說道：「寧寧，有人找。」

安寧「咦」了聲，心想，這時候還是這裡，誰會找我？

4

安寧起身跟阿姨走出去的時候，還是忍不住好奇先問了聲：「阿姨，是誰找我？」

去牽大狗進屋的詹阿姨滿面笑容地指向花園門口，笑著問她：「寧寧，是妳的同學嗎？真是漂亮的年輕人。」

安寧隨之望過去，就看見柵欄邊停著一輛白色的車子，車旁站著的人，一身淺色系衣裝，清俊不凡。

安寧眼睛裡滿是不可置信，等思緒一穩定，馬上跑向他。「你怎麼來了？」

徐莫庭臉上一向是看不出什麼情緒的。「我來討債。」

安寧想到前兩天說到的「以身抵債」，無語了。

莫庭看夠了，才略帶笑意地慢慢開口：「我來看妳，妳好像不是很樂意？」對於某人的欲加之罪，安寧現在已經很能從容應對了，笑咪咪道：「我看到你很驚訝，但也有喜啊，俗稱驚喜。」

莫庭的目光微微閃動，然後說：「既然這樣那再多給一點兒『喜』吧。」

那是一個結結實實的吻，充滿隱祕的思念的渴望。安寧只覺得有細微的電流穿過全身，讓她不由自主地顫了一下，想要開口，溼熱的舌趁其不備探入，吞噬了她所有的言辭。

徐莫庭擁著她側了點兒身，安寧的背就貼在了車門上，後頸被他的手臂勾住，完全沒有可以移動的空間。灼燙的男性氣息來勢洶洶，唇齒間執拗的糾纏讓安寧有些喘不過氣來。也不曉得過了多久，對方才逐漸放鬆力道，改成點點輕吻，恢復了溫柔有禮。

他靠在她耳邊說：「我還沒吃晚飯，不介意陪我去吃頓飯吧？」

被誘惑了心智的安寧機械地點頭。

徐莫庭一笑，往她身後看去。「那跟妳的家人說聲再見。」

「……」

安寧轉頭，詹阿姨牽著大狗還沒進屋呢，又是難為情又是三姑六婆的模樣望著他們，見安寧看過來，馬上樂呵呵地俯身做撫摸大狗狀。

安寧滿臉通紅，回頭瞪著面前的人，最後委屈道：「你就不能挑一個沒人的地方？」

徐莫庭輕輕揚起嘴角，注視著她的黑眸尤為深邃。「說得是，下次記得。」

她剛剛說了什麼……安寧黯然神傷，覺得跟徐老大在一起時間久了，自己都變得不得要領了。

「說再見。」徐莫庭指尖輕輕纏住她的髮尾。

安寧睨他，抽回自己的頭髮，回頭跟詹阿姨輕喊了一聲：「阿姨，我陪朋友出去一下，晚點兒回來。」

「去吧去吧！」胖胖的詹阿姨眉開眼笑地只差沒揮手了。

阿姨，長得好看不代表他就是好人，不代表他童叟無欺啊。

坐上車的時候安寧想到一點，轉頭問身邊的人：「你要不要先進去見一下我家人？」

徐莫庭說：「如果是正式見，我想先見妳母親。」

安寧一愣，隨後有些動容地望著他，唔，她好像越來越喜歡他了。

眼見白色車子開遠，詹阿姨安置好大狗後就笑著快步走進屋裡，一碰到在廚房裡倒水喝的李家奶奶便興奮地道出：「老太太，剛剛啊，寧寧的男朋友來了！」

老太太嗆咳了一聲，問：「誰來了？」

「寧寧男朋友，長得是真真俊，我倒還真沒見過長這麼好看的男孩子呢，跟寧寧站在一起登對極了。」說著，四、五十歲的詹阿姨紅了下老臉。「還抱了就親嘴呢，現在的年輕人可不比我們當年了呀。」

老太太走到窗口往外頭望。「人呢？」

詹阿姨走過來扶住她，笑道：「帶寧寧出去玩了，小倆口兩人世界去了。」

老太太也笑了。「她連飯都還沒吃完呢。妳看著那年輕人可靠嗎？」

詹阿姨點頭說：「一看就是好人家的孩子，有教養，有禮貌，之前跟我說話也是客客氣氣的。」

「這丫頭，怎麼也不帶進來讓我們看看？」說著倒有些許悵然若失。「一眨眼原來我們家寧寧也到了談戀愛的年紀了，我總還記得她十來歲紮著馬尾、辮子去上舞蹈課時的模樣。」老太太心裡既驕傲又有些不捨，以後嫁了人可更難見到了。

「老太太，這是應該開心的事情，寧寧早些成家立業，您也能早點兒抱到曾外孫、曾外孫女了。」老太太聽了也不得不贊同地點頭，老人家最開心的就是看到兒孫滿堂。這時詹阿姨看到周錦程拿著自己吃用過的碗筷走進廚房，馬上過去接手。「周先生，您放著，我來收拾。」

「不礙事，舉手之勞。」

周錦程出來時，按了按眉頭，此時客廳裡的李啟山起身道：「那丫頭出去了？錦程，你如果不急著走我想跟你談談。」

剛到書房裡，周錦程一坐下便點明了：「您是想說安寧升學的事情？」

李啟山道：「讀博士，呵，讀出來能有多大的用途？」

周錦程淡淡開口：「您有沒有考慮過，也許安寧並不適合兢兢業業的生活？」

李啟山轉頭看著他。「你從北京回來後不願到我這兒來發展，回了江濘，也好，我也說過你回了那邊能照應她的地方多照應一些，但不是讓你幫她在那邊安身立命的。」

周錦程微微頷首，沒再多說什麼。

李啟山道：「你也明白我一直想要她回來，寧寧是我唯一的女兒，我能給的也就是為她鋪平一條道路，過了年她就二十五歲了，在此之前我可以任她過自己想過的日子，但是今後，我絕對不希望她再這樣空洞無目的地過下去。」

當年離婚，江濘市的房子和一半的財產他都主動劃分給了前任太太，工作他也申請調到了廣慶市，他李啟山什麼都可以退一步，但女兒必須得跟他，要冠他李家的姓，這點毋庸置疑，而當初寧寧也的確判給了他，本來當天就要把她帶回來，可偏偏她鬧得出了車禍，住了醫院，住院的那兩個多月她都沒說一句話，而她開口的第一句話是：「我想跟著我媽。」

那句話，他聽著是心酸的，難受的，作為一個父親，他也希望女兒偏袒自己一些……最終是讓了步，他想等孩子大點兒，懂得一些世俗道理，再帶她回廣慶，卻沒想到女兒一直都沒有來廣慶的念頭，她母親也任由她得過且過。

那時可以當她不成熟，但現在她依然不懂人情世故，對未來沒有該有的抱負，他是不能接受的。

李啟山語重心長道：「錦程，我信任你，不光是那一層親戚關係，更是因為我看中你自身的能力。」

周錦程笑笑。「我知道。」

「你姊姊這幾年也挺不好過的。我不奢望寧寧能叫周兮一聲媽，可她到現在卻是連一聲『阿姨』都不肯叫，你姊嘴上雖然沒說，但心裡是難受的。當年我不讓她生孩子，是我補償寧寧的，卻虧欠了你姊姊，我想讓她把寧寧當親生女兒，也希望寧寧能接受周兮，可是那孩子——」李啟山拿起書桌上的一張女孩照片，林下風致，眼睛清亮，笑靨如夏花。「你說寧寧乖是乖的，但卻有些孤僻，不想理的人是一分心思都不願意花，現在，連我這爸爸她都有些愛理不理的。」

周錦程沉默不語，眉宇間隱隱有幾分淡漠。

安寧這一邊，由她帶路去了一家廣慶市比較有特色的餐廳，徐莫庭去停車，她先進去找位子。

「請問幾位？」

「兩位。」剛要穿過內門，旁邊有人快步經過她身邊，兩人擠了一下，那女人望了安寧一眼。

「豬啊，不會側著走啊？」

安寧皺眉。「又不是螃蟹。」

旁邊站著的兩名服務生笑了出來。

那女的面露不快。「笑什麼？你們什麼服務態度？」

服務生看著這位比安寧體型明顯「豐滿」N多的顧客，真覺得那什麼多作怪了，不過也馬上招呼：「小姐，您幾位？」

對方斜了眼安寧，才對服務生道：「已經有人訂位子了，帶路吧！」說完扭著腰進去了。

而安寧則在服務生的友好帶領下，找了一張相當不錯的靠窗位子，不過一坐下就望到隔了兩張桌位的地方正是剛剛那女人。

安寧「咦」了一聲，因為那女的對面的男人有點兒眼熟，是誰呢？

安寧感覺臉上一涼，抬眼看到徐莫庭，他的手指擦過她左臉，然後落座在她對面。「東張西望什麼呢？」

安寧嚴重懷疑這人現在有托詞沒托詞，都要來趁機調戲自己一把了，於是默默戒備。

徐莫庭給安寧倒茶。「夫人請客？」

「好啊。」

……

上菜的時候，安寧的電話響起，看號碼似曾相識，接起。「你好。」

「大嫂，我沒錢吃飯了！」

「……」

電話那頭，旁邊一道聲音罵道：「老三，咱們不是跟嫂子要錢，說清楚，是要讓她幫忙把老大『××○○』了！」

「……」

「對，對！」老三繼續悲愴地說。「大嫂，妳什麼時候回來？老大他太狠絕了，連後路都不給我們留一條啊！他吃人不吐骨頭啊！」

背後耀武揚威，聲音自然宏亮，因此，外面也能聽到，所以徐莫庭伸手接過了電話。

當對方悲愴了三分鐘後第一道菜上來的時候，徐莫庭才慢悠悠地說：「放心，回去我會加倍『還』你們的。」

「……我是誰？這是哪裡？我為什麼在打電話……」老三的聲音慢慢飄遠。

安寧咬著唇忍著笑接過手機。

「以後他們打來，妳不用理。」

安寧終於笑出聲：「但是很好玩啊。」

「有我好？」有人非常厚臉皮，且斷章取義。

安寧瞅了他一眼，嘟囔道：「你要是生在古代，絕對是殺人不眨眼的魔教教主。」

徐莫庭笑了。「夫人抬舉了。」

5

莫庭吃飯是相當慢條斯理的，安寧晚餐算是吃過了，所以只陪著喝茶，偶爾看看窗外，再看看對座的人，徐莫庭本就是眉目清朗的人，但因有點兒形於外的氣勢，總讓人覺得過於偏冷傲了，不過……依然很好看啊。莫非是情人眼裡出西施？

渾然不覺自己的「隱祕欣賞」已經被對方察覺，徐莫庭抬起頭，若無其事道：「是否打算以身相許了？」

這人……

安寧哭笑不得之後很有風度地略過，忽然想起一件事，打岔問他：「前天我媽媽跟我說收到一些包裹。」都是極高檔的滋補品、養生品，大姨說如果是真貨加起來好幾萬呢，安寧覺得這禮也太重了。

徐莫庭放下手裡的筷子，淡淡道：「不是我送的。」

安寧不相信，繼續狐疑地看著他，她的感覺一向很準的。

徐莫庭無奈輕笑。「是妳未來婆婆送的。」

「……」

「妳不用在意這些，只是——如果對妳母親有所幫助，其他都是其次。」徐莫庭不想她想太多。

安寧盯著他看了一會兒，心裡暖暖的，不過還是嚴肅道：「以後叫你媽媽不要送了，太破費了。」安寧是真覺得太貴了。

「沒事，反正都是一家人。」徐莫庭說得天經地義。

徐老大，你一定要繞到那裡去嗎？

「跟你說真的呢！」

徐莫庭微微一笑道：「安寧，我說的再真不過了。」

某人完敗。

這時候，安寧看到跟他們相隔兩桌的地方，那女的正指著她問對面的人：「你幹麼看她？是不是她？」

安寧莫名其妙，而那男的望了她一眼，低頭對女伴解釋起來，但後者顯然不肯配合。「我不聽！你們什麼時候認識的？你說，你說啊！」只離了四、五公尺的距離，中間的位子也沒有坐人，所以即便那兩人說得不大聲，安寧還是能聽到一些大概。

安寧心想，莫非遇到了傳說中的「狗血劇」……那男的再次望向安寧，有那麼點兒悔不當初地說：「就幾天前吧。」

安寧傻眼了，他誰啊？

徐莫庭問：「是不是覺得有些吵？」

他是背對那一桌的，而且有沙發邊的盆栽遮擋，所以上演愛情保衛戰的兩人只能隱約看到徐莫庭的一點側影。

安寧收回視線，反正是無關緊要的人，隨他們去吧！

只是安寧不曉得通常狗血是灑不完的。

「她是不是追著你來的？怪不得了，我剛進門的時候她就跟我過不去！」越說越八點檔，已經有不少臨近桌的客人翹首觀摩。

安寧很無奈，那女的又說了一堆，那男的才吞吞吐吐地回：「她跟她朋友就問過我，我們醫院修復處女膜的事情，是她們來纏我的。」

安寧聽到這句話才依稀想起那人是誰，跟薔薇相親過的那名婦科醫生。

不過，安寧有些火了，這人也太沒品了吧？

「認識的？」莫庭問，他懶得回過頭去看閒雜人等一眼。

安寧搖頭。「不算，只是薔薇跟他相過親。」

徐莫庭微揚眉。「妳去相親？」

安寧有些想笑。「我只是陪客而已，你就只關心這個……」

「那關心什麼？」

呃，好吧……

安寧見徐老大挺平和的，但安全起見還是說：「沒關係的，畢竟嘴長在別人臉上。」只要你不誤會，最後一句話安寧放在心裡。

「不行。」莫庭笑了笑。「我一向有仇必報的。」

安寧呆了數秒，徐老大不會是想去格殺勿論吧？

雖然很高興很開心他的信任和維護，但是，那種人不值得。

安寧正要說：「走自己的路，讓別人說去吧！」那醫生竟然主動送上門來了。

對方走過來挺抱歉地叫了一聲「李小姐」，轉頭看到安寧對面的人，不由得一愣。

安寧自然捨不得讓徐莫庭攪和進這種事情裡，冷淡地開口：「有事？」只希望他快點兒走。

那醫生猶豫再三，還是說：「李小姐，我女朋友——唉，能不能請李小姐幫一下忙。」

幫忙？安寧沒見過這麼厚臉皮的人，一時無話可說。

婦科醫生還想再說什麼，就聽到一道聲音突然問：「你想讓她幫什麼忙？」

醫生回頭看出聲的人，安寧也看他，徐莫庭臉上沒什麼表情，只是道：「你要我太太幫什麼忙，我總要知道一下吧。」

醫生傻眼了，安寧也傻眼了。

太太？

「夫人」嘛，安寧覺得還有點兒戲的感覺，但是太太……

那醫生站在那裡極為尷尬，原本以為這有點兒冷峻的男人，只是她的另一位相親對象，沒想到竟是……

徐莫庭對別人向來沒多少耐心，等了兩、三秒見他無話可說，便道：「既然沒有，那可否讓我跟我太太安靜用餐了？」也就是可以滾了的意思。

「……」

唔，安寧心說雖然被「太太」小小刺激了下，但是不得不承認被人維護的感覺真好。但對於徐莫庭來說這只是鋪墊，所以當那豐滿的女人過來時，徐莫庭很適時地又緩緩地對那醫生說了句：「你覺得你跟我比……我太太會看你一眼？」你覺得你跟我比，何止差一點兒，我太太會看你一眼，在任何情況下？

所以說，不要輕易惹腹黑又護短的外交官，他們擅長彬彬有禮地把人刻薄死。

當時那名彪悍的女士竟也沒有發飆，安寧很奇怪，然後又瞬間了悟了——傳說中的秒殺啊。

出來時安寧一直扯著莫庭的袖子悶笑，雖然不應該，但真的覺得挺痛快的。「你太壞了。」

「不喜歡？」

「喜歡極了。」安寧愣了愣，另一隻手輕打了他一下。「又套我話。」

徐莫庭低頭對她一笑。「什麼時候我不套妳也說，我也就輕鬆了，不用想招了。」

這人啊……

隱隱地，心裡頭有燙燙的感覺。

安寧咳了咳，問：「你以前也是這麼對付看不順眼的人的嗎？」

「不，第一次。」

安寧不信。

「通常不太會有人敢來主動冒犯我。」

「……」

這一邊，周錦程開車到住處，在經過一條街時，見到一對出色的情侶，男的俊，女的漂亮，他們靠在一起，宛如就是為了印證那句「天造地設」。女孩子的手一直挽著男友的手臂，輕言細語，笑靨如夏花。

周錦程不由得跟著一笑，然而笑容很快便淡下去了。綠燈亮起時，他踩了一腳油門。過了十字路口，他搖下車窗，讓冷風吹進來令頭腦清醒一些。他周錦程一向比常人懂得如何循著處世規則機巧善變，壓抑真實情緒，因此，做人也比別人累。

車子停在他在廣慶市這邊買的房子樓下，周錦程在車上坐了一會兒，伸手拉開儲物格，那裡面放著一本《五代史》，很舊了，封面上還有一些早已乾透的血跡。

那是一場意外，他卻也難辭其咎，他應該考慮到她當時的情緒。

可他一開始卻只把她當成一個幼稚任性的女孩。

他抱著她到醫院的時候，她一直在說：「你讓我回到我媽媽那裡好不好……」

錦程打開書，裡面夾著一封信，也染了血跡。

他翻開自白色信封裡抽出來的紙張，字體被血染得斑駁，大體已經看不清楚，只在尾端沒沾血的地方能看到一個名字：徐莫庭。

安寧陪著徐少爺找酒店，其實廣慶市酒店行業是相當發達的，也就是說哪都有，偏生徐老大挑剔得很，床單不夠乾燥不行，裡面常年開中央空調的不行，服務生不夠漂亮也不行。

安寧怒了，拉低他咬牙道：「你管人家漂不漂亮！這是最後一家五星級了！再說你女朋友我漂亮不就行了！」

莫庭抿嘴一笑。「那妳陪我？」

「……」

就在安寧糾結不已的時候，徐莫庭付了押金，一間雙人房。櫃檯後面的服務生看了眼這對養眼的情侶不禁會心一笑。

在電梯裡，安寧嚴謹道：「我坐一會兒就走。」

徐莫庭點點頭。「可以。」

突然這麼好說話了，安寧反倒不適應，剛要轉頭看他，就覺得眼前光線暗了暗，溫熱柔軟的唇覆蓋上了她的嘴唇。

一吻過去，安寧迷離的眼眸望向面前的人，當她對上對方的眼睛時，那裡清晰地燃著幽深的光亮。徐莫庭並不是熱情的人，但面對李安寧時卻時時透著隱祕的真誠的渴望。

「安寧。」徐莫庭擒住她的下巴，再一次將她的呼吸吞沒。

第十一章

相知相許

1

安寧是被迷迷糊糊地攬著出電梯的，他竟然在電梯裡就吻了……又吻，那裡面還有攝影機呢！她還隱約聽到走廊上經過的一個女人說了一聲：「真帥啊。」

安寧想到《倚天屠龍記》裡殷素素對張無忌說的「越好看的人越危險」，不禁入情入境感同身受。

進到房間裡時安寧弱弱地提防著，畢竟是酒店，徐老大，很危險，說不定馬上就會……

結果是，莫庭把行李放下，給她倒了杯礦泉水，開了電視，電視裡在播晚間新聞，他進了洗手間洗手，聽到新聞說地震就問她：「哪裡地震？」

「紐西蘭。」

「嗯。」

安寧鄙視自己思想齷齪！

房間裡電視節目主持人的聲音時不時傳出，莫庭走到安寧旁邊坐下，脫了外套。他裡面穿著一件暖灰色的毛衣，把他襯得很是斯文清俊。安寧望了他一眼，心不由得怦怦直跳。徐莫庭目不斜視地看新聞，也非常自然地拿過她的水杯喝了幾口。

安寧見他好像挺渴，要起身再去倒水，莫庭伸手拉住她。「不用，坐著吧，多陪我一會兒。」

安寧捏著空水杯重新坐下，顧左右而言他。「你打算在這邊待幾天？」兩人靠得很近，他的手一直沒鬆開。

「三天。」徐莫庭微笑。「如果妳希望我多留幾天，我可以考慮多待幾天。」

安寧第一反應就是好短，不過聽他說出後一句便堅定地答：「不用！」主要是大過年的，人家也要去陪父母的，總不能自私地讓他在這邊陪她過完年才回去。

莫庭笑了笑，像是隨口說道：「對了，我養了隻貓。」

「真的？」安寧有些驚訝，徐老大養貓，不可思議，於是抓住他的手臂就問道：「什麼時候養的？長什麼樣的？下次讓我看看！」她一直想養，可惜媽媽身體不好，不能養。

徐莫庭輕描淡寫地說：「原本是想當聘禮的，不過提早讓妳看下也不是不可以。」

安寧一頓，隨即明白過來，抬起他的手輕咬了一口。莫庭無聲地微笑，隨後將她輕輕壓在了床上，安寧手上的杯子滾到了地上。徐莫庭在她脣上吻了一下，然後伸手覆住她的眼睛，漸漸加深親吻。

當天徐莫庭送她回家，文質彬彬。

在下車之前，莫庭撫了撫她的臉開玩笑地說：「妳的表情好像有點兒失望？」

安寧面頰緋紅地跳下車，才敢回頭道：「我只是在想你什麼時候從良了。」

見心上人「落荒而逃」，徐莫庭按了按眉心，他不是從良，他是從長計議……在酒店裡，慶幸她不知道他在想什麼，也慶幸自己涵養功夫了得，沒有潰不成軍。

徐莫庭看到她進了房子裡，才長長、慢慢地呼出一口氣，握著方向盤的手心有些許汗溼。

安寧走進客廳，就同從廚房裡出來的周兮碰上了。

「寧寧。」周兮素面朝天，快三十五了，卻仍然美麗動人。

安寧點了下頭，極淡地笑了笑。從她身邊經過時，周兮又叫住了她：「寧寧，妳有時間嗎？我上次給妳買了幾件衣服——」

安寧微微皺了皺眉，才搖了搖頭說：「謝謝，我有衣服。」

周兮的表情有些為難，隨即又恢復從容，她上前一步想拉住安寧的手，卻被安寧輕輕避開了。

安寧也不想這麼冷淡的，可就是條件反射一般地不想與之多接觸。

周兮看著她，眼中有歉意。「寧寧，當年……」

安寧低聲打斷她，不喜歡她談論到當年，更不喜歡她談論到她媽媽，但畢竟不擅長講重話，只是道：「我上樓去了。」

安寧洗完澡，躺在床上輾轉了大半夜，一直睡不著，最後撥了熟悉的號碼。

「喂？」

「你也還沒睡？」

「在等妳電話。」

安寧的情緒立刻好轉。「莫庭，你討厭過什麼人嗎？」

「哪種程度的？」徐莫庭的聲音低柔，慢慢陪著她消磨時間。

安寧想了想。「不願意與之相處、見面、講話……」

「那很多。」

「哎，你認真一點兒。」

徐莫庭莞爾。「只有妳總以為我是在說笑。妳為何不問我喜歡什麼人，我倒能說上一位，要聽嗎？」

「不用了。」安寧翻了身，輕聲道：「莫庭，我覺得自己越來越壞了。」

「嗯，如果妳想殺人，我會給妳遞刀並替妳坐牢。」

安寧無語，不過精神卻不再消極，於是有一句沒一句地跟他聊著，對方低柔的聲音彷彿能催眠，漸漸讓她閉上了眼簾……徐莫庭聽著她舒緩的呼吸聲，過了許久才輕聲道了句「晚安」，掛斷電話。

安寧睡了五、六個小時就醒了，不過精神很好，一走到樓下便看到了奶奶。老太太一見她便笑咪咪地招她過去，自然是要好好詢問寶貝孫女的「男朋友了」。安寧對奶奶是知無不言的，老太太問什麼她答什麼，名字、出身、長相、人品……最後老太太笑道：「姑娘家也不害臊，有這麼捧自己男朋友的嗎？豐神清朗，穎悟絕倫？什麼時候帶回來讓奶奶瞧瞧才是真的！」

「我問問他。」安寧摸摸額頭有點兒窘。

這時詹阿姨過來說：「寧寧，妳爸爸找妳呢，在書房。」

「哦。」安寧的臉上掛起一分無奈。

李啟山本是大忙人，一週都見不上幾次面，最近兩天居然都無須外出。見女兒進來，他從皮椅上起身走到沙發邊坐下，拍拍身邊的位置。「寧寧，爸爸有些話要跟妳談談。」

安寧有些預感，果然一坐下父親便問道：「妳跟徐家的兒子在交往是嗎？」

「嗯。」這件事安寧不想隱瞞。

李啟山沉默了一會兒。「寧寧，我知道你們之間或許有了不錯的關係，可是，感情並不是那麼簡單的事情。你們都還太年輕，甚至還沒有定性，追逐一時的快樂無可厚非，如果只是單純談戀愛爸爸不會反對，但如果是長久交往，甚至牽扯到婚姻，那我是不同意的，徐家太複雜了，裡面有太多的政治衝突。寧寧，徐莫庭不適合妳。」

安寧沉默著沒有出聲。

李啟山一向是鐵腕人物，如果不是對女兒習慣性地包容，可能會直接命令她跟徐家的少爺分手。

「他現在才二十五歲，就在外事局裡任要職了，別人要花好幾年才能爭取到的位子，他一、兩年就上去了，多少人羨慕嫉妒，但這些讓人羨慕嫉妒的東西，也都只是他們徐家人讓他小試鋒芒的，他將來的職位、事業，絕對不可能簡單，包括婚姻也是。」說著將茶几上的一份檔案拿起來遞給女兒，才又說：「寧寧，我跟妳講一件舊事妳就會懂了，我也想讓妳知道，錦程和他姊姊並不容易。」

「錦程他們家本來也是江濘上得了檯面的世代書香家庭，破敗下來，很大的原因就是因為徐家。

「這種事情，徐家少爺估計不會跟妳說。」

「當年錦程的母親原本是徐莫庭二叔的戀人，兩人留學相遇，認識一年後正式確定了戀人關係。」

「徐家老二當時跟ＩＴ業大亨張家的女兒有婚約，徐家人發現這段不該發生的戀情後，就命令徐家老二回了國，讓他跟張家的女兒履行了婚約。這件事那時候鬧得很大，但被徐家用權勢壓了下去。」

「錦程的母親後來嫁進周家，精神一直不太好，而徐家老二還一直跟她暗中有所往來，但又不負責。錦程的母親最後是自殺身亡的。而錦程的父親周慕華當時是小有名氣的書畫家，在錦程母親死後一直過得很不得志，最終也抑鬱而終。寧寧，兩條命去了，徐家卻一點兒事都沒有。」

「妳看不出其中有多少門道，爸爸卻很清楚。徐家走到今天，一代爬得比一代高，不是輕而易舉就能達到的。」

「爸爸不想看到妳受到傷害，妳明白嗎？」

安寧從書房出來，便收到了徐莫庭的簡訊：起來了嗎？我打電話過來。

安寧一時之間不知道要回什麼，走回房間洗了臉。薔薇打電話過來，約她出去，安寧想了想，答應了。

跟薔薇在一家日式拉麵店碰頭，薔薇還帶了兩男一女過來，都是她高中同學。

一見安寧出現在門口，薔薇便起身招手。「阿喵，這邊！」

男生已經主動拉開身邊的座位讓她坐下，安寧說了聲「謝謝」，薔薇拍拍男生的肩說：「別想了，她有主了。」

對方沒在意，只笑笑。「庸俗了吧，咱就是單純想為美女服務而已，不求回報，只求深刻理解。」

在其他人笑鬧的時候，安寧始終心不在焉的。一夥人邊吃邊聊，安寧很少搭話，被問到就回一句。

跟她不熟悉的三人都覺得她有點兒冷淡，心想大概美女都是不好親近的吧，薔薇是完全沒察覺到異樣，阿喵想事情發呆是很正常的事。

安寧沒什麼胃口，吃了一點兒麵就喝著溫水聽他們講話，陽光透過玻璃照進來，暖洋洋地鋪在身上，卻一點兒也驅散不去心裡的陰霾。

「對不起先生，我們這裡不能刷卡。」

低沉的聲音回答了什麼，聽不太清楚，安寧僵了一下轉頭，便看見十來公尺外一道熟悉的身影站在櫃檯處。

安寧回過神來，立即起身走過去，從包包裡拿出皮夾用現金付了帳，收款的服務生見的世面也是多的，只當是美女幫帥哥付錢了，笑著結了帳將找的零錢遞給她，安寧一直感覺到身邊的人在看著她，忽然眼睛紅了，什麼也不想就伸手抱住了他，對方的神情溫情如水。

帥哥美女本來就吸引人眼球，這麼「親密」的就更加讓人一顧三盼了。

先前對安寧獻殷勤的男生輕聲感慨：「唉，哪裡冷淡了。」

薔薇也震驚得很，妹夫怎麼來廣慶了！

徐莫庭遠遠對她點了下頭，就攬著女友出了餐廳。

到了車上，徐莫庭開了暖氣，並不急著開車，而是輕輕摟住了她。

「我發簡訊給妳的時候，車已經開到妳家附近，看妳開著車出來，便跟了過來，見妳約了朋友，就不想打擾了。」

安寧有些內疚，抱著他，將臉埋在他的胸口。

徐莫庭也不問她為什麼突然之間情緒低落，只一下一下撫著她的背。

而安寧因為之前精神太過緊繃，放鬆下來後就有點犯睏，抱著莫庭沒多久就睡著了。

安寧醒來時，車子正在平緩地向前行駛，輕柔的音樂流淌在車廂裡。

旁邊的人見她醒了，柔聲道：「這邊親戚有一幢閒置的房子，我借來住兩天。還睏嗎？馬上就到了。」

安寧這才看清楚外面的風景，依山傍湖，安詳寧靜，參天古木中偶有幾幢別墅點綴其間。徐莫庭拐進一條幽靜的小道，將車子開到一幢磚紅色的兩層別墅前，旁邊有車庫，他沒有停進去，而是在花園門口熄了火。

徐莫庭俯身幫她解開安全帶。

安寧下車看了看周圍，不由得讚嘆：「這裡真漂亮。」

徐莫庭過來牽住她的手說：「等一會兒可以去湖邊看落日。」

安寧笑著點頭，也忘了問為什麼要來這裡。

2

徐莫庭去樓上放東西，安寧在房子裡粗略逛了一遍，只得出一句：「如果是兩個人住，我可不要這麼大的房子，感覺太冷清了。」

徐莫庭從二樓下來，手上多了一件外套，聽到她說的話不由得一笑。「那一百二十平方公尺的怎麼樣？」

「呃，差不多。」其實還是有點兒大。徐莫庭示意她過去，安寧開心地走到他面前，剛進屋的時候就開了暖氣，但客廳一時還沒能暖和起來。徐莫庭將手上的外套給她穿上，她笑著展平手臂配合他，米色的外套柔軟又有質感，一穿上就覺得溫暖，似有若無的還有一絲清新的香味。穿好衣服，安寧抱住他，手從他的上衣下襬伸進去，碰上他光滑的腰背。「真暖和。」

徐莫庭無奈。「別鬧。」說是這麼說，但也捨不得拉走她的手，溫柔地問：「餓不餓？」

安寧被他一提醒，就覺得餓了，早上沒吃東西，中午跟薔薇他們在一起時又只吃了一點兒麵條。她仰起頭問：「我們要再開車出去吃東西嗎？這裡離市中心好像有點兒遠。」

「不用出去。」徐莫庭道。「我做給妳吃。」

安寧忘了徐老大是出得廳堂下得廚房的全能型男友，馬上喜孜孜地奉承：「那我幫你打下手吧！」

徐莫庭輕笑。「好啊，去洗手，看看冰箱裡有什麼。」

安寧走進廚房打開冰箱，琳琅滿目，不禁想到之前逛房子的時候也是一塵不染的，狐疑地望向身後的人。

徐莫庭一看她的神情便知道她在想什麼。「應該是我那親戚讓人來打掃整理過。」

安寧眨了眨眼睛。「照顧得真周全。感覺像微服出巡。」

徐莫庭抬手輕輕捏了捏她的臉。「胡說什麼，我充其量就是來探視女友，誰讓她那麼冷血棄我於不顧。」

安寧心裡歡喜，臉上卻仍然一本正經。「明明有這麼好的待遇在，那你之前幹麼還要住酒店？」

「離妳家近點兒。」離妳近點兒……

安寧自然聽明白了，臉上泛起些微紅暈說：「餓了，煮飯給我吃！」

徐莫庭低低地笑出聲來。「是，願意為夫人效勞。」

這頓飯吃得很愉快，安寧心裡的沮喪一掃而空，只覺得外面陽光明媚，裡面暖氣也宜人。

吃完飯兩人出門，悠閒地往湖邊走去。

安寧身上還套著徐莫庭的外套，有些寬鬆，但她身材修長勻稱，穿著他的衣服倒也不突兀，反而有幾分瀟灑英氣勁兒。而徐老大是一如既往的清俊文雅。偶爾有人從他們身邊經過，都忍不住朝這對出色的情侶多望一眼。

西方霞彩滿天，安寧拉著徐莫庭的手，慢悠悠地在湖邊散步。

她見紅日馬上要下山了，激動地搖了搖徐莫庭的手，後者會心一笑，牽著她往高處跑去。等她氣喘吁吁地停下來，直起身子便望見遠方天地相連處，晚霞將地面染成了金黃色，壯美絢麗，涼風吹來，安寧不禁深呼吸，感覺特別心曠神怡。

剛回頭想說什麼，卻發現徐莫庭正看著她，心中一動，便捧住他的臉吻了他。徐莫庭緊緊擁住她，細膩灼熱地索吻，霞彩渲染得兩人的衣、髮像鋪上了一層紅光。有人經過看到，不由煽情地感嘆了一句，這一刻，天地間竟是這一處樹下的相擁最唯美悸動。

小倆口回到別墅已是夜幕降臨時分，在花園門口停下，徐莫庭輕聲徵詢：「是現在送妳回去還是……等會兒？」

安寧面上微紅，咬了咬唇說：「我能不能住一晚？」

徐莫庭的眼睛變得很幽深，神情始終溫柔。「安寧，妳知道這句話代表什麼嗎？我已經沒有信心再對妳彬彬有禮。」

安寧一怔，耳根都紅了。「那……那算了。」剛要轉身就被徐莫庭拉住，他將她擁進懷裡，柔聲說：「打電話跟妳家人說一聲吧。」

安寧打電話回家，是奶奶接聽的，老太太竟然一口就答應了，反倒讓她心虛不已。走到客廳的沙發上坐下，電視上在轉播大型的體育比賽，在看比賽的徐莫庭將手中的陶瓷杯湊到她唇邊。「喝一點，潤潤口。」

她很少喝茶，但覺得這茶很香醇，回味無窮，不由得多抿了兩口。

「要躺下來嗎？」他輕笑著問。

她今天算是忙了一整天，精神上和體力上都有點兒累，這時也不矯情，懶懶地滑下了身子，頭枕到了他的腿上。徐莫庭看著電視上的籃球比賽，背靠著沙發，手指輕撫她的頭髮。

安寧心裡默默想著，如果爸爸知道，肯定要大發雷霆了，他站在父輩的立場為兒女著想她知道，可她更知道自己喜歡徐莫庭，一想到可能要跟他分手就難受得要命。她不管徐家怎麼樣，複雜也好，陰暗也罷，她喜歡的是徐莫庭，他很好很好就夠了。

徐莫庭見她望著螢幕想心事也不打擾她，時間一分一秒地過去，等中央五臺的體育比賽播放完已將近八點，安寧坐起身，徐莫庭便溫和地問：「餓嗎？我把菜熱一下再吃點。」

「不餓，下午的時候吃太多了。」

徐莫庭忍不住笑出來，關了電視。「如果還不睏，陪我下盤棋吧。」

是不睏，可是下棋……那她寧願去睡覺的，安寧心說，但是看他貌似完全沒有打算放她去客房睡覺的意思，不禁想入非非臉熱腦熱，最後猶豫了一下還是點了點頭。「哦。」

徐莫庭從電視機下方的櫃子上拿了棋盒過來，安寧盤腿坐在沙發上，徐莫庭坐在對面，輕鬆地斜靠在沙發背上。「黑子還是白子？」

「黑子。」

莫庭擺好棋盤，兩人各自拿了棋子，開始對陣。

徐莫庭雖不是圍棋高人，但思路縝密，深謀遠慮，安寧根本不是他的對手，不到一刻鐘就輸了兩盤，簡直就是一開場就收局。安寧鬱卒，好歹她是他女朋友吧，竟然一點兒都不手下留情。第三盤收局時徐莫庭像想起什麼，溫聲道：「對了，我忘了說，我們這是比賽，三局定勝負，賭注是以身抵債。」

「……」

「剛三局都是我贏的是吧。」

「你無賴！」

徐莫庭靠過去，眼眸裡全是她，他攬住她的後頸，柔聲道：「我是說，贏了的是債務人，輸了的是債權人。」

安寧一愣，心如擂鼓，不敢再看他，而徐莫庭在下一秒已若無其事地退回去。她抬起眼便見到他臉上的微笑，不由得臉全紅了。「我要去睡了。」

「嗯。」他點頭，竟一點都不為難她就放了行。

安寧一進到二樓的客房，便拿手扇風，最後到浴室洗了臉才平靜下來。剛剛真的有種一不小心就會被吃掉的強烈感覺。

走到房間躺在床上，雖然已是夜深人靜，睡意卻一點兒也無，胡思亂想了一通反而更加精神抖擻了。她拿起床頭櫃上的遙控器打開了電視，晚間節目多種多樣，但安寧卻完全看不進去，一臺一臺地換過去，過了二十來分鐘倒是漸漸有了些睏意，之後便迷迷糊糊進入了夢鄉。

徐莫庭洗完澡，在陽臺上站了一會兒，才慢慢走到南面的一間客房門口，握了下門把手，竟然沒鎖，還真是信任他。推門進去，看到電視還開著，不由搖了搖頭，關了電視，最後走到床邊輕輕躺在了另一邊。

他只是希望「近距離」的時間久一點兒。

安寧夜裡總是會起來喝一次水，剛轉醒便隱約感覺到了身旁熟悉的氣息，心中猛地起了一陣異樣的情緒。

徐莫庭低沉柔和的聲音傳來：「要喝水嗎？」

「嗯……」

床頭的檯燈亮了，安寧接過遞來的玻璃杯喝了幾口，還回去的時候對上對方的眼睛，那雙幽深的眼眸一直是清醒的，靜靜地凝視著她。

「才三點，再睡會兒吧。」莫庭放下水，安寧重新躺下，安靜的空間裡只有兩人的呼吸聲。

徐莫庭靠在床頭坐了一會兒，最後俯身過來在她耳邊低語：「安寧，妳要不要我？」

安寧立刻滿臉緋紅，雙瞳剪水。她的表情有些朦朧，但她的眼裡是乾淨的，坦誠的，是愛慕的。

徐莫庭笑了，低下頭去吻她的眼瞼。

安寧雙手無意識地滑入他的髮間，他的頭髮很軟，涼涼的，劃過指間的時候生出一種酥酥麻麻的感覺。

莫庭緩緩下移吻到她的嘴唇、頸項……

表面風平浪靜，但徐莫庭的內心卻真的快要失控。心浮氣躁原來是如此難耐。

他太清楚自己要的是什麼，心中的吶喊震耳欲聾。他伸手去碰觸她的臉，想要得到她，得到她人生才能圓滿，否則都是殘缺的。可他還是停了下來。「妳說不要，我便停下。」

上方英俊的臉也是紅的，深邃的眼裡有著如火般的炙熱。安寧的回應是將他拉向自己，吻了他。她喜歡他，她不想與他分手。

殘存的一點兒從容、冷靜剎那間煙消雲散。他的動作是溫柔的，並不急躁，即使內心是那麼迫切，當兩人裸裎相見時，呼吸已經徹底混亂，初嘗情慾，都分外緊張，擁吻，交纏，均是驚心動魄。

徐莫庭膜拜著愛人的身體，雙手遊走在她身上的每一處，身下人迷離的眼中滿是他，可單純的親吻相擁已經無法滿足他更深的渴望。徐莫庭難耐地蹙著眉頭，體內更強烈的慾望渴求著傾巢而出，他擁住她的腰，輕托起她，將她的雙腿架到自己腰間，汗水不斷地沁出，兵臨城下快感便已劃過全身，還沒攻入就已經一身溼熱，即便平日再沉靜清冷，此時此刻他也是懵懂無措的……

終於，他深呼吸著輕緩推入。

安寧渾身微顫，眼睛裡泛起薄薄的霧氣。

徐莫庭知道她痛，可他停不下來，他比她更難受，當他傾身更進一步時，身下的人疼得眼淚滑出眼眶。

他也不知道該怎麼安慰，只一次一次吻著她，吻去她的淚水。

適應的過程每一秒都是煎熬，溫柔的撫慰令女孩慢慢平靜下來。終於，徐莫庭按捺不住的渴望，一點點隨著本能打開了，雖不算有技巧，但彼此緩慢而有力的動作漸漸步入了軌道。那種絕妙的律動，男女間最原始的默契，最終碾碎了所有的矜持，只剩下悸動的男歡女愛。

徐莫庭溼熱微顫的手拉住她的一隻手，放到他的臉側，當慾望攀上巔峰，他偏頭吻她的手心。

3

兩人都是初行男女之事，雖是急切莽撞生澀，但都得到了滿足，那是一種相濡以沫的安定。

徐莫庭抱著她，一直無法平復內心的激蕩，指尖纏繞上她的髮絲，吻著她微溼的額頭。

安寧睜開疲憊的眼，過烈的激情讓她有些吃不消，不過一點兒都不後悔，只是覺得有些累，她側身攬住他的脖子，蹭了蹭，輕聲嘟噥：「好睏。」

徐莫庭心口一熱，身體又隨之火燙起來，忍不住再次靠過去。不過再心馳神往也不忍在女友初夜當天再三索取。莫庭低頭吻了吻她的嘴唇，然後伸手關了檯燈，在黑暗中柔聲道：「睡吧。」

安寧「嗯」了一聲，閉上眼漸漸睡去。

等她再次醒來，身邊的人已經不在了。房間裡昏暗寧靜，厚重的窗簾遮去一切光亮，只有床頭櫃上的液晶鬧鐘顯示著時間。

安寧開了燈起身去浴室洗漱，玻璃臺上擺放著整齊的毛巾和衣服，襯衫和上衣是他的。洗完澡穿好衣服，因為袖口有些長，所以不得不捲了兩圈。走到樓下，徐莫庭正坐在客廳的餐桌前，開著筆記型電腦，見她下來，微笑著說：「我在煮粥，一會兒就可以喝了。」

「嗯。」安寧走過去坐到他旁邊的位子上，神情慵懶迷離，剛要趴到桌子上，便被他伸手托住了下頷。「桌面上涼。」

安寧直起身子，揉了揉眼睛，無意識地低喃道：「還是有點兒累，怎麼辦？」

徐莫庭笑著將手伸到她的頸項處揉捏，力道不輕不重，卻讓她舒服地嘆了一聲。徐莫庭看她穿著自己的衣服，襟口顯露出一點白皙的皮膚，心裡又有些異樣的蠢動，收回手，只遲疑兩秒便輕聲問道：「安寧，過完年，我們結婚吧？」

安寧一愣，臉「刷」地一下紅了，雖然他以前也會隔三差五地提及「結婚」的話題，但從未像這一次這樣讓她緊張，又想到昨夜兩人的親密行為，安寧連耳根都紅了。

「為什麼……我……會不會太突然……我還沒有畢業……」

莫庭已經握住她的兩隻手，眼神溫柔。「安寧，我不想再等兩年，三年。我想跟妳在一起，我想，妳的想法跟我是一樣的。我們彼此相愛，那麼，結婚只是時間的問題。而我比較膽小，如果早一點兒登記，那張紙可以讓我安心。妳願意嗎？」

安寧紅著臉，一下子應不下來，感覺像是在私訂終身。

「我……沒有想過這麼快……結婚。」以前她是連戀愛都沒想過的，只想著陪媽媽一步一步走完。

對方為難無措的表情讓徐莫庭看了有些心疼，傾身向前摟住她的肩膀，安撫道：「對不起，是我太過急躁了。」

安寧心裡愧疚，垂著頭，靠在他胸口：「我喜歡你。」

「我知道。」

「我……我也愛你。」

「我知道。」

安寧放在茶几上的手機響起，莫庭鬆開手笑道：「我去把粥盛出來。」

她走過去時鈴聲停了，手機上一共有四通未接來電，最新一通是薔薇的，兩通是父親的，一通是周錦程的。安寧先回撥給薔薇，對面一下就接起，爽朗的聲音傳過來：「阿喵啊，跟妹夫在哪兒呢？要不要出來啊？」

「要幹麼？」問清楚比較保險。

「昨天吃到一半妳就走了，今天繼續，嘿嘿，讓妹夫也來。」

安寧不確定他今天的行程安排是怎樣的。「我問問他。」

「哎哎，我知道妹夫是大忙人，但午飯總是要吃的吧？」隨即意味深長地一笑。「是不是有情況了？」

安寧一驚，不露聲色。「什麼情況？」

「別裝了，坦白從寬。」薔薇直樂。「昨天妳看到妹夫就撲上去了，這麼熱情，晚上肯定那啥啥了吧？」

「薇薇，妳思想就不能健康一點兒！」安寧心虛地批判。

薔薇一頓。「我是說一起吃飯，看電影，手牽手——妳想哪兒去了？」

「……」

「跟徐莫庭這種人手牽手逛街，一定很心潮澎湃吧，啊，多麼陽春白雪般的人物啊！」

「……」

徐莫庭將電腦關了，走過來在她耳邊悄聲說：「粥在餐桌上，我去車上拿點兒東西。」

安寧微微點頭，徐莫庭笑了一下，不打擾她打電話，轉身出門了。

薔薇心潮澎湃地說了一通，見對面的人都沒反應，不禁義憤填膺。「正說妳男朋友呢，怎麼這麼不積極？不會是……被遺棄了吧？」

「妳才被遺棄了呢。」安寧欲哭無淚，不想再跟她瞎扯。「薇薇，如果等一下，呃，徐莫庭有時間，我們就過去，行嗎？」

「行吧，我就是想讓妳跟妹夫出來亮亮相，鎮壓全場。老實跟妳說吧，昨天我叫出來的其中一個女的，我一直看她不順眼，高中時居然一度搶我男朋友，回頭又把自己標榜得美麗善良、閉月羞花，我呸，我懷疑她是不是不照鏡子的！只要妳跟妹夫往那兒一站，她連朵喇叭花都算不上，撐死就是一朵雛菊。」

真毒啊，安寧汗顏，深深覺得傅某人真的是太無聊了。掛上電話，徐莫庭剛好進來，手上拎著一袋東西。

安寧走過去幫忙，徐莫庭笑著遞給她。「昨晚讓人幫忙買的，做早餐前我出去拿了下。應該符合妳的尺寸，等會兒出門的時候換上吧。」她穿他衣服的模樣，他不捨得讓別的人瞧去。

安寧驚訝地接過，走到餐桌前入座後，才拿出裡面的東西看了看，更不可思議了。「你怎麼知道我穿衣服的尺寸？」

「手感。」

安寧瞪他，徐老大挺無辜的。「妳的身材很標準，玲瓏有致。我的眼光一向很準。」最後那句有點兒一語雙關。

安寧語塞，不過聽他誇自己身材好，還是挺開心的，放下袋子，端起桌上的粥，聞到香味，才發覺自己非常餓了，喝了一口，暖心暖胃，舒坦地直點頭。「真香。」安寧喝完小半碗，才說：「我最近好像胖了。」

徐莫庭微笑，柔聲說：「不會，抱起來剛剛好。」

某人不由得聯想到限制級面畫，臉上泛起紅暈，咳了咳，振振有詞道：「反正胖不胖，你以後都只能喜歡我了。」

徐莫庭臉上的笑意更濃，深邃的眼睛裡滿是真摯的愛憐。安寧被他看得有些不好意思，索性一門心思埋首喝粥。

「不會的。」低柔的聲音響起。

安寧沒聽清楚，抬起頭看向他。徐莫庭輕笑，認真說：「除了妳，不可能再有別人。」

在青春的年華裡，在芸芸眾生中，找到你愛的人，讓她也愛你，這便是此生最大的幸福。而他已經找到，也抓牢了，並且永不會放手。

過了許久，安寧才低低地「嗯」了一聲。

兩人吃完飯，出門時已經將近十一點。安寧想到他今天就要回去，不免有些惆悵，但也知道不能任性，他本來就是比她事情要多很多的人，而且快年三十了，總要讓他回去陪爸媽過年的。

車子平穩行駛，車廂裡很安靜，徐莫庭的右手在下面一直握著她的左手。

今天外面的溫度降到了零下，即使是正午，仍然有淡淡的霧靄在空氣中瀰漫著，公路上車輛不多。

安寧偏頭看他，輕聲開口：「你上高速公路的時候也開慢一點兒。」

感覺到左手上的力道稍稍緊了緊，安寧抿嘴笑了一下，再說：「我過完年就去看你養的貓咪。」

徐莫庭嘆了一聲，終於開口，聲音很低很低：「真想跟妳天天在一起。」

安寧臉紅心跳，只因清楚他說的不是甜言蜜語，而是真實的想法。

徐莫庭將車停下，她的富豪就在前面，安寧還沒下車便看到昨天吃麵的那家店裡，薔薇和一男一女坐在老位置上。

想到薇薇之前的電話，安寧轉頭問駕駛座上的人：「要不要去跟薔薇打聲招呼？」說著指了指薔薇的方向。

「不了。妳去車上拿鑰匙吧，我等妳。」

「哦。」唉，想也知道他是沒興趣的，下車後又遲疑地說：「那我過去跟薇薇打一聲招呼？」

莫庭笑著點了點頭：「我等妳。」

他說了兩次「我等妳」，安寧赧然。

徐莫庭看著她跑過街道，走上兩級臺階，推門進了餐館。他靠到椅背上，開了音響，柔和的音樂流淌而出。

這時有人敲了敲副駕駛座的玻璃窗，莫庭看清人，慢慢按下車窗。

「跟你聊兩句，可以嗎？」

徐莫庭打開車門下車，雙手插入褲袋中，周錦程走到他這一側，從對面的餐廳望過來，越野車半遮去兩道高大的身影。

莫庭靠在車上，淡淡道：「什麼事？」

「我昨天看到她的車子停在這裡。」周錦程笑了笑，說。「你來這邊看寧寧？」

徐莫庭臉上沒什麼變化。「周先生有什麼話可以直說。」

周錦程也不意外他的冷漠，將手上的一只牛皮紙袋遞給他，沉吟片刻才慢慢說：「這裡面有一本書，是寧寧的，我希望你能幫我還給她。她高中的時候出了一場車禍，書裡面夾著一封信，她沒來得及看。」

4

徐莫庭撫過斑駁的紙張時，手指微微顫了下。她出了車禍，他耿耿於懷多年，原來，原來是這樣。看著上面乾枯的血跡，這麼多的血，她當時傷得有多重？心不由得緊了緊。

徐莫庭抬頭望向對街的麵店，透過落地玻璃窗可以看到她被她的朋友拉著坐在旁邊，臉上是淺淺的笑，陽光照在她不施粉黛的素顏上，溫潤如玉。他的心像被什麼灌滿了，思念，迷戀，百般心疼。

幸而，一直做不到放棄，幸而，從始至終剪不斷想她，幸而，他想再試一次，幸而……她要他。

莫庭注視了很久，然後將手中的東西放進儲物格裡，拔了車鑰匙，下車關了車門，慢慢穿過街道。

周錦程的車開出兩百多公尺，在紅燈處停下，後照鏡已經看不到那家餐廳。

他看向前方斑馬線上形形色色的行人，神色淡漠。

一開始，他確實不樂見她跟徐莫庭在一起，撇開私人因素，徐家本就不適合她。寧寧不知道，比起李啟山，徐家遠遠不乾淨得多，卻萬萬沒想到兜了一圈，兩人仍舊在一起了。他也想過怎麼讓她跟徐莫庭分開，但始終狠不下心，畢竟她跟他在一起，很開心。而徐家少爺也並非等閒之輩，真要從中作梗，不見得能成功。幾次公事上的協作，讓他知道年僅二十五的徐莫庭能力並不容小覷，年紀輕輕就少年老成，雷厲風行。而他在意寧寧，對她志在必得，甚至，那種耐心和決心都超乎了他的想像。

原來徐家也有痴情種。

當年徐成勝風流成性，拈花惹草，與他母親藕斷絲連，最終害得她自殺身亡，父親鬱鬱寡歡，最後也無疾而終，留下他跟周兮在親戚中周轉過繼。年少時寄人籬下的生活，艱辛的求學，讓周錦程多少對徐家有些懷恨，但他心裡也清楚，母親自殺是因為她的懦弱，她不愛父親，卻也得不到愛的人，最後走了一條最自私的道路，而真正愛著母親的父親，因為母親的離去一蹶不振，最後也跟著走了。

愛情是什麼？他只知道一旦愛錯，便是萬劫不復。

而寧寧，是真的喜歡他吧……而他希望她快樂，不管是出於愧疚也好還是別的什麼，他都希望她開心。

安寧一直在看時間，一刻鐘了，不知道徐莫庭會不會等得不耐煩。薔薇的手一直拉著她的，此時笑容滿面地朝對面的女生說：「我家阿喵可是文武全才，進江濘大學那可是頂著理科狀元的名頭，被恭迎進去的。」

安寧瞥了薇薇一眼，她當年大考發揮不佳，離理科狀元差了一大截。

「呵呵，是嗎？」對方也笑笑，抱著男友的手臂，對薔薇說：「你們都是名牌大學的高材生啊，我們大專畢業就工作了，不能比嘍，不過書讀太多不會讓人覺得很像書呆子嗎？」

薔薇友好地「呵」了一聲，指著安寧道：「妳見過這麼漂亮的書呆子嗎？」

「……」好吧，偶爾犧牲一下也無可厚非，只要薔薇開心，而且，薇薇好歹也是在捧她，不能「不識抬舉」。

對面兩人面色複雜，女的心裡不爽卻一時反駁不了，男的有些歉然，朝安寧點點頭，安寧自然是無所謂的，只是道：「其實，人類基因學已經表明，有六成以上的人外貌和智力是成正比的。」

她剛說完就感覺一直抓著她手的薔薇一抖一抖的。安寧回想了一下自己說的話，才驚覺貌似那話有種「當眾給了對方一記耳光」的味道，見對面女生瞇眼看她，不禁有些無奈，果然對方說：「對了，李小姐，妳昨天是跟妳朋友走的，他是妳男朋友嗎？怎麼今天沒有陪妳一起出來？」

薔薇笑道：「阿喵她男朋友不是什麼隨隨便便的阿貓阿狗都能見著的，他是我們學校的校草，OK？」

「呵呵，是這樣啊，別是徒有外表。」

「哪能啊，人家海外名校畢業回來，有才有貌絕對頂級品種我跟妳說。」

「呵呵。」

「哈哈。」

安寧聽著兩人表面親如姊妹，實則冷若冰霜的一句接一句，覺得不能再逗留，正要開口辭行，場面突然安靜了下來，見對面的女生望著她後方，下意識回頭，熟悉的身影正不急不緩地走近，安寧眨了下眼，起身道：「你……你怎麼過來了？是不是等太久了？」

徐莫庭站到她身邊，他的角度有點兒背光，所以臉上的表情看不大清，但聲音依然很溫柔：「是太久了。要走了嗎？」

「呃，差不多了。」回頭跟薔薇說。「薇薇，我先走了。有事再聯絡。」

「行！」薔薇也站起身，笑著對徐莫庭道：「妹夫，好久不見。」

徐莫庭「嗯」了一聲，對女友的室友他一向很友善。「我帶安寧先走了。」

「嗯嗯，慢走！」薔薇目送他們走出餐廳，才重新坐下，笑了。「什麼叫郎才女貌，天造地設，嘖嘖，真不是什麼人都適合這些詞的。」

「妳這兩天連著叫我出來，就是為了給我這點兒難堪？薔薇，妳也太無聊了吧？」

「沒辦法，寒假嘛。」

「……」

出來後安寧見身邊的人一直沒鬆手，也沒說話，雖然看上去跟平時無異，但隱隱感覺有點兒不對勁，想可能是讓他等太久了，於是某人馬上笑咪咪地賠禮。「對不起，讓你等了二十多分鐘，那──我請你喝飲料，想喝什麼我去買？」安寧抬手指向正對面一家飲料店。

「妳買什麼我就喝什麼。」徐莫庭的聲音低沉。

安寧笑道：「那我買一杯苦丁茶，你喝不喝？很苦的。」

「可以。」

「……」

他可以，但她哪裡捨得讓他喝苦澀的東西。安寧笑了笑正要鬆開手跑過去，卻沒能如願，徐莫庭說：「我陪妳過去。」

兩人走進店裡，安寧買了兩杯現榨柳橙汁，走出來時身邊的人問道：「安寧，要不要跟我一起回去？」

安寧一愣。「回江濘？」

「是啊。」莫庭微笑。「想不想見妳媽媽，我帶妳過去，隔天再送妳回來。」

見媽媽？安寧心動了，不過……「還是不要了，太麻煩了。」而且媽媽看到她離開又要難過上一天，當然，她也不想徐莫庭多來去兩趟。

「不麻煩。」莫庭看著她，輕聲說：「就當陪我，好嗎？」

「啊……」安寧的臉不知怎麼紅了，徐莫庭見她猶豫，繼續略帶商量地說：「大後天才年三十，妳回去一天陪妳媽媽過一下午，隔天我陪妳回來。」

「那……」她掙扎了一會兒最終投降了。「那好吧。但是，你不用送我回來，我自己坐車就可以了。」

徐莫庭一笑，拉著她的手緊了緊，臉上有清晰的笑意。

下午一點車子上了高速公路，廣慶到江濘的這條線，一路過去風景都不錯，山峰迭起，滿山植被。安寧喜歡自然風光，坐車時多數是精神十足的，兩人聊著天過去，心裡都充實不已。

抵達江濘是四點鐘左右，安寧在下高速公路之後倒是靠在座椅上睡著了。進到市裡，正巧是車流晚高峰期，徐莫庭將車速減到六十，避開超車道，一直開得很平緩。音響裡放著柔和入眠的輕音樂，與車外的喧囂世界相比，車內顯得尤為寧靜安逸。

開到目的地，徐莫庭停穩車，轉頭看睡著的人，略微遲疑了一下，便俯身過去輕輕吻上她的嘴脣，心裡滿是情動，滿足，眷戀。

安寧沒動，過了片刻才本能地側身抱住他，自然而然地將微涼的手伸進他的衣服裡。徐莫庭欣喜她親密的貼近，而安寧睜開眼後，笑了笑，有些遲疑地回吻他。

徐莫庭從來都是冷靜自律的人，可如今卻頻頻失常，但這種不受控制隨她而動的心情令他感覺快樂。他停下來，柔聲說：「到妳家樓下了。我陪妳上去，見一下妳媽媽。」

「哦，好。」她還有些迷糊，只是慣性地聽從他的話。

徐莫庭笑著幫她解開安全帶。兩人推開門下了車，安寧才問：「你真的現在就要上去？」

「怎麼？妳不想？」

安寧瞅他。「是你上次說要正式一點兒的。」
「嗯，聘禮改天再送，今天先見一面。」
「……」
徐莫庭莞爾，牽住她的手。然而剛剛走出兩步安寧便停了下來。
「怎麼了？」
安寧看著前方，說：「我媽，還有，大姨她們。」甚至連表姊也在。
莫庭轉頭一看，就見花臺邊上幾位女士站著在說什麼。安寧低聲道：「那個，我大姨她們很難搞的，你要不要改天——」
徐莫庭搖搖頭，拉著她的手逕直走過去。
大姨首先看到過來的兩人，不由得呆住。「寧寧！」接著看到與她手拉手的人，又是一怔。
李媽媽見著女兒早就激動地上來了。「寧寧，妳怎麼回來了？」
安寧私自跑回家，而且還帶了「男朋友」來，三姑六婆頓時沸騰了，一進到家裡就更是七嘴八舌地說開了，大姨上下打量著徐莫庭，無可挑剔，她作媒那麼多年，還是頭一次見到這麼俊的小夥子，態度也得體有禮，笑著直點頭。「寧寧眼光真不錯啊。」
二姨問徐莫庭：「你跟寧寧是同一所學校的？工作了？具體是做什麼的？」
徐莫庭聲音沉穩，淡淡笑著：「目前在外事局做事。」
「外事局。」大姨再度點頭。「不錯不錯。」
李媽媽看著他，溫和地說：「莫庭是吧？你跟寧寧相處多久了？她有點兒孩子氣你要多包容她。」
徐莫庭笑道：「我會的。」

在廚房跟表姊一起負責泡茶的李姑娘不禁感慨啊感慨。「還真是人見人誇。」

「是啊。」表姊也嘖嘖有聲。「妳看我老娘，都跟看著自己兒子似的了。」

安寧無言，不過看到家人很中意她喜歡的人，心裡是極開心的。

表姊用胳膊碰了碰表妹。「我說，你們有沒有那啥過啊？」

「咳咳！」

「別咳了，我是過來人。他看妳的眼神，簡直就是想要以身相許了，我就不信他沒碰過妳。」

「……」

第十二章

讀你一生

1

幾位長輩對徐莫庭的第一印象是極佳的，一看就是出色的年輕人，嚴謹斯文得體。安寧從廚房出來時，大姨都已經在問：「莫庭啊，你家還有沒有兄弟？」

「……」

徐莫庭微笑。「我是獨生子。」

李媽媽見女兒上完茶就要走回去，笑咪咪地索性將她拉到身邊坐下。「寧寧，妳也坐著說說話吧，不用忙了。」

大姨說：「我家寧寧怎麼看著又變漂亮了？」

剛坐到自家老娘旁邊的表姊笑道：「滋潤的唄。」

「咳咳！」

徐莫庭看了一眼嗆紅了臉的女友，心裡倒也有點兒底，低頭間，眉眼都帶著溫情。

於是，三姑六婆在客廳裡繼續絮絮叨叨地問這問那，徐莫庭態度恭謹，有問必答。李媽媽看徐莫庭越看越稱心，最後完全當他是女婿了。「莫庭啊，畢了業之後有什麼打算嗎？」

徐莫庭聲音溫和。「看寧寧有什麼打算。」

「……」

大姨已經哈哈笑出聲來。「行了，訂婚吧，啊，年初小倆口就把婚訂了，到國慶或者你們年輕人喜歡的情人節結婚！酒席嘛訂上十幾桌應該夠了吧？」

二姨說：「訂婚兩三桌就夠了，結婚十幾桌怕是不夠。」

表姊說：「我當伴娘啊。」

李媽媽還有點兒理智，輕聲詢問莫庭：「你父母怎麼說？要不哪天一起出來吃頓飯，見一面？」

莫庭笑道：「我爸媽同意的。」

此時阿喵同學已經被擠到了角落……

當天安寧奉命送徐老大下樓時，偷偷，偷偷地捏了他一把。

徐莫庭輕笑，握住她的手，拉上來，咬了一口，再一口，很輕，更像舔。安寧心口一麻一麻的，暗中瞪他，卻忽然感覺到他加快了腳步。直到被拉著上了車，安寧才氣喘吁吁地問怎麼了，對方的手臂已經環上她，心滿意足地輕輕嘆息。

他的懷抱很溫暖，安寧十分喜歡，一直沒有動彈。這份感情是她的初戀，剛開始懵懵懂懂，然後漸漸清晰，明白自己喜歡他，便順從地跟著自己的心走，之後，越走越深。

「安寧，想不想知道我以前給妳的那封信裡寫的是什麼？」

安寧眨了眨眼睛。「想。」她一直很好奇。

「嗯。」徐莫庭側頭在她臉頰上吻了一下，柔聲道：「婚後我會一個字一個字唸給夫人聽。」

「……」

太……太討厭了！

安寧上樓時，屋裡的親人還圍在一起議論著。

「這年輕人真不錯，長得好看先不說，性格也好，踏實，穩重。」

「的確是很難得。」

「寧寧這回是確確實實交男朋友了啊。」

「這麼大了，也該定下來了。」

「是啊，要不是書讀得多，早結婚生孩子了。」

安寧無力撫額，默默回房間了。

當晚夜深人靜的時候與媽媽兩人躺在床上，李家媽媽撫著女兒的頭髮問：「喜歡他嗎？」

安寧點頭，很喜歡，很喜歡。

被子床單只要出太陽媽媽都會幫她晒，裹在充滿陽光氣息的被褥裡，這一覺安寧睡到了中午才醒，起來刷牙洗臉，神清氣爽。

昨天跟爸爸打電話，左思右想還是實話實說了，電話那頭停了很久，才說：「我年三十去接妳，妳——多陪妳媽兩天吧。」

她一愣，第一次真心地說了聲：「謝謝爸。」

安寧對著鏡子輕輕拍了拍還沾著水的臉。「嗯，白裡透紅，與眾不同。」

剛走到洗手間門口要叫女兒吃飯的李媽媽笑噴了。「閨女啊，白裡透紅也要吃飯啊。」

安寧嘿嘿一笑。

這天陪母親大人去市場買了N多菜，從簡地拜了年。

下午跟媽媽窩在陽臺上晒太陽的時候，些微眼熟的電話進來。「大嫂，妳人在哪兒呢？是不是在江濘啊？」

安寧聽出來是老三。「嗯，對，我在江濘。有什麼事嗎？」

「太好了。」老三激動。「大嫂，出來吧，我們在市立體育館的露天球場上，老大也在，在打球，哈哈，來吧來吧。」

「你們玩吧，我就不去了。」

「來吧！來吧來吧，程羽妹妹也在。」隨即老三壓低聲音道：「嫂子，妳不來老大可能又要大開殺戒了，雖然這次我跟老大同隊，但是說不定下一秒他就心情不爽轉頭殘害同胞了，所以求妳來當菩薩，救苦救難。」

安寧汗，回頭正想問媽媽，李媽媽已經笑著對她揮手。「去吧去吧。」

「……」

安寧回房間換了大衣、牛仔褲和平底球鞋，在臉上抹了點護膚霜，便出門了，走時關照了媽媽睡午覺。

體育館離家不遠，安寧是騎自行車過去的，雖然是冬天，但陽光燦爛，所以騎得還滿熱的。大概花了十來分鐘，穿過兩條街，遠遠便看到了體育館的籃球場上幾名男生在打球，都只穿著一兩層衣服，有的還脫得只剩棉T，在太陽底下揮汗自如。

安寧慢慢騎到鐵網外，一隻腳踩地，裡面場上那道出色的身影一目了然。

坐在旁邊椅子上的程羽一眼看到她，起身走過來。「嗨，妳來了。」

「嗯。」

程羽也靠在網上，看場上的比賽，笑道：「三對三，現在比分是40比52，堂哥今天心情不錯，很手下留情。」

這時坐在場外休息的老三也過來了。「大嫂，好久不見啊！」

安寧笑笑。「好久不見。」

「怎麼，妳騎車過來的？妳家就在附近？」

「嗯。」

老三愣了一下，隨即直搖頭。「怪不得老大要選這邊來打了，徇私啊徇私。」

「行了。」程羽笑著打斷他，對安寧說：「妳快進來吧。」

老三說：「嫂子，裡面有停車棚，妳進門往左就看見了。」

「好。」安寧又望了某處一眼，然後踩上車，他看到她了呀。

徐莫庭接過隊友從場外撿回來的球，笑了笑。「繼續吧。」

安寧把車停進車棚後，走到球場這邊時就有仁兄朝她吹了聲口哨，然後，場上的張齊噴了。

「吹什麼吹啊，那是我們老大的夫人。」

對方一驚，連忙說：「Sorry sorry，無意冒犯哈。」

場內的人也都詫異地停頓了兩秒，直到一道冷淡的聲音說：「還打不打？」

「打打打！」

程羽等安寧走過來，就把右邊椅子上的一件外套拿起來。「坐這兒吧，這是堂哥的外套，嫂子您幫忙拿著吧。」

安寧看了下，只有三張椅子，另一張上堆滿了衣服，不禁弱弱地想，那人還真有點兒潔癖。

老三過來遞給她一瓶水。「大嫂，等會兒打著玩的時候要不要上去玩一下？」

「我不會打籃球。」

「沒關係的，不會就讓老大帶妳嘛。」

程羽說：「我堂哥才不捨得讓安寧上去跟你們這些臭男人打球呢。喂，你休息得差不多了，上去換我老哥下來吧。」

「老大是主力，怎可在關鍵時刻下場！」

程羽看著他，頗無力地搖頭。「我總覺得跟你之間有代溝。」

老三佯裝怒了。「程羽妹妹妳這話太毒了啊，我不就比妳大一歲嘛！」

「一歲隔重山。」

「嘿，那老大跟嫂子還相差一歲呢。」

程羽訝異，轉頭問安寧：「妳比我堂哥小一歲啊？」

安寧點頭，手上的厚實外套蓋著手臂，非常溫暖。

「你們不是同一所高中的嗎？我還在他書房裡看到過你們高中的年級畢業照，他可是把妳——」說到這裡突然停了下來，嘿嘿一笑。「沒什麼沒什麼。」

安寧笑笑，不介意，轉頭繼續看場上的比賽，有點兒興致。

老三見縫插針地為大嫂解說：「老大除非是一對一，否則很少自己出球得分，都是傳隊友，俗稱控球後衛，呵呵。」

「哦。」安寧想到前些日子老三的幾通電話，不由得偏頭問他：「呃，你們上次打球賭錢——」

「沒事了沒事了，老大已經把錢轉回來了，唉，老大就是喜歡精神折磨，只是對不起嫂子您了。」老三慚愧。「打擾妳那麼多次。」

安寧笑道：「我倒無所謂，沒事就好了。」

「呵呵，我上次打過來，妳是跟老大在約會吧？」

安寧想到那人在廣慶市的兩天，抬手抓了下額頭，只含糊「嗯」了一聲。

有人走過來從後面拍了一下老三的肩，低沉的聲音夾著些許喘息：「上去打一下。」

來人正是徐莫庭，米色的貼身上衣勾勒出修長的身形，之前的一番運動使得他額前的頭髮微溼，袖口捲著，神色明朗，更顯英氣勃勃。

程羽非常識相地立即起身，笑咪咪道：「老哥，給點兒錢，我去買幾杯果汁。安寧要嗎？果汁或者奶茶？」

「不用，謝謝。」她手上還有一瓶水呢。

徐莫庭坐下，沒有拿過安寧腿上放著的外套，而是俯身過去直接從外套口袋裡拿出錢包遞給徐程羽，後者接過便樂了。「錢包在手，那我多買點了！」

等程羽走開，這一方天地只剩兩人，安寧見他脫下護腕，下意識接過，然後把手上的水瓶遞過去，徐莫庭微微一笑，接過喝了幾口水後看著她溫和地說：「原本想打電話給妳，怕妳沒空。」

安寧低聲道：「上午睡到十點多才起來，中午陪媽媽過了下午。」

「嗯。」徐莫庭黑色的眼睛裡隱著淡淡的柔情。「等會兒帶妳去看貓咪？」

安寧眸中一閃，開心地點頭。「好啊。」

2

球賽完了之後，一群人奔到休息處，喝水的喝水，拿毛巾的拿毛巾，推擠捶肩，萬分激昂，安寧不由得想男生果然精力充沛。

有人蹭過來跟她打招呼：「大嫂，第一次見面，您好您好！」

安寧也已經習慣了這種寒暄，莞爾道：「您好。」

周圍一圈人見徐莫庭女友如此親切，不禁都湧上來。「妳好，我叫阿錚，初次見面，多多關照！」

「徐莫庭真不夠意思啊，嫂子這麼漂亮不早帶出來。」

「大嫂，玩球嗎？我教妳！」等等，等等。

於是，徐老大在眾人高漲熱情中，將水瓶交予女友，然後伸了一下手，安寧很自然地停下與他人的交談，把懷中的衣服遞給他，徐莫庭從容地穿上，淡淡地道：「牠可能有點兒餓了，妳現在去我那邊還是……要留在這裡再聊一會兒？」

安寧想到貓咪可能餓肚子，當即便說：「現在就過去吧。」

他們之間沒有什麼親暱的動作，但彼此之間卻瀰漫著一股難以言語的默契與親密，讓人無從介入。

周圍的人陸陸續續停下來，然後，紛紛用羨慕、嫉妒、鄙視的目光望著徐老大。

徐莫庭才不管別人心裡怎麼想，他跟她在一起的時間本就少，所以萬分珍惜。他倒也不是占有欲特別外顯的人，只是難得她過來找他，總不怎麼樂意她把注意力花在別人身上。

見徐莫庭起身，有兄弟忍不住要鬧騰一下。「老大，這就走了？下半場還沒比，勝負還沒分出來呢。」

莫庭只是眉微一揚，正要開口說「下半場比不比，結局都一樣」，卻是安寧先拉住了他的手，笑咪咪對其他人道：「下次再比吧，今天我們還有點兒事。」貓咪貓咪……

大夥兒見說話的是溫婉可親的大嫂，一時間竟都不敢再瞎起鬨，安寧給人的感覺是溫暖如春的，好像面對她，什麼聒噪、毛躁的性子都安分了下來。

就這樣徐莫庭笑著被女友帶離了場。

程羽回來時就看見安寧拉著堂哥走出場地。「哥，你們要走了嗎？」

徐莫庭將手上的車鑰匙遞給她。「嗯。車子你開回去。」

程羽眼珠一轉，笑道：「行。」然後對安寧說：「堂嫂，再會！」

安寧對她的「堂嫂」還有點兒不能適應，總覺得太正式了，不過還是微笑著點了點頭。「再見。」

莫庭看著女友，溫聲道：「走吧，先去把妳的車取一下。」

徐程羽從未見過她堂哥如此輕言細語，一點兒也沒有了平時的那種冷漠強勢，多少有些驚嘆，心底琢磨著，以後你不近人情，我就找李安寧！

徐程羽回到球場上時，那群男生正在說：「這麼多年了，我終於看到大嫂了。」

老三問：「在美國他真一個女朋友都沒交過？我不信。」

「別說，真沒。當然追他的女生不少，不過徐老大都說差遠了。如今一見嫂子方才知道水準之高。」

「唉，高啊。」

「剛才老大是不是吃醋了？」

張齊嗤笑。「吃毛醋啊，嫂子多體貼啊，他一伸手她就遞衣服，老大心裡不知道怎麼樂呢。」

老三同意。「以後打球都找大嫂出來吧，安全一點兒。」

「……」

這一邊，安寧去取車，徐莫庭站在車棚外面靜靜等著，看她推著車走到他面前，然後歪著頭笑著說：「你載我？」

徐莫庭接手了她的自行車，安寧見他穿著深色的外套，身形頎長，黑髮永遠乾淨清爽，俊逸的臉在陽光下有種獨特的魅力，忽然說：「我記得高中時，你在臺上講話，也是這麼與眾不同。」

徐莫庭眸光閃動，輕聲問：「哪裡不同？」

安寧想了想。「就是……跟別人不同。」

徐莫庭心中一悸，不管她有沒有記得當年的他，現在的她對他的感情一目了然，她喜歡他，這一點讓他心癢難耐，情不自禁吻了吻她額頭，然後才說：「回家吧。」

安寧很開心，坐上後座，等著他騎上車後就抱住了他的腰，徐莫庭感覺到她的手，才踩動車子。

新年期間，街道上一片喜氣洋洋的，經過的不少商店裡放著流行歌曲，安寧聽到耳熟的就跟著輕哼兩句。

直到前方的人說：「走調了。」

安寧一愣，輕打了下他的背。「那你唱啊。」

徐莫庭將她的手拉到前面，慢悠悠地唱道：「明年今日別要再失眠，床褥都改變，如果有幸會面，或在同伴新婚的盛宴，惶惑地等待妳出現……」

低低的嗓音有一種渾然天成的喑啞，安寧終於知道什麼叫悅耳，不由得閉上眼睛，臉頰貼著他的背，靜靜聽著，像一隻午後慵懶的睡貓。

等到了徐莫庭的住處，終於見到那隻胖貓咪時，安寧激動了。「牠的眼睛是金色的。」

小傢伙看到主人帶著人來，一點兒都不怕生地跑過來，繞在他們腳邊打轉。

安寧將牠抱起來，還挺重。「好有分量，牠多大了？你是不是給牠吃太多東西了？」

「一日三餐，不多不少。」徐莫庭走到客廳開了暖氣，溫了一杯牛奶放在茶几上，見女友坐在沙發裡一心一意逗貓，他便去浴室沖了澡，十分鐘後換了一身居家服出來。

徐莫庭見她蘸牛奶餵貓，笑著提醒：「小心被咬到。還有，那杯牛奶是給妳喝的，喝了好午睡。」

「……」安寧抬起頭。「牠很乖，一點兒都不凶。」

莫庭「嗯」了一聲。「像媽咪。」說著轉身踱到廚房裡，拿了一份貓糧出來。小黑貓一聽到食物進盤的聲音就跳下沙發奔過去，男主人將盤子放在廚房門口，小傢伙悶頭就吃。

安寧看牠吃得津津有味也不便再去逗牠，起身到浴室洗手，前一刻他剛洗完澡，裡面還盤繞著帶著沐浴露香氣的熱氣，鏡子上也是霧濛濛的。洗了手和臉，剛想抽檯面上的面紙擦乾，便感覺身後有人抱住了她。

貼近的溫熱身體讓她似有電流觸動心口，安寧轉過身，徐莫庭俯下頭吻上她閃爍著淡淡光澤的嘴唇，動作溫柔，似有若無地挑逗著。安寧張開唇，放他的舌尖進來，他輕輕地觸及，偶爾吮吸，偶爾咬齧，不激烈，但纏綿。

一吻完畢，安寧靠在他懷裡，雙眼彷彿沾了水。

徐莫庭愛惜地看著她，眼中有著不加掩飾的渴望，然後勾起她的下頷，再次吻住她。

安寧沉浸在美妙的親吻裡，漸漸意亂情迷。

一切都發生得自然而然，徐莫庭將她抱進臥室，放到床上，慢慢地，柔柔地吃乾抹淨，極盡情致。

事後，徐莫庭抱著她進浴室清洗，手在她凝脂般的身上滑過，慾望又有了動靜，忍不住吻上光滑細膩的肩頸，他壓抑已久，如今食髓知味，難免有些不依不饒。

安寧睜開眼，在詫異之餘有點兒招架不住地想求饒，前一場的歡愉還讓她全身疲軟著呢。她想說讓我休息一下，可顯然對方等不及。徐莫庭將她輕抵在潮潤的瓷磚上，抱起她的腰，緩緩進入她的身體。
安寧呻吟了一聲，顫抖地摟住了他的脖子，臉深深地埋入他的頸窩處。
徐莫庭見她適應了才敢憑著本能，動作起來。
熱情如火山噴發，一波一波的快感不斷襲來，久久不能平息。
安寧喘息不止，感覺到他退出自己的身體。在高潮餘韻中，他細細吻她微顫的眼瞼。
等到最後洗完澡，兩人回到床上，已是傍晚時分。
安寧覺得身上每一根骨頭都酥軟無力。
徐莫庭摸摸她的額頭。「餓嗎？」
「嗯……」
「那我去做飯，妳躺會兒。」
徐莫庭穿上衣服出去，冰箱裡食材充足，挑了幾樣她比較偏愛的，繫上圍裙，準備晚餐。
徐老大工作非常有效率，不到二十分鐘便煮了兩道菜，飯也跳到了保溫狀態。安寧恢復了些許體力，聞到香味，便更感覺餓了，坐起身穿上他放在床尾的乾淨衣服，走到客廳，原本想問要不要幫忙，但只一看便知道她根本插不上手，站在流理臺前的人動作嫻熟，遊刃有餘。
徐莫庭將最後一份湯料下鍋，轉頭看到她，她歡愛過後總是顯得有些迷迷糊糊的，臉在燈下如玉瓷，白淨溫潤，他看著，總忍不住心蕩神迷。
「還有一道湯，去外面坐著，先吃點兒別的菜。」
安寧點點頭，剛走到餐桌邊坐下，門鈴響了，起身去開門——萬萬沒想到是徐莫庭的父母，兩位長輩她分別都見過一面，當下就愣在了原地。
門外兩人倒沒怎麼驚訝，徐母笑容可掬地看著她。「安寧，妳也在。」

安寧反應過來，連忙側過身讓他們進屋，溫和地叫了聲：「伯父，伯母。」

徐母走上來愉快地拉住她的手。「莫庭前段時間說妳一直有事兒忙。伯母就在想，什麼時候才能再見著妳。」

呃，其實也算不上忙，就是身不由己而已。

徐父將外套掛到衣架上，回頭對她們笑說：「進到裡面再聊吧，門口冷。」

「對。」徐母看到安寧身上深色的厚質睡衣，兩眼都笑彎了。

安寧這時候也注意到了自己的穿著，是他的睡衣，頓時滿臉通紅。

徐莫庭端著湯出來，轉頭看到玄關處的人，也微微一愣，不過馬上又一臉平靜，他走過去，見女友臉上清晰的紅暈，安撫地在她耳邊說：「爸媽喜歡喝普洱，茶杯在廚房裡，妳去泡兩杯。」

安寧當然求之不得，對二老靦腆地笑了笑，轉身到廚房去泡茶了。

徐莫庭領父母到客廳裡坐下。「爸，媽，你們怎麼過來了？」

「我陪你爸來這附近出席飯局，還早就上來看看你。」徐母說著望了眼廚房，輕聲詢問兒子：「莫庭，年初一，小姑娘如果有時間，你帶她回家吃頓飯吧？」

徐莫庭想了想。「我問問她。她可能還要去一趟外省。」

徐母點頭。「她父母分居兩地，小姑娘兩邊跑也著實辛苦。以後嫁過來，勢必不用這麼麻煩了。」

徐父笑著拍了拍太太的肩。「就算嫁過來，回娘家還是要的。莫庭，什麼時候你安排一下，我們跟女方的家長正式見一面。你要娶人家閨女，禮數可不能少。」

徐莫庭說：「年初十過後吧，等她回來我就安排。」

安寧將茶端出來，徐母接過道：「安寧，以後有空多來找找伯母，嗯？陪伯母吃頓飯伯母也開心的。」

徐母給安寧的感覺跟她家媽媽很像，都是大方溫柔的，她很喜歡。

「嗯。」

徐母很滿意。「那伯母等著妳。」

二老沒多留，喝了兩口茶，便起身離去了。

莫庭送父母出門時對她輕語：「妳先喝點兒湯，不燙了。」

一瞬間，安寧覺得心裡被什麼東西輕易填滿了。

徐莫庭回來，她已經幫他盛了飯，正坐在餐桌前捧著一碗冒熱氣的湯心滿意足地喝著，見他坐下，也幫忙盛了一碗湯放到他面前，笑咪咪道：「很好喝。」

徐莫庭笑著端起碗喝了一口，屋裡很靜，卻充滿了溫馨的氣氛。

「莫庭，我們過完年訂婚吧。」

一道極輕極輕的聲音，但徐莫庭卻每一個字都聽清了。

他放下碗，靜靜地看著她，很久才低低道：「安寧，妳要說話算數。」

當晚徐莫庭送她回家。「回來的時候我去車站接妳。」

安寧點頭。

徐莫庭嘆了一聲，抱住她。「有點兒捨不得。」

安寧笑著回抱他。「我也是。」

等她上了樓，那輛越野車停了好一會兒才開走。

3

隔天安寧去廣慶市，是李啟山來接她的。當時父母在客廳聊了很久，她在房間裡等著，後來她跟父親下樓時，父親說：「寧寧，畢業之後，妳如果不想到廣慶，就留下來陪著妳媽媽吧。」這是父親第一次明確地表示讓她跟著媽媽。

安寧看著父親不知何時已經發白的兩鬢，微微紅了下眼睛，猶豫著伸出手握住父親厚實的手掌。「謝謝，爸。」

李啟山微微動容，人老了終歸是只要兒女開心，能偶爾找他們敞開了心聊聊，便也就知足了。

安寧這一次過去，心理上明顯比上一次放鬆。不過，對周兮還是不能做到完全坦然，有些人，她可以善待，可終究不喜歡。

大年夜那天安寧陪奶奶喝米酒喝多了，朦朦朧朧間被詹阿姨扶進房間，安寧酒品極佳，就算喝醉了也是乖的，一倒在床上就抱著被子安靜地閉眼休息了。

詹阿姨對幫忙的周錦程笑道：「謝謝啊周先生，今天老太太高興，竟然把寧寧都灌醉了，這小娃喝酒可稱得上是千杯不倒，打小練出來的，呵呵。」

錦程看著床上的人。「等會兒她如果醒來，妳讓她吃片阿斯匹林再睡吧，否則明早起來估計得頭痛。」

「好，好。」

安寧迷迷糊糊地聽到有說話聲，然後漸漸消失，喝醉酒之後整個人暈陶陶的，想到什麼都想笑，聽到衣服袋裡的手機響起，她吃力地摸出來按通。「喂？」

徐莫庭溫和的聲音傳來：「怎麼？睡了？」

「沒……」安寧聽到他的聲音就覺得很開心。「我跟奶奶喝酒了。」

「嗯，我也是剛吃完飯。」莫庭有些擔心。「妳喝了多少？難受嗎？」

「一點點……一點點……」安寧蒙在被子裡，無意識地嘟噥：「你聲音真好聽。」

徐莫庭笑出來，輕聲說：「要睡嗎？要睡我掛了，妳睡覺。」

安寧搖頭。「不要，不睡，你講故事……」

莫庭無奈，卻寵愛地問：「那妳想聽什麼？」

「什麼都可以……」

徐莫庭笑著起身去書架上挑了一本《萬物簡史》，坐回椅子上。「歷史的，妳應該喜歡——一九一一年，一位名叫威爾遜的英國科學家經常爬到本尼維斯山頂去研究雲層的構造。這座山位於蘇格蘭，以潮溼聞名……」

他的聲音溫柔舒心，神奇地減輕了她的頭痛，慢慢地安寧就有了睡意。

莫庭讀了十來分鐘，聽到對面悠緩的呼吸聲，停了下來。「安寧，睡著了？」

這一晚安寧睡得極舒服，隔日起來神色愉悅，完全沒有宿醉的那份難受，奶奶看到她都說「神態清明，顧盼生姿」。

安寧汗然，奶奶妳平時看的是佛經還是《鏡花緣》啊？

很快拜年走親戚到了年初九，然後，年初九是月末，月末了她大姨媽還沒來……往常是月中的，也就是說遲了十來天……然後然後，她想到來之前，那啥……然後，世界爆炸了。

不……不是吧？

安寧頭暈目眩，思緒亂成一團，拿了包包就跑到車庫開了車，匆匆忙忙就出了門。

她第一想到的是去藥店，不過要買什麼測試她也不知道，情急之下給薔薇打電話。吞吞吐吐地說明了原委，電話那端的人明顯比她更震驚。「不是吧！妹夫動作也太快了！」

二十分鐘後，兩人在某家大藥房門口會合。

薔薇大衣裡面穿的還是睡衣，拉著安寧走進去，很熟練地挑了幾樣物品，笑著說：「我說啊不管妳有沒有那啥你們就趁熱打鐵結婚算了，記得，妳跟妹夫的孩子一定要認我做乾媽啊！」

安寧都要急死了，她還有心情開玩笑。

「妳別瞪我啊，妹夫要是知道，絕對立刻就帶著妳去領結婚證書了妳信不信？」

薔薇輕聲問：「要不要通知他？」

「不要。」

薔薇嘿嘿笑道：「真期待啊，妳不覺得在校期間就結婚，然後再生一個漂亮娃娃很讓人心動嗎？」

安寧只覺得迷茫，不真實。

薔薇跟她分道揚鑣的時候不忘關照：「有good news一定要通知我！」

而當天發生的事，讓安寧很多年之後都異常糾結糾結糾結……

事情是這樣的，她回到家進了房間後，拿出薔薇說的「測試條」，把其餘東西扔在床上就急匆匆地進了洗手間。剛要看說明「測試條」怎麼使用，就聽到門外面父親的聲音叫她，出來就見父親面色嚴肅地看著她床上的東西。

「怎麼回事？」

「……」

於是，年初十，安寧回了江濘市，連同父親、奶奶。

接下去發生的事情簡直可以用電光石火來形容，李啟山跟徐父在當日見了面，具體談了什麼安寧不清楚，只知道她和徐莫庭的訂婚和結婚事宜都被迅速敲定了——於這年的三月三日在江濘辦酒席訂婚，三月十四日結婚，十五日到廣慶補辦婚宴。

徐莫庭初十看到她的時候，眼中帶著淡淡的笑意，也沒說什麼，領著她去外面吃了飯。

安寧這兩天心情繁複到無以復加，吃東西都沒多少胃口。徐莫庭也不勉強她，只讓她喝了點粥。

安寧一直想告訴他，可又覺得他肯定已經知道了，鬱悶得半死，開不了口就只好悶頭喝粥。

徐莫庭偶爾夾點菜到她碗裡，安寧見碗裡菜越吃越多，不由得瞪了肇事者一眼。

徐莫庭莞然，神情一如既往的溫柔，也耐心地等著。

終於，安寧委屈。「你一定要我說嗎？」

「我說也可以。」他傾身向前，伸手覆住她放在桌上的右手。「安寧，我很開心我們能這麼快就結婚。」

安寧咬了咬唇，忍不住笑了。「我們這算是先上車後補票嗎？」

後來，安寧知道他們完完全全走的是正常程序。

她沒有懷孕……

不過，知道這點已經是三月中旬了，也就是說已經風風光光訂完了婚，結婚喜帖也已發出。

李父得知後，也長嘆了一口氣，關心則亂啊。

4

安寧回想起這年三月，忙亂得就像是世界大戰。

訂婚紗，拍婚紗照，開學，訂婚，登記，正式婚禮……她懷疑自己是不是瘦了好幾斤，訂的婚紗結婚那天穿上去時都有點兒鬆了。

要說那場婚禮，當天天公作美，陽光普照，據說剛巧還是白色情人節。

婚禮在江濘市某大酒店舉行，安寧穿著簡單但精緻的婚紗挽著父親的手臂步上紅毯，徐莫庭站在另一端等著她，他一身剪裁合體的禮服，英俊的面容帶著笑，整個人在璀璨燈光下顯得異常俊逸不凡，猶如王子。

當新娘的手放進新郎手中時，所有親朋好友都為這一對出色的新人鼓掌。

徐家、李家的親戚都到場了，還有一些政壇、商界的朋友，可謂隆重。

安寧第一次見到了徐家的大家長——徐莫庭的爺爺，傳奇的政治人物，安寧恭恭敬敬地叫了「爺爺」。

對方說了聲「乖」，不怒而威的老人眼神慈愛和藹，然後給了安寧一個厚實的紅包。

接著是叔叔伯伯阿姨嬸嬸，安寧一個個敬酒過去，一杯不落，主要是新郎都不幫忙！有幾杯敬新郎的還是新娘代喝的。

旁邊伴郎張齊、伴娘表姊無不一得空就鄙視地望一眼新郎。

徐莫庭心情極佳，所以不介意。

當天酒席上，不得不提的就是新人朋友們那一桌。

安寧走過來的時候，阿毛舉杯。「阿喵啊，你們動作也太快了，我就回了一趟家，時差還沒轉過來呢，你們就結婚了！不過，合法H還是要的，恭喜妹夫啊！」說完豪爽地先乾為敬。

薔薇敬新郎。「妹夫，我們家喵我是看著她長大的，以後就拜託你了！還有，孩子出生了認我做乾媽啊！」

朝陽起身。「沒啥說的了，永結同心，百年苟合！」

老三唱道：「大嫂，妳是電妳是光妳是唯一的神話……」

「……」

這樣的一天，喝酒，吵鬧，笑聲不斷。

安寧總結，結婚是兩個人的事，卻能收到很多很多人的祝福，怪不得叫「大喜之日」，大家都來道喜嘛。

華燈初上，新娘去三樓的套房換了一款粉色晚禮服後稍作休息，等下要下去送賓客，安寧坐在床沿揉著肩膀，老實說她快累死了。

倒在床上在總結裡再添一句：「結婚就是折騰人。」

表姊笑道：「等到了午夜時分，更折騰人的事還要在這張 king size 的大床上上演呢。」

精疲力竭的新娘已經沒力氣跟表姊拌嘴。

這時有人推門進來，正是玉樹臨風的新郎。

表姊一見徐莫庭便溫婉道：「我下去吃點兒東西，你照顧她吧。」

「好。」

房內只剩下新人，安寧閉著眼睛動也不想動，徐莫庭走到床邊坐下，撫了撫她的臉說：「很累嗎？」

安寧睜開眼，拉過他的手咬了一口。

莫庭微笑道：「餓了？」

安寧對某人的明知故問很氣惱，重新閉上眼裝睡，不餓，就是累。感覺溫潤的手指從裙襬下伸入覆上她的小腿肚，安寧一跳，半坐起來。「你幹麼？」

徐少爺笑得人畜無害。「幫妳按摩。」

恰當的力度漸漸緩解了她小腿上的痠脹感，舒坦多了，讓安寧馬上倒回了床上棄甲投降，任憑他處置了。

「別睡著。」似耳語般的聲音。安寧嘟噥了一聲，睏意更濃了。

徐莫庭很心疼，手上力道抽去，拉過被子幫她蓋上，親了親她額頭。「睡吧。」

安寧含糊地「嗯」了一聲，抱住他睡了。

直到半小時後一通電話打上來才結束了兩人短暫的休息。

臨時睡了一覺，安寧精神恢復不少，在走廊上時，忍不住鬧他。「你背我。」

英俊的新郎問：「不怕被人看見？」

「看見就看見，等一下又要站很久，一想到就覺得腿沒力氣。」

徐莫庭笑著點頭，不過不是背，而是打橫抱起，粉色的裙襬在走廊裡漾出片片動人的漣漪。

安寧抱住他脖子。「到了一樓放我下來。」

「妳不是說不怕被人看見嗎？」

「你家親戚那麼多，我害羞嘛。」

「放心，我會陪夫人榮辱與共的。」

安寧一聽，撒嬌狀。「老公，你真好。」

「……」徐老大不知道是被冷到了還是被感動到了，總之，他沉默了。

兩人進到電梯裡，安寧伸手按了1鍵。

鏡子裡倒映出兩人相依偎的身影……

婚禮結束後的一週裡，安寧都住在徐家，中間回了一次門。

然後，那期間安寧最感興趣的就是在徐老大從小住的房間裡發掘「亮點」，雖然婚後，他們的新房搬到了三樓主臥房，連著書房。

二樓是爸媽住的，以及，徐莫庭以前住的房間——寬敞舒適，沒有想像中的威武，還挺平易近人的，牆上掛著兩幅畫，左邊的書架上幾乎全滿，她翻過幾本，沒想到徐莫庭看書會做閱讀記號，幾年幾月幾號看完，安寧翻的時候不禁佩服。「國中他就看《星源集慶》了？」（註4）徐家媽媽，也就是她婆婆，路過聽到了，笑咪咪答曰：「是我讓他看的。」

呃，婆婆深謀遠慮，舉拇指！

然後，婆婆笑容滿面地進來，從一個抽屜裡翻出了徐莫庭的個人相冊，與兒媳婦坐在書桌前，暢談徐家獨子成長史。

安寧看著一歲，兩歲，十歲，十五歲，二十歲的徐莫庭……感覺真是無與倫比的滿足啊，看到婆婆都去做晚飯了她還在看，直到徐莫庭出現，才將意猶未盡的阿喵帶回三樓房間。

莫庭開了電腦，安寧躺在床上YY十歲的徐老大。

徐莫庭把筆電拿到床上，將她抱起來圈在懷中，打開一個旅遊網頁。「選一個地方。」

「什麼？」還在YY漂亮的小正太。

「蜜月。」

「啊？」

「南半球還是北半球？」

註4《星源集慶》為清朝記載宗室子孫生平的檔案集。

「南……」

「熱一點還是冷一點？」

「什麼熱……」

「靠海還是內陸？」

「海邊嗎？」

徐老大綜上所述一番。「那就祕魯吧。」

「啊？」

於是，三月二十日，祕魯蜜月一週開始。說起來，安寧很鬱悶，那哪是蜜月週啊，簡直是H週嘛……

月底回來休養生息兩天。

四月初，風和日麗，安寧返校，當然，是跟徐莫庭一道的。

她要先去見導師，所以在教師辦公大樓附近下了車，彎身對駕駛座上的人說：「我過去了。你自便吧。」

對方笑著點頭。「出來了打我電話，中午一起吃飯。」

安寧看手錶。「現在才九點。」

「提早約妳，怕晚了被人捷足先登。」

「……」不就吃個飯嘛。

安寧覺得婚後，兩人的相處模式和以前差不了多少，就是……徐莫庭愉快的情緒外顯了一些。

她看著車子離開，轉身朝辦公大樓走去，迎面吹來的風是暖的，很舒服，見路邊的喬木都冒出了嫩綠的新芽，恍然發覺原來已是春暖花開的時節。

番外一

蜜月之利馬篇

清早，淡灰色的煙雨籠罩著整座利馬城，伴隨著飄渺的大教堂鐘聲，與深紫色的天空一起為這座城市披上一件優雅朦朧的外衣。

作為舉世聞名的無雨之都，利馬居然連著下了三天雨，雖然只是淅淅瀝瀝的細雨，但也是件怪事了。

Gouvinho 緊了緊身上的斗篷外套，看著空蕩蕩的武裝廣場輕嘆了口氣，今天怕是生意又不好做了。

正無奈地等待著，一個急匆匆跑過廣場的女人引起了他的注意。

抱著一絲希望，Gouvinho 賣力地大聲叫賣：「新鮮的羊奶，還有熱騰騰的炸魚！」

突然的聲音很明顯嚇了她一跳，她停下腳步，有些遲疑地看過來。

漆黑的髮色和眼眸清楚地告訴 Gouvinho，她不是西方人，他有些焦急，自己用的是西班牙語，不知道她聽不聽得懂？

如今到祕魯來旅遊的東方人越來越多了，其中以中日韓三國為主，他懂一點兒中文，只是不確定她是哪個國家的，也罷，碰碰運氣吧。

於是Gouvinho用彆扭的中文發音朝她喊：「妳好！」

她愣了一下，然後淺淺地笑了，下一秒她跑過來帶著微笑對他說：「你好。」Gouvinho突然覺得連日來的陰霾心情，都在剎那間因那個明朗的笑而輕鬆了許多。

他殷勤而期待地看著她：「需要點兒什麼嗎？」

她似乎有些為難——看得出她並沒有要買東西的打算，但她只猶豫了一下，便笑著點了點頭。

「魚，三份；羊奶，三份。謝謝。」

感激地衝她笑笑，Gouvinho手腳俐落地開始炸魚，一邊用生疏的中文同她攀談：「利馬平時從不下雨的，不知道怎麼回事這兩天居然會下雨，在這裡都買不到雨具，給妳造成困擾了吧？」

她輕輕撩起額前有些潮溼的頭髮，這個女人的膚色比平常看到的亞洲人要白，她抬頭打量了一下暗沉的天空，低下頭，依然是那樣溫柔的笑容。「沒有關係，這裡很美。」

真是善良的人啊……Gouvinho感慨著，看她另一隻手上抱著一大袋東西——究竟她家裡人怎麼想的，這麼狠心在這種天氣讓她出來買東西？

安寧又抬頭看了一下天色，眼眸中有一絲焦急——時間不早了，再遲遲不回恐怕某人要起來了，然後，她會被罵，然後晚上會很慘……

只是秉持著面對勞動的人民一定要友好有禮的原則，安寧這時死也說不出口什麼時間太趕了、東西不要了、我要走了之類的話。

於是她只能安安靜靜地站在攤前，掛著溫婉的笑容聽著對面的人絮絮叨叨地說著天氣，雖然他說的是中文，但她好多單詞都沒聽懂。

廣場上開始飄起一絲絲霧氣，彷彿有生命般，漸漸地氤氳起一個深藍的世界。

注意到她的目光，Gouvinho微笑著為她解釋：「這是濃溼霧形成的繁霧，是只有在這裡才能看到的景致。」

「很漂亮……」雖然沒聽懂，但意思領悟到了，安寧點頭讚嘆地看著那宛若仙境般半隱半現在濃霧中的廣場，如果徐莫庭知道他錯過了這麼美麗的景致，會不會覺得可惜呢？嗯，回去跟他複述，想像著他的神情，她不由得輕笑起來。

對方看著她愉悅的笑臉，突然冒出一句：「年輕真好啊，無憂無慮，不用為什麼事發愁。」

不幸這句話李安寧完全聽懂了，她臉上的笑容瞬間僵了一下，背後似有一陣冷風捲著樹葉颸過，她不由得打了個寒顫。

在她複述美景之前，徐某人會先……怒氣和慾望，他絕對會先選擇發洩後者。想到這裡，安寧長嘆息，果然偷跑出來買東西也要挑時機嗎？出門時明明只是陰著的天，在她出門沒多久就開始下雨了，然後又耽擱在了這裡……

「抱歉讓妳久等了。」Gouvinho 趕緊用油紙袋包好炸魚和羊奶遞給她。「十索爾。」

接過錢，他有些擔心地看著她懷裡的東西。「拿得下嗎？」

安寧安慰地朝他笑笑，將油紙袋裝進另一個大紙袋裡，然後將那個滿滿的大紙袋抱起。「謝謝，再見。」轉身迅速朝著旅館走去，窈窕的身影漸漸消失在清冷寥落的街景中。

回到酒店的房間，安寧將手上的東西放到茶几上，深呼吸三次，鼓足勇氣，輕輕推開臥室的門，小聲地輕喚：「徐莫庭？」

沒有回音，於是壯著膽子走進臥房——他還沒有醒？安寧差點兒喜極而泣。

徐莫庭整個人極為放鬆地趴躺著，只在下身蓋了半條被子，修長的手指垂在床畔，窗外昏黃的光線從拉開的窗簾空隙裡照進來，照得床上的人都有些朦朧了。

安寧走到床邊原本想幫他蓋下被子，卻發展成對著他露在被子外的白皙裸背吞口水了，當機立斷決定回客廳，正要偷偷溜走，倏然被一股力氣拽住了手。

驚嚇地回頭，就看見對方慢慢地睜開眼，似醒非醒地轉頭看向她。

「去哪兒了？」

「沒……」

被用力一扯，安寧一個踉蹌便跌到了床上，不等她反應過來，他就壓到了她身上，封住了她的脣。吻的時候，渾厚的手掌開始滑落下移。

安寧大驚失色，用了點兒力氣推開身上的人一些，然後討饒：「我買了早點。」

「嗯？」熟悉的男音，沙啞性感的，好像在求愛一般的呢喃。

安寧覺得自己腰軟了一下。

「我買了熱羊奶和烤魚。」

徐莫庭看著她，似乎還沒有徹底清醒，最終笑了笑，又吻住眼前人的嘴脣，卻不再激烈，只溫和地摩挲著。「早安，徐太太。」

接下來，閨房祕事一小時。

番外二

婚後之日常生活篇

徐莫庭收養的那隻貓咪，後來就是安寧在養了，安寧一直勤勤懇懇地餵牠吃貓糧，每一餐都餵得很豐富，第一次養寵物難免愛心氾濫，不過，小傢伙的食量實在不大，於是經常性地會把餘糧叼到自己的窩裡藏起來，大概是以備不時之需。

某天，安寧打掃的時候也幫小傢伙的小窩打掃了一遍，順道把裡面所有的「存貨」都清理了，大掃除嘛。結果當天小傢伙進去就不停地翻找，最終迷惘地瞪著安寧，婆婆過來見到牠可憐巴巴的樣子，不由得說：「這小東西怎麼就跟讓人盜用了帳號似的……」

「……」

自從安寧進了徐家的門之後，就覺得自己冷笑話的段數真是低啊低。

晚上跟莫庭說到這事兒，最後再次強調了一下貓咪依然在鬱鬱寡歡中，尋求對策，因為徐老大比較聰明嘛。

結果正刷牙的人含糊地說了一句：「鬱鬱寡歡？春天到了吧。」

「……」

當床上的女孩正為貓咪頭痛之際，徐老大上床來，然後……嗯，養貓嘛，一步步來，要細心，要謹慎，要有愛心，圈養中讓她慢慢地對你產生依賴感，漸漸地只認你，只吃你餵的，只讓你抱……

然後，安寧隔天去公司活生生遲到了。

佳佳看到某人脖子上明顯的吻痕時，就笑咪咪地說了：「昨夜雨密風驟啊。」

安寧臉紅加黑線。

說起來，他們公司一群女的裡她是最早結婚的，又因為老公是傳說中氣宇軒昂、玉樹臨風、皺眉間還帶著一股冷傲的徐某某，所以，經常有同仁好奇她的婚後生活，繼而盤查。

安寧每每老實答：「吃飯，睡覺，上班……」

眾女完全不信，百問無果，開始自行ＹＹ──斯文高幹的帥哥跟溫婉有趣的姑娘之間可歌可泣的……豪門生活。

安寧不得不折服於她們的想像力，其實她跟徐莫庭之間真的就是吃飯，睡覺，上班，偶爾逛逛超市逛逛街，發現不錯的電影就去看一場。

姊姊們，真的真的沒有第三者和三天之後拿出一百萬美金否則就把你太太撕票的豪門綁架啊。

下午午休的時候安寧正補眠，手機響了，是簡訊。

安寧翻看，徐莫庭的，約她吃晚飯。

安寧想了想，回：「回家吃，我要吃你煮的玉米濃湯。」

「老三他們請客。妳下班後，我過去接妳。」

安寧無語，那你之前幹麼還問「要不要一起吃飯」，耍人嗎？

下班之後，安寧出門口就見到了那輛越野車，當然，身邊阿蘭她們也第一時間就看到了。「有夫如此，婦復何求？」

好吧，走過來的人美色是沒得說，但是，妳們就不能尋求點兒更深層次的追求？

「哎，安寧，妳老公那輛車，上完牌照要將近八十萬吧？我一生的追求就是賺足一百萬流動資金養老。」

「……」

徐莫庭走近，安寧跟同事道再見，徐莫庭也朝她們微頷首。

女士們笑咪咪地朝徐氏夫婦揮了手。老實說，徐莫庭言簡意賅，雖然只偶爾跟她們客套兩句，但態度十分誠懇，所以她們對他印象一直極佳，不過，隱隱也覺得年僅二十六歲的高幹子弟骨子裡有一種睥睨天下的氣勢，在他面前，總不敢放肆。

安寧上車後就問徐莫庭：「老三大哥為什麼請吃飯啊？」

徐莫庭發動車子道：「說是中了獎。」

安寧驚訝。「真的？恭喜恭喜！」

「通常別人第一句話都是問中了多少。把安全帶繫上。」

安寧繫上安全帶，從善如流地問：「中了多少？」

「三萬。」

「哇。」

徐莫庭睨了她一眼。「我也中過，妳怎麼不『哇』？」

「你才中了一支手機好不好？」

上週末，跟他一起去看電影，看完出來瞎逛時，碰到一家商店開業，大紅橫幅上寫著只要出示身分證就可以參加抽獎活動，安寧心血來潮拉著他去抽了獎，某人意興闌珊，但在很多人都抽到「歡迎光顧」的安慰獎時，他倒抽中了一支手機，然後被人拉到臺上說了下感言，安寧樂死了。現在想起來都覺得樂！

徐莫庭不用猜都知道她在想什麼，抓過她的手放到嘴邊咬了一口。

他倆都有互咬的習慣，這個習慣很不好，得改。

安寧突然想到——「我第二次見到你，呃，不對，是大學裡第二次見到你，就是你來捐血車上拿你的手機，你說我們算不算是『手機情緣』？」

徐莫庭沒有鬆開手。「那妳當時為什麼在寫我的名字？」

安寧實話實說：「因為你的字很漂亮。」

徐老大輕哼了一聲。

安寧惆悵，每次講到以前幹麼幹麼，他都特別小氣。

「真的嘛，我對你的字一見鍾情，然後不是都說『字如其人』嘛，所以我對你也算是『一見鍾情』了啦。」安寧說完自己先笑了，肉麻就是這樣練成的。

徐莫庭眼底閃過一絲玩味的笑意，說：「把這句話記下來，回去寫給我。」

「莫庭……你是在報復嗎？」

不禁想起情書事件。

因為曾經婚前有人說過結婚後要把那封傳說中的情書唸給她聽，於是在某一天晚上，床上，H前，她說：「莫庭，唸情書。」

接下來的對話是這樣的——「唸情書，妳說的。」

「李安寧，我愛妳。」吻一下額頭。

「不對，情書，不許耍賴！」

對方直起身看著她，眼中柔情似水，慢慢說道：「李安寧，我叫你莫庭。」

……

「他對妳一見鍾情。」一吻。

「再見傾心。」再吻。

「可是，當他滿心滿眼都是她的時候，她卻還不知道他叫什麼名字。」在頸項輕咬一口。

「怎麼辦呢？總不能每次擦肩而過時，他萬分緊張、期待，她卻雲淡風輕？」

「他只要她說一句話，當面對他說，可以或者不可以，他都接受。」

「安寧，他第一次接觸感情，難免膽顫心驚，所以，請不要讓他等太久。」

「徐莫庭，二〇〇三年三月十四號。」

「……」

開車的人對於那句「妳是在報復嗎」表示沉默，但不反對。

安寧扭頭望車窗外──淚，她是無辜的啊。此時，正惆悵的人沒注意到徐老大輕輕笑了笑。

到了目的地，徐莫庭去停車，安寧先進去，餐廳很顯眼的位置上坐著薔薇、朝陽、老三、張齊。

畢業半年，她跟徐莫庭，還有老三、張齊都出社會了，薔薇也留在江濘這邊發展，朝陽升了博士班，只有毛毛回了老家。

安寧走過去，老三便立刻斟上兩杯茶。「大嫂，好久沒見，越發美麗動人了！」

薔薇鄙視。「你馬屁怎麼每回都拍一樣？」

老三搖晃手指。「NO，NO，NO，『越發』，姑娘，體會一下這詞兒吧，妳會發現這句話將經久不衰。」

朝陽說：「怪不得你快三十了都還沒女朋友，原來是有理可證的。」

薔薇搖頭。「這有沒有女朋友這種事兒，主要看長相，性格是其次。」

張齊豎拇指。「犀利。」

這時候徐莫庭過來，拉開安寧左邊的位子剛坐下，老三就蹦出一句：「老大，越發英俊了！」

眾人齊噴。

老三嘖嘖有聲：「這話安在別人身上可能浮誇，但老大和嫂子那絕對是符合事實的。」

薔薇說：「這倒是，所謂婚姻生活和諧，可使人容光煥發也！」

老三說：「要不咱倆將就將就也結婚算了，每次看著老大跟嫂子我就覺得結婚真他媽不錯。」

「性格長相先不說，等你年資產到這個數的時候，再來看看咱倆能不能將就吧。」

薔薇比了一個數，老三蹶倒。「哥哥我也算是小有錢財的人了，但妳開出這數額……這是果斷要找土豪啊。」

薔薇：「那是。」

吵吵鬧鬧地點了菜吃飯，張齊一直在跟徐老大說工作，徐莫庭提點了一下，對方受益匪淺，直道：「還是老大厲害，一句話頂外面那些××的長篇大論十倍有餘。」

安寧聽到，點頭。「那是。」引得薔薇笑趴。「與有榮焉，傳說中的與有榮焉！」

安寧也不覺得不好意思，徐莫庭是厲害，應該說是那種天才型的人物，嗯。

朝陽說：「喵仔，別刺激我們了。我自從成了滅絕師太之後銷路一直下降，情緒很不穩定。」

「……」

徐莫庭笑著拿溼巾擦了下安寧剛吃螃蟹的手，用杓子舀了小半碗魚湯遞給她。「喝點兒熱的，別光吃涼菜。」

兩女尖叫起來，老大刺激人的水準越來越高了。

薔薇尖叫完了，開始轉移痛苦。「老三中了三萬，請頓飯太便宜他了。」

然後，眾人開始提議怎麼花那三萬，有說去滑雪，有說去爬山，有說冬天應該去海南，眾說紛紜，熱鬧非凡，老三很想很想告訴他們他中的是三萬而不是三十萬。

終於吃飽喝足，也談得盡興之後，老三豪爽地掏了錢付帳。至於那餘下的獎金怎麼花，意見不一致，再議。

出了門口道別，薔薇、張齊坐老三的車走，朝陽是騎電動車過來的，她跳上車，朝徐氏夫婦揮手道別：「Goodbye, goodnight!」

餐廳門口只剩兩人，安寧抬起頭，竟然發現——下雪了？

「徐莫庭，下雪了！」

莫庭抬頭，果然有雪花緩緩飄落，側頭看到她鼻尖有點兒凍紅了，伸手攬住她。「回家吧。」

他的懷抱總是特別的溫暖。「嗯，嗯。」

「我回去要先洗澡。我要泡熱水澡。你不能跟我搶，不對，應該是你不能來鬧我。」安寧說著抱緊他。「真暖和，真暖和。」

徐莫庭笑道：「我不鬧妳，但我洗的時候妳可以來鬧我。」

「……」

她的生活很簡單，沒有大風大浪，偶爾小無語小糾結一下，不過，小冷怡情嘛。她覺得很好，很好。

「莫庭，我突然發現自己對你二見傾心，三見深愛，怎麼辦呢？我真的好愛你，我補寫一封情書給你吧？」

「……」

「題目就叫遇見你真好。」

燈火璀璨，溼漉漉的街道地面上折射出五彩的光暈，一對依偎而行的情侶慢慢走著，有雪花輕悄地落在他們衣髮間。

這一刻成永恆。

番外三

旭日東昇

一、感謝老天爺

毛曉旭決定物色並且追求一個男的！

但當計畫實行時，她卻發現一個很嚴重的問題，怎麼江濘大學美女如雲競爭慘烈，男生卻都是慘不忍睹的？最可悲的是前面還有妹夫那種貴胄人種當楷模，對比之下簡直沒一個能看的了！甚至有些男的比她還有女人味，毛毛不禁仰天長嘯：「你們長得就不能對得起點兒自己的精子！」

最終她無可奈何決定往校外發展，實在是內部資源太過稀少。

那天溫度宜人，毛毛大搖大擺地走出校門，在經過一個公車站時不由得眼前一亮。「哇哇哇，就他了！」果然要實行走出去戰略，才能發現更多的資源，才能更好地發展啊。

公車站牌前站著的男生，英姿颯爽，好不勾人！毛毛正準備上前搭訕，結果下一刻就看到兩個美女從一輛剛到站的公車上下來，然後帥哥上去一手摟住一個，談笑風生地走向了夕陽裡。

毛毛又心痛又安慰。「真是世風日下，世風日下！」

在走去隔壁大學物色人才的路上，毛毛倒是遇到一個很萌的小正太。「長得不錯，乾脆拐個小的回去養成得了。」

小男孩感受到毛某人的目光，嚇得差點哭出來。「嗚哇！媽媽！」叫著朝不遠處在買水果的婦人猛奔而去。

毛毛無語：「看不起美女啊！」

之後毛某人在隔壁大學逛了半天，結果還是一無所獲。「難道是上天看我太完美了，天妒英才，讓我無法遇到帥哥嗎！」最終頹然返校。只是毛毛忘了，江濘大學對出校的人很寬鬆，對入校的人檢查卻很嚴格，她偏偏就忘記帶學生證了！

跟警衛室的大叔磨了半天結果人家死活不通融，正打算打電話讓朝陽來接，旁邊一道低沉卻略帶疲倦的男人聲音說道：「這是我班上的學生，放她進去吧。」

毛毛驚訝地抬起頭，旁邊的男人手裡拿著一份快遞。他們倆都站在傳達室門口，不遠處昏黃的路燈光線影影綽綽照過來，落在男人臉上形成一片深深淺淺的光影。

阿毛突然覺得心臟狠狠地鼓動了一下，有些微的發漲，然後愣愣地看著他禮貌地對自己笑笑後走進了校園。

毛毛揉摸著胸口數秒鐘，隨後猛地一下跳了起來，仰天大笑：「感謝老天爺！感謝我爸我媽！感謝江濘大學！我實在是太感謝你們了！」

在路人們的紛紛側目下，毛毛笑靨如花地衝回寢室，然後在三位朋友的注視下宣布她毛曉旭墜入愛河了！

薔薇問：「對方是誰？年齡？長相？性格？嗜好？原產地？家庭成員以及戀愛史？」

「哇哈哈哈！妒忌我驚人的瞬間記憶力和二．〇的視力嗎？我從他拿著的快遞上掃描到了他的芳名，而且上面的地址我也記住了！」毛毛站在寢室中央扠腰仰天狂笑，直至岔氣。

朝陽搖頭。「妳要是能把這份熱情用在讀書上，也不用每學期都至少有一門課被當掉了。」

薔薇不耐煩。「講重點，那哥們兒到底啥來頭？」

毛毛興奮地宣布——「他是隔壁九班新來的班導蘇洵！」

薔薇震驚。「老師？好啊，老牛吃嫩草！」想想不對。「好啊，嫩牛吃老草！」

朝陽說：「不管在哪個國家，師生戀都是不被允許的吧？」

毛毛選擇性聽不見。「我會用我的熱情和魅力征服他的！」說完風情萬種地撩了一下自己的……一頭亂髮。

「今晚的風很大呀。」阿喵總結。

二、**傷心，真傷心……**

隔天，毛毛就極有效率地去盤問了隔壁九班的好兄弟阿三，問了他們新換的導師有沒有女朋友，在確定沒有後，瞬間高效率地站到帥老師面前——美其名曰找老師談心。雖然是跨班談心。當時毛某人自己班的導師就坐在旁邊位子上虎視眈眈地盯著她！

毛毛說：「我父母總是忙著工作，從來都不管我，我也不知道該怎麼跟旁邊的人交流……」淡定淡定，不能流口水，但是，頸項真是優美啊，不知道舔起來怎麼樣……

「妳現在在班級裡、寢室裡都沒有好友嗎？」蘇洵輕皺起眉，如果學生出現什麼心理問題就麻煩了。

「沒有。」對不起各位姊妹了為了我的性福妳們就暫時被冷落一下吧——可憐兮兮地睜大眼，眼底水霧瀰漫——早知道就不戴什麼放大片了！卡著真難受啊！

不過，即使淚眼模糊眼前的人還是那麼唯美無比，那精瘦的胸膛，那韌性的腰，那有力的腿……來吧！

蘇洵實在沒碰到過這種事例——二十四、五歲還來找朋友的。

毛毛再接再厲。「女生都有自己的小圈子，我經常被排擠，被冷落，被打壓……因為太出色。」

毛某人微帶疲倦無奈地輕笑著，眼眶紅紅的——辦公室裡空調開太大了啊老師，隱形眼鏡都快乾掉了！

不過，依然不妨礙我洶湧澎湃的心，這種脣形吻起來一定超級帶勁的——壓在門上吻，還是床上，還是洗手檯邊？

床上吧！

蘇洵看著她，食指輕敲著桌面，真心頭大。「妳……要不再想想看怎麼辦才能跟周圍的人合群？」蘇老師其實是想說妳自己找找原因，畢竟跟人交往自身性格是關鍵。

毛毛很辛苦地扯出一抹笑。「如果知道該怎麼辦，我就不用在這裡煩惱了。」語畢，她轉身衝出辦公室，眼角有淚滑下……眼睛痛死了！而且，帥哥用如此關懷備至的眼神看著自己，實在是太讓人躁熱了！

蘇洵沉思地看著那扇被大力合上的門，最終搖了搖頭。「真是奇怪的學生。」

毛曉旭的導師這時湊過來跟蘇洵說：「你當心點兒。」

「……」

兩週後九、十兩班合辦秋遊，由毛曉旭號召的——本市背山面海，風景優美，以往都是去海邊，而這次換換口味，去爬山。

當他沒體力爬上去的時候，她可以……哇哈哈哈哈！

於是在那座海拔七百多公尺的某山半山腰上，蘇老師無奈地看著趴在山石上死也不肯再挪動半步的毛毛。「妳的那些同伴呢？」

「朝陽跟薔薇聽說山上有男女混浴的溫泉就先上去了，阿喵不知道去哪兒了，我要死在這裡了……」毛毛吐著舌頭有氣無力地回答。

一路過來她是掉隊的最後一人了。「好了，如果妳不想真的死在這裡，就站起來繼續走吧。」

「如果我能站起來繼續走，我就不會說我要死在這裡了。」毛毛拖著她那有氣無力的聲音繼續呻吟。

「喝點兒水，然後起來繼續走。」蘇洵拿出自己的水壺遞給她。

毛毛瞬即兩眼發光，搶過水壺就喝——當然她的目的到底是水還是其他的什麼就不得而知了——灌完之後，毛毛「啪」的一聲又攤平回那塊山石上。「就算你把我踹進旁邊那條溪裡，喝飽了水，我也一樣還是爬不起來的……」

蘇洵無奈地將背包改成單肩背，然後把毛某人從石頭上拖起來，半扶半摟著她往山上走去。

「我看妳體力應該還行啊。」總是精力充沛的樣子。

「不行，不行，我很柔弱的……」嗚哇！他和她靠得好近！他的臉就在她旁邊，他的手就在她腰上！

腿軟了軟了軟了……

蘇洵看看已經連抬腳都沒力氣的人，不得不又嘆了一口氣，蹲下身。「算了，我背妳吧。」

……山神啊！感謝您！阿毛感謝天感謝地，然後毫不猶豫地撲了上去！

真是性感的背啊，摸起來也舒服，要○○××的時候抓出幾條痕跡就更性感了，啊……不要，不要……人家已經……

「已經到了。」蘇洵將人直接放下，然後去自己班裡點名。

毛毛笑得隱晦，來日方長。

但直到秋遊結束，毛某人都沒能再找到機會和蘇洵搭上話，更不用說什麼親密接觸了，而她的室友以及隔壁室友，在這事上出了不少力拖了她不少後腿！

不過皇天不負有心人，回來後的第二天毛曉旭終於逮到蘇洵，然後表達了她的「謝意」。謝禮是電影票，情侶座。

蘇洵看著那張票抽了抽嘴角。「同學，這個就不必——」

「必須的必須的。」

「妳可以邀請妳的朋友去。」

「我不是沒朋友嗎……」委屈地低下頭說：「你不是剛好也有時間嘛。我剛才聽到系主任在走廊裡跟你說你這週末有三天的連休，還問你要去哪裡散散心什麼的，你說你還沒想好……」

「……」蘇洵無言以對。

毛毛抬頭問：「那我們到時候校門口見，沒意見吧？」

「呃……」

「那就這麼說定啦！」

於是這事就這麼被莫名其妙地敲定了。

週日，毛毛乳鴿投林般奔出寢室。

薔薇搖頭。「真是林子大了什麼鳥都有啊。」

已經跑出去的毛毛笑聲傳來。「啦啦啦啦我是一隻小小鳥！」

太過開心的毛某人忘了古人有曰，樂極生悲。

當她在校門口苦等了一小時，再一小時，再一小時……而天又從陰轉細雨時，的確樂消了，生出了幾分悲。

「看什麼看！」狠瞪了幾個不識相的人。

腳真痠啊，有點麻了，完了完了，蹲不下去了……

阿毛看了下時間，完了！電影散場了！

要不再等等，好歹能見上一面啊。

「啦啦啦啦，我是一隻小小鳥……我尋尋覓覓尋尋覓覓……」

正在「尋尋覓覓」的時候，阿毛看到了自己一直在等的人……他從一輛計程車上下來，之後扶下來一位美女。

毛毛看著他們撐著傘走進校門，拐進那條去教師宿舍大樓的小路上，她望了眼天，哆嗦著回了寢室。「傷心，真傷心……」

三、**我叫毛曉旭**

經過三個多小時的冷雨洗禮，隔天起來竟然依舊生龍活虎，毛毛覺得自己真是太可悲了。

當天阿毛趕去畫廊打雜工時，事實上是剛出校門，便遇見了昨天她等的人，立即興奮地跑上去，但又馬上注意到他身邊的美女——正柔弱地依偎在他懷裡，不由得……快步上前！「人生何處不相逢啊，你們也來等公車啊。」

蘇洵回頭看到是她，禮貌道：「妳好。」

毛毛看了眼那美女。「她腳怎麼了？」剛要伸手就被蘇洵攔住了。「扭到了，沒事，妳別碰。」

美女朝她虛弱地一笑。

毛毛嘿嘿笑。「我爸是醫生，其實扭一下就回來了，很簡單的。」

蘇洵沉吟，最後還是不願冒險。「謝謝，不必了，我送她去醫院。」

旁邊有人驚叫出聲：「她不是這屆超女的亞軍張子燕嗎！」

「哎呀，真的是呀！」

「太強了，要簽名！」

「……」

於是毛毛被擠到了旁邊。

周圍好多人都湧了過來，美女馬上將臉埋進蘇洵頸間，後者的眉頭已經皺深。

毛毛「嘖」了一聲，殺出一條血路進去。「你先帶她走，這裡我來擋。」

「喂，胖女人，妳走開！」

毛毛扠腰。「此路是我開，此樹是我栽，要想碰美女，留下買路財。」

「妳算老幾啊！滾開啊！」

「男生說話這麼沒氣度，對得起你家老二嗎？」

「什麼！」

「老二，胯下之物。」她隨即故作驚訝道：「你不會沒有吧！」

「……」

蘇洵已經攔到計程車，他讓張子燕先坐進去，然後側頭看了後方一眼。

「怎麼了？」張子燕輕喚。

「沒，沒什麼。」

當毛毛解決完閒雜人等回頭時，車子已經揚長而去。「嘖，大老遠也可以說聲再見嘛！」甩了下手臂，真疼啊，剛哪個王八羔子擰她胳膊來著？

傷殘人士下午回宿舍時，見到樓下門口立著的人立刻迴光返照。「你找我啊！」

蘇洵看了她手一眼。「妳沒事吧？」

「啊？哦，沒事沒事，這點傷不算什麼！」說著還三百六十度甩了一下手臂。

「今天謝謝妳。」

毛毛擺手。「不客氣不客氣，不過話說回來，你那天幹麼沒來啊？害我等了好久！」

蘇洵確實感到很抱歉。「對不起，我當時臨時有事，也沒有妳的聯絡方式，所以──」

毛毛低下頭，想到自己貼在他電腦上標註著她大名的電話號碼……抬起頭時已經雙目璀璨。

「那個，明天週末你陪我去趟遊樂園好不好？我小時候就想去了，就是沒人陪。你不會再出爾反爾吧？」

「……」

於是週末，毛曉旭和蘇洵兩人一起站在遊樂園拍大頭照的地方。

今天蘇洵穿得非常休閒，還戴了副眼鏡，添了幾分學生氣息，而毛毛則是耶誕節裝扮，一身粉紅裝束，還戴著一頂紅色聖誕帽，站在那裡，真是顯眼至極。

「我記得耶誕節還有段時間吧？」

毛毛笑道：「提前慶祝。」暗含深意。

蘇洵明智地轉移話題：「那妳現在想玩什麼？」

「根據我的調查，女生不管是和男朋友還是女朋友出去玩，拍大頭照都是必須要做的。」說著從隨身包包裡掏出一張紙，認真地看了幾眼，又收了回去。

「那妳去吧。」

「一個人拍有什麼好玩的？」毛毛拿眼角看人，一副「你不會真的打算讓我一個人去拍吧」的表情。

蘇洵又頭痛了。「那我就進去坐一下，看妳拍好了。」

毛毛一爪子抓住蘇洵的衣服，亮出一排雪亮的白牙。「嘿嘿。」

數分鐘之後，兩人站在店員小姐跟前，看著手裡幾乎可以媲美二十世紀四〇年代結婚照的大頭貼，互相對視一眼。

「看來我們真不適合拍這種東西。」

毛毛點頭。「剪成兩半估計能直接當遺照用。」

「……」

在勉強保持住微笑的店員目送下，毛毛拉著他向下一個目標出發！

「根據我的調查，如果有男生陪同，很多女生會選去一趟鬼屋。」毛毛盯著那張紙嚴肅地回答。

「那如果沒有男伴呢？」蘇洵覺得有些有趣。

「冰淇淋店。」

「那妳選哪個？」

毛毛偏頭問：「你自認是我男伴還是女伴？」

「去鬼屋吧。」

數十分鐘之後，鬼屋出口處。

蘇洵平靜地總結：「音效不錯，特效有點兒假。」

毛毛嘿嘿笑。「跟在我們後面那女生的尖叫聲倒是挺嚇人的。」

「看來我們真的不適合這裡，還是回去吧。」蘇洵轉身往遊樂園門口走去。

「等等！」毛毛馬上飛撲上去抱住他的手臂——這是她原本想要在鬼屋裡做的，可惜現實總是不如人意，不過眼下最重要的是——「浪費會遭天打雷劈的！我們買的可是遊樂園的全票啊。」

蘇洵有些哭笑不得地看著像無尾熊一樣掛在自己手臂上的女生。「那妳還想玩什麼？」

「根據調查，女生覺得最刺激的是雲霄飛車，我們去玩那個吧！」她拖著他就走。

基本上蘇洵已能想像到結果了。突然忍不住笑了一下，這個女孩，還真是一個特別的人……特別有趣。

這天毛毛很開心，回學校跟心上人分道時，她突然想到什麼，衝已經走出十多公尺遠的人喊過去：「喂，蘇洵，你知道我叫什麼名字嗎？」

「我叫毛曉旭！」

四、我最喜歡吃的是紅燒牛肉麵

毛毛現在成了勤勤懇懇的送菜工，每天早午晚三餐在自己享受完美食之後，都不忘給蘇老師帶上一份，後者在這件事上很是為難，多次勸說無效，最終只能將伙食費交給她管理。

毛毛當時看著他拿出一張銀行卡給她，然後報出了密碼，瞬間就不淡定了，彷彿聽到了《婚禮進行曲》。

看著毛某人過分歡快地飄然離開，蘇洵又忍不住搖頭，但眼中卻有幾分笑意。

傅薔薇對於毛曉旭送飯這點表示。「妳豬啊，妳不會買過去跟他一起吃嗎？然後啥啥一下，之後就可以那啥了嘛。」

毛毛連連點頭。「哦哦哦，有道理有道理！」

之後毛毛吸取經驗教訓，買兩份飯到辦公室跟心上人一起吃，而她以前都是蝗蟲過境般的飲食速度，在面對蘇洵慢條斯理的吃法時也不免慢了下來，主要是吃慢點可以那啥久一點！十班班導在旁邊吃得嘔心瀝血。

有一回十班班導忍不住問蘇洵是不是真看上毛曉旭了，蘇老師停頓了下，回了沒有。

是啊，跟學生，怎麼可能？

而且，她看起來也只是一時興起，過段時間熱情過了可能就不會再來纏他了。

這天中午，毛毛一早去某店裡排隊買了蘇老師最愛吃的番茄蛋炒麵。「你最喜歡吃牛肉、番茄，最討厭的是青椒和茄子。」

蘇洵有些驚訝，因為她說對了。「妳怎麼知道的？」

「我天天觀察嘛，瞧我多關注你啊，感動了嗎？」

「……」

「蘇洵，我最喜歡吃的是紅燒牛肉麵，你要記得啊。」

就這樣毛毛纏著蘇洵一起吃飯吃了一個月，這段期間她竟然瘦了五斤，天哪，這是怎樣的一種一箭雙雕！

後來一天毛毛幸福地推開辦公室的門，結果卻看到蘇洵旁邊有人坐著了，阿毛心裡瞬間響起一片哀樂聲，眼睛一斜，看自家班導似乎還沒用餐，臉上一笑，已經蹦過去。「老師，我請你吃飯吧？」

十班班導第一反應是驚嚇，然後看向跟張子燕吃便當的蘇洵，對方也朝他們看來一眼，蘇洵似乎微皺了下眉頭，但並未說什麼。

「老師啊，炒麵涼了就不好吃了！」已經開動的毛某人催促道。

「呃，好，那個，毛同學，回頭給妳錢啊。」

毛毛擺手。「你那份是用蘇老師的錢買的，你給他就成了。」

毛毛回到寢室就拉肚子了，嗚哇，吃太快了！一個月慢速度吃下來，胃的動力竟然跟不上了，太悲慘了。

朝陽問：「阿毛，妳沒事吧？」

毛毛呻吟：「我要死了，番茄太難吃了。」

朝陽一點都不同情。「明明最討厭吃番茄，還吃，妳這就叫自做孽不可活。」

幾天不見某人來送飯，蘇洵突然覺得有些……沒有食慾？很奇怪的症狀。

去餐廳時，剛進去就看到一道熟悉的身影，不是毛曉旭是誰？他竟然第一眼就能發現她……這也很奇怪，她並不顯眼。

此時毛某人正跟幾個同學在吃飯，手上拿著一隻烤雞腿，坐在她旁邊的男生一邊笑，一邊遞面紙給她。

不知道為什麼蘇洵看著這場景突然有點不想在餐廳吃了，轉身出去時，心裡想著，她買的番茄蛋炒麵究竟是在哪家餐廳買的？

當毛某人在一週之後又拎著美食出現在辦公室時，蘇洵不由得小愣了下。

「真餓真餓，吃吧，我吃完了還得去打工。」

蘇洵疑惑地看著她。「妳最近缺錢嗎？」

說到這個毛毛就悲憤。「我老爸扣我零用錢！太缺德了，不就是罵了他一句『為老不尊』嗎——你看著我幹麼？」

「妳可以用我的卡。」他轉開頭打開食盒，其實一直想跟她說這事的，畢竟她一直幫他買飯。

「你的意思是……」毛毛紅心氾濫，YY值飆升到最高點！

這時蘇洵的電話響了，他接聽，掛斷之後有些為難地問毛毛：「妳明天能不能陪我去逛下街？」

什麼叫心花怒放，此時的毛某人就是心花朵朵開的最佳代言人，點頭如搗蒜。「好啊好啊！」

「子燕想買點東西，妳——能跟去照應下嗎？如果妳有其他安排也沒事。」

毛毛一愣。「三P啊，沒問題啊。」

「……」

當天的逛街原本一切安好，直到張子燕的太陽帽被吹掉。

充當魚餌的毛曉旭這次被踩得腳差點廢掉，媽的，這什麼世道，她也是女人啊！不過也算不負所托，果然出門要帶上魚餌嗎？

正被一豬蹄踩得差點飆出英雄淚的阿毛，在下一秒被蘇洵拉到了身後，毛毛的熱淚終於飆了出來，猿臂猛地抱住前面人的小蠻腰，真是死了也甘願啊！

後來蘇洵在幫她手上的小傷口擦藥時說道：「以後妳別擋前面了。」

「嘿嘿，我喜歡擋在你前面。」

「……」蘇洵說：「子燕她——妳也不用太拚命，沒關係的，其實本來妳也不需要——」

「沒事沒事，照顧美女是應該的嘛。」毛毛大笑。「更何況咱愛屋及烏。」說完馬上趁熱打鐵。「這週末陪我去唱KTV吧？」變相約會！哦也！

我們可憐的阿毛沒談過戀愛，紙上談兵的想法都是去電影院、遊樂園、KTV啥的。

五、這年代好人難為啊

週末的KTV。

薔薇、朝陽就不明白了。「為什麼連我們也要來啊？」

毛毛淫笑。「渾水好摸魚嘛。」

蘇洵進來時，毛毛正襟危坐著，但兩隻眼睛閃閃發光簡直可以媲美某大型肉食貓科動物。

蘇洵過去坐到她旁邊，裡面熱，他就脫了西裝外套。

朝陽在點歌臺那邊，跟薔薇心照不宣地相視一笑，說：「下面這首是阿毛妳的啊。」

當熟悉的旋律響起時，毛毛一愣，她的〈傾國傾城〉……鑑於自己的嗓門實在不宜在此時展現出來，果斷地將麥克風塞進了蘇洵的手裡。「你來吧！」

蘇洵轉頭，想把麥克風給另一邊的女生，即薔薇，被回覆──「我不會。」

無奈，蘇老師只能硬著頭皮唱了，好在這歌他聽過兩次，而其他人沒想到他居然有一副非常適合唱歌的嗓音，婉轉低沉，透過麥克風放大後在整間包廂裡迴盪，聽得人心底酥癢難耐，尤其是對他心生愛慕的人……

毛毛慢慢地就頭腦發熱神志不清了，一曲結束後，已經撲向蘇洵準備給他獻吻，然而事出突然被茶几狠狠絆了下腳，為保持平衡她不得不伸手去抓身邊人的衣服。

很顯然蘇洵的襯衫也覺得太突然，於是，在其他人期待的目光中，「刺啦」一聲，六十多公斤的毛某人拽著襯衫的碎片以平沙落雁式趴倒在地上，而依然停在他腰上的另一隻手還亂摸了一通。

蘇洵猛地退後一步，當毛曉旭好不容易爬起來時，他已經穿好了西裝外套，臉似乎有些紅，沒等毛毛回神，頭也不回地走了，正所謂來去匆匆。

毛毛靈魂歸位的第一句話是：「我居然沒有看到！」雖然摸到了。

毛毛繼續心痛。「別攔著我！我要去跳樓！」

是的，沒人攔她。

接下去兩週，毛毛連面都沒能見著蘇洵一次，怎麼逮都逮不著。

「難道本姑娘要失戀了！」毛毛抱著寢室門號啕——主要是因為門上貼著某明星的海報，「豔照門」事件之後他就成毛毛偶像了。

薔薇反問：「你們有過開始嗎？」

朝陽提意見：「阿毛，還是算了吧，我思來想去都覺得妳跟他是兩個世界的人。」

「王子在地獄，我不入地獄誰入地獄！」毛毛精神一振，拿起一本大號的素描本和一支麥克筆雄糾糾氣昂昂地再度出門了。

最近蘇洵都在幫系上學生監考，對於蘇老師的行程毛毛自然是瞭若指掌的。今天他監考的那場是在二號樓一二一教室。

於是毛某人到了考場……的窗外，安靜地努力地千變萬化地探頭探腦想要引起蘇老師的注意，但導致的結果是考生經常看到一顆腦袋在窗外移動，瞬間思緒混亂，做題無能。而蘇洵也終於在學生們飄忽的眼神中注意到了窗外的毛毛。

毛毛大喜過望，舉牌，上書：蘇洵，今晚你沒課吧，我有事想和你談談！

蘇洵微皺眉，本想不去理會，但又怕她極有可能會一直舉著，想了想，低頭撕了張白紙，寫了兩個字，走過去給她：沒空。

毛毛毫不氣餒，低頭翻了頁，寫字，舉牌：沒事，我可以等你到天荒地老！

蘇洵無奈，心裡倒有幾分好笑。「妳到底想幹麼？」

「就聊聊，不會把你怎麼樣的，嘿嘿，嘿嘿。」

蘇洵聽到這句不由得皺了下眉。

「你先走吧，我在監考，有什麼事回頭再說。」

「為什麼不能現在說？為什麼為什麼？你到底把我當成什麼了？」無理取鬧女主角模式啟動。

蘇洵深呼吸。「我……對妳沒興趣。」

「我對你有興趣。」

這句話讓他不禁有些耳熱，想起那天被她扯破衣服，她的手滑過他腹部的溫度……蘇洵為自己的浮想聯翩感到汗顏。「妳到底想幹麼？」

「雖然我很想跟你這麼無限迴圈下去，但是，咳咳，你的學生都在看你了。」

「……」

「說定了，今晚七點，學校後門的茶館，三號包廂，我等你，不見不散！」

第二次被放鴿子，等了兩個小時後，好吧，毛毛想，事不過三，再等一小時，做人要有始有終，也要有原則——然後毛毛被趕出了茶館，十點打烊，此人已經拖了半個小時了。

毛毛鬱悶地從茶館出來時，卻見到了從旁邊一家旅館裡出來的張子燕，被一名高齡大叔拖著……毛毛的腦子向來簡單，沒多想就喊過去了：「嘿，美女，妳沒事吧？要不要幫忙？」

張子燕回頭見到是她，一陣慌亂，隨即拉著旁邊的人就走。

毛毛感嘆：「隨便問問嘛，不要就算了。」

結果剛轉身就聽到救命聲，毛毛跑過去時就見那大叔甩了張子燕一巴掌，阿毛最見不得男人打女人，上去就是一陣拳打腳踢，但力氣畢竟不及男人，被一掌推開。「滾開！別多管閒事！」

毛毛見他又要對張子燕動粗，也顧不得自己涼茶水喝太多胃正痙攣著，一鼓作氣衝上去，心裡只想著：蘇洵，你這次可一定得好好補償我啊。

哎呀呀，流血了流血了，暈頭轉向的毛毛聽到有人喊這邊在打架，然後昏倒了。

六、原來真的有一種感覺很酸很苦很悶

醒來時是在醫院裡，毛毛看見蘇洵就坐在旁邊，差點彈跳起來。「你來了！」

對方的臉色不太好，慢慢地問：「子燕的傷是妳害的？」

毛毛一愣。「什麼東西啊？」

蘇洵看著她，最後站起身。「妳——凡是做事都要有分寸，妳父母應該教過妳如何為人。」

毛毛越聽越糊塗。「什麼跟什麼啊？」

蘇洵的眼睛漸漸轉沉。「毛曉旭，即便我對妳沒有興趣，妳也不應該報復在別人身上，我以為妳至少秉性良善——」他最後一句話沒有說全，一向溫和的男人眼中竟有幾分不能容忍。「妳好自為之。」

「……」

朝陽推門進來時就聽到阿毛在什麼啊什麼地咕噥。

沈朝陽放下水壺道：「傳言是這樣的，妳追不到人，就把人家的心上人叫了出去，還叫了一個

猥瑣大叔欺負她，她反抗，妳打了她，猥瑣大叔最終被她感動，反過來幫她，跟妳打了起來，救出了她，以上是本臺記者傅薔薇從受害者的病房聽來的報導。」

毛毛聽得一愣一愣的。「這什麼故事啊？」

「愛情故事。」

阿毛難以置信。「不會有人真的相信吧？這也太離譜了！」

這時薔薇出現在門口，笑道：「還別說，真的有人全信，妳要是也去隔壁聽一聽現場版的，我保證妳也信。」

毛毛心酸。「這可怎麼辦啊？我被冤枉了。」

朝陽說：「含冤而死吧。安寧已經跟蘇洵說了，把這事私了，他似乎也不想把妳供出來，學校是一定不能知道的，否則妳就得提早畢業了。」

毛毛搖頭。「嚴重，真嚴重……」

薔薇批判。「知道嚴重了，誰讓妳半夜跑出去，還腦子抽筋去救人。」

毛毛悲痛。「如果我跟他說，他會不會相信我啊？」

朝陽說：「我看還是算了吧，人家恩愛得……都要準備給她撐起一片天了。」

薔薇也同意。「阿毛，也不差這一個，咱們再繼續物色男人，弄得坐滿一架飛機！」

「不行，我是真喜歡他。」毛毛掙扎地爬起來。「我得親自問問他。」

薔薇氣惱。「妳白痴啊！」

朝陽拉住薔薇。「讓她去吧，早死心早得道。」

毛毛扶著點滴架來到隔壁時，蘇洵正在餵床上的人喝粥，她突然有些進退維谷，但對方已經聽到聲音，抬起頭看到是她，眼中一閃，隨即又暗下。「有事嗎？」

張子燕已經轉開頭看窗戶外。

毛毛摸了摸臉。「我就是想說，不是我打她的。」

他的聲音有些啞，輕輕說道：「都過去了。妳也回去好好養傷吧。」

「如果還想畢業，就別再來了。」

「還有，以後也別再來找我了。」

「……」

毛毛哭笑不得。「那就是說不相信了？」

「……妳走吧。」

原來真的有一種感覺很酸，很苦，很悶啊！

毛毛抓著點滴架。「如果我畢不了業，我老爸大概會把我的腿都打斷吧。」

最後低頭道：「蘇……老師，我還想畢業，我不會再來了。」

「我以後也不會再來找你了。」

毛毛一瘸一拐地拖著點滴架往回走的時候，嘴裡唸道：「這年代好人難為啊。」

張子燕見蘇洵一直望著門口，心中不禁有點害怕，伸手覆住他的手。「蘇洵，你不信我嗎？」

蘇洵回頭，慢慢抽出手，幫她蓋妥被子。「妳睡會兒吧。」

他沒有正面回答，張子燕緊張了。「蘇大哥，我們相依為命那麼多年，你會一直陪著我的是不是？她是你的學生，她長得又不好看，你怎麼會在意一個學生呢，是不是？蘇大哥？」

他低聲道：「睡吧。」

蘇洵一如既往地溫和，張子燕卻覺得哪裡不一樣了，但也不敢再多說話，怕多說多錯。

等張子燕出院後，蘇洵銷假回去復職。每天按部就班地上班，吃飯，下班，他的世界又回到應有的平靜，而他卻發現有點不能適應了。

走在學校裡，他總是有種感覺，不知道什麼時候會有一個人跳出來。

吃飯的時候也會下意識地想一些事情，才三個月，怎麼會被弄得連習慣都變了。

「蘇老師，早啊。」

蘇洵一愣，看到跟上來的是自己班的一名學生。「早。」

跟同學聊了幾句，來到辦公室時看到自己桌上放著一份早點，心竟然一跳。

十班班導道：「剛才張小姐拿來的。」

蘇洵按了按眉心，坐到位子上，咬了一口還熱著的早餐，有些食不知味。

七、青春的執拗

離畢業只有一個月了，毛毛全力投入論文，一心只抄文不想其他雜七雜八的事。這一個月裡她都沒有見到過蘇洵，也許是她路線改得很徹底，以前買過飯的餐廳現在一律不進，修改論文、論文答辯都不走尋常路線，所以，她算說到做到了。

除了畢業典禮後的那頓離別飯，九班和十班一起吃的。

毛毛朋友一向多而雜，男生更是喜歡跟她稱兄道弟，所以這種場合男同胞們找她拚酒是少不了的，毛毛嘿嘿笑著，技壓群雄。

在敬導師時，毛毛跟十班班導連喝三杯，後者笑道：「毛曉旭啊，我還真擔心妳畢不了業呢，狀況頻繁，如今能順利結業我也是鬆了一大口氣啊。」

「哈哈，給老師添了那麼多麻煩真是不好意思！」

毛毛有點喝高了，轉身要走時倒是看到了坐在自家班導旁邊的另一名老師，覺得似乎應該一視同仁，於是招招手讓身邊兄弟倒上酒，敬對方。「蘇……老師，我敬您。那啥，祝您事事如意。我先乾為敬，您隨意。」

旁邊男同學摟著阿毛的肩膀轉移陣地。「毛，還行不行啊？」

「行！我才兩分醉，要灌倒我還早著呢。」

「哈哈，那就行！」

毛毛喝醉了，在洗手間裡吐啊吐，安寧站在她後面幫她順背。「酒量沒我好還幫我擋酒，等會兒別再喝了知道嗎？」

毛毛趴在洗手檯上。「阿喵啊，我真難受啊。」

安寧嘆了一聲，拿出面紙幫她擦眼淚。「我不會說出去的，妳哭吧。」

從小聲的抽泣到號啕大哭，安寧抱著她，柔聲安慰：「乖乖乖，毛毛最勇敢，毛毛最厲害，毛毛最無敵，什麼都不怕……」

安寧先從洗手間出來，因為某人說自己已經沒事了，讓她先過去。阿毛洗了臉，走出來時還有點有氣無力，剛出門口便與一人相撞，一下子倒在地上。

對方似乎愣了一愣，隨即蹲下去，抓住她的手，要扶她起來。

「行了，謝謝您了，我能行。」毛毛抽回手，扶牆而起。

走了幾步，毛毛回頭，雖然醉醺醺的，但意識很清醒。「蘇老師，估計我畢業了之後就沒有機會再跟您見面了，你喜歡的那炒麵湯麵啊，是在北門比較偏僻的一家店裡買的，叫『胖媽媽麵館』；你喜歡的那些菜啊，是在學校後門外面的『江南美食』買的，雖然名字叫得挺大，但店面很小，不過物美價廉。」毛毛說完抓了抓頭髮。「哦，還有一句，我這人雖然算不上優良，但是從來都沒撒過謊……唉，你信不信隨便吧。」

毛毛晃晃蕩蕩地走了，蘇洵一直站在原地沒動。

六月，毛毛包袱款款地坐上火車，學成歸鄉。

跟薔薇、朝陽、阿喵在火車站揮淚告別，才剛離開就想念三一五寢室了。以後都沒人買烤雞給她吃了，以後都沒人和她鬥嘴了，以後都沒人陪她一起研究AV了……不過，有些人，時間到了總是要分開的。

毛毛看著火車外的景色。「畢業了，怎麼感覺什麼都沒了？」

她們中最先結婚的是安寧，沒有畢業就登記結婚了，一年後就生了一對龍鳳胎。薔薇留在江濘市工作，也一直在相親，交過不少男朋友，但都堅持不了半年，她自己說是「總少那麼點激情」。朝陽考上了江濘大學的博士生，自然也一直留在江濘，據說她的男朋友在老家等著她回去。每個人都有一段為人知的、不為人知的故事，或平淡，或愉快，或傷感，而她毛曉旭的人生就是混吃等死中間穿插無限制的耍流氓，只是，畢業之後耍起來也不是特別來勁了。

後來，毛毛聽朝陽說，他要結婚了。

她當時正在公司裡偷著打遊戲，被嚇了一跳，而遊戲裡的「天間毛毛雨」也在同一時間被人秒殺了。

「感覺怎麼樣？」朝陽不懷好意地問。

「被人秒殺了！有種別跑，讓姊姊輪姦妳一百遍啊一百遍！」然後毛毛說：「婆婆媽媽，怎麼做大事？」

「您能看開就行了。」朝陽笑道。「聽說蘇老師的對象，也就是上回被妳『打』了的那女的，懷上了孩子，所以才這麼急著結婚的，呵，不知道是誰的種，蘇洵還真大方。」

毛毛仰躺在椅子上。「唉，生活就像一場戲啊。」

晚上阿毛騎著電動車回到家，洗完澡，打開電腦，想了想，登錄了電子郵箱，一年中，她收到過他的兩封信，一封寫的是：對不起。一封就是昨天收到的，他說：我要結婚了，曉旭。子燕她有了孩子，我不能不管她。妳如果來，我等妳。

毛毛覺得挺沒勁的，她去幹麼啊，他結婚，關她毛事啊！

他一年裡，在很多個不開心的晚上，或者喝醉了，事業上不如意，他的子燕不開心，他都會打電話給毛毛，剛開始只聊一、兩句，第二通電話他打過來的時候就是喝醉了，他說，曉旭，對不起。

毛毛從夢裡被吵醒，直接發飆：「你腦子有毛病啊，三更半夜來講廢話！」他笑了。後來兩人經常聯絡，什麼都說。她一直聽著，也說話。毛毛說話大刺刺的，什麼都敢講，蘇洵聽了總是會笑。毛毛一直在想，自己就當救死扶傷吧，人家雖然俊男美女風光無限，但名人多少負累。

可就算她是垃圾桶，也會有裝滿裝不下的時候啊。

關上電腦，電話鈴聲就響起了，上面顯示著「蘇洵」。

她毛曉旭再勇敢，再厲害，再無敵，也會受傷，也會難過，她又不是死人！

毛毛首次沒接他的電話，等鈴聲停了，她發了條簡訊過去：蘇老師，恭喜你結婚，孩子出生了我來喝滿月酒吧，婚禮我就不參加了，最近忙。

對方許久之後回過來：我知道了。

毛毛倒在床上，望著天花板，用不著調的嗓音輕唱。「我是一隻小小鳥，想要飛呀飛卻怎麼飛也飛不高，我尋尋覓覓尋尋覓覓一個溫暖的懷抱，這樣的要求算不算太高……」

隔天毛毛起來，迴光返照地去上班，剛走出家門，便見對面街道上一道儒雅的身影站在樹下。

毛毛目瞪口呆地看著他走近，然後。「靠，你怎麼來了！」

他聽到她說粗話也沒有皺眉，笑著問：「我來的路上也一直在想，為什麼。妳告訴我好嗎？」

八、那啥近了，春天還會遠嗎

毛毛「莫名其妙」地跟蘇洵在一起之後，那才叫真正的迴光返照。吃飯也笑，走路也笑，睡覺也笑，要有多猥瑣就有多猥瑣。

蘇洵當時在那邊停留了三天，毛毛天天膩著他，曠工三天！蘇洵回去之後，兩人就天天打電話聯絡感情。雖然以前也是電話來電話去的，但現在不同了，身分不同了嘛，我們家毛毛講話就更加隨心所欲了。

「你今天穿什麼衣服了？啊呀呀，灰色的呀，脫了吧！裡面的呢？襯衫？哦呵呵呵，白的呀，我喜歡！」

蘇洵第一次被她調戲的時候，俊逸的臉紅了，想掛斷電話，可又有些……捨不得，他說：「我去洗澡了，妳早點睡吧。」

毛毛一聽「洗澡」，熱血沸騰。「等等等等！你手機能拍影片的吧？你拍下來我要看！」

蘇老師從沒遇到過這麼無恥的女生，無力地說：「我掛了。」

「不要啊！你這樣會讓我慾求不滿的！蒼天啊，我就看看胸口還不成嘛？」

「不行。」

諸如此類的對話無限制地進行中。蘇洵很多次想，他自己是出於什麼心態去找她的，喜歡？

心疼？可能都有吧。

就這樣，兩人開始了遠距離戀愛。遠距離了半年，蘇洵飛過去兩次，毛毛爬過來三次，阿毛最後實在受不了這種相見時難別亦難，就跟她老爸申請去江濟市工作，她爸直接回了她一句：「拉倒吧妳！」

毛毛很鬱悶。「我戀愛了！」

「妳？」毛老爺子當時的表情，讓阿毛覺得親情這東西真是……最後毛毛拿出蘇洵玉照給她爹看時，後者又驚呆了。「他！」

傷人，真傷人……

「是啊，老子我談戀愛了！而且還是這種貨色，你到底讓不讓我走啊？你不讓也沒事兒，我離家出走！」

「呵，就憑妳？」

「媽的！」阿毛發飆了。「我好歹也是你生的吧！你看不起我也就罷了，你一再看不起我！小心我翻臉！」

毛老先生是老來得女，心裡對女兒寵得不得了，最後感慨說：「女大不中留啊。」

「唉。」毛毛嘆了口氣，拍了拍她爹的肩。「你也別太傷感了，我這不正是去為咱們毛家開枝散葉嗎？回頭我給你帶兩個孫女回來！」不知道蘇老師聽到這句話作何感想。

於是，毛毛包袱款款地又回了江濟市。蘇洵當天去車站接人，一看到她就說：「妳不是說下週嗎，怎麼今天就來了，這麼突然？」

毛毛道：「你不希望我早點來嗎？」說完已經撲上去猛抱住他。「真想你啊！」

車站裡人來人往的，蘇洵微微紅了耳朵，說：「別鬧了，去車上吧。」他拉住毛毛的手，接過她的行李，朝車站出口走去。

毛毛很開心啊很開心，拉緊他的手，心裡直冒粉紅色泡泡，莫非，終於……要同居了……然後就是……不要不要，人家已經……

「我已經幫妳找了房子，離我那邊不遠，以後……見面也挺方便的。」蘇洵有些赧然，他是一個溫和儒雅的男人，說這種話實在是首例。

「嗷！」

毛毛「定居」江濘市了。採購、布置房間的時候，安寧、薔薇過來幫忙，安寧生完孩子之後，更加有味道了，皮膚白嫩紅潤，身材玲瓏有致，氣質溫潤，漂亮得不得了。毛毛當即就感慨：「我也要生娃！」

薔薇淫笑道：「月黑風高嘛，妳趁他那啥的時候那啥啥啥，啥完之後就那啥，啥了之後不就啥了嘛！」

安寧無語了。

蘇洵進來的時候就看到薔薇在笑。「呵呵呵呵呵。」毛毛也在笑。「啊哈哈哈哈哈！」心想，她跟她的那些朋友關係不是挺好的嗎。

毛毛在這邊定下來之後，馬上就找到了工作，其實是托阿喵……她老公，幫了點忙。生活安定了，就開始思淫慾了。

於是，蘇老師經常在工作的時候收到黃色簡訊。「今天你寂寞嗎？」他剛開始以為是垃圾簡訊，結果看到寄件者時，他……淡定了。

蘇老師：「上班的時候別開小差。」

「妹夫介紹的工作也太閒了，雖然薪水很不錯，但是……人家真的很無聊嘛。」

蘇洵：「我晚上去找妳。」就是簡單的字面意思。

但對方說：「你要做什麼？來找我之後就想留下來過夜了是不是？然後就強行做不道德之事了是不是？不要啊！不可以！除非你輕點……」

蘇老師差點一口血噴出來，他淡定回：「妳想太多了。」

毛毛嘆氣。「唉，及時行樂啊哥哥。」

他們第一次行樂那次是這樣的，時間是一年半後，毛毛隱忍到極限，而蘇洵覺得訂婚了，可以對她負責了。

然後當夜。「不要，不要……人家已經……」

紅著臉的英俊男人真的停了下來，他怕她不舒服，而身下的阿毛頓了一下，馬上改口：「要要要！」

「……」

蘇洵心裡有些暖洋洋的，他是孤兒，從小到大沒有人那麼在意過他，沒有人關心他吃得好不好，沒有人在意他開不開心，而跟她在一起，他是真的放鬆，也真的快樂。

他想他是愛她的，雖然她口無遮攔，雖然她常常出狀況，雖然她動不動就對他動手動腳，可就是這樣的她讓他真正體會到了什麼叫真心實意。

我把妳藏在心裡最深處

一、潘青青

周錦程打電話來時，我剛下課，我在一所大學教英文。我去辦公室把書本放下，跟同事們聊了會兒天，到樓下時周錦程的車剛好到。

我過去拉開車門坐上副駕駛座。旁邊的人一如既往地西裝革履，成熟精幹。他朝我笑笑，發動了車子。這個將近四十歲的男人，手段和修為已經成精。十幾年前我猜不透他的想法，現在則更是。

這次，是兩個月沒有見面了吧？不知道他這兩個月在忙什麼？我已經不再去猜測，我甚至覺得，他不來，我反而輕鬆很多。

我是他母親那邊遠房親戚家的孩子，我十四歲的時候，雙親因意外事故去世，是他收養了我。他當時也才二十四歲，大學剛畢業，剛分配到單位去工作，但論輩分我要叫他一聲叔叔。

起初我的確叫他叔叔，這個唯一肯收養我的長輩。直到我十五歲時來月經，他替我去買了衛生棉，教我怎麼用那些東西。我沾血的床單他拿去浸在水裡，搓洗乾淨。

從那時候開始，我不知道為什麼，不再叫他叔叔。

我十六歲上高中。考上的是市裡排名第一的重點高中。他帶我去外面吃了飯慶祝，席間我跟他說，高中我打算住校。我算是問他意見，如果他不同意，那麼我就通勤。但他向來不會為這種事情浪費心思，抿了一口茶，點頭說隨妳。

高中，我第一次住寢室，很新奇，也挺喜歡，而同班的那些新同學也都很積極開朗，我從那時開始努力交了不少朋友。我以前都是一個人，尤其是父母剛去世那幾年，陰沉得沒人願意親近。後來跟周錦程住的那兩年，我漸漸地改變自己，我一直告訴自己，至少不能讓他討厭，不能讓他有理由趕我走，我已經無家可歸，除了願意要我的他。

上高中後我更刻苦地讀書，也跟老師溝通，勤工儉學，賺一些生活費，即使那點錢對於他來說不算什麼。短短兩年時間，他已經坐上不錯的位子，他很厲害，我知道。

高中寢室裡的女孩子經常聊到很晚才睡覺，她們說的不外乎是哪個男生比較帥，哪個男生聰明成績好，她們說的時候，我心裡總是想，他們再帥，再聰明，也比不過周錦程的一絲一毫。

住校後的第一個週末我回了家，心裡是想念他的。但那天他卻不在。第二天我起來，走到客廳時看到他正在廚房裡做早餐。

那天早上我們倆一起吃了早飯，餐桌上我一直低著頭，他拿著報紙，一邊看一邊吃，慢條斯理，好像任何事在他眼前發生他都不會多動下眼皮。

到最後的時候他問了我在新學校適應得如何。

我說挺好的。

周錦程笑笑。「那就好。」

高二的時候，我們班一個清秀的男孩子寫了一封信給我，他希望跟我一起晨練，一起看書。

那時候學校抓偷談戀愛抓得嚴，如果被抓到，是要通知家長和被罵處罰的，可我卻答應了下來。

我跟那男孩子相處一直很拘謹，我不懂怎麼去談戀愛，在一起晨練和看書時，我們幾乎沒說過幾句話，更不用說牽手。甚至我跟他在一起的時候，心裡想著別的事。

在「交往」一個月後的那個週末他送我回家，其實我並不喜歡他這樣做，不喜歡別人接近我的家。可我們是情侶，他說送我回家是應該的，我想了想，點了頭。出了校門他變得積極大膽很多，在我家樓下他甚至想上來擁抱我，我嚇了一跳，往後一退絆到了臺階，我就這麼摔坐在了地上。

周錦程的車子剛好開進來，他下車看到我，又看了看那男生，沒說什麼。

我看著他走過我身邊，走進樓裡，委屈得想哭。我的男朋友嚇到了，他以為我摔疼了，焦急地扶我起來。「青青，沒事吧！對不起，我以後不這樣了！」

我站起來的時候跟他說：「謝謝你送我回來，你走吧。」

他看我真的要哭了，也不敢再多說。「那好，我們下週一學校裡見。」他邊走邊回頭，我直到看不見他的身影才轉身進了樓裡。

開門進到家裡就看到周錦程坐在沙發上看新聞，手上捧著一杯茶。我沒打招呼就進了房間。

他後來來敲門叫我吃晚飯。我沒理，他也沒再叫了。

夜裡我出來時，看到他靠著沙發就睡著了。幽暗的檯燈和電視機裡跳動的光線照在他的臉上，原本端正溫雅的面孔有種莫名的吸引力。他才二十七歲，但看起來卻已有些滄桑。

我走過去坐在他旁邊，手輕輕覆在他放在政法書上的手上，他沒有動，很久之後，我靠過去吻他的嘴脣。心裡緊張得要死，告訴自己，只此一次。

他的手動了動，翻過來覆住我的手，但依然沒有睜開眼睛。他慢慢地回吻我，我心跳如鼓！

這是我的初吻，給了周錦程，而他也要了，我心滿意足。

一週後回校，我跟我的男朋友分了手，我說了對不起。他問我為什麼？我說快高三了，我要用功讀書，我想考到北方去。他笑了笑說，那一起努力。我不知道我們算不算和平分手了？

高三那年我很少回家，基本上是一、兩個月才回一次。有時候能碰到周錦程，有時候碰不到。我碰到的時候也就只是說兩、三句話，內容也都是無關緊要的。他越來越忙，也越走越高，我在電視上都看到過他一次，嚴謹得體，笑容親和。我想方設法地從網上找到那段新聞刻進光碟裡，以後的日子裡時不時拿出來看看。

高考我盡了全力，成績跟自己預想的相去不遠。填志願時我沒有問周錦程。填完志願那天班裡大家去吃飯和唱歌，被壓榨了三年的一幫人在那天玩瘋了。我也跟寢室裡的人喝了幾罐啤酒，去唱歌時都有點醉意。

我看著上面那幫人鬧騰，心裡也有點放鬆。旁邊有人推了推我說：「青青，妳的手機在響。」

我拿出來看，上面閃動的名字讓我心一跳。

我走到包廂外面的走廊上去接聽。周錦程問我在哪裡。

「在跟同學唱歌。」

他說：「什麼時候完？我過去接妳。」他是商量的口氣，要或者不要無所謂。

我這次咬了下嘴脣，說了我在哪兒。「你現在來接我可以嗎？」

他好像笑了笑。「好。」

我跟包廂裡的朋友說了要先走，艱難脫身後，到KTV的大門口等周錦程，不一會兒身後有人拍了拍我，我回頭，是我以前交往過的那個男生。他說：「這麼快就走了？妳都沒唱歌。」

「我唱歌不好聽。」

他訕訕一笑，說：「我也報了北方的大學。」

「袁柏……對不起。」

他擺手。「唉，妳沒有對不起我。不過，潘青青，後面的四年我們在同一座城市裡，如果妳有什麼事需要幫忙，需要跟人說，請務必第一個想到我，可以嗎？」

如果沒有周錦程……我會不會喜歡上眼前這個熱情善意的男生？可不管答案如何，假設的都沒有意義。因為我心裡已經有了周錦程。我對他的感情是依賴，是情怯，是景仰，是奢望。是無人可以替代的。

周錦程到的時候，我已經在夜風裡等了半個小時。他說堵車。

我說我也是剛出來。

在路上他問我：「妳班導師說妳報考了一所北方的大學？」

「嗯。」

他點點頭。「挺好的。」

那天晚上我喝了酒，有點醉，但我知道自己的意識是清醒的，清醒地去勾引了他。我攬著他的脖子纏著他吻，他愣了一下，沒有拒絕。我緊張得全身發抖，但鐵了心去纏他。

他笑著說：「年紀小小還學會喝酒了。」

「我快二十了。」

過了一會兒，他說：「先洗澡吧。」

我欣喜激越，可畢竟這種經歷從來沒有過，只在心底妄想過幾次，慌亂在所難免。而他安撫了我的無措，主導了一切。

我們在床上坦裎相見，我攀著他的肩膀，他的聲音暗沉：「青青，叫我一聲。」

我心緒混亂，低低道：「錦程，周錦程……」

感覺到他進入了我的身體，痛感讓我叫出聲，他順著我的頭髮，我模糊地聽到他說：「別哭……我只有妳。」

疼痛和快感傳遍全身，我覺得自己像是在水上漂蕩，時而溺水，時而漂浮。我緊緊抓著那唯一可以救我的浮木。「周錦程……」

我的錄取通知單拿到了，我填報的第一志願錄取了我，九月十號報到。

周錦程看到那通知單時，只是說：「妳去的那天我送妳。」

那天他沒有送我，他有一個走不開的會議。

我自己整理了東西，叫計程車去了機場。當飛機起飛時我也沒能看到他過來。

大學的生活跟我想像得差不多，空閒，自由，適合談戀愛。

但我不再像高中時那樣，因為想一個人而妄圖去找別人來填補，因為那只會更糟糕。所以我大多數課餘時間用在了讀書和打工上。

周錦程很少與我聯絡，而我也變成了半年回一次家。

第一個寒假回家，周錦程忙著招待來家裡拜年的人，他穿著舒適寬鬆的棉上衣，笑容溫和地應付著。那些客人看到我時都有些訝異，周錦程說，她是我的侄女。

那天晚上我窩在他的懷裡，雙手緊緊抱著他。他閉著眼，拉開我的手說：「去洗一下，睡覺吧。」

我垂下眼瞼，然後翻身壓在他身上。我要吻他，他皺了眉。「青青？」我自顧自吻了他的嘴脣，往下而去，在到他的腹部時他用手抬起我的下頷。「好了，夠了。」

我們前一刻還在最親密最炙熱的高潮裡，此時卻像是隔了千山萬水。我覺得冷。

大二和大三那兩年我只在快年三十的時候回一趟家，其餘時間都留在了學校裡。

而我知道，他也不住在家裡了，他去年調去了北京，當了正式的外交官。首都離我的城市並不遠，但這兩年，我們卻一次都沒有見過面。

不，是見了一次的。那兩年裡唯一的一次見面，是大二的寒假他叫我回去。

他帶我去參加了他姊姊的婚宴。

婚禮開始的時候，我看到穿著旗袍的新娘子走出來，對於周錦程的姊姊我是要叫一聲姑姑的。但因為關係太遠，又不常接觸，所以並不熟絡。但我記得她，而我想，她應該不記得我了吧，因為以前就不曾多聯絡，後來周錦程收留我後就從來沒有跟她見過面了。他從未帶我去見過他的親人、朋友或者別的任何人。

我看著場上那些得體從容的人，覺得自己是那麼格格不入而且寒酸。

而我在這裡，只是為了他。

酒宴到一半的時候我看到他，望著一個文靜可人但神情疏離的女孩子，他一向無情無波的眼裡有著真誠和憐惜。

我突然笑了笑，低下了頭。我發現自己竟然跟那女孩子有那麼點神似，只不過，她更年輕，也更漂亮。

我沒有再等他。起身退出酒店的宴客廳，而他從始至終沒有看向我。

我走出酒店大堂時，發現外面竟然在下大雪。我伸手挽了一片雪花，看著它融在手心，冷進心口。

我叫了車回到家，自己煮了泡麵吃。盤著腿，裹著薄被子坐在窗口邊的藤椅上，看著外面的大雪，一筷一筷地舀著麵條吃。

周錦程回來看到我在，就沒多說什麼。事實上，他有點喝醉了，腳步虛浮地走進浴室，我聽到裡面有嘔吐的聲音。

我拿開身上的被子走到浴室裡，扶著他漱了口，最後幫他脫了衣服，扶到淋浴下面沖洗乾淨。他笑著撫摸我的臉。「妳真乖。」

浴室裡的熱氣迷濛了我的臉，所以他大概看不清楚我那時候想哭。

大四那年我申請了畢業之後留校工作，我的成績一直是優異的，為人處世也不差，所以導師那邊很快給了答覆，說畢業論文寫完之後就先跟著他做事，之後可以一邊工作一邊升研究所。

那年的寒假，我決定留在學校裡寫論文。寒假留校的人比暑假明顯少很多，整個大學像一座空城。平時人來人往的道路上，很難得會碰到一個人。學校的餐廳也不做飯了，所以我經常要跑到外面去吃。後來天氣預報說近幾天要下雪，我就索性買了一箱泡麵堆在寢室裡，餓了又出不了門的時候就吃泡麵。

大年三十的前一天晚上，我接到周錦程的電話，他問我：「明天回家嗎？」

「不回了。」我找不到藉口，學校有事，買不到車票，這些理由對於他來說都太輕易識破，索性什麼都不編了。

他在那頭沉默了片刻，才說：「我知道了。」

後來有一天我碰到了袁柏，我們本來就在同一個高等教育園區裡，碰到不巧，巧的是會在這種時候碰上。那天雪剛停，我去外面常去的那家小餐館裡吃飯，他中途進來，兩人對視上，都有些意外。

後來我們一起吃了飯。

袁柏說他爸媽都在國外，要年初五才回來，所以他乾脆就初四回家。他問起我的時候，我說：「家裡也沒人等，就不回去了。」

袁柏知道我父母已經去世了，也沒再多問。吃完飯他付了錢，我很不好意思，說了謝謝。他習慣性地擺手。「哎，這麼客氣幹麼，怎麼說我們倆也算是……老同學了。」

我尷尬，沒再說。

他之後堅持送我回宿舍，在離宿舍大樓還有五十多公尺的時候，我竟然看到了穿著風衣站在雪地裡的周錦程。

他看著我們，目光深沉。

我不曉得怎麼了，突然轉身抱住了身邊的人，輕聲說：「對不起，對不起，袁柏，你抱著我好嗎？」

袁柏抱住了我。

我之後發著虛汗抓著袁柏的手走到他面前，低聲道：「您怎麼來了？」

他的聲音依然很平和：「想過來跟妳吃頓飯。」他看了袁柏一眼，問：「她吃過了嗎？」

袁柏點頭。

周錦程笑了笑。「那就好。」

周錦程沒有多留，甚至沒有去我寢室坐一下，只是在宿舍大樓下說了幾句話就走了。

他說：「妳這兒有伴我就放心了。」

他說：「什麼時候回來打個電話給我。」

他說：「盡量少吃點泡麵。」

他說：「我走了。進去吧，外頭冷。」

我看著他走遠，袁柏的手還抓著我的，他說：「高中的時候我看到他來參加過家長會，他是妳的叔叔？」

我一怔。

袁柏鬆開我的手，慢慢道：「他是妳的長輩，還是妳愛的人？」

「……你們讓我覺得噁心。」

袁柏最後的那句話像一把尖刀刺進我心裡，疼得我幾乎暈眩。

「對不起。」我喃喃開口，但我自己也不知道是因為對不起利用了他，還是對不起別的。

袁柏離開後，我站在冰天雪地裡，直到全身冷透才回過神來，回到宿舍便睡下了。半夜感冒，發高燒，睡夢裡夢到那個人，我一直想努力追上他，可最後他還是越走越遠。

大四畢業之後我如願留了校，工作半年後第一次回家，潛意識裡我一直把那裡當成家。

國慶日，周錦程在家，而周兮第一次過來吃飯，周兮結婚後搬去了廣慶市，很少回來江濘。而我沒想到她還記得我，但她對我有著明顯的疏離和忌諱。

我跟周錦程註定無法在一起。他是我的長輩，我們的親戚都知道。他的事業蒸蒸日上，出不得差池，更不能讓別人捉到他跟他養的侄女不清不楚。

後一天我跟周錦程說我要回校了，以後大概會很忙，回來的次數可能很少了。

他看著我，慢慢地用毛巾擦乾剛剛洗水果的手，說：「好，我知道了。」

他之後拿了一把水果刀坐在客廳沙發裡削蘋果，看著電視削了兩個，後又像想起什麼，轉頭問我：「妳要吃嗎？」

我說不用了。

他把其中削好的一個蘋果扔進了垃圾桶裡。我不確定他是不是生氣了，畢竟他一直什麼都沒說。

我回學校後就開始忙工作，也在後面三年讀完了研究所，期間回家的次數屈指可數。

我二十六歲那年的春節回了家，家裡空無一人，我一點都不意外。放下行李後去了超市，在那裡我竟然碰到了周錦程。

我推著車走出日用品區的時候，在前面的走道上看到了他，他身邊陪著一個端莊大方的女人。我停下腳步，看著他在看到前方的一對母女時也停了下來。他的眼裡有一瞬間的溫柔，他上去跟她們打了招呼，我看向那挽著母親手臂的女孩子，原來是她。

我推著車子轉了相反的方向，與他們背道而馳，越行越遠。

晚上的時候，周錦程竟然回來了，一個人。他看到我時有一點驚訝。「怎麼……突然回來了？也不跟我提前說一聲。」

我說「嗯」，虛應著，不想回答。

他也沒在意，說：「晚飯吃了嗎？我去做飯。」

我說：「吃過了。」

他看了一眼我扔在茶几旁的垃圾桶裡的泡麵碗，沒說什麼。我在看一部電影頻道播放的驚悚片，窩在沙發的角落裡，被子蓋到下巴下面。

周錦程溫了一杯熱牛奶過來，他笑了笑。「膽子那麼小，偏偏喜歡看這種片子。看完回頭又要睡不著了。」他伸手過來碰我，我尖叫了一聲。

兩人都有些尷尬，我看著他輕聲說：「你別碰我。我害怕。」

他愣了愣，收回手。我轉向電視，看得目不轉睛。

我以為他會走開，可他卻拿起遙控器關了電視機。

這次的這場性愛在沙發裡被點燃。我有些抗拒，可他卻像等待太久般一再索取，毫不溫柔。

我感覺到有點痛，卻一直咬著牙不發出一絲聲音。最後在他給的高潮裡我軟進他懷中。

等溫度冷下來，我說：「我像她嗎，你在超市裡碰到的那個女孩子？」

他身體僵了一下。而我覺得這樣的溫度已經冷得讓我受不了了。我要起身，周錦程卻緊緊地抱住了我。

我說：「我冷。」

等了好一會兒，他才放開了手。

我去浴室洗了澡，那晚一個人昏昏沉沉地睡在床上，直到凌晨一、兩點才睡著。

隔天吃早飯時，周錦程說：「妳在北方讀了七年的書，我在北京四年，有四年的時間，我們離得很近……但我也不能去找妳。」

我沉默地聽著。他最後說：「妳回來工作吧，我在這裡幫妳找了一所大學。」

我是他養的，我能離開是他默許的，而他要我回來，我便只能聽命。

之後我回到這裡待在他身邊。白天見不到他，晚上他基本會過來。可那種感覺只讓我想到了同床異夢。我越來越怕冷，有時候夜裡睡在那兒手腳都是冰涼的，醒來發現自己退在床的最邊緣。有幾次看到周錦程也醒著，他望著我，最後伸手過來將我抱回懷裡。手腳暖了，可我卻怎麼也睡不著了。

漸漸地，周錦程回來的次數少了，有時候一週回來一次，有時候甚至是一個月。

而這次，是兩個月。

我坐在車裡，沒有問他要帶我去哪裡。車子最後停在了一家豪華五星飯店的門口。他帶著我進到酒店大堂時，我看到了那正中央擺著的一張甚是精美的婚宴海報，一對新人的結婚照，俊男美女，養眼得像明星。原來她今天要結婚了。

我下意識想鬆開牽著我的手，但身旁的人卻先一步拉緊了，他笑了一下。「今天不能臨陣脫逃。」

其實我現在就想走。可我還是跟著進去了。

婚宴現場布置得很有情調，全一色的白玫瑰，很乾淨很唯美。

他讓我坐在寫著他名字的位子上，走開時他對旁邊的一位老太太說：「您幫我看著她一些，別讓她走開。」

老太太笑道：「錦程，這是你女朋友啊？長得真好看，跟我們家寧寧有些像呢。」老太太說得無心，但周錦程卻皺了皺眉，他說：「那麻煩您照顧一下，她怕生。」

老太太和藹地道：「好，你去忙吧。」周錦程看了我一眼才離開。

老太太轉頭對我說：「錦程這人難得會這麼緊張人。」我笑笑，並不當真。老太太又問我幾歲了？我說，二十七了。

老太太驚訝道：「妳看上去跟我們家寧寧差不多大嘛。」之後老太太笑著跟我說她心尖上的孫女，我安靜地聽著，老太太講她孫女小時候還有點頑皮，長大了倒越來越文靜。

我心想，我也是，小時候頑皮，自從父母去世後就只想著怎麼樣才能活下去。老太太說，孫女結婚結得太早了點。我說，那是福氣。

老太太笑道：「對對，是福氣。」

周錦程回來後，在我旁邊加了張椅子坐下，他問我跟老太太講什麼了？我說講寧寧。

他停了一下，說：「等會兒我可能要忙到很晚，妳吃完了就去樓上休息一會兒，我忙好了上去接妳。」他把一張飯店的房卡遞給我。我沒接。他就放在了我前面的桌面上。他再次走開後，老太太靠過來問我：「怎麼了？跟錦程鬧彆扭了？唉，錦程這人呢，是正經嚴肅了些，不會講甜言蜜語，有什麼想法也都擺在心裡頭，但奶奶看得出來他很關心妳，很愛護妳。」

我莞爾，說：「奶奶，我不是周錦程的女朋友，我是他的侄女。」

老太太好久沒有聲音，片刻後她「哦」了一聲。

我想到一星期前，周兮給我打的電話，她說：「青青，妳要不來姑姑這邊住吧？妳也二十七了，妳來，姑姑幫妳介紹對象，工作姑姑也可以幫妳找好。」

我又一次沒有聽他的話，提前離開了。

我在馬路上攔車，黑漆漆的夜，我看到遠處有車過來，車燈照得我睜不開眼睛。

我聽到有人在後面喊我：「青青，青青……」

二、周錦程

第一眼看到她的時候覺得她像我，所以我收養了她。可不久之後我發現，這女孩子跟我是完全不同的，她不說話，是因為怕生，不是冷漠。她勤奮鑽研，不是有野心，而是不想讓別人討厭。她認真，安靜，直白。而我卻跟她相反，野心，隱忍，虛偽。

這種反差雖然意外，卻讓我更想堅持養她。把她當成我在這個世上唯一擁有的一片淨土，只屬於我。

但漸漸地，這種占有變了質。看著她每次起床，模模糊糊地說：「我餓了。」我去學了做菜。她不會洗衣服，總是把顏色相反的浸在一起。我笑著跟她說：「以後妳洗完了澡，就把衣服放在桶裡，別動，我來洗。」她聽話地點頭。

我習慣了回到家裡有她的氣息，在外面再累再假，回到這裡我便得到了救贖。第一次抱她，充滿了愧疚感和罪惡感。以後她面臨的壓力，我的壓力，我會來承擔。我要把她守得滴水不漏，即使遠在千里。

我周錦程竟然會愛一個人，一年，兩年，五年，十年……連自己都覺得驚嘆，不可思議。習慣了生命裡有她，甚至害怕哪天她走了，我該如何自處？我把她藏在心裡最深處，沒人可以傷害，無人可以替代。

我抓起她的手，她躺在病榻上動也不動，我的手有些發顫，拉近她的手慢慢地靠到自己額頭上。

「不是妳像她，而是她像妳。」

「明年，我們去一處沒人認識我們的地方。我們可以牽手，我可以在有人的地方吻妳。」

「青青啊……我只有妳。」

因為徐家，我進了外交部，我想讓他們知道，他們的成就不是無人可打破的。

因為她，我離開了那裡，在北京，我終將永遠無法擁有她。

獲得一份愛情究竟有多難？

我只知道，我們相依為命已十三年。

如果失去她，那我失去的不只是愛情……

三、他和她

周錦程帶著潘青青離開醫院時，醫生關照——「她的腳現在走路還有點跛，她要坐輪椅就讓她繼續坐輪椅，但定期的復健還是要做，只要堅持，復原是沒問題的。而照理她頭部受的傷不至於導致失憶……周先生，她最大的問題不是身體狀況，而是精神上的，你帶她回去後盡可能多陪著她點吧。」

「好。」周錦程淡淡道。

周錦程推著青青出來的時候，輕聲說道：「妳忘記了沒關係，我記得就行了。」

到了家裡，錦程問她：「餓嗎？」

青青搖頭。

周錦程推她到客廳的沙發邊，開了電視，把遙控器給她。「想看什麼自己換好嗎？」

青青看著他，不說話。

錦程問：「妳是連話都不會說了嗎？」

「餓了。」

錦程笑了笑。「那我去做飯，妳在這兒乖乖的。」

潘青青看著他離開，看了五分鐘的新聞，最後拿起旁邊放著的遙控器自己換了臺。

周錦程中途出來看了她一眼，看她看電影看得很專心，就又回了廚房。

吃飯的時候，錦程遞給她筷子問她：「會用筷子嗎？在醫院裡都是我餵妳吃的，別連筷子也忘記怎麼用了。」

「……」

潘青青拿了杓子吃飯，舀不到肉絲，周錦程夾給她。「從小就愛吃肉，怎麼就不長肉，妳都吃到哪裡去了？」

「……」

飯後，周錦程推著她在社區裡散步。

潘青青看著兩人在夕陽下的倒影密不可分地重疊在一起，心裡靜靜地想著：「如果能這樣一輩子該有多好。他叫周錦程，她叫潘青青，他們幸福而快樂地生活在一起，永遠永遠，只要她不醒……」

番外五

今生今世

一、家貓就要有點家貓的樣子

李安寧，暱稱阿喵或者阿喵仔或者移動的百科全書，理科菁英，也是才女，然而結婚後卻一直在家待業。

過完年回來又胖了三、五斤，妥妥破五十了，現在去捐血完全無壓力的阿喵不由得感慨萬千。「結婚一年後就生了孩子，這兩年我都在帶孩子了，早知道我會嫁給他、過這樣的日子，我那研究生壓根就不用讀的。」

「什麼叫這樣的日子？」

正坐在馬桶蓋上的李安寧看到出現在浴室門口的徐莫庭，馬上爐火純青地轉了話題：「毛毛，妳上次說要聽關於韓信的同性愛情故事是吧？唔，韓信先看上的應該是力拔山兮氣蓋世的霸王，只可惜霸王太直了，怎麼也掰不彎。於是韓信失意走漢營，誰想劉邦不僅長得難看，而且還不解風情，當著他的面洗腳什麼的就不多說了，反正韓信很失望，連夜就包袱款款走人了，結果沒想到有人卻暗中看上了他，那人就是蕭何，『蕭何月下追韓信』，太史公用的是追，很好，很貼切。

這樣那樣一番之後，蕭何跟韓信在花前月下立下海誓山盟，在接下來的日子裡，韓信浴血戰場，就是為了打下他和蕭何共有的天下……可是，當韓信終於有機會可以與劉、項三足鼎立的時候，他發現，蕭何不開心，為什麼呢？到最後未央宮那一段『敗也蕭何』，韓信才知道原來從始至終，蕭何愛的都是劉邦，與他曖昧只是為了給劉邦留住一員大將。唉，真心什麼的從來就是用來背叛和出賣的。」

「好虐啊……」電話那頭的毛曉旭哀號連連。

靠在門口也聽完了這一長段「野史」的徐莫庭搖了搖頭，走上來揉了揉她的頭說：「妳這腦袋瓜裡整天都在想些什麼？」

「毛毛，先就這樣了，以後再跟妳說後續吧。」李安寧掛了電話笑著跟徐莫庭說：「下班了？」

「嗯，我洗澡，妳呢？還要繼續坐在馬桶上？」

「我出去，出去，你慢慢洗！」

徐莫庭扯鬆了領帶微微一笑。「等我洗完出來，還要請徐太太給我解釋一下什麼叫這樣的日子。」

已經走出浴室的阿喵咳聲嘆氣，換了別人早被她繞到外太空去了，只有這人，永遠都條理清晰、神思清明地讓她備感挫敗。

安寧沒在房間裡久留就下樓去了。樓下保母正在跟兩個兩周歲的娃娃玩，安寧過去一屁股坐在那張寬敞的沙發上，抱起近一點的閨女說：「徐燕綏，回頭妳爸下來，要問我什麼，妳幫我擋擋吧？好不好？」

徐家小女兒被她媽抱著就咯咯笑，口齒不清地叫著「媽媽」，坐遠一點在玩積木的大兒子徐雲旗看過來一眼，又撇頭繼續玩積木。兩個孩子的名字都是徐莫庭取的，男孩名取自《少司命》「乘回風兮載雲旗」，女孩名取自《南有嘉魚》「君子有酒，嘉賓式燕綏之」，綏念雖，乃安寧之意。

「小旗子，過來媽媽這邊。」安寧招呼默不作聲的粉嫩小男孩爬過來。「別玩積木了，讓媽媽左擁右抱一下。」

旁邊的保母笑著說：「寧寧，妳看看雲旗，二十顆乳牙都長出來了。」保母是徐莫庭母親那邊的親戚介紹過來的，也算是徐家的遠親，所以也不生疏地叫什麼少爺太太的，都是喊名字。

「哦哦，小燕子呢？」

「小閨女還有兩顆乳牙沒出。」

哥哥對此不作回答，依舊玩積木中。

安寧感嘆：「不就晚兩分鐘出生嗎？怎麼第一次開口叫人比哥哥慢一週，學走路比哥哥慢十天，長牙也比哥哥慢兩顆呢？明明早期不是應該女孩發育要早點的嗎？」說著抱著小女兒挪到兒子邊上。「難道是哥哥隨他爹，各方面都先人一步？」

安寧忍俊不禁地輕輕戳兒子的小圓臉。「小帥哥，別學你爸爸裝酷了，那樣子一點都不可愛。」已經洗完澡換了一身衣裳下來的徐莫庭聽到這話皺了下眉頭，他過去坐在兒子的另一側。「那什麼樣才叫可愛？」

保母已知情識趣地去了廚房。

阿喵道：「所謂可愛就是，呃，凡事留三分餘地給人，不要總是刨根問柢。」

「呵……」

週日晚上徐母從北京徐父工作的地方回來，一進門就找寶貝孫子和孫女，開門的保母劉阿姨笑著說：「小夫妻倆跟孩子們在樓上呢。」

徐母點頭。「我上去看看，出門兩天沒有一天不想我那兩個小寶貝的。」

劉阿姨又說：「剛剛小倆口鬥了兩句嘴，寧寧有點生氣，莫庭在哄人。囡囡們吃了東西倒是一早就睡下了。」

「吵架了？」徐母不免驚訝地問了一聲。

劉阿姨趕忙搖頭。「沒。」說著和藹的老阿姨又笑了。「莫庭和寧寧，真是我見過感情最好的小夫妻倆了。」

徐母莞爾。「那我去嬰兒房看下囡囡們，那小倆口就讓他們玩小情調去吧。」

玩小情調？好吧……

此刻三樓的房間裡，徐莫庭捧著阿喵的臉說：「別身在福中不知福。」

阿喵瞪他。「你有種放我出去。」讀了那麼多年書，竟然無用武之地，太扼腕了。

徐莫庭摸了摸她白嫩的臉。「家貓就要有點家貓的樣子。」

「……」安寧驚嘆，馬上就要離開外事局正式進入外交部工作的徐外交官，真是越來越會說了，不行，照理我才應該是比他更能胡扯的人呀，阿喵直起身子說：「你聽過薛丁格的貓嗎？根據量子力學，在打開盒子前，盒子裡的貓永遠處於活與不活的疊加狀態。你掀開盒子的時候，想看到牠是死是活？」

徐莫庭安慰徐太太。「放心，貓有九條命。」

阿喵抬起雙爪，在他眼前狠狠地抓了兩下。「喵嗚！」回身倒床上就睡覺。

後來也上床來的徐莫庭抱住徐太太。「我不懂什麼薛丁格的貓，我只知道妳是我的貓，我就一定會讓妳成為最幸福的貓。」

「莫庭。」安寧抬起頭看了他一會兒。「為什麼你說這種話的時候都是面無表情的？兒子都跟你學了，小小年紀就面癱，你要反省反省。」

「……」

當晚，徐莫庭狠狠地「反省」了下，做那種事情的時候，表情那是一如既往地性感得一塌糊塗，把李阿喵迷（做）得毫無招架之力。

二、結婚紀念日

安寧這天躺在床上刷微博，當看到系統跳出一條消息，妳的好友「婆婆」關注了妳的微博時，臉一下子就白了，想到自己之前發的那些微博，什麼古代最殘酷的刑罰，歷史上男寵最多的皇后，魏晉南北朝之看殺衛玠（因為太帥而被活活圍觀死的帥哥）……都是重口味了吧？

安寧手忙腳亂地要去毀屍滅跡，走過來的徐莫庭奪過她手上的手機。「別一天到晚地玩手機。」

「等等等等，這次是緊急狀況，把手機還我。」

徐莫庭一看她這表情，馬上微笑著趁火打劫。「我可以給妳，妳拿什麼來回報我？」

阿喵那個鬱悶啊。「那手機本來就是我的。」

「夫妻財產共有，所以也是我的。」

「……別逼我寫休書。」

當晚，三樓主臥大床上發生了一場由一支手機，哦不，由婆婆關注微博而引發的血案。凶手作案手段極其霸道，被害者毫無還手之力。

案發後，凶手抱著被害者慵懶地說：「情書沒認真寫過一封給我，一上來就休書，嗯？」

出氣多進氣少的阿喵仔反駁：「我有寫過情書給你啊，那年冬天……我唸給你聽了，回去也寫給你了啊。」

了。

「嗯。」凶手閉著眼，嘴角帶著點笑。「作案總要有動機的。」

阿喵欲哭無淚。「你這是赤裸裸的草菅人命。」

兩人相擁著你一句我一句地說著「甜言蜜語」入了眠。自然李阿喵早忘記要去刪微博什麼的了。

隔天安寧起來，想起這件事，趕緊去看，只見自己最上面的那條微博下，婆婆評論了一句：「這衛玠得長得有多帥啊，真想現場看看。」

果然能生出徐莫庭這種人物的，一定不簡單啊。安寧回覆婆婆：「魏晉南北朝時期程朱理學還沒有形成，妹妹們很開放，看到帥哥就會火速去圍觀，還會扔手帕、水果以表達愛慕，潘安就是每次出門都會裝一車免費水果回家的。」話說如果徐莫庭生在那個年代……會不會也會被人圍堵、扔水果呢？安寧想著不由得笑了。「如果我也在場我就朝他扔榴槤。」

聞到榴槤味就會繞道走的徐莫庭擦著頭髮走過來，隨口問：「什麼榴槤？」

阿喵搖頭。「今天週末，反正沒事幹，等會兒吃好早餐帶寶寶們去公園走走吧？」

徐莫庭皺眉看向她。「妳忘記了？」

「什麼？」

徐老大的眉頭皺得更深了點。「今天是我們的結婚紀念日。」

啊！

忘記了……

死定了！

「妳果然忘記了。」

安寧小心地問：「莫庭……你生氣了嗎？」

「我沒有生氣，我只是很遺憾。」遺憾，外交辭令，實際意思乃不滿也。

安寧看著他穿好衣服出了房門，想叫又閉了嘴。

出門的徐莫庭咬了下嘴脣，保持住面無表情。

下樓的時候，坐在餐桌前的徐母看到他單獨一人下來，不由得問：「寧寧呢？」

「跟我沒關係。」

徐母目瞪口呆。「怎麼了這是？吵架了，在今天這種大日子裡？」

徐莫庭本來就是裝模作樣，聽到這話臉不禁真的沉了一下，母親都記得，她卻忘記了。忍不住有點想假戲真做了，但到底不忍對她生氣。他走到保母那邊抱起小女兒，兒子已經不習慣讓人抱，對著倆孩子他淡淡道：「你們媽可真厲害，總能讓我感到氣餒。」

阿喵下來時，徐母連忙喚她過去：「寧寧，來，吃早餐。」

「哦。」偷偷瞄了某人一眼，還擺著臉呢。

徐母小心地在小倆口之間望來望去。「好了，都不是小孩子了，還鬧彆扭啊，今天結婚紀念日，兩人去外面好好玩一天，啊？」

徐莫庭喝了口果汁。「我持保留態度。」即拒絕同意。

阿喵坐下後慢慢喝著粥，徐莫庭見她一聲不吭，放下果汁冷淡地問：「貴方什麼意思？」

「唔，那我也保留態度吧。」

「……」咬牙切齒。「吃好早餐去換身衣服，帶妳出去。」

「……哦。」阿喵終於敢笑咪咪地看向徐莫庭，但後者對她視若無睹，起身時還說了句：「我保留做出進一步反應的權利。」即回頭將報復。

「……」

對於此次衝突的應對，雙方算是打成平手吧。

出門的時候安寧討好地問：「莫庭，今天我們要做什麼？」

沒聲音。

「要不……早上去遊樂園，中午去哪裡吃頓飯，下午看場電影，晚上去海邊走走？」

還是沒聲音。

坐上車後徐莫庭才開口說：「妳去年答應的今年的今天要做什麼，忘記了？」

安寧低頭，徐莫庭深呼吸。「那我重複一次，妳記住，就我跟妳，去我之前那間公寓裡住一天。那邊我讓人打掃過，吃用的東西前一天我也已經準備好了。」

「就這樣。」

「對，就這樣，妳都沒記住。」

被凶的阿喵頭越低越下。「對不起，我不是故意的。」

「道歉如果有用，世界上就不會有那麼多紛爭了。」徐莫庭發動車子後說：「路上給我好好想想，待會兒怎麼讓我不追究妳的過失。」

「唔，我愛你。」

「……李安寧，妳能再偷懶點嗎？」

不會說花言巧語的阿喵仔愁悶。「請你當我是手心裡的寶……」

「李安寧。」

「嗯？」

「妳閉嘴。」

「……」

到了公寓裡後，徐莫庭脫了外套就進洗手間去洗冷水臉了，估計是被氣著了，需要冷靜一下。

安寧磨蹭到洗手間門口。「還記得我第一次來這邊嗎？」

徐莫庭拿面紙擦了臉和手，走出來的時候說：「記得，妳把我按在沙發上吻了。」

「那是意外。」

「意外會天天發生？」特指結婚後。

阿喵委屈。「你含血噴人，明明是你把我……的那種才天天發生吧？」

「我把妳怎麼了？」明知故問。

老夫老妻的孩子都兩歲了還害什麼臊啊，阿喵果斷拉下點領口，展示身上的吻痕。「看到沒？假如是我主動的這些痕跡就是在你身上而不是在我身上了。」

徐莫庭平靜地表示：「妳說假如？我一般不回答假設性問題。」

「……」

這天的兩人世界，後來用安寧的話來說就是：「被關小黑屋了。」

用徐老大的話來說就是：「如願以償。」

三、那麼一群人

阿喵接到薔薇又要來江濘市的消息後跟徐莫庭說：「薔薇要從北京回來了，她說回家一趟後就過來這邊，讓我們給她接風洗塵。」剛畢業那會兒傅薔薇留在江濘市混了一年，在一所小學當科學老師，但她總感覺當老師太埋沒自己了，於是辭職去了京城，北漂了兩年，結果，還是在溫飽線上掙扎。

「傅薔薇？」徐莫庭作勢想了想。「我跟她不熟。」

「……」

傅薔薇來的那天，一手紅格子蛇皮袋一手ＬＶ包包走出機場，那模樣真是將落魄和裝那什麼給完全演繹了出來，顯得是那麼無與倫比。

毛毛開著奇瑞的ＱＱ車去接人，遠遠看到薔薇就忍不住跟旁邊的沈朝陽搖頭晃腦地說：「ＬＶ家雖然也出過一款蛇皮包，但那款包，是中國人應該都不會買吧？」

朝陽不同意。「別說，如果她有足夠多的錢還真會買，不過她沒錢，所以估計她手上那只是正宗國人遷徙用的蛇皮袋。」

傅薔薇挪到車邊就忍不住破口大罵：「看我拿這麼多東西也不下來幫下忙，太沒義氣了。我家阿喵仔呢？」

毛毛道：「在家帶孩子呢。」

朝陽說：「我打電話過去是妹夫接的，他說來接妳的油錢回頭可以找他報銷，人他不提供。」

薔薇眼角抽搐。「妹夫真是越來越……」

毛毛點頭。「我們都懂，不用說出來了。」

等薔薇把東西都放進後備箱上了車，朝陽就笑問：「薇薇啊，在北京這兩年混得還行嗎？」

薔薇一副大爺樣坐在後面。「行啊，怎麼不行，我傅薔薇百花叢中最鮮豔，一香壓眾芳。」

朝陽說：「妳周圍的都是巨魔芋──世界上公認最醜的花吧？」

薔薇道：「我說滅絕師太啊，什麼時候升博士後給自己造就一場徹底的滅頂之災啊？」

毛毛開著車哈哈笑。「姊妹們，感覺又像回到了從前有沒有？咱們四人畢業後就很少能湊齊一塊兒活動了，剛畢業的時候薔薇還留在這邊工作呢，結果我過來沒多久妳就去北京了，這下終於又可以4P了哈哈哈。」

「……」

安寧終於在傍晚時分將兩個娃娃交代給保母看管，自己溜出去見朋友們。那會兒婆婆去朋友那邊喝茶了，而徐莫庭還沒下班回來。

安寧到了聚頭的餐廳，就遠遠看到自己三位五光十色的好友坐在大廳正中央，真的是五光十色啊，很有女人味的薔薇一身紅，長得很中性的朝陽一身白色的運動服，一直讓人無法準確定位的毛毛那是……螢光黃？

安寧過去一坐下，毛毛就開心地問：「怎麼啦阿喵，一副無精打采的樣子？」

薔薇笑著伸手摟住安寧：「阿喵，好久不見了啊。」

安寧皺眉。「我們不是常常在視訊聊天嗎？」

「……」

毛毛左顧右盼。「阿喵，妳家雙胞胎寶貝怎麼沒帶出來啊，小面癱和小軟萌，我想死他們了，怎麼會有這麼可愛的娃娃呢！」

安寧嘆道：「我自己出來就夠艱辛的了。」

朝陽很有義氣地問：「被妹夫囚禁了？說來聽聽，我們……就算不能幫妳做什麼，吐槽下妹夫那是絕對可以的！」

安寧無力道：「說來話長，不說了。對了，薇薇，妳今晚住哪裡？要不先暫時住在我家，回頭再找住處？」

薔薇拍了下阿喵的肩膀。「好姊們！不過某陽已經收留我了，我先在滅絕師太的宿舍裡湊合住著，期間慢慢找房子，關鍵是工作啊。」

毛毛嘿嘿笑。「我的工作是妹夫幫忙找的，真厲害，主要是特輕鬆有沒有，上QQ上MSN上人人上微博上小說網什麼的完全沒壓力。」進了某工程物理研究院的某一科研分支機構裡上班的毛毛開始拉仇恨值，不光薔薇的，還有安寧的……還有朝陽。「上小說網……阿毛，為什麼不管時光如何流逝，我聽妳講 anything 都有種淡淡的噁心感呢？」

阿喵鬱悶地說：「我也想工作啊，唉……」

毛毛驕傲。「這是我最大的優點，謝謝。」

傅、沈、毛：「別秀恩愛了！」

「……」

毛毛突然想到一事。「對了阿喵，蘭陵王很美嗎？」

阿喵點頭。「嗯，史書記載是一名史無前例的美男子，就因為帥得驚天動地，上戰場都要戴鬼神面具。」

薔薇疑惑。「為什麼要戴？不戴不是更好，敵人一看就倒下一片。」

阿喵道：「問題就是他的殺傷力是不分敵我的。」

朝陽笑噴。「果然沒阿喵仔，生活就像一道沒放鹽的湯啊。」

毛毛淫笑。「某陽妳是說阿喵重口味嗎？」

「……」

簡短的相聚之後各自回巢。

阿喵回到家，客廳裡的徐老大在陪孩子們看益智類的兒童早教光碟，回頭看到她，說：「妳也來看看吧。」

益智的……

「……」

毛曉旭回家一開門就扯開嗓門喊道：「蘇老師，我回來啦！快點出來迎接我吧，給妳帶消夜了唷。」

蘇洵從書房出來，看著兩手空空的某人，笑道：「消夜呢？」

毛毛兩手大拇指同時指向自己。「消夜！為確保產品的原汁原味，我們毛氏肉業從始至終都恪守社會公德，秉持『你好我也好』的終身原則，絕不在肉中添加任何有害身心健康的物質，請放心食用吧！」

「……」

當晚「嗯嗯不要不要人家已經……」完了之後，毛毛抱著蘇洵磨蹭了好一會兒，蘇洵問她：「妳不累嗎？」

「累。」

蘇洵剛想說那就別動了睡覺吧，某毛又說：「那換你磨蹭我吧。」

修養再好的老師碰上純天然不含任何雜質的流氓學生，只能是輸的結局。

朝陽、薔薇並排著走進滅絕師太樓，紛紛感嘆：「這人生啊。」

一週後傅薔薇終於找到了合適的房子，在跟房東簽好合同付好錢後，給眾姊妹打了電話：「姊妹我搞定住處了，晚上請吃飯！」

毛毛問：「要不來我家吃吧？我們去買菜，自己做來吃，怎麼樣怎麼樣？」

薔薇表示懷疑。「能吃嗎？」

毛毛大聲肯定道：「放心，我現在已經練就了……再難吃也能吃下去的本領！」

薔薇差點罵過去。「妳家蘇老師會做菜的吧？」

毛毛扭捏。「我捨不得讓他做嘛。」

薔薇佩服。「算妳狠。」

安全起見，這頓飯到底還是安排在外面吃了。

薔薇約阿喵的時候，後者正在……徐莫庭的辦公室裡睡午覺。徐老大再過段時間就要正式調入外交部工作，現在就已然有不少人稱呼他為徐外交官了。

徐莫庭是勵志要成為傑出的大外交官的，當然這種話他不會跟外人說，只跟自己老婆說過，原話是：以後妳會跟著我海外到處走，所以現在就要慢慢習慣跟在我身邊，不管白天還是黑夜……最後那句是阿喵根據現實狀況恨恨地補充的。

「這什麼世道？」阿喵同學很有意見，又要帶孩子，還要帶孩子們的爸，關鍵是，還沒薪水可領！

徐莫庭對此給予的回覆是：「這是弱肉強食的年代。」

「弱肉強食？你這叫強搶民女吧。」

「……」

徐莫庭辦公室裡。

阿喵被手機鈴聲吵醒，從沙發上翻身而起，閉著眼睛接了電話。「哪位？」

「妳手機上沒我名字嗎？禽獸啊。」薔薇吐血。「出來吃飯，地址發到妳手機上了。就這樣，回頭見，掛了。」

安寧睜開眼，辦公桌後面的人也正看著她，徐莫庭笑了笑，說：「快下班了，晚點妳有活動？換我陪妳。」有來有往，合作才能長久嘛。

禽獸啊……阿喵弱弱地想著，小聲說道：「找了學外交的人當老公，還真的是……」

「什麼？」

「衣帶漸寬終不悔……」

徐老大哭笑不得。

那天那頓晚飯，到場的人還挺多：徐氏夫婦，毛毛夫妻倆，徐莫庭的室友老三及其女友，沈朝陽，傅薔薇。

在某餐廳最大的包廂裡，一夥人聊著天。

薔薇豪爽道：「這頓說了我請啊，儘管點別客氣！不過接下來的日子如果我沒錢吃飯了，我會記得找你們的。」

「……」

老三對薔薇說：「美女妳這幾年來來去去，到底找到開高級車的帥哥了沒啊？」

薔薇鄙視。「找到我就請你們吃海鮮大餐了。」

老三一副倚老賣老樣。「其實啊，說穿了世上就兩件事最重要，一是情二是錢，有點情有點錢，日子就很好了。當然沒有不行，可多了也未必好。小妹妹啊要求別太高。」

朝陽道：「這沒什麼好說的，各有所好。」

毛毛點頭。「我就喜歡帥哥，嘿嘿。」

蘇洵無奈地笑道：「我們總會有老的一天。」

毛毛抱住蘇老師。「那你也是我最愛的老帥哥！」

薔薇強烈鄙視秀恩愛的。「大庭廣眾之下摟摟抱抱卿卿我我，還讓不讓單身的人活了？」

旁邊的沈朝陽碰了碰薔薇，示意她看對面的兩人，徐氏夫婦——徐莫庭正幫老婆習慣性地將餐巾拉開，蓋在膝上。

薔薇一陣心絞痛。「這日子沒法過了。」

沈朝陽附和：「就是。」

毛毛忽然嘿嘿笑道：「說起來某陽啊，妳小時候救過的那枚小帥哥，還在老家等著妳回去吧，以身相許、脫光了在床上等妳臨幸什麼的。」

朝陽連連搖頭。「得了吧，那麼漂亮的，管不住的。」

阿喵一聽這話，適時接道：「其實在愛情裡不用太防備，就像一樣食物，放多了防腐劑，反而在接受檢驗檢疫時過不了關。」說完瞄了身邊某人一眼。

被瞄的徐老大淡淡道：「放心，檢驗檢疫的時候由我去交涉。」

阿喵頓時無語了。

薔薇拍案而起。「我總有一天會報復回來的，wait and see！」

老三大笑。「拭目以待嘍。」

毛毛：「阿三哥啊……」

老三：「嗯？」

毛毛卻轉頭看向安寧，興致勃勃地問道：「說起這阿三哥，我最近對印度很感興趣哪，好像狀況頻出啊阿喵。」

「……」老三已經不只一次被毛毛無故調戲了。

眾人看向阿喵。

安寧汗顏，沉思一番說：「這些年我追過的印度確實……弄枚導彈做布朗運動（註5），卻掉進自家印度洋裡；弄輛全世界最貴的坦克還沒得列入軍隊的裝備序列；弄架全世界最貴的飛機也還是沒得列裝；弄架潛艇自爆了，後又買核子潛艇，被俄羅斯敲詐了二十多億……如今想著要跟我們中國比賽上月球。」

老三那文文靜靜的小女友聽到這裡終於忍不住笑了出來，看著阿喵說：「我發現聽妳講話真有意思！」

毛毛無比自豪道：「那當然啦！我們家阿喵仔可是上知天文，下知地理，懂陰陽，明八卦，奇門遁甲信手拈來，國事房事無不精通！」

徐老大看向徐太太說：「原來妳懂那麼多？」

「……」

註5 布朗運動指微小粒子表現出的無規則運動，此處指導彈不受控制地亂飛。

生命的長河裡總會有幾件事讓你感到很無力，其中一定包括被豬一樣的隊友扯後腿！

果然那天晚上回去，精通房事的某喵就被徐老大長久地「請教」了一番。

四、東邊日出西邊雨

毛毛問過蘇老師好幾次。「你說我們到底什麼時候能生一窩崽子出來玩啊？像阿喵他們家的娃們那樣可愛的！」

蘇老師對於生一窩崽子這點表示啼笑皆非也無能為力。「曉旭，生孩子這種事，不是說生就能生的，只能隨緣。」

「哎唷，三分天註定，七分靠打拚啊親。」毛毛兩眼亮晶晶地望著蘇洵。「所以說你每天多出力的話，那機會就會大一點兒不是嗎？」

「……」

而正所謂家家有本難唸的經，有孩子的人家也不一定好過……阿喵這天在餵孩子們吃米粉糊，倆孩子都不愛吃，安寧就哄道：「你們難搞的爸就快回來了，看到你們不吃東西可就要打屁股了。現在媽媽假裝餵，你們就假裝吃點唄。」

進門來的徐莫庭看了那三個一眼，淡淡道：「要打擊作假。」

「……」

徐老大叫保母上來抱走孩子們。阿喵說了句：「我跟寶寶們再去玩會兒。」說完也溜出了房間。

徐莫庭看了眼門口，惋惜地嘆了一聲進了浴室。

最近好像確實過火了點……要不收斂一點？

嘖，再說吧。

徐老大洗澡的時候想到一件陳年往事：研一的時候，他偶爾去旁聽一門選修課，坐在最後面，她坐在很前面。有一回上課前有一個男的被同伴推進來，那男的躊躇地朝她說：「妳，穿紅衣服的，能出來一下嗎？」

她的回應是，紅著臉不好意思地脫去了那件紅色外套。

她一定是知道那男生對她有意思，大智若愚，說的就是她這種人！

而對付大智若愚的人最好的辦法就是當機立斷。但是雖明白道理，卻也不得不承認，自己追她的時候雖然雷厲風行，卻也是忐忑不安的。

徐莫庭低著頭，單手撐著瓷磚忍不住笑了笑。「所以，結婚後需要點『補償』也是情有可原的。」

最近阿喵太無聊，大俗大雅地將網名改成了扶桑大紅花（這種花別名是妖精花），毛毛看到後馬上上線找她。「阿喵仔，妳叛國，扶桑是指日本吧？」

阿喵嘆道：「上百度搜尋下妳就知道，扶桑一詞在現代可指日本，但中國史中的扶桑指中美洲某地，現多認同為墨西哥。如今的電視劇真是害死人，毛毛妳還是少看點電視多看點書吧。」

毛毛：「我天天在看書啊，什麼《總裁的親親老婆》、《大老闆的三日情人》、《魔教教主的風流韻事》等等，我真是手不釋卷，學富五車啊。」

阿喵：「……」

而在安寧改網名的隔天，徐莫庭也改了網名，從最先的英文名字「Mortimer」改成了「大雪」，安寧看到時差點噴出嘴裡的果汁，要不要這麼……高端大氣上檔次啊？

安寧放下筆記型電腦回頭看在床上翻育兒寶典的徐老大，小心翼翼地叫了聲：「大雪？」

徐莫庭頭也不抬。「嗯。」

「噗哈哈哈哈。」安寧終於忍不住笑趴在桌子上。

這時徐莫庭放下書，過去把她拖到床上，當晚又是一番火熱恩愛。

安寧睡著的時候隱約聽到一句：「大雪壓倒扶桑枝，沒聽過嗎徐太太？」

阿喵沒力氣開口說話，只能在心裡吐槽了句：「什麼大雪壓倒扶桑枝？我只聽過黑雲壓城城欲摧好吧……」

阿喵隔天醒來腰瘦背痛，而剛好又是週末，薔薇跑來約她出去「逛逛」，薔薇看她那有氣無力的模樣就一臉曖昧地笑了。「喵兒，妳家飼主天天這麼給力啊？」說到這裡想到自己又馬上悲痛欲絕了。「妳說同樣是人，生活處境怎麼就差別那麼大呢？」

兩人相顧無言，唯有淚千行。

薔薇問阿喵：「網上說約會時女孩子找不到路了，打電話來說我迷路了，問其在哪裡，答曰馬路旁邊，這樣的才叫軟妹子。那我這種到哪兒都能瞬間報出大概經緯度的，叫什麼？」

安寧沉吟：「全球定位儀？」

「……」

安寧沒逛多久，徐莫庭打來電話。「孩子們找妳。」

安寧：「唔，那孩子們有什麼事讓他們接電話跟我說吧。」

「……」

薔薇看安寧笑咪咪地掛了電話，忍不住問：「怎麼啦？像隻偷了腥的貓。」

阿喵笑道：「某人想挾天子以令諸侯，我拆了他的臺。」

薔薇汗。「那某人是天子的爹？」

阿喵：「是啊。」

薔薇同仇敵愾狀。「妹夫也太毒了吧，虎毒都不食子呢。」

阿喵鬱悶地在心裡嘀咕：「他是不會食子，他是要食我……」

阿喵後來問了下薔薇找工作的情況，後者答曰：「現在不是在流行考公務員嗎，我也打算考考看，監獄部門也沒關係。妳回頭幫我問問妹夫，這裡面有作弊的門道沒？」

「……」

阿喵那天晚上可能是真的閒得發慌了，還真問了問，徐莫庭聽後看都沒看她一眼，說：「作弊為何物？」

「徐莫庭，我就不信你從來沒作過弊，抄襲作業、考試的時候用手機偷偷上網查下什麼的。」

徐莫庭淡淡地說：「作業、考試都是別人抄我的。至於用手機上網查，大學之前沒必要，上大學之後就算我想查也查不到。」

「為什麼？」

「我讀的系，考的東西大凡都涉及敏感詞。」

「呃，好吧。但是，你說上大學之後就算你想查……也就是說，你至少有想過要作弊吧？」

徐莫庭：「沒有。」

阿喵笑咪咪道：「真的？」

徐莫庭終於說：「高三有一次數學模擬考最後一道題我沒做，數學老師讓我去辦公室，他說了一遍，我說還是不會，他就拿了隔壁班一名理科生的考卷給我說，你回去看一下她的解析步驟，她寫得很清晰明瞭。」

「……」

徐莫庭說：「我生平唯一作的一次弊，就是我沒做題，拿到了叫李安寧的女生的試卷回去『觀摩』。所有理科班裡，李安寧數學成績幾乎常年排在第一。」

阿喵抹汗。「在你面前，我真心不敢稱第一。」

薔薇後來問結果，安寧有氣無力地道：「往事不要再提，人生已多風雨。」

「……」

愚人節那天，也剛好是週末，安寧一家四口出去旅遊，不遠，所以自己開車過去，一路上兩歲的兒子一直看著窗外，安寧問他：「小旗子看什麼呢？」小面癱回過頭來說：「人生。」那白白嫩嫩的小模樣配上那正經八百的說辭，讓安寧一下就笑場了，隨即說：「小寶貝，小孩子要有小孩子的樣子，你看妹妹多可愛。」旁邊的小軟萌爬到媽媽身上撒嬌。「媽媽抱抱……」

前面開車的孩子爸說：「兩種類型，各有千秋。」

阿喵一手疼愛地摸著小閨女的頭，一手伸過去點了點兒子的小肉臉。「Q版徐莫庭啊，你爸是不是在變相地誇自己呢？」看小男娃一本正經地閃著大眼睛，實在可愛，阿喵就忍不住俯身過去輕輕咬了咬他的小臉蛋兒。

前面的徐莫庭淡淡地道：「放了孩子吧，要做什麼衝我來。」

「……」徐老大，你最近是在學外交手段還是流氓手段啊？還是因為今天是愚人節啊？阿喵咳了一聲，認真道：「您沒聽過那句老話嗎？強扭的瓜不甜。」

徐莫庭抬起手，輕揉眉心。

一家四口在山清水秀的某山莊裡住了兩天，回來的那天晚上，孩子們不睡在身邊，徐莫庭便抓住徐太太行了雲雨之事，行事前說了一句：「強扭的瓜不甜，但也可以吃。」

被壓在身下的阿喵無語：「都過去兩天了，還要計較回來？太小肚雞腸了吧。」

「這在外交裡叫『君子報仇永不嫌晚，量足就行』。」

真不愧是學外交的，簡單的一句話，裡面的意思是一層又一層啊。

五、朝露待日晞

慣例閨密聚會。

安寧：「我剛在微博上收到一條大學教中文系小說研究課的老師邀請我吃飯的私信。」

薔薇：「小說研究？妳啥時候上過這種課了？」

毛毛：「現在關鍵是那老師為毛要請阿喵吃飯好吧？」

安寧：「他在微博上出了一道題，說答對了他請吃飯。」

毛毛：「妳答對啦？」

薔薇：「這不是明擺著嘛，她可是阿喵，活著的百科全書。」

安寧：「他問的是《山海經》裡有記載女媧的是哪一篇。不能上網查。我小時候看過《山海經》的連環畫，然後腦子裡繞了一圈就想起來了。」

薔薇、毛毛等了很久。「哪篇啊到底？」毛毛跟著薔薇喊完，抓了抓臉。「老實說《山海經》是啥？」

安寧：「《大荒經》啊，唔，順便一說，女媧是人面蛇身。」

毛毛：「哦哦哦，記下來，回頭我去看看這篇，好像有人獸同體什麼的。」

安寧：「這老師很有趣，他本科是學物理的，碩士是學經濟的，博士是學管理的，來當老師，教的是小說。很佩服。」

薔薇擺手。「估計是那種典型的書呆子、模範生吧。」

安寧：「他很帥，三十幾歲吧，非常有型。」

其餘倆：「繼續說！」

安寧：「我第一次見到這位老師的時候，他還不是我們學校的老師，我路過餐廳看到有場講座預告，說某某來我們學校演講，題目是啥我忘了，反正是文學類的，然後我就去了。一年後，我無意中發現中文系的課表裡有小說研究這門課，就又去旁聽，結果發現是他在教。」

毛毛：「我聞到了姦情的味道。」

薔薇：「小心妹夫滅了妳。」

安寧：「我挺喜歡這門課的，去旁聽常常坐在第一排，但我沒教材，他有一回就問我，書呢？我說我物理系的來旁聽，他就送了我教材書還有他的一本小說。我覺得他講課很有趣，可能是因為他既學過物理又學過經濟的緣故吧，所以他的視角跟文科出身的老師很不同，很新穎獨到。」

毛毛憤慨。「是啊，那麼新穎，有帥大叔講課那麼新穎的事妳怎麼不叫上我啊阿喵！」

阿喵：「那會兒是讀大學，毛毛，我讀研究所時才認識妳的。」

薔薇：「那妳怎麼不叫我啊？」

阿喵：「妳當時在忙著追美劇《越獄》，糾結到底該選麥克好還是林肯好！」

薔薇：「……記性要不要這麼好啊妳？」

阿喵笑道：「沒辦法，天生資質過人。」

薔薇：「那妳要去跟這位帥老師吃飯嗎？要不別去了，讓妹夫看到多不好，這種糟心事還是讓好姊妹我替妳分擔吧！」

「……」

安寧剛要回，毛毛突然慘叫了一聲，薔薇罵道：「妳又怎麼了？」

阿毛目不轉睛地看著手機。「我剛才發了條微博，然後妹夫回了我……」

安寧隱隱有不祥的預感。「妳發了什麼？」

毛毛答：「從前有位帥老師，後來，他想約阿喵去吃飯，未完待續。」

安寧無力道：「那某人回了什麼？」

毛毛顫抖著手說：「妹夫說，我可以幫妳現在就完結，讓她回家。」

薔薇拍了拍身邊某喵的肩膀。「就算妳天生資質過人，卻終敵不過會玩一手天羅地網而且永遠不會停的徐哥哥——徐莫庭這名字躺著也中槍。」

阿喵：「唔……別逼我魚死網破。」

毛毛抬起頭，兩眼汪汪地看著安寧：「阿喵仔，妹夫又說，如果安寧不樂意，就告訴她，家裡還有兩個嗷嗷待哺的孩子等著她回去。我不行了，妹夫這是要清空我們的血槽啊！」

這時沈朝陽終於姍姍來遲，她跑過來拿起安寧面前的水就一飲而盡。

薔薇取笑。「這麼飢渴交加啊老沈？」

沈朝陽一屁股坐在毛曉旭旁邊的凳子上，喘了口大氣才說：「我都快心肌梗塞了。」

阿喵問：「怎麼了？」

朝陽搖頭。「別提了，有人來學校找我。」

薔薇笑道：「誰啊？能把我們的武林高手嚇成這樣。」

朝陽一臉苦逼相。「就是我當初救過的那號妖孽啊。」

毛毛瞬間兩眼放光。「那位傳說已久的美男？他來了？哪呢哪呢？」說著已經起身四處張望！

朝陽擺擺手。「被我甩掉了。」

毛毛頹然跌回座位上，按住心口。「心如刀絞。」

阿喵：「毛毛……」

阿毛伸出手擋住安寧的臉。「別說了，心如死灰了，妳再說什麼也不會死灰復燃的。」

阿喵汗顏。「我想說，那邊進門來的，好像是蘇老師吧？」

「什麼！」毛曉旭瞬間滿血復活，一躍而起，朝後望去，可不正是她家蘇洵嘛，扯開嗓子就喊過去：「屬於我的美男，這邊！」

蘇洵望過來，笑了笑，之前她說在這裡跟朋友吃甜品，果然還在。而他身後的男子，在看向阿毛那邊的人時立刻衝了過去。「朝陽！」

沈朝陽嗚呼哀哉。

蘇洵跟過去，對朝陽不由得教導道：「我想妳可能跟曉旭在一起，就把他帶過來了。不管你們之間有什麼問題，都說清楚吧。」蘇老師是從學校後門開車出來的時候，遇到了這名在馬路邊喊「沈朝陽沈朝陽」的男子，因為沈朝陽這名字他再熟悉不過，就下車問了下情況，得知這名五官漂亮的年輕男子是沈朝陽的同鄉，千里迢迢為尋她而來，結果沈某某避而不見不說，好不容易見到了還一溜煙地跑了……

蘇洵見他表情難受，身為教師於心不忍就帶著人來了這家飲料店，想碰碰運氣，果然都在這裡。

薔薇看著眼前這美如冠玉的帥哥，伸手叫來服務生。「服務生，加兩把椅子，謝謝！」

於是，兩男就座。

一直看著沈朝陽的美男子自我介紹：「沈路。」

薔薇老鴇樣。「哎唷，還跟咱們家朝陽同姓哪，無巧不成書。」

沈路全神貫注地看著沈朝陽：「晚點，我們單獨好好聊聊吧？」

朝陽嘆氣。「真沒什麼好說的。」

沈路抿了抿嘴脣。「妳就那麼討厭我嗎？我到底哪裡不好了？」

朝陽：「問題就是你哪裡都好。」

沈路咬牙。「我將就妳還不行嗎？」

圍觀黨：「……」這麼細皮嫩肉、美輪美奐的帥哥竟然缺心眼？

沈朝陽起身道：「沈路，咱倆真不合適，真的，不說我比你大兩歲，這外形、氣場、性格就不是能搭配在一起的。找對象就跟穿衣服一樣，一定得合適，不合適，再好看穿上去那都只會不倫不類。」

沈路氣得臉都紅了。「那妳當初幹麼跟我訂婚？我不管合適不合適，我只知道跟妳在一起我就開心，我喜歡妳。妳現在想一條簡訊就跟我解除婚約？我告訴妳沈朝陽，沒門！我來這裡，就是要跟妳說明白，無論妳要在外面待多少年，我都不會多說一句話，我會一直等妳。等妳回家，我們結婚！」

圍觀黨們面面相覷，毛毛抽出面紙抹淚，擦完舉了下爪子。「我去趟廁所，你們能不能先暫停一下，等我回來再繼續？」

沈朝陽、沈路同時怒瞪毛曉旭，毛毛無辜，嘴上咕噥：「這不是挺合的嗎！」

沈朝陽再度嘆了聲，回頭語重心長地跟沈路說：「你到底喜歡我什麼？如果是因為小時候那些壞小子欺負你我救了你兩回，你想報答，可以，但以身相許什麼的真的算了，你要是真有心……我最近缺錢。而關於咱倆當初會訂婚這事……」

朝陽深呼吸。「我讀博士班的第一年夏天，天清氣朗，我回家，然後……你跑來跟我說你得絕症了，想死而無憾！是不是你說的？是不是？最後知道真相的我眼淚都掉下來了。」

薔薇差點拍桌子。「太渣了。」

毛毛弱弱地問：「誰渣？」

薔薇：「還有誰？沈朝陽啊！在愛情裡談金錢就已經很渣了，還見死不救。」

朝陽怒極反笑。「最在意錢的是妳吧，還有什麼見死不救，沒聽明白嗎？他得絕症是純屬扯淡！」

這時，安寧終於開口了：「咳，他的意思可能是，在遇見妳之後，得了不跟妳在一起就會死的絕症。」

「……」眾人抖了抖。

沈路望向阿喵，很誠心地說：「妳懂我。」

阿喵笑而不語。她不會說，她遇到過相似的案例。在她懷胎十月期間，徐莫庭說：「這一年，我就當自己隔離治療了吧，而想來大難不死必有後『福』。」

至於朝陽，解除婚約什麼的自然失敗了。而且最終不僅沒能解除，據說之後沈路就此賴在沈博士的宿舍門口不走了。

沈朝陽來徐家找阿喵求助。「我質問他，你不是說回家等我嗎，他面不改色地說我反悔了怎麼樣？有這樣的人嗎！」

阿喵想了想，看向沙發上的另一個人，徐莫庭目不斜視地道：「我沒興趣干涉別家內政。」

朝陽差點使出降龍十八掌來……自我了結！

沈朝陽走後，阿喵沉吟：「其實，如果朝陽一點都不喜歡他，就算那人把自己說得再怎麼悲慘，她也不會跟他訂婚的吧？」

徐莫庭關了電視，起身上樓去了，並且說：「不管自家門前雪，還管他人瓦上霜？」

安寧現在已經不能直視「雪」字了……

六、相信幸福總會來臨

安寧幫徐莫庭送落在家裡的檔案去他工作地方的時候，看到他身邊站著位美女，兩人有說有笑的，好吧，是徐莫庭在說著什麼，旁邊的美女笑得很開心。

安寧看著看著看著，果斷吃醋了。

她施施然走過去，徐莫庭老早就看到她了，就站在那看著她過去，而旁邊的美女止住了笑。在安寧走到他們面前時，美女又笑了，她抱手打了招呼：「徐夫人吧，久仰久仰。」

阿喵看著她，忍了一下，還是說了。「那什麼，左手壓右手才是『妳好，久仰』的意思，右手壓左手是報喪來著……」

「……」

徐莫庭咳了一聲，說：「資料給我吧，辛苦妳了。回去開慢點，注意安全。」

阿喵鼓了鼓腮幫子，剛要轉身走，徐莫庭又拉住了她的手臂。「哦，對了，這位是我高中同學，剛回國，來請我們喝喜酒的。」

阿喵目瞪口呆了下，隨即尷尬地笑了笑。「哦哦……」

那美女開玩笑地說：「我差不多就是來報喪的，因為當年我可是我們班暗戀徐莫庭的第一人，唉，我追不到他，就只好拋開愛情勉為其難地將就他人過日子了。」

阿喵更加尷尬了。

那天晚上安寧很鄭重其事地問徐莫庭：「我們送點兒什麼給她呢？我希望她幸福。」

徐老大揉了揉她的頭髮。「幸福都是要靠自己爭取的。」

「……好吧。話說莫庭，你當年知道她暗戀你嗎？」

「暗戀我的人多了。」

「……」

感情這種事啊最是人間頭痛事。

好比徐程羽，最近就很頭痛。

徐莫庭的堂妹徐程羽，雖說是堂妹，但其實跟徐莫庭是同歲的，只是晚出生了幾天，一樣讀的是外交學系，長輩指的路。徐程羽覺得，她雖然沒有堂哥那樣開外掛，萬事都能兵來將擋水來土掩，做任何事都像是他的專長，但她在這條路上走得也還算身心健康，步堂哥後腳在外事局工作了兩年後，也有望在未來兩年進入更高級的單位工作。

本來以為自己將「事業」按部就班地搞定後就萬事無憂了，結果，還是被家長們「批判」了，快而立之年了還沒對象，這說出來不是丟老徐家的臉嗎？於是開始頻繁地催著她去相親，什麼警官、醫生、老師……

徐程羽表示，不能跟長輩鬥，因為肯定鬥不過，但自己又實在不想連愛情都失去自主權，左右為難百般糾結之下，只能找人幫忙了，徐程羽妹妹找的不是別人，正是她家堂嫂也。

「堂嫂，妳覺得結婚好嗎？」

一上來就被問了這麼「高深」問題的阿喵，淡定地端起茶喝了口後才說：「妳堂哥讓妳問的嗎？」

徐程羽笑噴。「不是不是，堂哥沒那麼無聊。我就是自己想知道。」

安寧心說，妳是沒見識過，他比這更無聊的也問過。「其實要說結婚這事好不好吧，真的因人而異，有些人覺得婚姻是可以安身立命的港灣，有些人卻覺得它是墳墓。」

徐程羽感慨道：「老實說吧，我挺不想談戀愛的。這人心是最難猜的，有那時間和精力，不如去買一株水仙養，妳猜都不用猜，就知道它如果開花一定帶香氣。但這人心妳費盡心機一層層地剝開來，都不知道裡面是香氣還是毒氣。」

阿喵想了想，點頭說：「畫虎畫皮最難還是畫骨。要不這樣，下次妳不得不去相親時，我陪妳去，我去幫妳摸骨，妳如果不喜歡那個人，我就算是得罪看相鼻祖某某某也會說那人不是好骨相的。」

徐程羽汗顏。「我說堂嫂，妳的知識涉及面要不要這麼廣啊？每次都讓人覺得自己這二十多年白活了。」這時有人經過客廳，問：「妳要去摸誰的骨？」

徐程羽立刻起身叫了聲「堂哥」，阿喵依然淡定微笑中。

吃完晚飯，徐程羽小妹妹行色匆匆地走了，小夫妻倆上了樓。

徐莫庭一進房間就問：「夫人那麼喜歡摸骨，何不幫我摸一下？」

阿喵看了某人一眼，馬上笑咪咪地阿諛奉承道：「您這摸都不用摸啊，一看就是麒骨無疑，生就麒骨為人貴，呼風喚雨有神威，一生富貴聲名遠，不在官場也發財。而擁有此等奇骨者，亦必是形貌相當，神氣清越也。」

徐莫庭笑道：「聽妳這麼說，我還是屬於內外兼修的？」

「嗯嗯，絕對的，麒麟啊，神獸哦。」

「……」

晚上安寧陪倆娃兒在兒童房裡玩，看著倆孩子不由得說：「那我們家小旗子就是小麒麟了。小燕子則是鵬骨，生就鵬骨天性高，昊天振翅好逍遙，青雲直上風送急，晚景昌榮樂陶陶，是不是啊？」

倆娃的答覆分別是：小面癱很給面子地看著媽媽說完，然後又繼續低頭翻手上的《小朋友雜誌》；小軟萌則是笑咯咯地說：「樂陶陶樂陶陶……」

「差別還真是一如既往的大……好吧，麒麟大鵬什麼的，好歹等級是一樣的，都是神物。」

徐莫庭母親進來聽到這話，笑著說：「什麼神物啊？」

安寧指了指前面的兩隻小包子，婆婆立即笑了。「哎唷，明顯是吉祥物嘛。」

呃，還是婆婆比較犀利啊。

晚點回房後跟徐莫庭說起這件事，對方淡然道：「妳也是我的吉祥物。」

「什麼吉祥物？」

「招財貓。」

「……」阿喵鄙視。「都不想說你世俗啥的。」

「現今的社會，有錢才好辦事。」

阿喵順口問：「你想辦什麼呀？」

已鋪好被子的徐老大終於正視阿喵同學，雲淡風輕地回：「妳。」

「……」

後一週的週末，徐莫庭帶著太太去參加高中同學的婚禮。

這場婚禮還挺戲劇性的。

新人敬酒環節，豪邁的新娘子在敬到徐莫庭時，開口大聲地對在場的賓客說道：「這位帥哥，就是我高中暗戀了三年的人。他可害我苦了三年，三年不敢吃肉，怕胖；三年不敢放鬆地用功，怕被看不起。我今天能有這成就，多虧他哈！我得向他敬兩杯！」在賓客們的笑聲中，新娘子一下子乾了兩杯葡萄酒下去。徐莫庭站在那兒也配合地喝了兩杯。

新娘子問：「徐莫庭你有什麼要說的嗎？」

徐莫庭笑了笑。「那行，我也說兩句吧。」他看向身邊的安寧平緩地說道：「我身邊這位，是我太太，也是我從高中開始，暗戀了六年多的女人，高中二年級那年知道了她，三年級那年去表白了，人家沒看到我的信。大學四年想著怎麼把她忘了，沒成功。後來，我出國讀大學回國再讀研究所，很多人說我是不是腦子壞了。我腦子一貫還好，不好的是我的不死心。我回國第一年，就看著她，什麼都不敢做，第二年，我站到了她面前，後來，我們相愛，也結婚了。在人山人海裡找到一人來相愛、結婚，並不是件容易的事，如果兩人能走進婚姻，就彼此珍惜吧。」

賓客們都鼓起掌，新娘子哭了，抹去眼角的淚又笑道：「謝謝你，也借你吉言！」然後對安寧說：「祝你們幸福。」

安寧馬上回道：「妳也是！」

那天晚上回家的路上，安寧輕聲說：「莫庭，謝謝你。」

「嗯？」

「……我愛你。」

徐莫庭「嗯」了聲。「妳敢不愛試試。」

「……」

七、分別是為了下一次的相見

這年年中徐莫庭的父親宣布了退休，有記者朋友問他：「徐老您這一生為祖國做了很多貢獻，因為工作的關係常常留在北京，還要經常出國訪問，最長的一次我記得您有大半年沒回家，但我們知道您的家庭一直很美滿，能跟我們說說您是如何做到事業和家庭雙成功的嗎？」

徐父頗為風趣地說：「其實首都也是我的家，你們也知道我父母他們都住在這裡，我留在這邊時間長的時候，我的太太也會過來陪我。但我得承認，我是習慣跟著我太太走的，所以好多人都說是我嫁給我太太的。」這話引得一幫人笑了。

徐父接著說：「在外，沒退休前我工作隸屬中央，我夫人隸屬地方，雖然部門沒有關聯，但很多工作上的事她都會聽取一些我的意見，地方聽中央，這是一定的。而在家，我太太是中央，我是地方，我都聽她的。所有的關係，都要對等、平衡，才能維持長久。」

掌聲過後又有記者問道：「聽說您兒子前兩年結婚了？預計今年也會進入外交部工作？」

「對，我的獨子已經結婚，兒媳很好，知書達理，非常孝順。我希望他不管是事業，還是對家庭的經營，都能青出於藍而勝於藍。」

有人笑道：「您兒子似乎比您當年進外交部的時候要年輕許多啊？」

徐父輕快地說：「他的孩子比他更早會說話。江山代有才人出，我相信我們國家的人才會越來越多，也會越來越出色。」

當天在電視上看到這條新聞，阿喵笑噴了。「剛才爸吃飯的時候還在說，年紀大了，到了退休的年齡不想走也得走了，說得一本正經的，結果這裡，爸嫁給媽……噗，好有愛。徐莫庭，我是你的地方還是中央？」

徐莫庭：「殖民地。」

「……」阿喵差點忘記了，在這人手機上，她的號碼名字存著的就是「my territory（我的版圖）」。

徐莫庭在國慶之後就要走馬上任了，於是，他們要搬家了，一家四口。

搬家前阿喵跟姊妹們約了吃飯，結果那天她車子剛開出社區大門，就跟一輛小綿羊擦撞了。

阿喵趕忙下車去看。「您沒事吧？」

小綿羊的車主扶起車子發動了下說：「我趕時間，就不要妳負責了。」小夥子的手上一直緊緊地抱著一束玫瑰花，隨後騎上車歪歪扭扭地走了。

安寧笑著搖搖頭上了車，剛才這場景讓她恍惚想起幾年前的一幕，她騎著一輛小綿羊，撞了一輛奧迪轎車……她當時撞的……咦？剛剛開進社區的是公公的車吧？等等，她當時撞的……好像是她公公的車！那位搖下車窗來看她的威嚴中年男人……就是徐莫庭他爸啊！

後知後覺了好幾年的阿喵瞬間不淡定了。

一邊開車一邊主動給徐莫庭打去電話，那邊接起，輕聲道：「想我了？」

阿喵淚奔地說：「莫庭，你上學都是你爸爸送你去學校的嗎？」

徐莫庭沉默了下，說：「妳想問什麼？」

「唔，我想說，你爸會偶爾去一下我們大學嗎？爸爸那麼忙，沒事應該不會去的吧？你那會兒也那麼大了，上學什麼的不需要再送了吧？」

只聽到電話那頭徐老大說：「他那邊有朋友在。」

「誰？」

「校長。」

「……」

而那天吃完飯，安寧跟三位好友說了要離開的事情，在一番沉默後，薔薇首先憤慨。「我才來妳就走，妳這是有多不願意跟我呼吸同一座城市的空氣啊？」

朝陽：「唉，從今往後見阿喵就難了，看得著摸不著想來真心酸。」

毛毛大哭：「阿喵走了，以後還有誰能隨時隨地告訴我那些我想知道的有趣事啊？」

阿喵也很惆悵。「我也很傷心啊，但是，人生無不散之宴席。」

毛毛哭得更凶了。

阿喵安慰道：「還好，現在飛機來去很方便，我有空就會回來的，畢竟公公婆婆在這邊。」

毛毛隱隱地抽泣。「說起飛機，說好的要做彼此的天使，都不算數了嗎？」

一直隱忍不發的薔薇終於受不了了。「妳這噸位能當天使？一起飛翅膀就得折。」

毛毛一把抹去眼淚說：「別當我文盲，我的座右銘可是：『天使之所以能飛起來，是因為她把自己看得很輕。』我可是一直都把自己看得很輕！」

安寧皺眉。「毛毛，這句話裡的輕，不是指體重，而是指謙虛，整句話是說謙虛的人才會成功。」

毛毛震驚。「啊！原來……」

薔薇也很震驚。「原來妳真的是文盲。」

毛毛之後問安寧：「阿喵，我一直想問妳一個問題，這個問題困擾了我好久，在妳走之前可一定得告訴我答案，否則我會食不知味夜不能寢百爪撓心生不如死的！」

「什麼問題？」

「李白他到底愛的是誰！」

「……」

阿喵苦苦思索一番後說：「李白一生不得志，他想做官為民請命，可是唐明皇只找他寫楊貴妃的美貌，寫宮廷的盛宴，他一直很鬱悶，然後好不容易發生安史之亂了……」

薔薇笑噴。「等等，好不容易？這話說的，阿喵，妳內心深處有暴力因子哦。」

阿喵汗。「我說的好不容易是從李白的角度出發，動亂之下出英雄的機會大點嘛，結果……咳，他投靠錯了人，被發配夜郎。對了，說到這裡，順便說一下，李白極有可能是吉爾吉斯斯坦人。」

毛毛震驚了。「什麼？我從小到大背他的詩，他還不是咱們的祖先？淡淡的有種被白白嫖了的感覺有沒有？」

沈、傅：「……」

阿喵：「嗯，據說不是，如果真是吉爾吉斯斯坦人，那他很有可能是一枚高眉深目的大鬍子叔叔。」

毛毛痛心疾首。「他不是詩仙嗎？大鬍子怎麼還仙得起來啊？我們那些語文課本上還總是把他畫得白衣飄飄衣袂飄飄的，誤導啊嚴重的誤導啊。」

阿喵拍了拍毛毛的背。「回到正題哈，當年李白發配夜郎，途中遇到郭子儀，郭可是軍功卓著的大將軍，他用自己的功名力保李白，於是乎李白就不用去夜郎了。」

薔薇摸下巴沉吟道：「我聞到姦情的味道了。」

阿喵：「一名大將軍莫名其妙地去救一位跟他沒啥交情的詩人，確實有點詭異，但他們之間沒什麼，因為不需要去夜郎了的李白謝過大將軍後，就繼續遊山玩水喝老酒去了。再順便一提，有傳說唐明皇曾經給過李白特權，就是他走到哪裡喝酒都可以不付錢。這點真不真我不知道，但作為八卦還是很有趣的。」

毛毛：「我只想知道，他為什麼不要大將軍？為什麼？」

阿喵：「呃，毛毛，我馬上就要講到妳想聽的了。『不見李生久，佯狂真可哀。世人皆欲殺，吾意獨憐才。敏捷詩千首，飄零酒一杯。匡山讀書處，頭白好歸來。』這首詩是杜甫寫的，有沒有聽出來呀，赤裸裸的表白哦。」

毛毛、薔薇：「……」

朝陽：「阿喵，請記住，咱們是理科生，而妳是理科生裡的異類。」

「……」阿喵無語了。「好吧……『不見李生久』，這不是表達相思之意嗎，最後還說『匡山讀書處，頭白好歸來』，他的意思是，李白你既然不用去夜郎了，那就來跟我過吧。」

傅、沈、毛：「啊啊啊啊赤裸裸的同居請求啊。」

阿喵：「可惜李白沒去。」

毛毛：「為什麼啊！」

阿喵：「杜甫寫過一首關於他住處的詩，《茅屋為秋風所破歌》，咳咳，我覺得李白是覺得杜甫太窮了，所以他寧可對著月亮喝酒，也不要跟著杜甫去住茅廬。」

朝陽：「噗，人嘛，都是現實的，沒房沒車，誰願意跟你過日子啊。」

薔薇：「小李有點兒渣了啊。」

阿喵：「其實，李白『愛』過孟浩然倒是很有依據的，『吾愛孟夫子，風流天下聞。紅顏棄軒冕，白首臥松雲。醉月頻中聖，迷花不事君。高山安可仰，徒此揖清芬。』他說『吾愛孟夫子』……」

朝陽：「我想說，小李他到底處在多少角戀裡啊？」

阿喵：「李白是風流才子嘛。但孟浩然愛的是唐明皇，孟寫過『不才明主棄，多病故人疏』。」

毛毛有點暈。「多少P了啊？」

阿喵咳了一聲，最後還是決定端正三觀。「但是我覺得李白最愛的還是月亮，『舉杯邀明月，對影成三人』，其他人都是過客，是浮雲。」

朝陽：「所以討論到最後，李白愛的是月亮？」

毛毛：「我還愛太陽呢。」

薔薇罵她：「阿毛，別說髒話！」

「……」

這樣的說說笑笑，就像又回到了幾年前的校園裡。那些記憶和現在重疊，那麼鮮活，好像她們都不曾離開過那裡。友誼是點綴青春最美麗的花朵，她的芳香會讓人永遠記住，在那一場青春年華裡，她們有多麼的肆無忌憚和快樂。

跟朋友們分別後安寧回了家，剛進家門，就聽到公公婆婆在邊看電視邊聊天。安寧進去叫了聲爸媽，婆婆說：「寧寧回來了？莫庭說，妳晚飯在外面跟朋友們吃了？」

「嗯，是的，吃飽了。」安寧點頭。

徐父說：「莫庭剛帶孩子們上樓去。」

「好的。」安寧想了想，還是低頭說道：「爸，我幾年前不小心撞了你的車，對不起。」

徐父一愣，笑了出來。「妳還記得啊。那天，莫庭還坐在我旁邊呢，還跟我說了句『讓她賠償』，哈哈哈。」

「……」安寧終於要哭了，什麼人嘛這個徐莫庭！

跑上三樓的阿喵一推開房門就看到那一大兩小窩在大床上，好不自在地看著兒童片。

阿喵低聲有力地叫了聲：「徐莫庭！」

徐莫庭轉頭看過來。「回來了？」

安寧擺著臉過去，剛要開口，床底下就慢悠悠地踏出一隻貓，可不正是他們家那隻金色眼瞳的黑貓嗎？徐莫庭看著那貓說：「我老早就跟妳說過，妳餵牠吃太多了。」

「呃……」安寧也望著那隻雖然胖但是走路依然很優雅的小胖子。

徐莫庭嘆了聲：「一隻貓胖得跟小豬崽似的，這已經不是超重，而是跨越物種了吧？」

「……」

他們家小閨女這時「媽媽媽媽」地站起身朝她蹣跚走過來，安寧馬上坐到床沿將她抱住。

「哇，我們家小燕子現在走起來好快了啊。」

小軟萌被媽媽抱著就咯咯地笑得很開心，然後朝床另一頭的爸爸、哥哥招手，白白的小手一張一合。

徐莫庭微挑眉。「這是想要一家四口團圓的意思嗎？」說著起身抱起兒子走到老婆和女兒旁邊。

淡定的大兒子一被放下就翻過安寧的膝蓋，夾在安寧和小軟萌中間，孩子媽奇怪——「怎麼了？」

孩子爸輕輕攬住孩子媽的腰身說：「幫父母創造條件吧。」

看著身邊的三人，安寧無語的同時也異常感動，之前的「算帳」早不知道忘到哪兒去了。「好像有一陣子沒拍過四人的合照了。」說著掏出手機打開拍照模式。「來來，一起拍張照，好了，乖，拍照了，都別動了哦，一起笑起來，笑一個……」

拍好後安寧看效果，從左到右：徐莫庭，她，大兒子，小女兒。表情分別是：一本正經，笑容燦爛，小面癱，小可愛。

安寧深深覺得，遺傳可真神奇……

安寧將照片發給遠在大南方的表姊看，表姊回覆：「你們家這兩隻小包子，如果有人敢懷疑不是妳跟妳老公生的，妳就果斷地跟人家說，『是的！是按照我們的範本做的複製人！』哈哈哈這也太神似了吧。」

阿喵一頭黑線。

在兒童房裡哄了孩子們睡後，安寧回房，徐莫庭洗完澡出來，說：「今晚早點睡吧。」

走前安寧去看了母親。

墓園裡很安靜，只有樹上一些鳥兒在低低地鳴叫。

小燕子拉著媽媽的衣角奶聲奶氣地說：「媽媽，哥哥說，外婆只是去天上了，那裡很好，有好多好心的爺爺奶奶……」

旁邊的小面癱也在另一側扯了扯安寧的衣角，用稚氣的聲音認真地說：「所以媽媽別不開心。」

安寧蹲下抱住倆孩子，身後站著的徐莫庭靜靜地守候著妻與子。

回去的路上兩個孩子分別趴在安寧的兩側睡著了。

安寧看著窗外的秋景，慢慢地說道：「我媽當了大半輩子的老師，直到後來身體不行了才離職，很多做人的道理都是她教給我的，我記得最深的是，人的一生太短，所以為人處世上簡單點就好，妳不去強求反而得到的更多。」

前面開車的人輕輕「嗯」了一聲。

安寧回頭看向他，又看向孩子們。「除去媽走得太早，我到現在沒有過一點遺憾。」

徐莫庭柔聲說道：「我跟孩子會永遠陪著妳。」

安寧笑了，淺淺的。「嗯。」

「嗯。」

整理行李的時候安寧突然想到北京的親人，就問莫庭：「我一直好奇，為什麼你爺爺奶奶都待在北京，不回這邊，這裡不是老家嗎？」

「爺爺當年去北京是工作需要，後來也沒回來，而是留在那裡養老，是因為老人家不想回到這裡觸景生情。」

「嗯？」

徐莫庭把她整理好的書放進箱子裡。「是關於上一輩的事。」

「是因為，你二叔嗎？」

徐莫庭露出點意外表情，說：「爺爺奶奶一共生了三男三女，爸排行老大，徐程羽她爸排行老三，我二叔——死了，死在老家裡的，外人不知道，都以為他又出國了。」

安寧想起以前父親跟她說的。「他死了……」

怪不得從來沒有見過他。

「嗯，我對二叔的印象一直是他在抽菸、寫書法、作畫，他幾乎不出書房門。很多人都說他風流，可我並不覺得，他只是過得很自我……他的死是對外保密的，爺爺也囑咐過家裡人不能再提及二叔，有人問起就說出國了。爺爺跟奶奶去北京後就沒再回來過，唯一一次回這邊就是我們結婚那次。」

安寧聽著不由得深深嘆了一聲，上一輩的這段往事她雖然不清楚具體是怎麼回事，但是光這樣聽著，便有種說不出的悵然感。

阿喵忍不住抱住身邊的人，心想這世上不圓滿的感情真的好多，幸好自己遇到了他。真希望天下有情人都能少受點波折，相遇已經是那麼不易。

徐莫庭摸了摸她的頭。「妳只要知道徐莫庭跟李安寧會永遠好好地走下去就行了。」

「嗯，還有小面癱和小軟萌。」

這時徐老大的手機響了，他接起，聽了一會兒說了聲「知道了」就掛了。

安寧不由得問：「誰呀？」

「老三。」

「哦。」阿喵沒再多問，但隔天她倒是接到了老三的電話，對面哭號著說：「老大不是人啊！我昨天跟他打電話說我窮得飯都吃不起了，讓他可憐可憐我給我寄點吃的來，他寄是寄了，但是他是貨到付款啊貨到付款！嫂子，我真不知道昨天你們那麼早就在恩愛了啊，打擾到你們是我不對，可老大這做法也忒血腥了啊！於是我只能跟同事借了錢付款，我成熟穩重、做事周全、高大威猛的形象就這麼破滅了啊！」

「……」

阿喵發誓，她按到揚聲器絕非故意！

然而木已成舟，於是整輛越野車裡，陪著來的徐父、徐母，趁此機會跟去北京看爺爺奶奶大姨小姨順便玩下的徐程羽紛紛看向開車的徐莫庭，心中想法不約而同：「這人，是真的壞啊。」

徐莫庭面不改色地說：「忘了。」

「……」

阿喵弱弱地道：「你還不如乾脆『忘了』寄呢。」

徐莫庭，「吃一塹，長一智」的典型人物，即讓別人吃一塹，自己長一智。這樣的人啊，走到哪兒都不會是吃敗仗的主兒，安寧深深感嘆，祖國有他我就放心了。

入冬時節，機場。

從香港回來的賀天蓮坐在機場裡等著司機來接。

等了大概十來分鐘後，旁邊坐下一對小情侶，然後就一直在那兒恩恩愛愛甜言蜜語。

賀總作為旁觀者忍不住感嘆，年輕真好啊。

賀天蓮三十歲那年，父親坐了牢，他離開香港到了大陸，第一份事業是在一座金融業發達的一線城市開了家雜誌社，這算是他年輕時的夢想，沒想到經營得不錯，於是一做就做了好幾年，而他也是在那裡認識了洛臻，他生平喜歡上的第二人，可惜人家走不出過去。

他一向不強人所難，努力過還是不行，那就送上一句祝福，以後再相見也還可以喝杯咖啡聊聊天。後來一年他大伯給他打電話，讓他去江濘市管理一家中外合資企業，那企業50%的股份是賀家的，如今轉交給他這名賀家唯一在外的私生子。

他笑了笑，說了聲謝謝。對於如此慷慨的禮物，他不要就太對不起被勒令一年只能回港一次的自己了，而另一方面他當時也覺得在一個地方留得有點過久了，是該換換壞境了。於是將雜誌社轉手他人後，便去了江濘。

如今快四十五的賀總，名利兼收，卻越來越覺得生活沒意思。以前假期還會出去找點樂子玩玩，現在基本就是待在家裡，甚至開始養花、泡功夫茶了。賀總不得不感慨，真的老了啊，難得出趟差才飛三個小時就覺得腰疼背痛了。

顯然，這是賀老闆自謙了，都說男人四十一枝花，況且還是這種成熟穩重又不乏風趣幽默、有貌多金的紫睡蓮——世界上最貴的花——是多少女人夢寐以求想要得到的極品優質男人。

所以當來接先徐外交官一步回家來過「澳門回歸紀念日」的阿喵和倆小包子的傅薔薇，匆匆忙忙停好了毛毛的QQ車，風風火火地跑到機場大門口的時候，不小心擦撞了從裡面走出來的賀總，後者紳士地說了聲「sorry」，然後進了路邊等著的轎車裡，揚長離開。

一直望著那輛車，直到它消失不見的薔薇心道，如果他沒結婚，那他就是她未來的孩子爹！

佛說每個人所見所遇到的都早有安排，一切都是緣。

而無論妳幾歲，當妳遇到妳愛的人時，便是妳最美的時候。而不管誰，一生總有那麼一刻，比夏花更燦爛。

九、最美遇見你

《我是一棵樹》

如何讓你遇見我
在我最美麗的時刻
為這
我已在佛前求了五百年
求佛讓我們結一段塵緣
佛於是把我化作一棵樹
長在你必經的路旁
陽光下
慎重地開滿了花
朵朵都是我前世的盼望
……

「安寧！快點過來排隊，老師要點名啦！」

「哦哦！」安寧趕緊把那本《席慕容詩集》放在凳子上，用制服外套蓋了下，跑向ＰＵ跑道，嗚嗚，可怕的體育老師已經在吹哨子了。

「莫庭，看什麼呢這麼全神貫注？窗外有什麼啊？我也看看！」

「沒。看你的書吧。」

……

當你走近

請你細聽

那顫抖的葉

是我等待的熱情

一場最美的邂逅

我記得最早動心思想寫《最美遇見你》是大學臨近畢業的時候，一邊寫論文，一邊想安寧和莫庭，但真正動手寫是畢業後做第一份工作那會兒。

上班的時候，電腦旁邊放一本小本子，想到什麼就記錄下來。「安寧今天要去捐血了，就要碰上徐莫庭了，碰上後兩人說點什麼呢？」然後大半天都在想，莫庭上了捐血車會有啥表現？晚上睡覺的時候，枕頭邊小本子和筆也是常伴的，睡前靈感比較多，想到什麼，就摸黑寫下來，然後白天，很艱辛地判斷自己究竟寫的是啥，莫庭到底做了啥。唔，字要不要這麼難看啊。

我寫文，總是習慣性地將裡面的人物想像成現實中活生生存在的人。

不管我有沒有在寫他們，他們都是在那裡的。

所以二〇一〇年寫完《最美》後，我也總是會常常想起他們。

有時候跟朋友出去逛街，就會想，莫庭陪安寧逛街會是什麼情形？安寧肯定會很「中肯」地誇試衣服的莫庭說：「你穿什麼都……」「都差不多？」「呃，都好看！」

所以二〇一三年，再度拿起《最美》，繼續安寧跟莫庭的故事，一點都不生疏，還有薔薇、毛毛、朝陽等，他們就像是一直在身邊未曾離開過的一群朋友。

數年不見，莫庭和安寧成熟了，也有了孩子，龍鳳胎，連我都羨慕。

毛毛呢，還是老樣子，不耍流氓就渾身不舒服。

薔薇，她啊，是有點腹黑的，你們看出來了嗎？我是看出來了。

帥氣的朝陽，不想結婚的女漢子唷。

還有老三，有女朋友了。

還有誰，如何了？

難忘青春，難忘的其實不是自己那時的年輕，而是在那些年月裡跟你在一起無所忌憚地享受青春的人。

《最美》再次畫上句點，但我不會忘記有莫庭、阿喵他們陪伴著我的那段時光，想來以後我還會時不時想起他們，會想他們過得好嗎……

你們也是吧？

我一直覺得，故事外的我們，與故事裡的他們，能遇見就是一場最美的邂逅。

二〇一三年十月二十日　顧西爵

最美遇見你

作　　者／顧西爵
發 行 人／黃鎮隆
副總經理／陳君平
副　　理／洪琇菁
執行編輯／陳昭燕、許晶翎
美術監製／沙雲佩
美術編輯／李政儀
國際版權／黃令歡、梁名儀
企劃宣傳／邱小祐、劉宜蓉
內文排版／謝青秀

國家圖書館出版品預行編目資料

最美遇見你 / 顧西爵作. -- 初版. -
臺北市：尖端，2017. 02
面；　公分

ISBN 978-957-10-7151-0（平裝）

857.7　　105021990

出版／城邦文化事業股份有限公司　尖端出版
台北市 104 中山區民生東路二段 141 號 10 樓
電話：（02）2500-7600　傳真：（02）2500-2683
讀者服務信箱：7novels@mail2.spp.com.tw
發行／英屬蓋曼群島商家庭傳媒股份有限公司城邦分公司　尖端出版
台北市 104 中山區民生東路二段 141 號 10 樓
電話：（02）2500-7600　傳真：（02）2500-1979
劃撥專線：（03）312-4212
戶名：英屬蓋曼群島商家庭傳媒（股）公司城邦分公司
劃撥帳號：50003021
※ 劃撥金額未滿 500 元，請加付掛號郵資 50 元
法律顧問／王子文律師　元禾法律事務所　台北市羅斯福路三段 37 號 15 樓

台灣地區總經銷／中彰投以北（含宜花東）　楨彥有限公司
電話：（02）8919-3369　　傳真：（02）8914-5524
雲嘉以南　威信圖書有限公司
（嘉義公司）電話：0800-028-028　　傳真：（05）233-3863
（高雄公司）電話：0800-028-028　　傳真：（07）373-0087
馬新地區總經銷／城邦（馬新）出版集團 Cite（M）Sdn Bhd
電話：603-9057-8822　　傳真：603-9057-6622
E-mail：cite@cite.com.my
香港地區總經銷／城邦（香港）出版集團 Cite（H.K.）Publishing Group Limited
電話：852-2508-6231　　傳真：852-2578-9337
E-mail：hkcite@biznetvigator.com

版　次／ 2017 年 2 月 1 版 1 刷　Printed in Taiwan
2020 年 9 月 1 版 8 刷